shiji
wenxue
jingdian

世纪文学经典
张晓风 著

张晓风精选集

北京燕山出版社
BEIJING YANSHAN PRESS

"世纪文学60家"书系总策划:
白烨、陈骏涛、倪培耕、贺绍俊、张红梅

"世纪文学60家"评选专家名单:
(以姓氏笔画为序)

丁　帆	南京大学中文系教授
王中忱	清华大学中文系教授
王晓明	华东师范大学中文系教授
王富仁	汕头大学中文系教授
白　烨	中国社会科学院文学研究所研究员
孙　郁	鲁迅博物馆研究员
吴思敬	首都师范大学文学院教授
陈思和	复旦大学中文系教授
陈晓明	北京大学中文系教授
陈骏涛	中国社会科学院文学研究所研究员
陈子善	华东师范大学中文系教授
孟繁华	沈阳师范大学教授
於可训	武汉大学文学院教授
杨匡汉	中国社会科学院文学研究所研究员
杨　义	中国社会科学院文学研究所研究员
张　炯	中国社会科学院文学研究所研究员
张　健	北京师范大学文学院教授
张中良	中国社会科学院文学研究所研究员
赵　园	中国社会科学院文学研究所研究员
洪子诚	北京大学中文系教授
贺绍俊	沈阳师范大学教授
谢　冕	北京大学中文系教授
程光炜	中国人民大学中文系教授
雷　达	中国作家协会创研部研究员
黎湘萍	中国社会科学院文学研究所研究员

出版前言

"世纪文学60家"书系的创编与推出,旨在以名家联袂名作的方式,检阅和展示20世纪中国文学所取得的丰硕成果与长足进步,进一步促进先进文化的积累与经典作品的传播,满足新一代文学爱好者的阅读需求。

为使"世纪文学60家"书系的评选、出版活动,既体现文学专家的学术见识,又吸纳文学读者的有益意见,我们采取了专家评选与读者投票相结合的方式。我们依据20世纪华文作家在中国现当代文学史上的地位与影响,经过反复推敲和斟酌,确定了100位作家及其代表作作为候选名单。其后,又约请25位中国现当代文学专家组成"世纪文学60家"评选委员会,在100位候选人名单的基础上进行书面记名投票,以得票多少为顺序,产生了"世纪文学60家"的专家评选结果。为了吸纳广大读者对20世纪华文作家及作品的相关看法和阅读意向,我们与"新浪网·读书频道"全力合作,展开了为期两个月的"华文'世纪文学60家'全民网络大评选"活动。2005年12月16日,读者评选结果在"新浪网·读书频道"正式公布。为了使"世纪文学60家"的评选与编选,能够比较客观地反映专家和读者两方面的意见,经过反复协商,最终以各占50%的权重,得出了"世纪文学60家"书系入选名单。

"世纪文学60家"书系入选作家,均以"精选集"的方式收入其代表性的作品。在作品之外,我们还约请有关专家、学者撰写了研究性序言,编制了作家的创作要目,为读者了解作家作品、创作特点和其在文学史上的地位,提供必要的导读和更多的资讯。

"世纪文学60家"评选结果

排名	作家	专家评分	读者评分	评选结果	排名	作家	专家评分	读者评分	评选结果
1	鲁迅	100	100	100	31	赵树理	85	55	70
2	张爱玲	100	97	98.5	32	梁实秋	67	71	69
3	沈从文	100	96	98	33	郭沫若	70	65	67.5
4	老舍	94	94	94	33	陈忠实	67	68	67.5
4	茅盾	100	88	94	35	张恨水	64	70	67
6	贾平凹	94	92	93	36	苏童	58	75	66.5
7	巴金	94	90	92	36	冰心	51	82	66.5
7	曹禺	100	84	92	38	穆旦	78	52	65
9	钱钟书	80	99	89.5	39	丁玲	78	47	62.5
10	余华	85	92	88.5	40	顾城	29	95	62
11	汪曾祺	100	76	88	41	舒婷	51	69	60
12	徐志摩	85	89	87	42	张承志	67	51	59
12	莫言	94	80	87	43	王朔	45	72	58.5
14	王安忆	94	77	85.5	44	刘震云	58	58	58
15	金庸	70	98	84	45	韩少功	54	57	55.5
15	周作人	94	74	84	46	阿城	54	56	55
17	朱自清	70	93	81.5	47	张洁	64	44	54
18	郁达夫	78	83	80.5	48	三毛	22	85	53.5
19	戴望舒	94	66	80	49	铁凝	51	53	52
20	史铁生	80	79	79.5	50	张炜	60	40	50
20	北岛	78	81	79.5	50	李劼人	78	22	50
22	孙犁	94	62	78	52	宗璞	64	33	48.5
22	王蒙	78	78	78	53	郭小川	58	36	47
24	艾青	94	60	77	53	柳青	58	36	47
25	余光中	78	73	75.5	55	施蛰存	51	42	46.5
26	白先勇	85	64	74.5	56	张贤亮	42	49	45.5
27	萧红	85	61	73	56	刘恒	64	27	45.5
27	路遥	60	86	73	56	高晓声	45	46	45.5
29	闻一多	78	67	72.5	56	李锐	51	40	45.5
30	林语堂	54	87	70.5	60	徐訏	45	43	44

目 录

再版序：千研万磨后的香醇 ⋯ 徐学 001
现代中文经典 ⋯⋯⋯⋯⋯⋯⋯ 徐学 009

散文编

我喜欢 ⋯⋯⋯⋯⋯⋯⋯⋯⋯ 003
种种可爱 ⋯⋯⋯⋯⋯⋯⋯⋯ 010
关于拥抱 ⋯⋯⋯⋯⋯⋯⋯⋯ 017
别人的同学会 ⋯⋯⋯⋯⋯⋯ 019
一碟辣酱 ⋯⋯⋯⋯⋯⋯⋯⋯ 021
包子 ⋯⋯⋯⋯⋯⋯⋯⋯⋯⋯ 023
那人在看画 ⋯⋯⋯⋯⋯⋯⋯ 025
一只玉羊 ⋯⋯⋯⋯⋯⋯⋯⋯ 027
仗美执言 ⋯⋯⋯⋯⋯⋯⋯⋯ 029
一句好话 ⋯⋯⋯⋯⋯⋯⋯⋯ 032
平视，也有美景 ⋯⋯⋯⋯⋯ 037

目录

我在 ………… 040
生命,以什么单位计量 ………… 045
摇动过,但依然是我的土地 ………… 047
肉体有千万种受难的形态 ………… 049
陈年老茶 ………… 051
闻歌 ………… 053
情怀 ………… 055
炎凉 ………… 063
我仿佛看见 ………… 065
我会念咒 ………… 071
我的药呢? ………… 074
生活赋 ………… 076
行道树 ………… 079
敬畏生命 ………… 081

地毯的那一端 ………… 082
母亲的羽衣 ………… 089
爱情篇 ………… 094
一个女人的爱情观 ………… 098
许士林的独白 ………… 102
矛盾篇(之一) ………… 108
矛盾篇(之二) ………… 111
矛盾篇(之三) ………… 115
步下红毯之后 ………… 119

有些人 ·················· 124
不识 ···················· 127
再跟我们讲个笑话吧 ········ 132
未绝 ···················· 138
溯洄 ···················· 148
天门 ···················· 158
半局 ···················· 167

地篇 ···················· 176
诗课 ···················· 181
卓文君和她的一文铜钱 ······ 185
替古人担忧 ·············· 188
初心(节选) ·············· 192
色识 ···················· 194
六桥 ···················· 204
玉想 ···················· 207
错误 ···················· 215
人日 ···················· 219
请问,你是洞庭红的后代吗?··· 222
只被允许的二夜情 ·········· 225
"风"比"德"好 ·········· 228

开卷和掩卷 ·············· 231
三个人里面聪明的那一个 ···· 237

只因为年轻啊 …………… 247
不朽的失眠 …………… 256
高处何所有 …………… 259
我恨我不能如此抱怨 …………… 261
都是竹子害的 …………… 265
咱们小人物要多多说话 …………… 269
关于爸爸这种行业的考核制度 …… 271
可叵语录 …………… 273

小说戏剧编

潘渡娜 …………… 277
最后的麒麟 …………… 308
人环 …………… 315
和氏璧 …………… 326
一块玉的故事 …………… 367
《西厢记》改写 …………… 370
王宝钏 …………… 379
晓风素描 …………… 387

创作要目 …………… 392

(本书目由徐学选定)

再版序:千研万磨后的香醇

徐 学

多愿自己是千研万磨后的香醇,慎重地斟在一只洁白温暖的厚瓷杯里,带动一个个美丽的早晨。

——张晓风

一

自撰写《隔海说文》一书,追逐晓风创作前行足迹,凡三十载,吸引我的当然不仅是典故文辞,更多的是晓风字里行间显现出的经久不凋的艺术生命。

苏轼诗云"问汝平生功业,黄州惠州儋州"。此诗句为东坡晚年为自己的画像所题,豪放中略显苍凉,是真真切切的夫子自道,髯公晚年追忆平生,自觉其艺术辉煌生命夺目之处并非在京城在徐州、杭州为官时,却是在一贬再贬的流放地中迸发、怒放。

晓风的境遇,与她最敬重的髯公大不相同,几乎可以说是个一路幸运的"十全"女子。作为女儿,她有慈爱高雅的双亲;作为妻子,她的先生为"十大杰出青年",大学教授,二人自大学相恋,步上红毯后,因着共同的信仰和艺术追求,几十年来比肩一起完成许多震撼海峡两岸暨香港的舞台剧;作为母亲,她育有一儿一女,儿为化学家,任职台湾"中央研究院",女为大学教授,在台湾名校外文系任主任,皆事业有成;作为教师,晓风二十出头在大学专任,任教半世纪,桃李天下,有廖玉蕙、张曼娟等高徒;作为作家,二十来岁成名获大奖,五十年来佳作迭出,掌声不断,散文之外,戏剧、小说、杂论皆有可观者。

中国古典文论论及艺术生命的生长,常见"文章憎命达","诗必穷后工"之语。古今中外,"文格渐卑庸福近"者确实不在少数。就散文创作而言,"欢愉之辞难工"。然而,顺遂如晓风,能够打破以上陈规,破茧而出,艺术生命如涌泉,不择地而出。我以为,得益于她的信仰,也根植于她追求实现信仰中的创痛。

二

她的信仰,最初是宗教信仰,自初中皈依了基督教,信仰让她对生命有了更开阔的了解,她学会了以天下人之痛为切身之痛;她学会了感恩,"我们是受人布施的托钵人,世界人类给我们太多"。她能克服小哀小怨,化解各种挫折。

作家,无不渴望"语不惊人死不休";笔健如晓风者却并不以语惊四座的"惊人"为写作首要,总是追寻"被惊"。因为"惊人"如电光石火,不可强求;保持心灵的敏锐,接受"被惊",却是作者可以而且必得的经验。"我喜欢生活中不断有新的惊讶和新的震撼",她这样说。惊讶和震撼来自她周围的人。"我何曾幸与我敬重的师友同时,何幸能与天下人同时,我要试着把这些人记下来。千年万世之后,让别人来羡慕我,并且说'我要是能生在那个时代多么好啊!'"。她笔下人物:有在忧患动荡中既善其身又济天下的读书人,如《不识》中的父亲、《半局》里的杜公、《再给我们讲个笑话》的世棠。也有在凡常生活中持守道义和尊严的平头百姓:灶下捧读《古文观止》的胖厨师、为自己成为画中人而欣喜的农夫……这是一些与作者偶然交会的小人物,或许连姓名也不曾留下,然而,在他送上的一碗辣酱里可以尝出敬业和尊客,在她的一次拥抱中有感恩和激情,几个未尝的包子、一句真情的好话,都会让晓风,也让我们或会心而笑,或心如捣臼,热泪迸涌。

晓风也因信仰而对万物用情,她破除"物竞天择""弱肉强食",心仪"物我之间",质疑"人为万物之灵",肯定"人为万物的一员"。她的文字中屡屡强调的是,人无须逞能霸占万物,亦不必无能役于万物,人应该保持孩童般的纯真,阳光中与万物欢喜相遇,觉得草木虫鱼鸟兽花树全与自己有亲有故,故而力求与大自然中培养起一种"自自然然"的关系,把万物作为有资格、有权利与我们一起承受天恩地惠的伙伴,并在这些伙伴中一一勾勒出它们比之人类毫不逊色的生命光彩。早在三十年前,晓风就以岛内著名环保人士为人所知,她的生命投射进入世间万物,无论草木虫鱼,她时时能以一种新鲜的眼光去观察去开掘,拭去庸常的灰垢,让万物熠熠生光。

信仰开阔了她的视野她的胸襟,并未停滞、抑止或者僵硬她的生命。晓风清醒地认识到,知识可能使人愚蠢,财富或许让人贫乏。一切的攫取带来失落,所有的高升令人沉陷,"而且,每一项头衔都使我觉得自己的面目更为模糊起来"。

三

她的信仰,更是对中华民族特别是华夏文化的信仰,民族古调总在悠悠召唤,那是"一种几乎是命定的无可抗拒的召唤"。她说,"即使我化为泥壤,我不死的爱仍会怒生出一丝碧草,夺地而出,守望故园的四季"。

《再生缘》,这中国古代盲人音乐家留下的一部弹词,因文史大师陈寅恪的青睐使之重放光彩,为世人知晓。晓风也特别撰写《再生缘》一文,她说:"再生缘?陈先生自己岂不正是这悲伤岁月中的盲歌者,他岂不也正在唱一首凄凉的歌,他岂不也正期望着历经大劫仍将重新愈合的中国吗?"

晓风文字并不以凄凉悲怆始,也不会以悲怆凄凉终,但其中对中国文化重愈再生的期待却无处不在。她的华夏文化信仰并非只是生命的点缀,而是生命的切入,她因了文化信仰而对人,尤其是百年来饱经忧患国人有了更深切的爱。

这种信念,在晓风散文《未绝》中有清晰表达。

抗战时期,有个小男孩降生在一个因为战事勉强捏合而成的家庭,自出生的那一刻,他已经无辜地坠入了民族苦难造成的破碎与撕裂中。他被寄养在亲戚家里,功课不好,天天挨打,愤而出走,沦落街头,靠售煤、送报、卖水果维持基本生活。最后有惊无险,考进了艺专,进入电台,成了教授和文学名家。

是怎样一种力量将他从人生的悬崖绝壁上拉回?晓风告诉我们:"第一个拉着他的是书。"

古书里的知识给他极大的乐趣和拯救,读《冯谖市义》《缇萦救父》《吴凤画传》,读得气血翻涌;看到于右任的联——"与世乐其乐,为人平不平"。心中洞然,立志拿它作为终身志业。晓风说,"知识是权力,知识是尊严,知识有其永恒不移的确凿性,而为读书人,自有放眼天下的规模气度"。这一点,对小男孩,对无数颠沛失所的国人,是死不能忘的真理。

"第二个拉着他的是全社会所共同经营出来的一种氛围。"

到乡下同学家去玩,"泥草和的墙,胡乱拼凑的家具,一切简陋至极。奇怪的是看到远方小客人来了,竟也揖让有度,菜虽简而不怠,礼虽少而不慢,笑谈之间绝无寒伧气,他暗自吃惊,原来文化就是一种使人可以穷得如此彻底而不失其尊严的东西。又如当兵在蚵仔寮,见渔人生涯的朴拙勤苦,其中有一份无言的大定力,令人惶愧不敢不自振。甚至像左营路边一个卖鸭肉面的消夜摊子,竟也题上'爱晚亭'那么美丽的名字,使人感到虽身为市井之人,亦有无所不在的诗情。或如静夜里墙头危坐,闻听隔壁人家在院子里说书,五千年讲不完的忠孝节义……"

晓风在这里形象地展示了如空气无处不在包围着我们的民族文化，它由民间草根盘踞的乡土中国直贯巍巍精英知识体系，无论是平头百姓抑或饱学之士，都不免受其濡染，虽有不同的领悟，但只要用于支撑自己的人生，就能警顽立懦，困顿中不失安详，凡常里自有庄严。在家国多难的年代，中国人正是凭借着它凝聚起浩荡磅礴的英雄气。

《未绝》副标题是"一位作者的成长"，可以据此认为"未绝"题意为天无绝人之路，作者历经磨难，终成正果。然而，结合晓风笔下众多寄托遥深的人物画像，更可以认定，这不仅是个体的"未绝"，更是文化的"未绝"；不仅是个体的成长，更是全民族凭借文化之力重获新生的缩影。

在晓风平静清澈的眼眸中，总是隐藏着百年忧患海棠血痕，清澈的目光引领我们去上溯一条莽莽苍苍的美丽流域，走近一些美丽的侧影……

四

毕业于中文系，又教了三十多年的中国文学，学院的门墙却阻碍不住晓风活泼泼的思想，日日洒落的粉笔灰并未使她的情感白垩化，她用美丽的蓝墨水冲洗故纸堆的陈腐，让因层层尘封喋喋老调而日渐苍白的典籍再度泛出血色鲜红的生命。作者将训诂、考证与慧心颖悟熔为一炉，以"华人诗性诠释学"在中国现代散文中独创一格。

"汉很近，唐很近，竹林七贤不过就在几尺以外的地方饮酒。"这便是她纵横经史出入古今的感知，是她在日渐零落凋萎之古典里流连掇拾的结晶。晓风如同融通古今的资深艺术鉴赏家，器物、景致、戏文、诗词，甚至一个汉字，几抹色彩，经过她的解读和擦拭，都焕发出神奇的光彩。

我们踏入了美丽的流域，熏风初暖，新秧翻绿，有精致的古典奇葩,有强健的民间草根,芳草鲜美,落英缤纷。

一条河,承接了上游,交会了旁系,网络大地似错综叶脉。如果说,传统文化如奔泻而来的黄河之水,那也因了晓风搅入梦魂,如酒曲入瓮,才使这水系甘洌芳醇,成了文化传统。

古人有诗曰"好怀百岁几时开",多少沧桑感慨,而在晓风的古典解析中,我们发现好情怀是可以很奢侈地处处开放的。

《替古人担忧》《许士林的独白》等篇更多地展现晓风的菩萨心肠:博学孤傲的艺术家蔡邕在混乱的政局中求生不得,不但焕发饱满的盖世才华永遭淹埋,且在身后成了民间戏剧中的负心郎;与大秦帝国一同辉煌的权臣李斯父子,曾经不可一世的高高在上,临刑前却黯然地羡慕一个普通农夫的生活;一代梨园名伶天涯沦落的悲怆、落第的才子张继、被剥夺了母爱的白素贞……一则则古老的故事让我们血脉偾张,扼腕振臂。

"怀不世之绝迹,目高于顶,不肯在凡夫俗子身上浪费一丝一毫美,当然也没有什么不对。但肯起身为风雪中行来的人奉一杯热茶,看着对方由僵冷而舒活起来,岂不更为感人——只是,前者的境界是绝美的艺术,后者大约便是近乎宗教的悲悯淑世之情了。"

把古人的怅惘、无依、洒脱、质朴、激扬与沉潜,长歌与泪痕,狂啸和呓语,一一收拢于精美的文字和悲悯的情怀中,这难道不正是宗教与艺术的完美结合。

在民族文化的滚滚长河中,她不是一片随波逐流的浪,而是大化浪涛上的一片白。

五

晓风不但向万物向众生投射自己生命的光彩,她也致力于向内心发掘自己的多重生命纠结,许多篇章为生命直击,自剖自画。

你可以看到,一个总是不服气的小学生,一个有些傻气的情人,一个谆谆善诱的教师;有时只是一个爱鸟人、一个赏花者,有时是一个多情多智的旅人、一个喜欢好茶好咖啡的饮者……

她是贵族也是草根,她是将门之后也是学府书生,她有南人之秀也有北地的遒劲,她是虔诚的基督门徒也是资深的儒家弟子。

她自剖内在矛盾:看云的闲情与沸血的肝胆,湛然一笑的淡然和霍然而怒的盛气;求胜争赢又以挫败为乐,渴求更多的爱,也请求爱她少一点……

从纯净的少女情怀起步,步下红毯,穿越丑恶,见证伪善,最终成就了悲悯大爱。由一尘不染而历经炎凉沧桑直逼人世内核,仿佛自风平浪静卷入狂风巨浪,晓风依然,依然维系着那一腔豪气。

这是承传自民族文化的浩然之气,仰不愧于天,俯不怍于人。

得益于家学的承传,更得助于家道(国道)的曲折坎坷,凭着自身的敏感、机智和才情,多年浸馈汲取中西文化之精华,使晓风独凌绝峰之后,回顾大地人间。

一颗富足的心灵,一份洋溢的才情,氤氲的古典芬芳,凌厉的现代纵横,徐徐展开,借着散文这样一种最不事遮掩,最敢与人赤裸相见的文体展开,让你我入眼涌泪,触手成春。

六

生命是一场遇合,缘之所发,两个远离的生命乍然沟通,犹如宇宙混沌中灵光乍现,犹如印度谚语"两河交汇便成圣地"。

透过晓风文字,读者将与一个精彩生命遇合:在古典典籍诗词歌赋的诠释中你找到缔造她骨血的元素;在小镇闹市的喧哗纷杂中你找到她的悸动与关怀;在厉风尖啸的山谷,在白浪拍崖的绝壁,在落日凄绝的茫茫戈壁,在月的新圆花的绽放蝉的初吟中,你找到了她的狂喜与收敛。

或许,你是一个民歌手,你与此一生命遇合,有了更多的诗。或许,你是一个环保者,你的此次遇合更透彻地结识了更多的万物伙伴。或许,你只是一个青春勃发的少年,你的此次遇合,开创了你新的生命情境。

无论相距多么遥远,一切虔诚终将相遇。

2014 年春与晓风同游江南,命笔于无锡

现代中文经典
——晓风散文半世纪

徐 学

一

晓风是一位资深教授,更是一个对万物有情的女子。方块字的艺术世界里,她多方出击。她的小说《潘渡娜》曾被收入"1985年年度小说选",是当代华文世界最早的现代科幻小说,至今在大陆依然拥有许多读者;她的戏剧,在台湾被列为经典,在大陆香港的剧场上演,满座感泣;她的杂文,早在《野火》之前就对威权与陋俗做不羁挑战;她的散文,自学生时代获"幼狮文艺奖"后,屡获各种大奖。但她散文创作最大的奖来自读者,是口碑而非奖杯。多年来,她的散文集畅销更常销,并已入选两岸语文课本,与古典散文相映生辉,堪称现代中文经典。

二

散文作为文类,时常叨陪末座。它是作家进入文坛的入场券,似乎无人不能。可是在所有文类中,散文最是易写难工,尤其在中国,在白话文兴起之后,因散文而成为经典作家更是艰难。

难处之一,中国文学中,散文地位崇高,流金溢彩。它历来与诗歌一起被供奉在文学正殿上。中国文字的特性,使中国文人有着为其他民族所不及的无比丰富的语词和长达几千年可供利用的文字数据,科举制度更巩固了文人考究语言、刻意求工的习性。两千年的中国历史产生了浩瀚广大的散文品种:经诰典谟之肃穆,庄列之想象,史传之笃实,汉赋的流动,碑铭的温润厚重,序跋文体的进退合度,奏议策论的清真雅正;外加骈文的严格规律,笺疏写作的传承精神,乃至水墨纸缘题款,尺牍起承转合,更有唐宋大家左右逢源,高下皆宜;宋明小品另辟蹊径,独标神韵。品类之繁多,典范之宏丽,无不深入中国文人心中,令后来者叹为观止,知难而退。

难处之二,鲁迅说,"五四"散文小品的成功,在小说戏曲和诗歌之上(《南腔北调集·"小品文的危机"》)。果真如此?其实不然。近代以降,中国文化遭灾受劫,"载道"等同陈腐,法度视为桎梏。志在解放性灵,不意开启滥情,虽间有力作,却不抵潮流,遂使稚嫩"美文",绵绵百年。感伤滥情稚嫩做作以及文白夹杂浅俗之文常常被奉为经典,编入教材,误导学子,并造出读书界的恶俗,赝品淘汰精品,佳作为之淹没。

难处之三,散文不比小说、诗歌有思潮有流派,时常形成一波波潮流,散文是一种较难进入市场操作的文类。在文学日益产业化的形势下,散文比起其他文类更加寂寞。它要引起出版界、新闻界乃至评论界的关注,难度较大。不比戏剧、小说可吸纳异域新潮,令人耳目一新。

三

散文家若无过人之处,则无法于当今中文经典中觅得一席。晓风文字的卓越超拔之处何在?

一曰奇。

晓风出身旧时中文系,受"国故派"教育,本该与写作无缘,充其量也是闺秀派。可她却能破茧而出,以现代生命的律动让苍白典籍再度泛红,以美丽的蓝墨水冲洗故纸堆的陈腐。在她的散文中许多是出入古典,流连掇拾的结晶,戏文、诗词、人物、器皿,甚至一个汉字,几抹色彩。在她的解读中都焕发出神奇的色彩,如果说,传统文化如黄河之水奔泻入怀,那也因晓风搅入魂灵,如酒曲入瓮,才使这水甘冽芳醇,成了文化传统。

她的散文意蕴丰厚,世事洞明人情练达,市井琐事中自有骨气奇高,不使性沦为软性;她的散文叙述自然,冲淡宁静,文辞如水,一笔如舟,引领我们一步步走入一条条美丽水域。"散文美"相对于"诗美",就在于前者是文章之美,文章之美更加讲究语句的组织方式和词汇的提炼选择,讲究"情致"和"趣味",它们是比西方所谓"抒情性"远为细腻微妙的美感,属于中国美学的特有范畴。她的散文,句法上有弹性,语汇中有声色。晓风的散文句式充分发挥中国文字波折流动的特性。文言句法的简洁浑成,西式句法的严整新颖,话本戏文的活泼口吻,被她熔于一炉。古典诗文的典雅文辞,引车卖浆者流的俗言俚语,现代社会的流行词汇,在她的笔杖下,交响成一个大乐队。在她的散文中,白话从黑白进入彩色,从平面而立体,由清水变为结晶,既保持明白如话的听觉效果,又充盈着曲折成趣的书面美感。晓风散文之奇还在于她犹如千手千眼观音,风格多变。20世纪60年代初期,她就至少具有两副笔墨,如余光中先生所说的,"亦秀亦健"。经过多年的耕耘,她更上层楼,她可以现代,可以古典,可以庄重,可以幽默,有时飞扬,有时蕴藉,有时奔放,有时内敛,有流云的闲情,也有沸血的淡然和霍然而怒的盛气。作为散文作者,她也可以进入各种角色:不服气的小学生,有些傻气的情人,循循善诱的教师;一个爱鸟人,一个赏花者,或者多情多智的旅人,喜欢好茶好咖啡的饮者……

二曰大。

奇是不拘一格的活力,是开创新篇的现代,而大则是大家境界。晓风虽然不曾留学异域,职业也单一,从学生到教师。但由于她的好学与敏感,也得益于她家学渊源,得益于台湾社会的忧患与动荡、开放与多元。她有了超出前辈女作家的胸襟与视野。她集学者的渊博,诗家的灵慧,哲人的睿智,宗教的悲悯于一身。她敢于涉笔丑陋,不再唯美是鹜,而是美丑并举。小说、电影、音乐、绘画、摄影等艺术都纳入了她的视野,促成了她观察事物的新感性。她的散文有诗的节奏、戏剧的对话和冲突、绘画的色彩,还有虚构的小说技法,形成了多元的集大成的美感。

当然,晓风散文之大更多地来自她散文中的博大胸怀,它结合了儒家的担当和基督的悲悯,还有艺术的纯真。她说:"怀不世之绝迹,目高于顶,不肯在凡夫俗子身上浪费一丝一毫美,当然也没有什么不对。但肯起身为风雪中行来的人奉一杯热茶,看着对方由僵冷而舒活起来,岂不更为感人。"所以,晓风散文中有那么多凡常中国人,他们或是忧患动荡中既善其身又济天下的读书人:《半局》里的杜公,《再给我们讲个笑话吧》的世棠,《不识》中的父亲,《未绝》里的马国光……或是在凡常生活中持守道义和尊严的平头百姓:灶下捧读《古文观止》的胖厨师,陪盲父游览山顶风光的女子,为自己成为画中人而欣喜的农夫……这是一些与作者偶然交会的小人物,或许连姓名也不曾留下,然而,在他送上的一碗辣酱里可以尝出敬业和尊客,在她的一次拥抱中有感恩和激情,几个未尝的包子,一句真情的好话,都会让我们或会心而笑,或心如捣臼,热泪迸涌。

晓风的散文中,人物林林总总,职业、地位、年龄都迥然不同,既有可以相与出尘的名士大儒,也有只是居家过日子的柴米夫妻。他们之所以让晓风含情凝睇,援笔勾勒,是因为晓风认为,世界上,最灿烂的光辉,最能够燃起情感和生命的光辉,只能是源自人心。无论身居朱户或者柴门,唯有人,才是最值得珍爱的。人是我们的邻居和朋友,是我们的兄弟姐妹,是我们垂垂老迈的父母和嗷嗷待哺的儿女。他们不论有多少缺陷,有多少伤痕,依然是我们这颗星球上无价的尊严和慰藉。同时,晓风也认定,有尊严有追求的中国人就是我们民族的脊梁,共同构成了我们民族文化的大磁场。所以,晓风在他们的身上捕捉的是我们民族文化撒播的灵光与风采,传递的是民族文化再生的信念。

从纯净的少女情怀起步,步下红毯,穿越丑恶,见证伪善,最终成就了悲悯大爱。由一尘不染而历经炎凉沧桑直逼人世内核,仿佛自风平浪静卷入狂风巨浪,晓风依然有一双宁静清澈的眼睛。那里因隐藏着百年忧患的海棠血痕而有一丝忧郁,几分愤懑,但更多的是自信,是担当,是困顿中不失安详,凡常里自有庄严。浩大的场景,纷繁的群像,重大的事件,在晓风散文中并不多见,但与那些浓墨重彩的长篇巨幅相比,晓风的散文毫不逊色地具有令人震撼的情感经验和审美情趣。这就是中国的写意传统,以小见大,言有尽而意无穷。李白的乐府,苏东坡的小品短赋,不也是尺幅寸心,无穷境界吗?这就是晓风散文之大。

三曰老。

中国书法推崇人书俱老,中国文学有"庾信文章老更成""暮年诗赋动江关"的美谈。比起其他文类,散文更讲究炉火纯青。中国古人早就认识到散文的叙述策略是"行云流水,圆活流转"。诗化,剧烈的动作和戏剧冲突等强化手段只是散文创作中的变奏而非常态。中国散文追求的境界以意蕴深远骨气奇高为里,冲淡宁静自然真率为表。需要特别指出的是,它推崇的"自然"是绚烂归于平淡,是摒弃"为文造情"的矫揉造作与"舍我其谁"的剑拔弩张,而非"我手写我口"。

对于散文家,内在功力的修炼,尤甚于自然随意。苏轼提出文理自然姿态横生,说自己下笔如山泉一日千里,但也立刻补充道,"与山石曲折,随物赋形",随物赋形,也就是有规范有约束,不是一泻无遗;而他的"常行于所当行,常止于不可不止",更是长期用功读书写作而后修炼得来的境界——从心所欲而不逾矩。因此,散文家依凭的不仅是才气,更多的是多年修炼的内功——人格和历练。《人间词话》

中说,"客观之诗人不可不多阅世,阅世之深,则材料愈丰富愈变化。主观之诗人不必多阅世。阅世愈浅,则性情愈真"。而我们说的"老"应该是"阅世而不溺世","阅世深却性情真",这就是长期修炼后的一种境界。晓风近年来的散文已经达到了这样的境界,宁静致远,淡泊明净。她的散文里的敬畏与宁静,尊严与气度,正是来自长期的酿造,默默的积蓄。它并非纯然空灵,也不是冷漠无情,更不是畏葸忍辱,而是人世风浪中大彻大悟后留存的精神结晶。这与其说是宗教,不如说是一种历久常新的中国智慧。

四

在大陆高校讲学,说起台湾岛上多高山,学生深为惊讶,小小一岛,三千米以上的高峰,竟有百座之多,而华山不超过两千米。同样,说起两千三百万人中,可以传世的经典作家不会少于十来位,也让他们困惑。可是,事实如此,高山总是汇聚在同一山脉,经典也常汇聚在同一时空。这一时空也许很大,如汉唐中国,也许不大,如古希腊、爱尔兰。靠的是适宜的土壤和气候。

在现居台湾的中国经典作家中,晓风只能算是中生代,以她的潜能,我们相信还会有新的杰作新的境界,两岸的中国人在期待,全球的华人在期待,历史在期待!

散文编

我喜欢

我喜欢活着,生命是如此地充满了愉悦。

我喜欢冬天的阳光,在迷茫的晨雾中展开。我喜欢那份宁静淡远,我喜欢那没有喧哗的光和热,而当中午,满操场散坐着晒太阳的人,那种原始而纯朴的意象总深深地感动着我的心。

我喜欢在春风中踏过窄窄的山径,草莓像精致的红灯笼,一路殷勤地张结着。我喜欢抬头看树梢尖尖的小芽儿,极嫩的黄绿色中透着一派天真的粉红——它好像准备着要奉献什么,要展示什么。那柔弱而又生意盎然的风度,常在无言中教导我一些最美丽的真理。

我喜欢看一块平平整整、油油亮亮的秧田。那细小的禾苗密密地排在一起,好像一张多绒的毯子,是集许多翠禽的羽毛织成的,它总是激发我想在上面躺一躺的欲望。

我喜欢夏日的永昼,我喜欢在多风的黄昏独坐在傍山的阳台上。小山谷里的稻浪推涌,美好的稻香翻腾着。慢慢地,绚丽的云霞被浣净了,柔和的晚星遂一一就位。我喜欢观赏这样的布景,我喜欢坐在那舒服的包厢里。

我喜欢看满山芦苇,在秋风里凄然地白着。在山坡上,在水边上,美得那样凄凉。那次,刘告诉我他在梦里得了一句诗:"雾树芦花连江白。"意境是美极了,平仄却很拗口。想凑成一首绝句,却又不忍心改它。想联成古风,又苦再也吟不出相当的句子。至今那还只是一句诗,一种美而孤立的意境。

我也喜欢梦,喜欢梦里奇异的享受。我总是梦见自己能飞,能跃过山丘和小河。我总是梦见奇异的色彩和悦人的形象。我梦见棕色的骏马,发亮的鬣毛在风中飞扬。我梦见成群的野雁,在河滩的丛草中歇宿。我梦见荷花海,完全没有边际,远远在炫耀着模糊的香红——这些,都是我平日不曾见过的。最不能忘记那次梦见在一座紫色的山峦前看日出——它原来必定不是紫色的,只是翠岚映着初升的红日,遂在梦中幻出那样奇特的山景。

我当然同样在现实生活里喜欢山,我办公室的长窗便是面山而开的。每次当窗而坐,总沉得满几尽绿,一种说不出的柔如。较远的地方,教堂尖顶的白色十字架在透明的阳光里巍立着,把蓝天撑得高高的。

我还喜欢花,不管是哪一种。我喜欢清瘦的秋菊,浓郁的玫瑰,孤洁的百合,以及幽闲的素馨。我也喜欢开在深山里不知名的小野花。十字形的、斛形的、星形的、球形的。我十分相信上帝在造万花的时候,赋给它们同样的尊荣。

我喜欢另一种花儿,是绽开在人们笑颊上的。当寒冷早晨我在巷子里,对门那位清癯的太太笑着说:"早!"我就忽然觉得世界是这样的亲切,我缩在皮手套里的指头不再感觉发僵,空气里充满了和善。

当我到了车站开始等车的时候,我喜欢看见短发齐耳的中学生,那样精神奕奕的,像小雀儿一样快活的中学生。我喜欢她们美好宽阔而又明净的额头,以及活泼清澈的眼神。每次看着她们老让我想起自己,总觉得似乎我仍是她们中间的一个。仍然单纯地充满了幻想,仍然那样容易受感动。

当我坐下来,在办公室的写字台前,我喜欢有人为我送来当天的信件。我喜欢读朋友们的信,没有信的日子是不可想象的。我喜欢读弟弟妹妹的信,那些幼稚纯朴的句子,总是使我在泪光中重新看见南方那座燃遍凤凰花的小城。最不能忘记那年夏天,德从最高的山上为我寄来一片蕨类植物的叶子。在那样酷暑的气候中,我忽然感到甜蜜而又沁人的清凉。

我特别喜爱读者的信件,虽然我不一定有时间回复。每次捧读这些信件,总让我觉得一种特殊的激动。在这世上,也许有人已透过我看见一些东西。这不就够了吗?我不需要永远存在,我希望我所认定的真理永远存在。

我把信件分放在许多小盒子里,那些关切和怀谊都被妥善地保存着。

除了信,我还喜欢看一点书,特别是在夜晚,在一灯荧荧之下。我不是一个十分用功的人,我只喜欢看词曲方面的书。有时候也涉及一些古拙的散文,偶然我也勉强自己看一些浅近的英文书,我喜欢他们文字变化的活泼。

夜读之余,我喜欢拉开窗帘看看天空,看看灿如满园春花的繁星。我更喜欢看远处山坳里微微摇晃的灯光。那样模糊,那样幽柔,是不是那里面也有一个夜读的人呢?

在书籍里面我不能自抑地要喜爱那些泛黄的线装书,握着它就觉得握着一脉优美的传统,那涩黯的纸面蕴含着一种古典的美。我很自然地想到,有几个人执过它,有几个人读过它。他们也许都过去了。历史的兴亡、人物的迭代本是这样虚幻,唯有书中的智慧永远长存。

我喜欢坐在汪教授家中的客厅里,在落地灯的柔辉中捧一本线装的昆曲谱子。当他把旧发亮的褐色笛管举到唇边的时候,我就开始轻轻地按着板眼唱起来,那柔美幽咽的水磨调在室中低回着,寂寞而空荡,像江南一池微凉的春水。我的心遂在那古老的音乐中体味到一种无可奈何的轻愁。

我就是这样喜欢着许多旧东西,那块小毛巾,是小学四年级参加儿童周刊父亲节征文比赛得来的。那一角花岗石,是小学毕业时和小曼敲破了各执一半的。那具布娃娃是我儿时最忠实的伴侣。那本毛笔日记,是七岁时被老师逼着写成的。那两只蜡烛,是我过二十岁生日的时候,同学们为我插在蛋糕上的……我喜欢这些财富,以致每每整个晚上都在痴坐着,沉浸在许多快乐的回忆里。

我喜欢翻旧相片,喜欢看那个大眼睛长辫子的小女孩。我特别喜欢坐在摇篮里的那张,那么甜美无忧的时代!我常常想起母亲对我说:"不管你们将来遭遇什么,总是回忆起来,人们还有一段快活的日子。"是的,我骄傲,我有一段快活的日子——不只是一段,我相信那是一生悠长的岁月。

我喜欢把旧作品一一检视,如果我看出已往作品的缺点,我就高兴得不能自抑——我在进步!我不是在停顿!这是我最快乐的事了,我喜欢进步!

我喜欢美丽的小装饰品,像耳环、项链和胸针。那样晶晶闪闪的、细细微微的、奇奇巧巧的。它们都躺在一个漂亮的小盆子里,炫耀着不同的美丽,我喜欢不时看看它们,把它们佩在我的身上。

我就是喜欢这么松散而闲适的生活,我不喜欢精密地分配的时间,不喜欢紧张地安排节目。我喜欢许多不实用的东西,我喜欢充足的沉思时间。

我喜欢晴朗的礼拜天清晨,当低沉的圣乐冲击着教堂的四壁,我就忽然升入另一个境界,没有纷扰,没有战争,没有嫉恨与恼怒。人类的前途有了新光芒,那种确切的信仰把我带入更高的人生境界。

我喜欢在黄昏时来到小溪旁。四顾没有人,我便伸足入水——那被夕阳照得极艳丽的溪水,细沙从我趾间流过,某种白花的瓣儿随波飘去,一会儿就幻灭了——这才发现那实在不是什么白花瓣儿,只是一些被石块激起来的浪花罢了。坐着,坐着,好像天地间流动着和暖的细流。低头沉吟,满溪红霞照得人眼花,一时简直觉得双足是浸在一钵花汁里呢!

我更喜欢没有水的河滩,长满了高及人肩的蔓草。日落时一眼望去,白石不尽,有着苍莽凄凉的意味。石块垒垒,把人心里慷慨的意绪也堆叠起来了。我喜欢那种情怀,好像在峡谷里听人喊秦腔,苍凉的余韵回转不绝。

我喜欢别人不注意的东西,像草坪上那株没有人理会的扁柏,那株瑟缩在高大龙柏之下的扁柏。每次我走过它的时候总要停下来,嗅一嗅那股儿清香,看一看它谦逊的神气。有时候我又怀疑它是不是谦逊,因为也许它根本不觉得龙柏的存在。又或许它虽知道有龙柏存在,也不认为伟大与平凡有什么两样——事实上伟大与平凡的确也没有什么两样。

我喜欢朋友,喜欢在出其不意的时候去拜访他们。尤其喜欢在雨天去叩湿湿的大门,在落雨的窗前话旧真是多么美,记得那次到中部去拜访芷的山居,我永不能忘记她看见我时的惊呼。当她连跑带跳地来迎接我,山上阳光就似乎忽然炽燃起来了。我们走在向日葵的荫下,慢慢地倾谈着。那迷人的下午像一阕轻快的曲子,一会儿就奏完了。

我极喜欢,而又带着几分崇敬去喜欢的,便是海了。那辽阔,那淡远,都令我心折。而那雄壮的气象,那平稳的风范,以及那不可测的深沉,一直向人类作着无言的挑战。

我喜欢家,我从来还不知道自己会这样喜欢家。每当我从外面回来,一眼看到那窄窄的红门,我就觉得快乐而自豪,我有一个家多么奇妙!

我也喜欢坐在窗前等他回家来。虽然过往的行人那样多,我总能分辨他的足音。那是很容易的,如果有一个脚步声,一入巷子就开始跑,而且听起来是沉重急速的大阔步,那就准是他回来了!我喜欢他把钥匙放进门锁中的声音,我喜欢听他一进门就喘着气喊我的英文名字。

我喜欢晚饭后坐在客厅里的时分。灯光如纱,轻轻地撒开。我喜欢听一些协奏曲,一面捧着细瓷的小茶壶暖手。当此之时,我就恍惚能够想象一些田园生活的悠闲。

我也喜欢户外的生活,我喜欢和他并排骑着自行车。当礼拜天早晨我们一起赴教堂的时候,两辆车子便并驰在黎明的道上,朝阳的金波向两旁溅开，我遂觉得那不是一辆脚踏车，而是一艘乘风破浪的飞艇，在无声的欢唱中滑行。我好像忽然又回到刚学会骑车的那个年龄，那样兴奋，那样快活，那样唯我独尊——我喜欢这样的时光。

我喜欢多雨的日子。我喜欢对着一盏昏灯听檐雨的奏鸣。细雨如丝，如一天轻柔的叮咛。这时候我喜欢和他共撑一柄旧伞去散步。伞际垂下晶莹成串的水珠———幅美丽的珍珠帘子。于是伞下开始有我们宁静隔绝的世界，伞下缭绕着我们成串的往事。

我喜欢在读完一章书后仰起脸来和他说话，我喜欢假想许多事情。

"如果我先死了，"我平静地说着，心底却泛起无端的哀愁，"你要怎么样呢？"

"别说傻话，你这憨孩子。"

"我喜欢知道，你一定要告诉我，如果我先死了，你要怎么办？"

他望着我，神色愀然。

"我要离开这里，到很远的地方去，去做什么，我也不知道，总之，是很遥远的很蛮荒的地方。"

"你要离开这屋子吗？"我急切地问，环视着被布置得像一片紫色梦谷的小屋。我的心在想象中感到一种剧烈的痛楚。

"不，我要拼着命去赚很多钱，买下这栋房子。"他慢慢地说，声音忽然变得凄怆而低沉：

"让每一样东西像原来那样被保持着。哦，不，我们还是别说这些傻话吧！"

我忍不住潸泪泫然了，我不明白，为什么我喜欢问这样的问题。

"哦，不要痴了，"他安慰着我，"我们会一起死去的。想想，多美，我们要相偕着去参加天国的盛会呢！"

我喜欢相信他的话，我喜欢想象和他一同跨入永恒。

我也喜欢独自想象老去的日子，那时候必是很美的。就好像夕晖满天的景象一样。那时再没有什么可争夺的，可留连的。一切都淡了,都远了,都漠然无介于心了。那时候智慧深邃明彻,爱情渐渐醇化,生命也开始慢慢蜕变,好进入另一个安静美丽的世界。啊,那时候,那时候,当我抬头看到精金的大道,碧玉的城门,以及千万只迎我的号角,我必定是很激励而又很满足的。

我喜欢,我喜欢,这一切我都深深地喜欢!我喜欢能在我心里充满着这样多的喜欢!

种种可爱

作为一个小市民有种种令人生气的事——但幸亏还有种种可爱，让人忍不住的高兴。

中华路有一家卖蜜豆冰的——蜜豆冰原来是属于台中的东西（木瓜牛奶也是），但不知什么时候台北也都有了——门前有一副对联，对联的字写得普普通通，内容更谈不上工整，却是情婉意贴，令人动容。

上句是：我们是来自纯朴的小乡村。

下句是：要做大台北无名的耕耘者。

店名就叫"无名蜜豆冰"。

台北的可爱就在各行各业间平起平坐的大气象。

永康街有一家卖面的，门面比摊子大，比店小，常在门口换广告词，冬天是"100℃的牛肉面"。

春天换上"每天一碗牛肉面，力拔山河气盖世。"

这比"日进斗金"好多了，我每看一次简直就对白话文学多生出一份信心。

有一天在剧场里遇见孟瑶，请她去喝豆浆，同车去的还有俞大纲老师和陈之藩夫人，他们都是戏剧家，很高兴地纵论地方剧，忽然，那驾驶员说：

"川剧和湖北戏也都是有帮腔的呀！"

我肃然起敬，不是为他所讲的话，而是为他说话的架势，那种与一代学者比肩谈话也不失其自信的本色。

台北的人都知道自己有讲话的份，插嘴的份。

好几年前，我想找一个洗衣兼打扫的半工，介绍人找了一位洗衣妇来。

"反正你洗完了我家也是去洗别人家的，何不洗完了就替我打扫一下，我会多算钱的。"

她小声地咕哝了一阵，介绍人郑重宣布：

"她说她不扫地——因为她的兴趣只在洗衣服。"

我起先几乎大笑，但接着不由一凛，原来洗衣服也可以是一个人认真的"兴趣"。

原来即使是在"洗衣"和"扫地"之间，人也要有其一本正经的抉择，有抉择才有自主的尊严。

带一位香港的朋友坐计程车去找一个地方，那条路特别不好找，计程车驾驶员找过了头，然后又折回来。

下车的时候，他坚持要扣下多绕了冤枉路的钱。

"是我看错才走错的，怎么能收你们的钱？"

后来死推活拉，总算用折中的办法，把争执的差额付了。香港的朋友简直看得愣住了，我觉得大有面子。

祝福那位驾驶员！

我家附近有一个卖水果的，本来卖许多种水果，后来改了，只卖木瓜，见我走过，总要说一句：

"老师，我现在卖木瓜了——木瓜专科。"

又过了一阵，他改口说：

"老师，现在更进步了，是木瓜大学了。"

我喜欢他那骄矜自喜的神色，喜欢他四个肤色润泽的活蹦乱跳的孩子——大概都是木瓜大学作育有功吧？

隔巷有位老太太，祭祀很诚，逢年过节总要上供。有一天，我经过她设在门口的供桌，大吃一惊，原来她上供的主菜竟是洋芋沙拉，另外居然还有罐头。

后来想倒也发觉她的可爱，活人既然可以吃沙拉和罐头，让祖宗或神仙换换口味有何不可？

她的没有章法的供菜倒是有其文化交流的意义了。

从前，在中华路平交道口，总是有个北方人在那里卖大饼。我从来没有见过那种大饼整个一块到底有多大，但从边缘的弧度看来直径总超过二尺。

我并不太买那种饼，但每过几个月我总不放心地要去看一眼，我怕吃那种饼的人愈来愈少，卖饼的人会改行，我这人就是"不放心"（和平东路拓宽时，我很着急，深怕师大当局一时兴起，把门口那开满串串黄花的铁刀木砍掉，后来一探还在，高兴得要命）。

那种硬硬厚厚的大饼对我而言差不多是有生命的，北方黄土高原上的生命，我不忍看它在中华路上慢慢绝种。

后来不知怎么搞的，忽然满街都在卖那种大饼，我安心了，真可爱，真好，有一种东西暂时不会绝种了！

华西街是一条好玩的街，儿子对毒蛇发生强烈兴趣的那一阵子我们常去。我们站在毒蛇店门口，一家一家地去看那些百步蛇、眼镜蛇、雨伞蛇……

"那条蛇毒不毒？"我指着一条又粗又大的问店员。

"不被咬到就不毒！"

没料到是这样一句回话，我为之暗自惊叹不已。其实，世事皆可作如是观，有浪，但船没沉，何妨视作无浪，有陷阱，但人未失足，何妨视作坦途。

我常常想起那家蛇店。

有一天在一家公司的墙上看到这样一张小纸条：

"请随手关灯，节约能源，支援十大建设。"

看了以后，一下子觉得十大建设好近好近，好像就是家里的事，让人觉得就像自家厨房里添抽风机或浴室里要添热水炉，或饭厅里要添冰箱的那份热闹亲切的喜气。——有喜气就可以省着过日子，省得扎实有希望。

为了整修"我们咖啡屋",我到八斗子渔港去买渔网,渔网是棉纱的,用山上采来的一种植物染成赭红色,现在一般都用尼龙的了,那种我想要的老式的棉纱渔网已成古董。

终于找到一家有老渔网的,他们也是因为舍不得,所以许多年来一直没丢,谈了半天他们决定了价钱:

"二角三!"

二角三就是二千三百的意思,我只听见城里市面上的生意人把一万说成一块,没想到在偏僻的八斗子也是这样说的。大家说到钱的时候,全都不当回事,总之是大家都有钱了,把一万元说成一块钱的时候,颇有那种偷偷地志得意满而又谦逊不露的劲头。

有一阵子,我的公交月票掉了,还没有补办好再买的手续以前,我只好每次买票——但是因为平时没养成那份习惯,每看见车来,很自然地跳上去了,等发现自己没有月票,已经人在车上了。

这种时候,车掌多半要我就便在车上跟其他乘客买票——我买了,但等我付钱时那些卖主竟然都说:"算了,不要钱了。"一次犹可,连着几次都是这样,使我着急起来,那么多好人,令人"无所逃于天地之间",长此以往,我岂不成了"免费乘车良策"的发明人了,老是遇见好人也真是让人非常吃不消的事。

我的月票始终没去补办,不过却幸运地被捡到的人辗转寄回来了,我可以高高兴兴地不再受惠于人了——不过偶然想起随便在车上都能遇见那么多肯"施惠于人"的好人,可见好人倒也不少,台北究竟还是个适合人住的地方。

在一家最大规模的公立医院里,看到一个牌子,忍不住笑了起来,那牌子上这样写着:"禁止停车,违者放气。"

我说不出的喜欢它!

老派的公家机关,总不免摆一下衙门脸,尽量在口气上过官瘾,碰到这种情形,不免要说"违者送警"或"违者法办"。

美国人比较干脆,只简简单单地两个大字"No Parking"——"勿停"。

但口气一简单就不免显得太硬。

还是"违者放气"好,不凶霸不懦弱,一点不涉及官方口吻,而且憨直可爱,简直有点孩子气的作风——而且想来这办法绝对有效。

有个朋友姓李,不晓得走路的习惯是偏于内八字或外八字——总之,他的鞋跟老是磨得内外侧不一样厚。

他偶然找到一个鞋匠,请他换鞋跟,很奇怪的,那鞋匠注视了一下,居然说:"不用换了,只要把左右互调一下就是了,反正你的两块鞋跟都还有一半是好用的!"

朋友大吃一惊,好心劝告他这样处处替顾客打算,哪里有钱赚,他却也理直气壮:

"该赚的才赚,不该赚的就不赚——这块鞋底明明还能用。"

朋友刮目相看,然后试探性地问他:

"为国家做了一辈子事,退了役还得补鞋,政府真对不起你。"

"什么?人人要这样一想还得了,其实只有我们对不起国家,国家哪有什么对不起我们的。"

朋友感动不已,嗫嗫嚅嚅地表示要送他一套旧西装(他真的怕会侮辱他),他倒也坦然接受了。

不知为什么,朋友说这故事给我听的时候,我也不觉得陌生,而且真切得有如今天早晨我才看过那老鞋匠似的。

有一次在急诊室看医生急救病人,病人已经昏迷了,氧气罩也没用了,医生狠劲地用一个类似皮球的东西往里面压缩氧气。

至少是呼吸系统有毛病。

两个医生轮流压,像打仗似的。

渐渐地,他清醒了,但仍说不出话来,医生只好不断发问来让他点头摇头,大概问十几个问题才碰得上一个点头的答案。

他是在路上发病的,一个亲人也没有,送他来的是一个不相干的人。

后来发现他可以写字——虽然他眼睛一直是闭着的。

医生问他的病历,问他是不是服过某些成药,问他现在的感觉,忽然,那医生惊喜地叫了一声:

"写下去,写下去,再写!你写得真好——哎,你的字好漂亮。"

整个的急救的过程,我都一面看一面佩服,但是当他用欢呼的声音去赞美那病人不成笔画的字的时候,我却为之感动得哽咽起来。

病人果真一路写下去。

也许那病人想起了什么,虽然闭着眼睛,躺在床上仰面而写,手是从生死边缘被救回来的颤抖不已的手——但还有人在赞美他的字!也许是颜体的,也许是柳体,也许什么都不是,只是一个活着的人写的字,可贵的是此刻他的字是"被赞美的字"。

那医生救人的技能来自课本,但他赞美病人的字迹却来自智慧和爱心,后者更足以使整个的急救室像殿堂一样地神圣肃穆起来。

有一位父执辈,颇有算八字的癖好,谁家有了刚生的孩子,他总要抢来时辰,免费服务一番——那是他难得实习的机会。

算久了,他倒有一个发现,现代孩子的命普遍都比老一辈好,他又去找同道证实,得到的结论也都一样,他于是很高兴,说:

"国运一定是好的了,要不是国运好,哪有那么多命好的孩子。"

我自己完全不知道八字是怎么一回事,但听到他的话仍不免欢欣雀跃,甚至肃然起敬——为那些一面在排着神秘的八字一面又不忘忧心国事的人。

在澄清湖的小山上爬着,爬到顶,有点疑惑不知该走哪一条路回去,问道于路旁的一个老兵。

那人简直不会说话得出奇,他说:

"看到路——就走,看到路——就走,再看到路——再走,就到了。"

我心里摇头不已,怎么碰到这么呆的指路人!

赌气回头自己走，倒发现那人说的也没错，的确是"看到路——就走"，渐渐地，也能咀嚼出一点那人言语中的诗意来，天下事无非如此，"看到路——就走"，哪有什么一定的金科玉律，一部二十五史岂不是有路就走——没有路就开路，原来万物的事理是可以如此简单明了——简单明了得有如呆人的一句呆话。

西谚说，把幸运的人丢到河里，他都能口衔宝物而归，我大概也是幸运的人，生活在这座城里，虽也有种种倒霉事，但奇怪的是，我记得住的而且在心中把玩不已的全是这些可爱的片断！这些从生活的渊泽里捞起来的种种不尽的可爱。

关于拥抱

"关于拥抱,你有什么可以告诉我们的吗?"

电话是杂志社的女孩子打来的,声音娇滴滴,她说要采访我,希望我为她说几分钟话,她说,照录下来,就是文章了。

可是,关于拥抱,难道我就能像背书一样在电话里背给她听吗?此时,此地,按钮,说话,五分钟,限题,由别人记录,稿费,当然也算她的。世上哪有这种霸权?

而且,她问我的问题是如此深沉隐秘,怎能在电话上作"按钮就开腔"的机械反应?

"对不起,我没有办法跟你在电话里说。"

"随便谈一谈嘛!"

"对不起,我也没有办法随便谈一谈。"

挂上电话,一方面是轻微的被打扰的不快,一方面也是自庆,庆幸自己逃出来了。报章杂志近年来流行"企划作业",喜欢把写作者纳入编辑的"主题构想"。作者于是身不由己,只好跟着编辑的调子起舞。我此番逃了出来,真是大幸。

关于拥抱,我其实很想说几句话,但我只想等我自己兴起时才起舞。

有天下午,我去看画展,画家因自小脑性麻痹,不能说话。

我在会场走了两圈,欣赏她明艳浑洒如南方阳光的色彩,以及泼墨般挥纵自如的笔力。这个女子,自出生,便与自己的肢体相搏,她五官曲扭,不能说话,靠"画字"和人沟通,却也居然在美国念到研究所。她画展前托人跟我说,她读过我的书,想见我,可不可以请我去赴她的画展。

我走到她面前,撕了一张纸,写了一行字,告诉她我喜欢她的画。

她立刻跳起来,扑在我身上,将我拥住。

和人作"礼貌式的拥抱"或"热情的拥抱",两种经验我都不陌生。但此刻被人一下死命抱住的经验却让我大吃一惊——但一切发生得又那么自然,她拿捏不稳自己的肌肉,她无法轻轻拥住我,她像溺水之人抱住浮木似的,抱住我不放,那其间有绝对的信任和友爱。

接下来,我们又在纸上交谈了一会。她的字就书法言可算极丑,东支西离,有如鬼画符,但她的眼神清纯旺炽,使她写给我的字,字字读来如纯钢如精金。

我走出画廊,在南海路上痴立。

这样不服输于命运的女子,这样快乐自适的画家,这样猛烈强悍的拥抱……我一时还不能调适过来。沿着茄冬树,我慢慢地走,一面努力用缓缓的速度,将她刚才拥抱我的那份离奇的大力道,紧紧拥入我的记忆。

别人的同学会

出门的时候,她蔫蔫的,一副意兴阑珊的样子。

多年夫妻了,装高兴的那种把戏看来也大可不必了。装假,实在是很累人的事,更何况,装得不好是会给人拆穿的,反而没趣。

他应该也看出来了,但大概由于理亏,也就不好意思说什么。两人叫了计程车,便往豪华饭店驰去。她本来就讨厌吃"泼费"("尽量吃饱"的意思),何况又是去跟丈夫的同学吃。

世上无聊的事很多,陪配偶的老同学吃饭大概也算是一桩吧?今天的晚宴,她想象起来,也不觉得会有什么乐趣。所谓"老友",本来天经地义,就该有点排外。老友聊天如果不能令别人目瞪口呆,片言只语也插不进,那也不叫"老友"了。

这种场合,她知道,做妻子的去了,实在了无生趣。但不去,又显得做丈夫的没面子,连个老婆也搬不动,只好勉勉强强无精打采的去走一遭。等一下,等到达饭店,她会把笑容拿出来挂上脸去,她会把自己装作"鸽派人士"。但现在,她想要休息一下,她把自己缩成一条还没有吹胀的气球,萎绉且扭曲,窝在座椅上。

坐上桌以后,果不出所料,几个男人开始大谈想当年,女人则静静的听,静静的吃,完全插不上嘴。同学会这种地方是不该带配偶的,太不人道了,她想,各人跑各人自己的同学会才对。好在几个太太都是质朴的人,大家低头吃东西,倒也相安。曾经碰到某些太太没话找话说,那才叫累人。

忽然,话锋一转,他们谈到了作弊。而且,他们一致把眼睛望向她的丈夫。

"哎呀,真的,我们班上唯一考试不作弊的人,就是你呀!"

"对呀,就是你,只有你一个!"

她吃了一惊,原来他是唯一的一个!她自己考试不作弊,总以为天下人都该不作弊,没料到丈夫当年竟是唯一的一个。

"那你呢?你也作弊啦!"有个太太多此一举的瞪眼问自己的丈夫。

"我不作我就毕不了业了!"那丈夫理直气壮地回答。

她默默地吃着,什么话也没讲。心里却对自己说,啊,想来那男孩当年也满可爱的,虽然现在的他已是"忠厚"人士,虽然他坐在自己身边竭力不为那份诚实而自得自豪。他的确是个诚实的君子,相处三十多年后,她倒也能为这句话盖上印章,打上包票。

"有时去参加别人的同学会倒也不完全是无聊的事。"

回家的路上,挽着丈夫的手,她想。

一碟辣酱

有一年，在香港教书。

港人非常尊师，开学第一周校长在自己家里请了一桌席，有十位教授赴宴，我也在内。这种席，每周一次，务必使校长在学期中能和每位教员谈谈。我因为是客，所以列在首批客人名单里。

这种好事因为在台湾从未发生过，我十分兴头的去赴宴。原来菜都是校长家的厨子自己做的，清爽利落，很有家常菜风格。也许由于厨子是汕头人，他在诸色调味料中加了一碟辣酱，校长夫人特别声明是厨师亲手调制的。那辣酱对我而言稍微嫌甜，但我还是取用了一些。因为一般而言广东人怕辣，这碟辣酱我若不捧场，全桌粤籍人士没有谁会理它。广东人很奇怪，他们一方面非常知味，一方面却又完全不懂"辣"是什么。我有次看到一则比萨饼的广告，说"热辣辣的"，便想拉朋友一试，朋友笑说："你错了，热辣辣跟辣没有关系，意思是指很热很烫。"我有点生气，广东话怎么可以把辣当做热的副词？仿佛辣本身不存在似的。

我想这厨子既然特意调制了这独家辣酱，没有人下箸总是很伤感的事。汕头人是很以他们的辣酱自豪的。

那天晚上吃得很愉快也聊得很尽兴，临别的时候主人送客到门口，校长夫人忽然塞给我一个小包，她说："这是一瓶辣酱，厨子说特别送给你的。我们吃饭的时候他在旁边巡巡看看，发现只有你一个人欣赏他的辣酱，他说他反正做了很多，这瓶让你拿回去吃。"

我其实并不十分喜欢那偏甜的辣酱，吃它原是基于一点善意，不料竟回收了更大的善意。我千恩万谢受了那瓶辣酱——这一次,我倒真的爱上这瓶辣酱了,为了厨子的那份情。

大约世间之人多是寂寞的吧?未被击节赞美的文章,未蒙赏识的赤忱,未受注视的美貌,无人为之垂泪的剧情,徒然的弹了又弹却不曾被一语道破的高山流水之音。或者,无人肯试的一碟食物……

而我只是好意一举箸,竟蒙对方厚赠,想来,生命之宴也是如此吧?我对生命中的涓滴每有一分赏悦,上帝总立即赐下万道流泉。我每为一个音符凝神,他总倾下整匹的音乐如素锦。

生命的厚礼,原来只赏赐给那些肯于一尝的人。

包　子

有个亲戚死了,在遥远的故土。消息传来,已是半年之后,我的悲伤也因不合节拍而显得有些荒谬。何况彼此是远亲,毫无血缘关系。但毕竟我握过她枯纤如柴的老手,感觉过她泪水滴落在我腕上的温度,也曾惊讶地看她住在黑如地穴的破屋里,手捧一把小炭篮与之相依为命。毕竟我也曾为她去买她视为仙丹的西洋参丸,听她说凄凉的晚境……

然而,这个生命却消失了,微贱如蚁。

好些日子以来,我昼思夜梦的常是那老妇人被儿子恶吼一声的悲怔。

那天,我和丈夫去看她,时间是上午,我们谈了两小时的话,赶在中午以前离去。她依依不舍,抵死要留我们吃饭,但环堵萧然,她哪里有饭可供我们吃?不得已,她说:

"这么远来,不吃饭就走,怎么行? 我到巷子口买包子……"

忽然,她的儿子回过头来,愤然大骂一声:

"哼,包子! 台湾来的人会吃你那包子!?"

老妇人立刻噤声了,我和丈夫一时也不敢回腔。那年轻人,西装笔挺,骑着威风的摩托车,时不时的跑深圳做一票生意,有时赔有时赚,但老不够他花用。老母,则丢在那里任她自生自灭。

这老妇人,因为待客的盛情,一时忘了的那份自卑感,此刻给儿子一吼,全身不安又惶愧,仿佛她真说错了话做错了事似的。

我当时心中暗怒激涌,恨不得大声骂回去,说:

"怎么样,我是台湾来的,但我就偏要吃这包子!我的嘴巴可能因为富裕的生活养刁了,我可能看这包子又肥又粗不堪入口,可是我还懂得礼数,我还知道对长辈的好意理该恭敬接受!"

但我终于按捺住,毕竟人家是母子,我若骂回去,虽逞了一时之快,恐怕长辈觉得连我这外人都如此贴心,想起儿子就更伤感了。我只好说:

"下次吧!"

"你看,第一次来,什么都没吃,就要走……"她捉住我的手不放,老泪爬满一脸,"晓风,我第一次看到你呀,我一看你就知道你这人好,我是真喜欢你,唉,我也没东西送你,你看,饭也不吃,就要走……"

对她而言,我大概等于她所有在台湾的已死的和未死的亲戚,而那些亲戚长辈又代表着一切逝去的再也不肯回来的美好岁月。

我一面拍着她的背,一面喃喃保证:

"会再来的,会的、会的,你留步,下回来,我们去吃包子。"

"今天有事要走,下次来,一定吃你这包子。"

然而,有些事,是没有下次的了。老人撒手而去。

如果,有一天,你在某个大陆巷落里,你在穿过公厕穿过破檐人家的窄道上,遇见一个奇怪的远方女子,手里拿着一团热腾腾的包子,一面流泪,一面咀嚼,那人,就是我。

那人在看画

那人在看画——这件事并不奇怪,每天,全省各地画廊里,成千的画作挂在那里,成万的观众前来看画。

他在看画,我,在看他。他的额头特别凸出,所以,在他倾身看画的时候,额头都几乎要碰到画上去了。

他看画的表情显然是喜悦的,喜悦中他左顾右盼,和在场乡亲打招呼,并且微微有几分羞涩。在他背后,几张小桌拼成一条大桌,桌上放些茶点,许多人围在那里,算是画展的开幕酒会,但这位观画人对茶点不感兴趣,他只定定地望着那幅画出神。

别的画,他似乎也看,但他至终还是回到这幅画前。

屋子里,人如潮水,一波又一波。

这里是一个美丽的客家山乡,画展,便是在当地的国小教室里举行,我平生还没见过画展在教室里办的事,不免觉得新鲜。教室里只有初夏悍烈明亮的阳光,投射灯,则一支也没有,但在阳光下看画也自有其妩媚处。

大桌子上的酒会食品也有点奇怪,不是惯见的鸡尾酒或洋芋片,而是仙草冰和些客家点心。蝉,在窗外的大树上鸣叫。

那人还在看画,画沿着教室周边挂着,每幅画几乎都是以大片的绿色构成,仿佛学校外面那大片大片的农地一时延伸到这间教室里面来了。

唯一不同的是,校外的农田千里一色,在南风中薰然如醉。画中的绿却极富变化,有些是初春耙地,有些是施肥薅草,有些是打取谷粒……古代有人跟着皇帝身边记载他二十四小时的生活,叫"实录",而这位乡土画家却亦步亦趋地跟着稻禾做它终生的忠实记录,他所画的,正是一部"稻子实录"。和政治上的实录相比,稻子实录可爱多了。

我走近那看画人,想跟他说几句话,这时,旁边刚好走来一个农妇(啊,至于我为什么判断她是一个农妇,这句话却也一时说不清,可能由于她的动作,也可能由于她的肤色或音量),她忽然对着我大声说:"呀,你看,你看,这画的,就是他啦!"

我一惊,才发觉那幅画中站在田里拔除稗子的农夫,的确也是个额头凸凸的汉子。两相对照,画中人和看画人竟像一对双胞胎,而两个凸脑壳又几乎要亲热地互相碰撞了。

我这才明白,这人为什么一直微笑着,趑趄不去,他听说自己被画了,被展了,他来看他自己。

啊,我忽然羡慕起那画家来,他画的是他身边的耕作者。农人耕田,他耕画布,而他的画中人可以跑来看他自己,这比古代叶公画龙好多了,龙是不会跑到画布前来重新审视自己的。

能有自己的土地,能有故乡,能有可以入画的老乡亲,能有值得记录的汗水——对一个画家而言,还有什么更幸运的事?

一只玉羊

它是一只羊,一只玉羊,静静地卧在橱架上,我也静静的看着它。

它的质地不好,用不着多么大的学问,就连我这样的外行也知道,那块玉已经差不多可以称之为石头了。

它的雕工也不好,粗疏的几刀,几乎有点草草了事。

何况它的价钱也不算太便宜。

但是,我终于决定,还是要把它买下来。当时我正走丝路,走到新疆的和阗。

小学时候读地理书,一直以为和阗玉是一种瓜果的名字,后来有次写作文,还说自己梦中到了新疆,吃了甜蜜的和阗玉,被老师说了一顿,气得终生不忘。

而当我来到和阗,和阗已无玉,据说好玉都到了苏州,那里师傅的手巧,懂得碾作。

和阗倒是有甜蜜多汁的葡萄,我想葡萄才是真正的和阗玉,和我童年梦中的滋味一样悠长。

但我还是决定买下那只玉羊,感动我的理由只有一个:那羊一眼看去,便知道是深深懂得羊的人雕出来的。搞不好那雕刻师傅本身便是牧羊人,养着成千上百的羊……

如果有人问我从哪一痕刀法里看出雕刻家是个熟悉羊只的人,我也说不上来,但那浑厚的大角,安定的神情,跪坐时端凝的架势都不是江南巧匠学得来的。这只玉羊的作手想必是闭着眼睛也能模拟出羊的风姿神态的人。

我买它,便是基于这一重感动。我不是买羊,而是买了某个从小跟羊一起长大的人对羊的喜爱的感觉。

每当我把玩那只小羊,那种真实喜爱的感觉就会来到我心中。

类同的感动后来在台北看蒙古族人跳兔子舞的时候又出现一次。纯朴的舞者把自己扮成一只兔子,多疑的、不安的兔子,一会儿掀动鼻子,一会儿溜目回顾,一会儿拔腿狂奔,一会儿刨土自娱……他的舞不讲内涵,不讲象征,不求深度,他就是老老实实扮了一只兔子,但那其间有舞者从小在大草原上和兔子千百次交换目光之后的熟稔,使人动容的其实就是那份熟稔。

仗美执言

我想,开始的时候,她自己也不知道后来会走得这样远。

就像嫘祖,偶然走到树下,偶然看见闪闪发光的茧,听到微风拨划万叶的声音,她惊奇的伸手摘下那枚洁白如雪凝练如蕾的椭圆形,然后拉开它,伸展它,才发现那是一缕长得说也说不完的故事。她并不知道自己已经扯出了一种叫*丝*的东西,她更不知道整个族人将因而产生一部丝的文化,并且因而会踏出一条绕过半个地球的"丝路"——她只知道那是棵碧绿的好桑树,长在一个温暖柔和的好春天。树上有一枚银银亮亮包容无限的茧,她哪里知道那样轻柔细微的一纤,竟能坚韧得足以绾住一部历史。

又如另个不知名的先民,在一个露水犹湿的清晨来到黄河边。听见水鸟婉转和鸣,一时兴起,便跟着学叫一声:

"关——关——"

水鸟傻傻地应了一声,他顽皮的再学一声。忽然,他发现那以"弓"收尾的关字是多么圆柔婉艳。

"关关。"他说。

"关关雎鸠。"他说,忽然,他知道那是一个好句子。

"关关雎鸠,"他继续念,而水鸟在沙洲上,沙洲在河上,并且由于春草萋萋,看来轻而蓬松,仿佛随时都会顺流漂走。

唉,这样简单,一条河,一个春天,河上一夜之间绿透的半实半虚的沙洲,洲上半隐半现的水鸟,以及一个看见这一切的,又欢喜又悲

切的自己。他觉得有话冲到嘴边,就照直说了出来:

"关关雎鸠——在河之洲。"

他并不知道那就是诗,他只想把春天早晨听到看到的说出来罢了。然而,他却吟出了一首诗,从一条河开始。

初识碧华,只知她是诗人罗青的妻子。而"诗人的妻子"这一职分,恐怕已经是负累颇重的名衔了。我一时也没注意她本人。后来在一九八二年我为泰北难民筹款,办了"作家小手艺义卖",她拿出一些精致的刺绣首饰,才真正把大家吓了一跳。一九八六年她又在台湾民艺文物之家展出一次,作品更见丰美繁富。最近她把心得和作品结成集子,一页页掀开,只觉是一幅幅有插图的诗集——或者说,有说明的画册。歆羡之余,很愿意为她"仗美执言"。

碧华和丝线的因缘其实也很偶然。那年,她母亲出国,留一盒丝线给她,那大概是她第一次惊艳吧?中国人的色彩表现最早的可见于彩陶,至于文字方面的记载,则见于《尚书》:"以五采彰于五色,作服汝明。"可见早期的色彩是和丝线连在一起的(虽然并不因而不和别的连在一起)。彩色丝线的绚丽艳泽足以用来调剂单色的布,进而可以区别官阶军种,算得上是源远流长了。碧华爱上的那盒丝线,溯其源竟可以上接五千年前中国人对蚕丝爱悦流盼的目光。

碧华拿起针来,描摹之际,竟不知不觉便做出类似香包的小手艺,香包其实正是往古时代农业社会初夏时日的好心情。新嫁的女子,在第二年端午节,照例要做些香包分送族人,特别是小孩子,往往可以像"佩六国相印"般带着婶婶、嫂嫂、姊姊等人的不同香包。名为辟邪,其间自有手艺高下巧拙的比较,而新嫁娘的手艺一向是大家争看的焦点。碧华初试手艺时,心情或者亦如新嫁娘吧?分给大家围观传阅的时候,心情亦不过是节庆期间的一团喜气吧?

但缝着缝着,一针一线之余,她竟缝出自成一格的刺绣首饰来了。世上的首饰虽然有金有银有铜有锡有珠有玉有各种钻石宝石且有玻璃、陶瓷、种子、木头、骨头、牙齿……但要找一条精致的刺绣首饰却必须到碧华的工作间去——这件事,开头的时候,我敢说,碧华自己是一点也不知道的。她只是觉得丝线鲜活美丽,她只是知道把两根丝线放在一起会比一条更鲜活美丽,线线相叠,不意就这样竟撞出一番乾坤来了。

我看碧华作品的心情,也如端午节小儿伸手讨新嫁娘的香包,挂在身上,无限喜悦——为那一手生香活色的好针线,为村社间的好年成好节景好兴致,为玩着玩着不知不觉开了宗创了业的潇洒。

细赏碧华作品,或仿战国玉器,莹润温婉。或拟印度色彩,幽艳玄秘。或作螭蛟腾云或成花团锦绣。其心思之致密,品味之醇雅,用色用针之能宏肆能守成,都令人惊喜错愕不已。

如果碧华一开始就立好计划,打出旗号,拟定十年工作进度表,要把自己造成一位"现代化刺绣首饰制作人"当然也没有什么不好。但我更喜欢她目前的程序,是不知不识间拈起一根属于母亲的丝线——然后再拈起另一根。色与色相授,神与形相接。她在不能自持的情况下,一步步陷入困惑和奋扬,作品在梦中涌现,在冥思中成长,复在静定中一针一缕的完成。

我为碧华喜,但更为可以产生碧华的社会喜,为艺术上英雄四起开疆拓土的鹰扬时代喜,为传统可楔入现代喜,更为自己可以看到好东西的权利窃喜。

————原载一九八七年九月二十六日《中副》

一句好话

小时候过年，大人总要我们说吉祥话，但碌碌半生，竟有一天我也要教自己的孩子说吉祥话了，才蓦然警觉这世间好话是真有的，令人思之不尽，但却不是"升官""发财""添丁"这一类的，好话是什么呢？冬夜的晚上，从爆白果的馨香里，我有一句没一句的想起来了……

一

"你们爱吃肥肉？还是瘦肉？"

讲故事的是个年轻的女佣人名叫阿密，那一年我八岁，听善忘的她一遍遍重复讲这个她自己觉得非常好听的故事，不免烦腻，故事是这样的：

> 有个人啦，欠人家钱，一直欠，欠到过年都没有还哩，因为没有钱还嘛。后来那个债主不高兴了，他不甘心，所以到了吃年夜饭的时候，就偷偷跑到欠钱的家里，躲在门口偷听，想知道他是真没有钱还是假没有钱，听到开饭了，那欠钱的说：
>
> "今年过年，我们来大吃一顿，你们小孩子爱吃肥肉？还是瘦肉？"

（顺便插一句嘴，这是个老故事，那年头的肥肉瘦肉都是无上美味。）

那债主站在门外，听得清清楚楚，气得要死，心里想，你欠我钱，害我过年不方便，你们自己原来还有肥肉瘦肉拣着吃哩！他一气，就冲进屋里，要当面给他好看，等到跑到桌子一看，哪里有肉，只有一碗萝卜一碗番薯，欠钱的人站起来说，没有办法，过年嘛，萝卜就算是肥肉，番薯就算是瘦肉，小孩子嘛！

原来他们的肥肉就是白白的萝卜，瘦肉就是红红的番薯。他们是真穷啊，债主心软了，钱也不要了，跑回家去过年了。

许多年过去了，这个故事每到吃年夜饭时总会自动回到我的耳畔，分明已是一个不合时宜的老故事，但那个穷父亲的话多么好啊，难关要过，礼仪要守，钱却没有，但只要相恤相存，菜根也自有肥腴厚味吧！

在生命宴席极寒俭的时候，在关隘极窄难过的时候，我仍要打起精神对自己说："喂，你爱吃肥肉？还是瘦肉？"

二

"我喜欢跟你用同一个时间。"

他去欧洲开会，然后转美国，前后两个月才回家，我去机场接他，提醒他说："把你的表拨回来吧，现在要用台湾时间了。"

他愣了一下，说：

"我的表一直是台湾时间啊！我根本没有拨过去！"

"那多不方便！"

"也没什么,留着台湾的时间我才知道你和小孩在干什么,我才能想象,现在你在吃饭,现在你在睡觉,现在你起来了……我喜欢跟你用同一个时间。"

他说那句话,算来也有十年了,却像一幅挂在门额的绣锦,鲜色的底子历经岁月,却仍然认得出是强旺的火红。我和他,只不过是凡世中,平凡又平凡的男子和女子,注定是没有情节可述的人,但久别乍逢的淡淡一句话里,却也有我一生惊动不已、感念不尽的恩情。

三

"好咖啡总是放在热杯子里的!"

经过罗马的时候,一位新识不久的朋友执意要带我们去喝咖啡。

"很好喝的,喝了一辈子难忘!"

我们跟着他东抹西拐大街小巷地走,石块拼成的街道美丽繁复,走久了,让人会忘记目的地,竟以为自己是出来踏石块的。

忽然,一阵咖啡浓香侵袭过来,不用主人指引,自然知道咖啡店到了。

咖啡放在小白瓷杯里,白瓷很厚,和中国人爱用的薄瓷相比另有一番稳重笃实的感觉。店里的人都专心品咖啡,心无旁骛。

侍者从一个特殊的保暖器里为我们拿出杯子,我捧在手里,忍不住讶道:

"咦,这杯子本身就是热的哩!"

侍者转身,微微一躬,说:

"女士,好咖啡总是放在热杯子里的!"

他的表情既不兴奋,也不骄矜,甚至连广告意味的夸大也没有,只是淡淡地在说一句天经地义的事而已。

是的,好咖啡总是应该斟在热杯子里的,凉杯子会把咖啡带凉了,香气想来就会蚀掉一些,其实好茶好酒不也都如此吗?

原来连"物"也是如此自矜自重的,《庄子》中的好鸟择枝而栖,西洋故事里的宝剑深契石中,等待大英雄来抽拔,都是一番万物的清贵,不肯轻易亵慢了自己。古代的禅师每从喝茶啜粥去感悟众生,不知道罗马街头那端咖啡的侍者也有什么要告诉我的,我多愿自己也是一份千研万磨后的香醇,并且慎重的斟在一只洁白温暖的厚瓷杯里,带动一个美丽的清晨。

四

"将来我们一起老。"

其实,那天的会议倒是很正经的,仿佛是有关学校的研究和发展之类的。

有位老师,站了起来,说:

"我们是个新学校,老师进来的时候都一样年轻,将来要老,我们就一起老了……"

我听了,简直是急痛攻心,赶紧别过头去,免得让别人看见我的眼泪,——从来没想到原来同事之间的萍水因缘也可以是这样的一生一世啊!学院里平日大家都忙,有的分析草药,有的解剖小狗,有的带学生做手术,有的正埋首典籍……研究范围相差既远,大家都不暇顾及别人,然而在一度一度的后山蝉鸣里,在一阵阵的上课钟声间,在满山台湾相思芬芳的韵律中,我们终将垂垂老去,一起交出我们的青春而老去。

能为一个学校而老,能跟其他的一时俊彦一起老,能看着一批批的孩子长大而心安理得地去老,这也算是一种幸福吧?

五

"你长大了,要做人了!"

汪老师的家是我读大学的时候就常去的,他们没有子女,我在那里从他读《花间词》,跟着他的笛子唱昆曲,并且还留下来吃温暖的羊肉涮锅……

大学毕业,我做了助教,依旧常去。有一次,为了买不起一本昂价的书便去找老师给我写张名片,想得到一点折扣优待。等名片写好了,我拿来一看,忍不住叫了起来:

"老师,你写错了,你怎么写'兹介绍同事张晓风',应该写'学生张晓风'的呀!"

老师把名片接过去,看着我,缓缓地说:

"我没有写错,你不懂,就是要这样写的。你以前是我的学生,以后私底下也是,但现在我们在一所学校里,你是助教,我是教授,阶级虽不同却都是教员,我们不是同事是什么?你不要小孩子脾气不改,你现在长大了,要做人了,我把你写成同事是给你做脸,不然老是'同学''同学'的,你哪一天才成人?要记得,你长大了,要做人了!"

那天,我拿着老师的名片去买书,得到了满意的折扣,至于省掉了多少钱我早已忘记,但不能忘记的却是名片背后的那番话,直到那一刻,我才在老师的爱纵推重里知道自己是与学者同其尊与长者同其荣的,我也许看来不"像"老师的同事,却已的确"是"老师的同事了。

竟有一句话使我一夕成长。

平视，也有美景

在香港，如果要约人相会，最好的见面地点似乎没什么可争议的，当然是高大醒目的汇丰银行。它离地铁近，是无人不知的地标。

那天，我便和朋友约在那里见面，打算坐缆车上山去吃饭观景。汇丰银行唯一的缺点是范围太大，且因"人同此心"，在此处等人的人海以百计。假日期间菲佣麇聚，如同市集，所以有必要再指定一个小范围来碰头。

"铜狮子吧！"朋友建议，"面对银行右边的那一只。"

朋友细心，狮子照例是一对，如果不说明左右，到时候总有点令人心慌。

我早到了，路远，不容易控制时间，多出二十分钟便只好拿来四处打量人群。新雨初晴，万头攒动，港人是什么大风大浪都经过了，"上海汇丰银行"的盛名炳炳彪彪，比起那些新贵，它是老牌多了。而那两只狮子威仪赫赫，是往昔的也是今日的荣耀。

我于香港，虽是身居过客时为多，但我在这里曾教过书，我的戏也在此演过。我且拥有这个地区的身份证，和汇丰提款卡，使我和她之间不免觉得有点两情缱绻起来。

铜狮子曾被多少双手摸过？它永远那么光滑润泽，摸它的人都心怀喜悦吧？它那么雄壮，却那么驯良无害，每个人都可以一亲它那铜质的清凉的肌肤。

来了一对情侣，在狮身前合照后离去。

来了一个小孩，被大人抱起，摸了一把狮毛，咯咯地笑着走了。

来了一个女子,细瘦郁悒,她轻轻地握了狮腿,面无表情地走开。

我站在一旁看,我想起西方中古世纪有一种"带状演戏"的方法(这不是学术名词,是我为了方便说明姑且用之的讲法)。那时代,有些野台戏的演法是让观众站在路旁,演员则站在车子上(有点像电子花车),车到定位便停下来演一段献给路边的戏迷看。然后车子开走,然后下面会再开来一车,车上的演员会提供下一回合的剧情。如此一车车的情节串成悲欢离合,串成善恶报应,观众则在虚实幻设中喟叹、喜笑、流泪……

我今也是站在银行前的定点上看众生演出、离去、演出、离去……的戏迷。

然后,我看到有个穿黑色唐装的老人扶着杖走来,他慢慢的摸了狮头,又摸了狮座。

"咦,怎么有水?"他叫了一声。

"刚才下过一阵雨。"旁边回答他的年轻女子看来像他的女儿。我这才注意到,他是个瞎子。

"以前,我是看过铜狮子的!好久了!"他说。

啊,女儿真好,真贴心,只有女儿才会想到要带盲眼的父亲出来散心,并且来摸摸这铜狮子。

我要约的朋友来了,我们一起去排队坐缆车。不料等缆车的时候,又碰到这对父女。我的广东话虽不怎么样,却厚着脸皮去找那女孩搭话:

"他是你什么人呀?"

"他是我爹地!"

"你真有心(这句话在粤语中有点等于体贴细致的意思),你爹地有你这样的女儿好福气!"

这时朋友忽然对女孩说:

"我看你有点面熟哩!"

"我看你也是呀!"女孩说。

两人终于对出来了,朋友因为是牧师,有时会去各教堂讲道,他们曾在教堂见过。

于是聊起来,知道他们从广东来香港三十年了,知道她爸爸是这些年失明的,知道这位身着黑色唐装的老人从前是读过中国古书的,"会背好多文章和诗词歌赋呢!"女孩无限景仰地夸耀着,老人则温和地浅笑。

"你有这个女儿,好过人家好多仔(儿子)哩!"

老人一径微笑,用最谦逊的表情承认了他的骄傲。

到太平山坐缆车并赴山顶餐厅吃饭,一般人目的只有一个,便是俯瞰山下的千门万户和依依港湾——我不好意思问女孩,对于失明的父亲,这一切,不都浪费了吗?

然而,缆车上,闭上眼,我揣摩盲人的世界,车子往上攀爬的时候,其实身体也是有感觉的。下了缆车,如鞭的山风自然跟平地是迥然不同的。盲人于风景既不能俯望也不能仰望,但当女儿牵着他手徐徐前行的时候,他会知道,自己就是令人羡慕的大好的风景。

餐厅的人潮里我们走失了,但我知道,午餐的好味道他是嚼得出来的,而午后山径上的阳光,他也必然知道其好处在哪里。

不属于视觉的好东西其实也蛮多的,其中最好的一项当然便是女儿——一个笑话朗朗,半肩柔发,一路搀着父亲的好女儿。

下一次,下一次我如果再去汇丰总行,我会好好摸一下那只铜狮子。我会感知触摸的世界是如何清凉有致,感知世间曾有多少只手,各以他们一己的体温和指纹留下他们无言的故事。

登高俯瞰,原是许多城市常见的观光项目。如果你坐进旋转餐厅吃饭,你还可以看到整个三百六十度的"完全景观"——但我真正志之不忘的,其实只是在寻常的小街角,用平视的角度所看到的小人物,以及他们平凡而又庸常的父慈子孝。平视——不一定要仰视或俯视——也有美景。

我　　在

记得是小学三年级,偶然生病,不能去上学。于是抱膝坐在床上,望着窗外寂寂青山、迟迟春日,心里竟有一份巨大幽沉至今犹不能忘的凄凉。当时因为小,无法对自己说清楚那番因由,但那份痛,却是记得的。

为什么痛呢?现在才懂,只因你知道,你的好朋友都在那里,而你偏不在,于是你痴痴地想,他们此刻在升旗吗?他们在操场上追追打打吗?他们在教室里挨骂吗?他们到底在干什么啊?不管是好是歹,我想跟他们在一起啊!一起挨骂挨打都是好的啊!

于是,开始喜欢点名,大清早,大家都坐得好好的,小脸还没有开始脏,小手还没有汗湿,老师说:

"×××"

"在!"

正经而清脆,仿佛不是回答老师,而是回答宇宙乾坤,告诉天地,告诉历史,说,有一个孩子"在"这里。

回答"在"字,对我而言总是一种饱满的幸福。

然后,长大了,不必被点名了,却迷上旅行,每到山水胜处,总想举起手来,像那个老是睁着好奇圆眼的孩子,回一声:

"我在。"

我在,和"某某到此一游"不同,后者张狂跋扈,目无余子,而说"我在"的仍是个清晨去上学的孩子,高高兴兴地回答长者的问题。

其实人与人之间,或为亲情或为友情或为爱情,哪一种亲密的情谊不是基于我"在"这里,刚好,你也"在"这里的前提?一切的爱,不就是"同在"的缘分吗?就连神明,其所以为神明,也无非由于"昔在、今在、恒在",以及"无所不在"的特质。而身为一个人,我对自己"只能出现于这个时间和空间的局限"感到另一种可贵,仿佛我是拼图板上扭曲奇特的一块小形状,单独看,毫无意义,及至恰恰嵌在适当的时空,却也是不可少的一块。天神的存在是无始无终浩浩莽莽的无限,而我是此时此际此山此水中的有情和有觉。

有一年,和丈夫带着一团年轻人到美国和欧洲去表演,我坚持选崔颢的《长干行》作为开幕曲,在一站复一站的陌生城市里,舞台上碧色绸子抖出来粼粼水波,唐人乐府悠然导出:

　　君家何处住?
　　妾住在横塘。
　　停船暂借问,
　　或恐是同乡。

渺渺烟波里,只因一错肩而过,只因你在清风我在明月,只因彼此皆在这地球,而地球又在太虚,所以不免停舟问一句话,问一问彼此隶属的籍贯,问一问昔日所生,他年所葬的故里。那年夏天,我们也是这样一路去问海外中国人的隶属所在啊!

一九八三年九月二十四日我到香港教书,翌日到超级市场去买些日用品,只见人潮涌动,米、油、罐头、卫生纸都被抢购一空。当天港币与美金的比例跌至最低潮,已到了十与一之比。朋友都替我惋惜,因为薪水贬值等于减了薪。当时我望着快被搬空的超级市场,心里竟像疼惜生病的孩子一般地爱上这块土地。我不是港督,不是黄华,左右不了港人的命运。但此刻,我站在这里,跟缔造了经济奇迹的香港的中国人在一起。而我,仍能应邀在中文系里教古典诗,至少有半年的时间,我可以跟这些可敬的同胞并肩,不能做救星,只是"在一起",只是跟年轻的孩子一起回归于故国的文化。一九九七年,香港的命运会如何?我不知道,只知道曾有一个秋天,我在那里,不是观光客,是"在"那里。

旧约《圣经》里记载了一则三千年前的故事,那时老先知以利因年迈而昏聩无能,坐视宠坏的儿子横行。小先知撒母耳却仍是幼童,懵懵懂懂地穿件小法袍在空旷的大圣殿里走来走去,然而,事情发生了,有一夜他听见轻声呼唤:

"撒母耳!"

他虽渴睡却是个机警的孩子,跳起来,便跑到老以利面前:

"你叫我,我在这里!"

"我没有叫你,"老态龙钟的以利说:"你去睡吧!"

孩子去躺下,他又听到相同的叫唤:

"撒母耳!"

"我在这里,是你叫我吗?"他又跑到以利跟前。

"不是,我没叫你,你去睡吧。"

第三次他又听见那召唤的声音,小小的孩子实在给弄糊涂了,但他仍然尽快跑到以利面前。

老以利蓦然一惊,原来孩子已经长大了,原来他不是小孩子梦里听错了话,不,他已听到第一次天音,他已面对神圣的召唤。虽然他只是一个稚弱的小孩,虽然他连什么是"天之钟命"也听不懂,可是,旧时代毕竟已结束,少年英雄会受天承运挑起八方风雨。

"小撒母耳,回去吧!有些事,你以前不懂,如果你再听到那声音,你就说:'神啊!请说,我在这里。'"

撒母耳果真第四度听到声音,夜空烁烁,廊柱耸立如历史,声音从风中来,声音从星光中来,声音从心底的潮声中来,来召唤一个孩子。撒母耳自此至死,一直是个威仪赫赫的先知,只因多年前,当他还是稚童的时候,他答应了那声呼唤,并且说:"我,在这里。"

我当然不是先知,从来没有想做"救星"的大志,却喜欢让自己是一个"紧急待命"的人,随时能说:"我在,我在这里"。

这辈子从来没喝得那么多,大约是一瓶啤酒吧,那是端午节的晚上,在澎湖的小离岛。为了纪念屈原,渔人那一天不出海,小学校长陪着我们和家长会的朋友吃饭,对于仰着脖子的敬酒者你很难说"不"。他们喝酒的样子和我习见的学院人士大不相同,几杯下肚,忽然红上脸来,原来酒的力量竟是这么大的。起先,那些宽阔黧黑的脸不免有一份不自觉的面对台北人和读书人的卑抑,但一喝了酒,竟人人争着说起话来,说他们没有淡水的日子怎么苦,说淡水管如何修好了又坏了,说他们宁可倾家荡产,也不要天天开船到别的岛上去搬运淡水……

而他们嘴里所说的淡水,从台北人看来也不过是咸涩难咽的怪味水罢了——只是于他们却是遥不可及的美梦。

我们原来只是想去捐书,只是想为孩子们设置阅览室,没有料到他们红着脸粗着脖子叫嚷的却是水!这个岛有个好听的名字,叫岛屿,岩岸是美丽的黑得发亮的玄武石组成的。浪大时,水珠会跳过教室直落到操场上来,澄莹的蓝波里有珍贵的丁香鱼,此刻餐桌上则是酥炸的海胆,鲜美的小管……然而这样一个岛,却没有淡水……

我能为他们做什么?在同盏共饮的黄昏,也许什么都不能,但至少我在这里,在倾听,在思索我能做的事……

读书,也是一种"在"。

有一年,到图书馆去,翻一本《春在堂笔记》,那是俞樾先生的集子,红绸精装的封面,打开封底一看,竟然从来也没人借阅过,真是"古来圣贤皆寂寞"啊!心念一动,便把书借回家去,书在,春在,但也要读者在才行啊,我的读书生涯竟像某些人玩"碟仙",仿佛面对作者的精魄。对我而言,李贺是随召而至的,悲哀悼亡的时候,我会说:"我在这里,来给我念那首《苦昼短》吧!念'吾不识青天高,黄地厚,唯见月寒日暖,来煎人寿。'"读那首韦应物的《调笑令》的时候,我会轻轻地念"胡马胡马,远放燕支山下,跑沙跑雪独嘶,东望西望路迷,迷路迷路,边草无穷日暮",一面觉得自己就是那从唐朝一直狂驰至今不停的战马,不,也许不是马,只是一股激情,被美所迷,被莽莽黄沙和胭脂红的落日所震慑,因而心绪万千,不知所止的激情。

看书的时候,书上总有绰绰人影,其中有我,我总在那里。

《旧约》创世记里,堕落后的亚当在凉风乍至的伊甸园把自己藏匿起来。

上帝说:

"亚当,你在哪里?"

他嗫而不答。

如果是我,我会走出,说:

"上帝,我在,我在这里,请你看着我,我在这里。不比一个凡人好,也不比一个凡人坏,有我的逊顺祥和,也有我的叛逆凶戾,我在我无限的求真求美的梦里,也在我脆弱不堪一击的人性里,上帝啊,俯察我,我在这里。"

我在,意思是说我出席了,在生命的大教室里。

几年前,我在山里说过的一句话容许我再说一遍,作为终响:

"树在。山在。大地在。岁月在。我在。你还要怎样更好的世界?"

生命,以什么单位计量

这是一家小店铺,前面做门市,后面住家。

星期天早晨,老板娘的儿子从后面冲出来,对我大叫一句:

"我告诉你,我的电动玩具比你多!"

我不知道他在跟谁说话,四面一看,店里只我一人,我才发现,这孩子在跟我作现代版的"石崇斗富"。

"你的电动玩具都是小的,我的,是大的!"小孩继续叫阵。

老天爷,这小孩大概太急于压垮人,于是饥不择食,居然来单挑我,要跟我比电动玩具的质跟量。我难道看起来会像一个玩电动玩具的小孩吗?我只得苦笑了。

他其实是个满清秀的小孩,看起来也聪明机灵,但他为什么偏偏要找人比电动玩具呢?

"我告诉你,我根本没有电动玩具!"我弯腰跟那小孩说,"一个也没有,大的也没有,小的也没有——你不用跟我比,我根本就没有电动玩具,告诉你,我一点也不喜欢电动玩具。"

小孩目瞪口呆地望着我,正在这时候,小孩的爸爸在里面叫他:

"回来,不要烦客人。"

(奇怪的是他只关心有没有哪一宗生意被这小鬼吵掉了,他完全没想到说这种话的儿子已经很有毛病了。)

我不能忘记那小孩惊奇不解的眼神。大概,这正等于你驰马行过草原有人拦路来问:

"远方的客人啊,请问你家有几千骆驼?几万牛羊?"

你说:

"一只也没有,我没有一只骆驼,一只牛,一只羊,我连一只羊蹄也没有!"

又如雅美人问你:"你近年有没有新船下水?下水礼中你有没有准备够多的芋头?"

你却说:

"我没有船,我没有猪,我没有芋头!"

这是一个奇怪的世界,计财的方法或用骆驼或用芋头,或用田地,或用妻妾,至于黄金、钻石、房屋、车子、古董——都是可以计算的单位。

这样看来,那孩子要求以电动玩具和我比画,大概也不算极荒谬吧!

可是,我是生命,我的存在既不是"架"、"栋"、"头"、"辆",也不是"亩"、"艘"、"匹"、"克拉"等等单位所可以称量评估的啊!

我是我,不以公斤,不以公分,不以智商,不以学位,不以畅销的"册数"。我,不纳入计量单位。

摇动过,但依然是我的土地

"黄来了,新加坡的黄,你记得吗?我们也许明天请他吃饭聊聊。"丈夫跟我说这句话是在晚餐的时候。

每次去新马,黄都把我的安适看成他的责任,三年不见,不知他怎么样了。但我也来不及想他,晚饭后睡了一觉,十二点起来赶稿。老朋友逼着要,躲不掉的。

那篇稿写的是台湾,写的时候自己几乎要笑出来,一所秀朗国小比南太平洋的小岛国"诺鲁"要大好多倍哩!那个国家真是人丁不旺,总共才八千零四十二人;吐瓦鲁也好不到哪里去,才一万人,我们一所秀朗国小就够成立好几个国家了。但高山上那只有一两个学生的国小也很动人,一切的教室、教学设备、师资仍然一丝不苟,只为对那一两个孩子有所预期,只为了让每个幼小者都能有学习的惊喜。写着写着,又写到玉山,写到国家公园。四点钟,女儿也起来了,我们各据餐桌一方,互不说话,认真忙自己的"功课"。

五点了,我去找录音机,打算把杂乱的稿子念一遍,供人誊抄。一站起来,只觉地覆天翻,女儿叫起来,我拉她躲在餐桌下面,那经验又恐惧又好玩。我们母女从来还不会如此鼻子贴鼻子地蹲在桌子底下哩!即使在她极幼小的时候也不曾;家中两个男生也爬起来了,家里闹嚷一片,像除夕夜。

我六点躺下,把闹钟拨到七点,因为八点有课,整个过程里我只能说,上帝,别开玩笑,我们禁不起这样乱摇,我这一夜累坏了,我没有时间去"被震"啊!不管怎么样,我要先睡一个钟头。

第二天,丈夫回来,依然是晚餐时分,他说:

"黄走啦,不用请客了,他吓坏了,原来是明天的机票,他硬去换成今天的,我请人去送他,你猜怎么样? 机场里人山人海,都是观光客,都是给地震吓倒的,一个个嚷着要立刻划票回家。"

我一面听他说,一面试图从玻璃瓶里取出今年第一批做的芥菜心来尝,芥菜心独有的辣味直冲,我忍住眼泪。

奇怪啊,地震的时候我其实也是怕的,却打死也万万想不到出国的念头,当时只一心等地震过去,好赶快爬出来修改不甚满意的底稿。间或摇得太不像话的时候,就从心里跟上帝顶顶嘴,表示异议。摇得更厉害的时候干脆把心一横,搂着女儿对自己说:"好家伙,死就死吧,这辈子活得也不枉了,怕什么?"

因为是自己的土地,因为是自己的天空,因为不是观光客,所以地动天摇的时候,心情无论如何惊惧,仍然拿脚跟踩住这块地,仍然用头颅顶着这片天。就算死,千年后,有人从劫灰中掘出成尘的你我,我们的骨血仍然饱含着今夜的月光,仍然化验得出本土的泥屑。

事后检点门户,最重要的损失是一只瓮,它倒在地下,裂了,水流得满地,我把植物拿起来,破片收好,丈夫把水擦得半干——反正剩下的它自己会干的。这一切都是在凌晨前赶睡一小时早觉之前做好的。

我睡在床上,犹在盘想,明天要去找一罐树脂,把跌破的瓮仔细黏了,黏好以后当然不能再放水来养植物了,那也无妨,破瓮还是可以插点枯枝或干燥花的,学校后山上的箕芒冬天来了会干得很好看,有空可以摘一把回来……好困,但仍在有一搭没一搭的想那只瓮……这是我的地盘,摇过震过,而且难保明天不继续摇撼,但它是我唯一的爱,我从来无法把它跟别的土地放在一起来选择,余震似乎犹在,明天我会去补那只瓮……我终于理由充足地睡着了。

肉体有千万种受难的形态

我因事去找一位医生,那天我自己并不看病,便坐在诊疗室里等他看完最后几个病人。

进来一个六十岁左右的妇人。

"哪里不舒服?"医生不怒自威。

妇人蹙着眉,诉起苦来:

"早上起来,这膀子呀,说不出的不舒服——"

医生捏捏她的肩臂。

"痛不痛?"

"不痛。"

"酸不酸?"

"不酸。"

"又不痛,又不酸——那你来看什么?"

"我——"妇人一时语塞。

我听得发急。这医生并不是坏人,但他的词汇怎么就这么贫乏呢?难道人的身体不会发生酸痛以外的不舒服吗?

我忍不住插嘴:

"是不是,僵——?"

妇人高兴起来:

"啊,对,就是'僵'!早上起来,整个膀子都'僵'!"

医生低头去画了些字,大概在开药吧?我不好意思再多说什么,我当时心中其实很想多叮咛他几句,我想说:

"医生啊!你知道你在干什么吗?你在'医'人啊!

"而'人'又是个多么复杂精致的生物,这种生物不是每一个都能把自己整顿出条理来的,不是每一个都能把自己分析得头头是道的。他们是迷乱的,颠倒的,词不达意的,他们并不确实知道自己在干些什么。他们到医院来,他们是前来求救的,然而他们说不清楚——生命里巨大的事物谁又说得清楚?

"在这一桩桩病情申诉里面,充满肉体无辜的冤情,医生有时也是法官吧?某妻子的肺癌是一部她丈夫的抽烟史;某老父的十二指肠溃疡是缘于独子的一场车祸。他们来看病,其实也是来看他们生命里的悲情,诊疗室有如神父据守的神龛,可以听尽天下苍生的谶词和申诉。

"因此,医生啊!能否让自己的语言再精致一点,再丰富一点,再准确一点,再推敲仔细一点——要知道,你和病人共同形容的,是一具活生生的生命啊!"

在既不酸,又不痛之外,医生啊!肉体还有千万种受难的形态都等待申诉呢!

陈年老茶

香港街头,是一个奇怪的地方,她是古老的龙鳞闪烁,她是东方珍珠暧昧的魔光。她是故国,她是他乡。她是大英帝国最后的虚荣,她是余风犹存的小小渔港。我爱逛香港的街。

终于在一个茶叶店门前停下脚,茶店名叫×记茶行,是个百年老店了,虽然门面不大。但茶叶店原来就不需多大的,老茶行自有一番郁郁沉沉的潜德幽光。茶香细细,在下午的斜阳中如天女纺纱,云疋流泻一地,并且逐渐漫出室外,铺满大街,横绝人世。令人想起很多好东西,例如岁月,例如星河,例如夏天夜里从来没能听完就已沉沉睡去的长长童话故事……

×记茶行,其实不是我的乡愁,是我朋友 M 的乡愁。她因小时候住过香港,×记便成了她童年记忆中永恒的烙印。我今站在此,仿佛犹见当日的那个小女孩,当年的茶行一定曾是长街上非常了不起的一座坐标吧!

我来此,也许只为向百年致敬,并不为买茶叶。出门在外,习惯上我总带一包台湾茶的。我带的那包茶上印了一行字:

"保存期限一年。"

我收拾行李的时候倒也没有仔细想过这句话,现在站在×记茶行里,发现某个看似珍藏的茶罐外写了一排字,倒忍不住惊奇了。那字这样说:

"陈年老茶,治小儿肚痛。"

我于是去问老板:

"陈年老茶,到底多老呢?"

"都有呀,二十年,三十年,都有呀!"

咦?看来陈茶如陈酒,都是难得的极品。奇怪,我行囊中的那包其保存期限规定是一年,这茶行却卖着二三十年前的老茶。我不懂茶,不知道透过什么手续,新茶就能变成好"陈茶",可以封入细致的瓷罐里,年复一年,不减其芬芳,只增其醇美。

某出版社要重出我的四本书,都是二十年前的旧作了,我有点畏惧,几乎想逃避。校对之际尤感艰难,简直仿佛要跟一位老同学打交道似的,我得面对昔日的我,我得坐下来和她细话当年。

曾经是新采的茶菁,曾经在叶脉上犹然含着朝露腻着月光,而这一切如今已制定为一罐茶——然而,它是过了保存期限的作废茶?抑是老茶行小瓷罐里的陈年老茶?(可以治疗某个消化不良的小儿的肚痛的)这个问题对每个书写者而言都等于在下一份无情的战书,而书写者本身并没有资格回答这问题——有资格回答的人是读者。

没有烟火可以持续辉耀二十年,没有掌声可以一直鼓响二十年,唯陈年老茶可以甘醇沉厚,入喉柔粹深美。

我能这样期待自己的作品吗?

闻　歌

听小孩唱歌,别有一番大惊动。

这小孩唱的是首黑人灵歌,歌名叫"老黑乔",算是一首许多人听熟了的歌。我当时正开着车,猝不及防,这小孩的歌,便沿广播系统流满一车,让人无从闪躲。

黑人灵歌别有肺肠,是伤心到极处以后的自我疗程。听者几乎可以从那歌声中揣摩歌者似乎正一面舐着刚刚新绽裂的鞭伤,一面用歌声反击。

沉默的时候,黑人是输家——可是,只要黑人一开口,连天使都要震动三分、退避三分。那歌声是整个非洲的乡愁,加上整个美洲的载重。是夜半无人时,从咸咸的伤口里喷洒出来的甜甜的赞美和颂词。初听一声黑人灵歌,如遭雷殛,站不稳,连退三步的事也是有的。

黑人唱"死亡"主题,淡淡的忧伤中自有其无限的甜柔蜜意,死了,告别人世的苦厄悲辛,与逝者永相欢聚。再没有人诠释死亡诠释得如此安详利落。

然而这种一事不经的小孩又懂得什么叫死亡呢?他们连病痛和衰老都不见得能想象,他们又哪里知道什么叫死亡呢?不知道什么叫死亡的人如果唱死亡也是不足畏也,怕它作甚?但,奇怪的是,这些不懂死亡的孩子唱起死亡来竟一样令人痛断肝肠。这大概略如某些人相信梵文经典具有法力,即使交由"有口无心"不识梵文的小和尚来念,也一样可以降魔伏虎。

音乐和文字大概也具有这种魔异法力,不须经过什么伟大的诠释，竟也自自然然能移人。歌者只要干干净净的把它唱出来，唱得准准确确，效果便如柔弱的女子纤指轻按密码，只要按对，巨大的闸门自可挪开。

成人唱歌，不知为什么有时反而坏事。成人不透明，他总是把一首蓝色的歌加点红，唱成了紫。或者加点黄，唱成了绿。结果诠释变成了扭曲。他又像在素雅的雪菜百叶的翡翠白玉般的组合中加了一匙黑乌乌的酱油，他又像在香甜焦黄的炸麻团上不由分说的洒上了黑胡椒酱。

孩子却是晶莹剔透的，没有杂质，没有解释，而你不可能误解。

好的成人懂得在诠释之际保留本质。如果歌是蓝的，他加点黑，使颜色变成暗蓝，或加点白，使颜色变成粉蓝，加点铅色，变成银蓝……好的成人歌者只用一点自己的色彩去衬托、去说明，却不离其本。显得那一点点出轨像美人身上的香水，虽也诠释了美人，却总在若有若无之间。

下一次，我想，下一次听小孩唱歌我要小心一点，他们也可以引发极强的点爆力，他们笑面如蜜，歌声香腻如枫糖浆。但他们却可以让闻歌的耳朵如遭薄刃，如逢地雷，只要他们唱的是一首悲伤的歌，你休想逃脱音乐的掌心。孩子是音乐世界的小帝王，决不因为他们小而短少王权，权杖一旦伸出，致命的裁决还是有效的。

啊，想起那直着喉咙唱出的童音，想起"老黑乔"的调子，是如何令人热耳酸心啊！

——原载一九八五年四月二十九日
中国时报《人间》副刊

情　怀

不知从什么时候开始,我变成了一个容易着急的人。

行年渐长,许多要计较的事都不计较了,许多渴望的梦境也不再使人颠倒,表面看起来早已经是个可以令人放心循规蹈矩的良民,但在胸臆里仍然暗暗的郁勃着一声闷雷,等待某种不时的炸裂。

仍然落泪,在读说部故事诸葛武侯废然一叹,跨出草庐的时候;在途经罗马看米开朗琪罗一斧一凿每一痕都是开天辟地的悲愿的时候;在深宵不寐,感天念地深视小儿女睡容的时候。

忽焉就四十岁了,好像觉得自己一身竟化成两个,一个正咧嘴嬉笑,抱着手冷眼看另一个,并且说:

"嘿,嘿,嘿,你四十岁啦,我倒要看着你四十岁会变成什么样子哩!"

于是正正经经开始等待起来,满心好奇兴奋伸着脖子张望即将上演的"四十岁时",几乎忘了主演的人就是自己。

好几年前,在朋友的一面素壁上看见一幅英文格言,说的是:

"今天,是此后余生的第一天。"

我谛视良久,不发一语,心里却暗暗不服:

"不是的,今天是今生到此为止的最后一天。"

我总是着急,余生有多少,谁知道呢?果真如诗人说的"百年梳三万六千回"的悠悠栉发岁月吗?还是"四季攸来往,寒暑变为贼,偷人面上花,夺人头上黑"的霸道不仁呢?有一年,眼看着患癌症的朋友史惟亮一寸寸的走远,那天是二月十四,日历上的情人节,他必然还有很绵缠不尽的爱情吧,"中国"总是那最初也是最后的恋人,然而,他却走了,在情人节。

我走在什么时候?谁知道?只知道世方大劫,一切活着的人都是叨天之幸,只知道,且把今天当做我的最后一天,该爱的,要来不及的去爱,该恨的,要来不及的去恨。

从印度、尼泊尔回来,有小小的人世间的得意,好山水,好游伴,好情怀,人生至此,还复何求?还复何夸?回来以后,急着去看植物园的荷花,原来不敢期望在九月看荷的,但也许克什米尔的荷花湖使人想痴了心,总想去看看自己的那片香红,没想到她们仍在那里,比六月那次更灼然。回家忙打电话告诉慕蓉,没想到这人险阴,竟然已经看过了。

"你有没有想到,"她说:"就连这一池荷花,也不是我们'该'有的啊!"

人是要活很多年才知道感恩的,才知道万事万物包括投眼而来的翠色,附耳而至的清风,无一不是豪华的天宠。才知道生命中的每一霎时间都是向永恒借来的片羽,才相信胸襟中的每一缕柔情都是无限天机所流泻的微光。

而这一切,跟四十岁又有什么关联呢?

想起古代的东方女子,那样小心在意的贮香膏于玉瓶,待香膏一点一滴的积满了,她忽然竟渴望就地一掷,将猛烈的馨香并作一次挥尽,啊!只要那样一度,够了。

想起绝句里的剑客,"十年磨一剑,霜刃未曾试。今日把似君,谁有不平事?"分明一个按剑的侠者,在清晨跨鞍出门,渴望及锋而试。

想起朋友亮轩少年十七岁,过中华路,在低矮的小馆里见于右任的一副联"与世乐其乐,为人平不平",私慕之余,竟真能效志。人生如果真有可争,也无非这些吧?

又想起杨牧的一把纸扇,扇子是在浙江绍兴买的,那里是秋瑾的故居,扇上题诗曰:

连雨清明小阁秋,
横刀奇梦少时游。
百年堪羡越园女,
无地今生我掷头。

冷战的岁月是没有掷头颅的激情的。然而,我四十岁了,我是那扬瓶欲作一投掷的女子,我是那拷刀直行的少年。人世间总有一件事,是等着我去做的;石槽中总有一把剑,是等着我去拔的。

去年九月,我们全家四人到恒春一游。由于娘家至今在屏东已住了二十八年,我觉得自己很有理由把那块土地看做故乡了。阳光薄金,秋风薄凉,猫鼻头的激浪白亮如抛珠溅玉,立身苍茫之际,回顾渺小的身世,一切幼时所曾羡慕的,此刻全都有了。曾听人说流星划空之际,如果能飞快地说出祈愿便可实现,当时多急着想练好快利的口齿啊,而今,当流星过眼我只能知足地说:

"神啊,我一无祈求!"

可是,就在那一天,我走到一个小摊子前面,一些褐斑的小鸟像水果似的绑成一串吊在门口,我习惯地伸出手摸了它一下。忽然,那只鸟反身猛啄了我一口,我又痛又惊,急速地收回手来,惶然无措的愣在那里。

就在那一瞬间,我忽然忘记痛,第一次想到鸟的生涯。

它必然也是有情有知的吧?它必然也正忧痛煎急吧?它也隐隐感到面对死亡的不甘吧?它也正郁愤悲挫忽忽如狂吧?

我的心比我的手更痛了。这是我第一次遇见不幸的伯劳,在这以前它一直是我案头古老的《诗经》里的一个名字,"七月鸣鵙",鵙,便是伯劳了,伯劳也是"劳燕分飞"典故里的一部分。

稍往前走,朋友指给我看烤好的鸟。再往前走,他指给我看堆积满地的小伯劳鸟的嘴尖。

"抓到就先把嘴折下来,免得咬人。然后才杀来烤,刚才咬你的那种因为打算卖活的,所以嘴尖没有折断。"

朋友是个尽责的导游,我却迷离起来。这就是我的老家屏东吗?这就是古老美丽的恒春古城吗?这就是海滩上有着发光的"贝壳沙"的小镇吗?这就是入夜以后沼气的蓝焰会从小泽里亮起来的神话之乡吗?"恒春"不该是"永恒的春天"吗?为什么有名的"关山落日"前,为什么惊心动魄的万里夕照里,我竟一步步踩着小鸟的嘴尖?

要不要管这档子闲事呢?

寄身在所谓的学术单位里已经是十几年了,学人的现实和计较有时不下商人,一位坦白的教授说:

"要我帮忙做食品检验?那对我的研究计划有什么好处?这种事是该卫生署做的,他们不做了,我多管什么闲事,我自己的 Paper 不出来,我在学术界怎么混?"

他说的没有错。只是我有时会想起胡金铨的"龙门客栈",大门砰然震开,白衣侠士飘然当户。

"干什么的?"

"管闲事的!"

回答得多么理直气壮。

我为什么想起这些?四十岁还会有少年侠情吗?为什么空无中总恍惚有一声召唤,使人不安。

我不喜欢"善心人士"的形象,"慈眉善目"似乎总和衰老、妇道人家、愚弱有关。而我,做起事来总带五分赌气性质,气生命不被尊重,气环境不被珍惜。但是,真的,要不要管这档闲事呢?管起来钱会浪费掉,睡眠会更不足,心力会更交瘁,而且,会被人看成我最不喜欢的"善士"的模样,我还要不要插手管它呢?

教哲学的梁从香港来,惊讶地看我在屋顶上种出一畦花来。看到他,我忽然唠唠叨叨,在嬉笑中也哲学起来了。

"你知道,在这个世界上,我终于慢慢明白,我能管的事太少了,北爱尔兰那边要打,你管得着吗?巴基斯坦这边要打,你压得了吗?小学四年级的音乐课本上有一首歌这样说:'看我们少年英豪,抖着精神向前跑,从心底喊出口号,要把世界重改造,为着民族求平等,为着人类争公道,要使全球万国间,到处胜欢笑。'那时候每逢刮风,我就喜欢唱这首歌顶着风往前走。可是,三十年过去了,我不敢再说这样的大话,'要把世界重改造',我没有这种本事,只好回家种一角花圃,指挥指挥四季的红花绿卉。这就是辛稼轩说的,人到了一个年纪,忽然发现天下事管不了,只好回过头来'乃翁依旧管些儿,管竹、管山、管水。'我呢,现在就管它几棵花。"

说的时候自然是说笑的,朋友认真的听,但我也知道自己向来虽不怕"以真我示人",只是也不曾"以全我示人"。种花是真的,刻意去买了竹床竹椅放在阳台上看星星也是真的,却像古代长安街上的少年,耳中猛听得金铁交鸣,才发觉抽身不及,自己又忘了前约,依然伸手管了闲事。

一夜,歇下驰骋终日的疲倦,十月的夜,适度的凉,我舒舒服服的独倚在一张为看书而设计的躺榻上,算是对自己一点小小的纵容吧!生平好聊天,坐在研究室里是与古人聊天,与西人聊天。晚上读闲书读报是与时人聊天。写文章,则是与世人与后人聊天,旅行的时候则与达官贵人或老农老圃闲聊。想来属于我的一生,也无非是聊了些天而已。

忽然,一双忧郁愠怒的眼睛从报纸右下方一个不显眼的角落向我投视来,一双鹰的眼睛,我开始不安起来。不安的原因也许是因为那怒睁的眼中天生有着鹰族的锐利奋扬,但是不止,还有更多。我静静的读下去,在花莲,一个叫玉里的镇,一个叫卓溪乡古风村的地方,一只"赫氏角鹰"被捕了。从来不知道赫氏角鹰的名字,连忙去查书,知道它曾在几万年前,从喜马拉雅和云南西北部南下,然后就留在中央山脉了,它不是台湾特有鸟类,也不是偶然过境的候鸟,而是"留鸟"。这一留,就是几万年,听来像绵绵无尽期的一则爱情故事。

却有人将这种鸟用铁夹捕了,转手卖掉,得到五千元。

我跳起来,打长途电话到玉里,夜深了,没人接。我又跑到桌前写信,急着找限时信封作读者投书。信封上了,我跑下楼去推脚踏车寄信,一看腕表已经清晨五点了,怎么会弄到这么晚的?也只能如此了,救生命要紧!

跨车回来,心中亦平静亦激动,也许会带来什么麻烦,会有人骂我好出风头,会有人说我图名图利,会有人铁口直断说:"我看她是要竞选了!"不管他,我且先去睡两个小时吧!我开始隐隐知道刚才的和那只鹰的一照面间我为什么不安,我知道那其间有一种召唤,一种几乎是命定的无可抗拒的召唤。那声音柔和而沉实,那声音无言无语,却又清晰如面晤,那声音说:"为那不能自述的受苦者说话吧!为那不能自伸的受屈者表达吧!"

而后,经过报上的风风雨雨,侦骑四出,却不知那只鹰流落在哪里,我的生活从什么时候开始竟和一只鹰莫名其妙的连在一起了?每每我凝视照片,想象它此刻的安危,人生际遇,真是奇怪。过了二十天,我人到花莲,主持了两个座谈会,当晚住在旅社里。当门一关,廊外海潮声隐隐而来,心中竟充满异样的感激。生平住过的旅社虽多,这一间却是花莲的父老为我预定并付钱的。我感激的是自己那一点的善意和关怀被人接纳。有时也觉得自己像说法化缘的老僧,虽然每遭白眼,但也能和人结成肝胆相照的朋友。我今夕蒙人以一饭相款,设一榻供眠,真当谢天,比起古代餐风露宿的苦行僧,我是幸运的。

第二天一早搭车到宜兰,听说上次被迫索的赫氏角鹰便是在偷运台北的途中死在那里。我和鸟类专家张万福从罗东问到宜兰,终于在一家"山产店"的冻箱里找到那只曾经搏云而上的高山生灵,而今是那样触手如坚冰的一块尸骨。站在午间陌生的小市镇上,山产店里一罐罐的毒蛇药酒,从架上俯视我。这样的结果其实多少也是意料中的,却仍忍不住悲怆。四十岁了,一身仆仆,站在小城的小街上，一家陈败的山产店前，不肯服输的心底，要对抗的究竟是什么呢？

和张万福匆匆包了它就赶北宜公路回家了，黄昏时在台北道别，看他再继续赶往台中的路，心中充满感恩之意。只为我一通长途电话，他就肯舍掉两天的时间，背着一大包幻灯片，从台中台北再转花莲去"说鸟"。此人也是一奇，阿美族人，台大法律系毕业，在美军顾问团做事，拿着高薪，却忽然发现所谓律师常是站在有钱有势却无理的一边，这一惊非同小可，于是弃职而去，一跑跑到大度山的东海潜心研究起鸟类生态来。故事听起来像江洋大盗忽然收山不做而削发皈依，反度起众人一般神奇。而他却是如此平实的一个人，会傻里傻气待在野外从早上六点到下午六点，仔细数清楚棕面莺的母鸟喂了四百八十次小鸟的记录。并且会在座谈会上一一学鸟类不同的鸣声。而现在，"赫氏角鹰"交他去做标本，一周以后那胸前一片粉色羽毛的幼鹰会乖乖地张开翅膀，乖乖地停在标本架上，再也没有铁夹去夹它的脚了，再也没有商人去辗转贩卖它了，那永恒的展翼啊！台北的暮色和尘色中，我看他和鹰绝尘而去，心中的冷热一时也说不清。

我是个爱鸟人吗？不是，我爱的那个东西必然不叫鸟，那又是什么呢？或许是鸟的振翅奋扬，是一掠而过，将天空横渡的意气风发，也许我爱的仍不是这个，是一种说不清的生命力的展示，是一种突破无限时空的渴求。

曾在翻译诗里爱过希腊废墟的漫草荒烟，曾在风景明信片上爱过夏威夷的明媚海滩，曾在线装书里迷上"黄河之水天上来"，曾在江南的歌谣里想自己驾一叶迷途于十里荷香的小舟……而半生碌碌，灯下惊坐，忽然发现魂牵梦萦的仍是中央山脉上一只我未曾及睹其生面的一只鹰鸟。

四十岁了，没有多余的情感和时间可以挥霍，且专致地爱脚跟下的这片土地吧！且虔诚的维护头顶的那片青天吧！生平不识一张牌，却生就了大赌徒的性格，押下去的那份筹码其数值自己也不知道，只知道是余生的岁岁年年，赌的是什么？是在我垂睫大去之际能看到较澄澈的河流,较清鲜的空气,较青翠的森林,较能繁息生养的野生生命……输赢何如?谁知道呢?但身经如此一番大博,为人也就不枉了。

和丈夫去看一部叫《女人四十一枝花》的电影,回家的路上格格笑个不停,好莱坞的爱情向来是如此简单荒唐。

"你呢?"丈夫打趣:"你是不是女人四十一枝花?"

"不是,"我正色起来:"我是'女人四十一枚果',女人四十岁还作花,也不是什么含苞盛放的花了,但是如果是果呢,倒是透青透青初熟的果子呢!"

一切正好,有看云的闲情,也有犹热的肝胆,有尚未收敛也不想收敛的遭人妒的地方,也有平凡敦实容许别人友爱的余裕,有高龄的父母仍容我娇痴无忌如稚子,也有广大的国家容我去展怀一抱如母亲,有霍然而怒的盛气,也有湛然一笑的淡然。

还有什么可说呢?芽嫩已过,花期已过,如今打算来做一枚果,待果熟蒂落,愿上天复容我是一粒核,纵身大化,在新着土处,期待另一度的芽叶。

炎　凉

我有一张竹席,每到五六月,天气渐趋暖和,暑气隐隐待作,我就把它找出来,用清茶的茶叶渣拭净了,铺在床上。

一年里面第一次使用竹席的感觉极好,人躺下去,如同躺在春水湖中的一叶小筏子上。清凉一波波来拍你入梦,竹席恍惚仍饱含着未褪尽的竹叶清香。

生命中的好东西往往如此,极便宜又极耐用。我可以因一张席而爱一张床,因一张床而爱一栋屋子,因一栋屋子爱上一个城……

整个初夏,肌肤因贴进那清凉的卷云而舒缓自如。触觉之美有如闻高士说法,凉意沦肌浃髓而来。古人形容喻道之透辟,谓一时如天女散花。天女散花是由上而下,轻轻撒落——花瓣触人,没有重量,只有感觉。但人生某些体悟却是由下而上,仿佛有仙云来轻轻相托,令人飘然升浮。凉凉的竹席便有此功。一领清簟可以把人沉淀下来,静定下来,像空气中热腾腾的水雾忽然凝结在碧沁沁的一茎草尖而终于成为露珠。人在席上,也是如此。阿拉伯人牧羊,他们故事里的羊毛毯是可以飞的。中国人种地,对植物比较亲切。中国人用植物编的席子不飞——中国人想,飞了干吗呀?好好地躺在席子上不比飞还舒服吗?中国圣贤叫人拯救人民,其过程也无非是由"出民水火"到"登民衽席"。总之,世界上最好的事莫过于把自己或别人放在席子上了。初夏季节的我便如此心满意足的躺在我的竹席上。

可惜好景不长,到了七八月盛夏,情形就不一样了。刚躺下去还好,多躺一会,席子本身竟然也变热了。凉席变热,天哪,这真是人间惨事。为了环保,我睡觉不用冷气,于是只好静静的和热浪僵持对抗。我反复对自己说:"不热,不算太热,我还可以忍受,这也没什么大不了,哼,谁怕谁啊……"念着念着,也就睡着了。

然后,便到了九月,九月初席子又恢复了清凉。躺在席上,整个人摊开,霎时变成了片状,像一块金子捶成薄薄的金箔,我贪享那秋霜零落的错觉。

九月中,每每在一场冷雨之后,半夜乍然惊醒,是被背上的沁凉叫醒的——唉,这凉席明天该收了。我在黑暗中揣想,竹席如果有知,也会厌苦不已吧?七月嫌它热,九月又嫌它凉,人类也真难伺候。

想来一生或者也如此,曾经嫌日程排得太紧,曾经怨事情做个不完,曾经烦稿约演讲约不断,曾经大叹小孩子缠磨人……可是,也许,有一天,一切热过的都将乍然冷却下来,令人不觉打起寒战。

不过,也只好这样吧!让席子在该铺开的时候铺开,在该收卷的时候收卷。炎凉,本来就半点由不得人的。

我仿佛看见

一

秀治啊!

上天怎会生成一个像你这样的女子。这样一个锦心绣肠的女子。

你的绣件挂在故宫的展览场里,这个一向展出宫中旧玩的地方,忽然把现代人的刺绣、雕刻、陶艺一起推出,不免令人讶异。仔细想想,倒也没错,从前的艺人侍奉皇帝,现在皇帝没有了,艺术家为我们市井小民提供可触可见的美感,这是一个不再有尧舜,却人人可以为尧舜的时代。

你的刺绣和别人的作品使展览场庄穆凝肃,如同牲礼使殿堂神圣。在这样好的时间、这样好的地点,有这样好的人和事相遇。

二

而刺绣是何年何月开始的艺术?我仿佛看见,在嫘祖抽丝的腕底,在石针穿孔的慧心,在远古远古的年代,中国人已开始用千丝万缕来刺绣了吧!

而你,秀治,刺绣的女子,我仿佛看见,你沿着时间的轨迹行来,你是历代中国女子巧手的新传人,一根长长的绣线自古至今牵扯不断之际,你的针却已扎向现代。

"绣这样一幅画!"我问得极外行,"要几针啊?"

"没算过,但几十万针总有的。"

秀治啊!这样的出发岂不也是天涯行脚,我仿佛看见,一针一针,针针都是险境,针针都是犯难。你这样千山万水行来,其间有多少跋涉,我们又怎能知道,我们只见你心闲气定低头抚筝,哪里知道你所行经的穷山恶水。

三

有一年,我们组团去北美和欧洲,有人带着吉他,有人带着巴松,有人带着剧本,有人带着美好的肉嗓,而秀治,你最累,你带着你的二十幅刺绣。

"她不是杨秀治吗?为什么身份证上是陈秀治?"负责办手续的女孩来问我。

"她曾经是养女,杨是她的本姓。"

我简单的回答,却知道那是一段长长的不简单的历程。我仿佛看见当年幼小的你才刚满月,便被大人抱着,走过曲折的巷陌,跨过田间的沟渠,送到别人的家去,去做别人的女儿。养女风俗也许真的不好,但因你的人好,也因养母人好,整个故事仍然是一则爱的故事。那些年,我不知道你曾经历些什么,但我知道,我们一起作息的那两个月里,整个团里最早起来的是你,最晚睡去的是你。进入会场,你总第一个着手布置,离开会场,你必然是收拾善后到最后一秒钟的人。有委屈,也见你微笑,有病痛,也只见你隐忍,一个人,竟可以好成这样子,真令人惊奇。用强力去压石头,只能得到一堆碎石,但压一枚甜橙,却汨汨然流出丰盈的汁液。秀治,我不知道你如何学会宽柔含忍和勤奋自重,我却仿佛看见一粒橙核如何钻出地面,如何成树开花结实,并且从伤痕中倾出甜美的果汁。

四

在旧金山的展览会场,有一个男子走过来,坐下,望着你。

"奇怪,我好像在哪里看过你,怎么那么眼熟?"

"我也觉得你好熟,你在台湾住哪里?"你说。

"丰原。"

"我也住过丰原。"

关系算出来了,那男子的外家和你母亲的娘家有些关联。

我多么羡慕你!至亲骨肉,人人都有,但要有远亲,却必须在一个地方住上一百年才行。奇怪,秀治,我以前想起你的刺绣,常常觉得是上帝给你的特别禀赋,又觉得是你在不自觉之际吸取了中国的文化——但那一天,我看到你巧遇乡亲,才忽然发觉你也属于村野小镇,属于泥土田畦。我仿佛看到你移到绣画上的是篱间的牵牛,屋角的野菊,是群山的横翠,是晨雾的布阵。秀治啊!原来你来自故国的神髓,也来自眼前亲和的大地的肌肤。

五

初中二年级,养母把你送还生母。你不敢向养着八个孩子的母亲要钱读书,于是,初二,就是你的最高学历了。

然后岁月便和一架缝纫机连在一起。用它替人缝嫁妆,用它为学生绣学号。我仿佛看见,日子那样日复一日在学号的十个阿拉伯数字间作颠来倒去的组合。在单调中亦自有乐趣,譬如说,有的小孩穷,你没有收他钱,那孩子简直呆了,不敢相信这种好运气。

然而我仿佛看见,那瘦小黑愣的你,一向自卑缩却的你,忽然隐隐感到身心里面有什么要迸裂要挥扬的东西正在夺门欲出。当时的你,自己也说不出所以然来,那东西,便是多少人追求一生而不得的天宠,也有人一度获得后来又被上天夺回,那样东西是——创作的原动力。

我仿佛看见,像武侠小说里全身真气流布却因未受训练而苦无一技的侠士。你有着对人世的悲悯与关爱,你有着面对一尊民间泥塑而忘神揣摩的痴绝,你有着来自生活的、简朴的、当下直悟的智慧。然而,然而你却是既不精于剑也不娴于刀的侠士,你为此郁苦不安了。

然后,在家人的谅解和支持下,你北上学画。你试着把画移到布上,针是笔,线是彩,你摒弃了格子和描画,直接绣上去,奇怪的是不论是米勒的拾穗,或是宋人的草虫,你都可以手到擒来,用针线将之再现。

除了学画的快乐,明师益友的提携也令你感激兴奋。我仿佛看见当年的你,有一天,听说有一位梁寒操先生很欣赏你,想见你,但你因来自乡下,也不知此人是何许人物,及至贸贸然冲到中广,才忽然被森严的门禁吓了一跳,几乎徘徊不敢入。等知道梁先生的盛名,才发现他的平易谦和多么可贵。老一辈的贤达宗匠每有爱才癖,但,为什么,好人总让你碰到了,除了你常说的因为上帝爱你之外,恐怕还是你的善良、敬慎和力争上游招来的吧?

原来只想到台北来学画的,然而学到的却远比画多。我仿佛看到那年的你,如饥似渴的你,学国画、学素描、学书法、学写生、学着去读书、学着在别人的盛赞中只知感激而无闻于溢美、学着自信也学着谦卑。

六

开画展了,在一九七七年,由于是历史博物馆办的,所以并不出售。然而,裱框是要钱的,钱从哪里来?你是不愁的,总相信天不绝人。

天果然不绝人,有人送来十万元。笃定、天真和信任是你原来就有的美好品质,你相信事情会一步步变好,这一切原在你的意料中,但你还是大吃一惊,因为料不到过程如此曲折。

许多年前,一对夫妇在山上种苹果,怀孕七月的妻子忽患急性盲肠炎,下山来开刀。第二天婴儿早产了,先生带着刚满周岁又吵又闹的老大到处去筹钱。你知道了,亲自送了钱去,并且留下来照顾产妇。那家医院因为不是妇产科没有保温设备,天又冷,医生说孩子活不成了,你不相信,寒夜里抱着孩子挨到天亮。过了一个多月,母子平安出院,又回到山上种苹果去了。后来,各人忙各人的,也就没联系了。没想到事隔十几年,在你最需要钱的时刻,他们送来这笔巨款。

我仿佛看到那年的你,惯于给予的你对那一笔关爱早已忘掉,不料在书展前夕却及时反弹回来。真不可思议!秀治啊,看到你的人每每见你敬谨安拙的立在绣画旁边,词不达意地说上一二句话,却哪里知道你的生命充满起伏的情节,精彩而令人目不暇给!

七

看你的新作《雪虎》,心中鼓荡,如大江上饱胀的旧帆。

雪线以上,路迷东西,两只斑斓的猛虎在没膝的深雪中径行。秀治啊,我仿佛看见,你所绣的,岂不正是你自己吗?这些年来,你为人妻复为人母,一面照顾两个精力旺盛的小男孩,一面想要持续去绣几十万针才构成的一幅画,谈何容易!然而雪中的虎虽步步寒透指爪,却不失其威,返首待啸处,依旧天地回合,山川俯伏。

秀治啊,前路漫漫,我仿佛看见,你正是那举步维艰的女子。太长的路,太繁复的任务,秀治,我仿佛看见你的挣扎。然而,我是放心的,因为仿佛看到你惯有的、笃定的笑容。

八

  如果艺术品也能魂梦相通,待参观的人潮散尽,那些故宫中的木刻、玉器、铜器、竹雕或宋瓷想必会一一前来看这用现代针车绣成的画面。我仿佛听见他们说:
  "啊哟,可惜,那些当皇帝的,都没看过这种刺绣呢!"
  然后,我仿佛听到你那安静的绣画自己说话了:
  "不是的,我不属于皇帝,我属于一个人人有尊严的时代,我属于一个村姑可以成为大匠的时代。"
  秀治啊,我仿佛听见。

——原载一九八六年六月十日《联副》

我会念咒

一

我会念咒,只会一句。

我原来也不知道,是偶然间发现的。一向,咒语都是由谁来念诵呢?故事里是由巫婆或道士来念,他们有时是天生就会,有时是跟人学来的,咒语多半烦难冗长,令人望而生畏。

我会咒语而竟不自知,想来是自己天生会的。

我会的那句咒语很简单,总共只有四个字,连小孩都能立刻学会,那四个字是:"我好快乐!"

如果翻成英文,也是四个字:"I am so happy!"

二

这样的咒语虽不能让撒出手的豆子变成兵,让纸剪的马儿真的可骑可乘可供驱驰,让钵子里的钱永远掏用不完,或让别人水果摊上的水梨都到我的树枝上来供我之用。

可是,它却有茅山道士的大法力,它可以助我穿墙。什么墙?砖墙?水泥墙?铜墙?铁壁?都不是,而是悲伤之墙,是倦怠之墙,是愤懑怨怒之墙,是遭到割伤烫伤斫伤泼伤之际的自伤之墙,是心灰意冷情摧泪尽的沮丧之墙,是自认为我已心竭力怯万劫不复的绝望之墙……

三

大约是两年前吧？有一天，奔波了一整天，到黄昏时才回家，把车在巷子里停好，车窗尚未关上，我不自觉的大叹了一声："啊！我好快乐！"

当时车停在公园旁，隔着矮矮的灌木丛，有一个背对我垂头而坐的男人听到我说话，他猛地坐直身子回望我一眼，我这才发现半公尺之外有人听到我最幽微的内心语言。那一眼令我难忘，隔着打开的车窗，我看到那其中有惊吓，在这都市里怎会有一个女人在作如此诡异的宣告？也许也有愤怒，世道如今都成了什么样子了，你还有本事快乐！也许有不可置信，什么？快乐这种东西还存在着吗？也许是悲悯，这女子难道疯了吗？

我当时有点惭愧，然后，我发觉，我爱念这句咒语已经很久了，平常没人听见，我也不自觉，今天被人发现又被人回头看了一眼，才觉得这句话真有点怪异。

那老男人站起来，在暮色中蹀蹀离去了。他是被吓到的吗？

四

其实，我很想追上那人，对他说：

老先生，你刚才听到我说的那句话，既是真的，也是掰的。我其实大病初愈，身心俱疲。我其实忧时忧世不认为这粒地球有什么光明的前途。我事实上一想及那些优美深沉馥郁绵恒的传统正遭人像处理病死猪一般泼毒且掩埋，就恨不得放声恸哭，与人一决……但此刻，我奔波了一天，不管我所恳求的，所呼吁的，所叮嘱的，所反复申诉的被接受了或被拒绝了，上帝啊，毕竟我已尽力了。天黑了，我回家了，我如此渺小，赐我今夕热食热汤，赐我清爽的沐浴，赐我一枕酣睡。

为此,我好快乐。

能尽心竭力,我好快乐。

能为心爱的道统传承来辛苦或受辱,这并不是每一个人可享有的权利,所以,我好快乐。

如果我悲苦,那也是上天看得起我,容许我忍此悲辛荼苦,我为配忍此苦楚而要说一句:

我好快乐。

我好快乐,因为我能说"我好快乐",这是我的快乐咒,其言有大法力,助我穿墙直行,披靡天涯,虽然也许早已撞得鼻青脸肿,而不自知。

我的药呢?

一九七五年,我旅经爱荷华城。记忆里笔直的大路上,远远浮悬一轮落日,像跟什么人较劲似的,到了六点、七点、八点……久久不肯落下去。玉米的绿波弥天盖地。来自北欧的"爱弥须人"驱着马车,穿着深色的衣裳,带着安分的微笑走入二百年前的村舍,这宁静的城令我着迷。

我请朋友带我去爱大看看。到了有名的"作家工作坊",看到衷则难在那里,这人稍有些羞赧,有"香港文人"浪漫和细致的底子。他很热心的带我去看保罗和聂。

不记得是怎么回事,也许是因为天气太好,在他们家坐不到几分钟,我们便身在爱荷华河上了——倒好像那条河是他们家客厅似的,真是过分,他们竟用整整一条河来招待朋友。

聂很中国女人,临出门抱了一罐腰果,说:
"咱们带点东西磨牙!"
保罗一到河上就一头钻进水里,他在水里很自在,他大约也知道我们在船上很自在。

游了一阵,他回来,扒着船舷说:
"我的药呢?"
聂递给他一小瓶琴酒,他在暖暖的阳光下啜了两口,无限满足。
"这药,"我问,"管医什么呢?"
他笑而不答,河水汤汤,他又游开了。整条河如此温柔,像满槽初熟的酒等待蒸馏。

十六年后我在报上看到他的死讯,他那天在河中索酒的眼神又回来了。"我的药呢?"他问。但生和死之间原是无药石可投的啊!

我翻开最近常读的陶诗:

  千秋万岁后,谁知荣与辱?
  但恨在世时,饮酒不得足。
  春醪生浮蚁,何时更能尝?

纷纷扰扰的人间,春酒年年熟,但那生命的饮者何时再折返索尝呢?

生活赋

——生活是一篇赋,萧索的由绚丽而下跌的令人悯然的长门赋——

巷　底

巷底住着一个还没有上学的小女孩,因为脸特别红,让人还来不及辨识她的五官之前就先喜欢她了——当然,其实她的五官也挺周正美丽,但让人记得住的,却只有那一张红扑扑的小脸。

不知道她有没有父母,只知道她是跟祖母住在一起的,使人吃惊的是那祖母出奇的丑,而且显然可以看出来,并不是由于老才丑的。她几乎没有鼻子,嘴是歪的,两只眼如果只是老眼昏花倒也罢了,她却还偏透着邪气的凶光。

她人矮,显得叉着脚走路的两条腿分外碍眼,我也不知道她怎么受的,她已经走了快一辈子路了,却是永远分明是一只脚向东,一只脚朝西。

她当日做些什么,我不知道,印象里好像她总在生火,用一只老式的炉子,摆在门口当风处,噼里啪啦地扇着,嘴里不干不净地咒着。她的一张丑皱的脸模糊地隔在烟幕之后,一双火眼金睛却暴露得可以直破烟雾的迷阵,在冷湿的落雨的黄昏,行人会在猛然间以为自己已走入邪恶的黄雾——在某个毒瘴四腾的沼泽旁。

她们就那样日复一日地住在巷底的违章建筑里,小女孩的红颊日复一日地盛开,老太婆的脸像经冬的风鸡日复一日地干缩,炉子日复一日地像口魔缸似的冒着张牙舞爪的浓烟。

——这不就是生活吗?一些稚拙的美,一些惊人的丑,以一种牢不可分的天长地久的姿态栖居在某个深深的巷底。

糨糬车

不知在什么时候,由什么人,补造了"糨""糬"两个字。(武则天也不过造了十九个字啊!)

曾有一个古代的诗人,吃了重阳节登高必吃的"糕",却不敢把"糕"字放进诗篇。"《诗经》里没用过'糕'字啊,"他分辩道,"我怎么能贸然把'糕'字放在诗里去呢?"

正统的文人有一种可笑而又可敬的执着。

但老百姓全然不管这一回事,他们高兴的时候就造字,而且显然也很懂得"形声"跟"会意"的造字原则。

我喜欢"糨糬"这两个字,看来有一种原始的毛毧毧的感觉。

我喜欢"糨糬",虽然它的可口是一种没有性格的可口。

我喜欢糨糬车,我形容不来那种载满了柔软、甜蜜、香腻的小车怎样在孩子群中贩卖欢乐。糨糬似乎只卖给小孩,当然有时也卖给老人——只是最后不免仍然到了孩子手上。

我真正最喜欢的还是糨糬车的节奏,不知为什么,所有的糨糬车都用他们这一行自己的音乐,正像修伞的敲铁片,卖馄饨的敲碗,卖番薯的摇竹筒,都各有一种单调而粗糙的美感。

糨糬车用的"乐器"是一个转轮,轮子转动处带起一上一下的两根铁杆,碰得此起彼落的"空""空"地响,不知是不是用来象征一种古老的舂米的音乐。讲究的小贩在两根铁杆上顶着布袋娃娃,故事中的英雄和美人,便一起一落地随着转轮而轮回起来了。

铁杆轮流下撞的速度不太相同,但大致是一秒钟响两次,或者四次。这根起来,那根就下去;那根起来,这根就下去。并且也说不上大起大落,永远在巴掌大的天地里沉浮。沉下去的不过沉一个巴掌,升上去的亦然。

跟着糠糠车走,最后会感到自己走入一种寒栗的悚怖。陈旧的生锈的铁杆上悬着某些知名的和不知名的帝王将相,某些存在的或不存在的后妃美女,以一种绝情的速度彼此消长,在广漠的人海中重复着一代与一代之间毫无分别的乍起乍落的命运。难道这不就是生活吗?以最简单的节奏叠映着占卜者口中的"凶"、"吉"、"悔"、"咎"。滴答之间,跃起落下,许多生死祸福便已告完成。

无论什么时候,看到糠糠车,我总忍不住地尾随而怅望。

食 橘 者

冬天的下午,太阳以漠然的神气遥遥地笼罩着大地,像某些曾经蔓烧过一夏的眼睛,现在却浑然遗忘了。

有一个老人背着人行道而坐,仿佛已跳出了杂沓的脚步的轮回,他淡淡地坐在一片淡淡的阳光里。

那老人低着头,很专心地用一只小刀在割橘子皮。那是"椪柑"种的橘子,皮很松,可以轻易地用手剥开,他却不知为什么拿着一把刀工工整整地划着,像个石匠。

每个橘子他照例要划四刀,然后依着刀痕撕开,橘子皮在他手上盛美如一朵十字科的花。他把橘肉一瓣瓣取下,仔细地摘掉筋络,慢慢地一瓣瓣地吃,吃完了,便不疾不徐地拿出另一个来,耐心地把所有的手续再重复一遍。

那天下午,他就那样认真地吃着一瓣一瓣的橘子,参禅似的凝止在一种不可思议的安静里。

行道树

每天,每天,我都看见它们,它们是已经生了根的——在一片不适于生根的土地上。

有一天,一个炎热而忧郁的下午,我沿着人行道走着,在穿梭的人群中,听自己寂寞的足音,我又看到它们,忽然,我发现,在树的世界里,也有那样完整的语言。

我安静地站住,试着去理解它们所说的一则故事:

我们是一列树,立在城市的飞尘里。

许多朋友都说我们是不该站在这里的,其实这一点,我们知道得比谁都清楚。我们的家在山上,在不见天日的原始森林里。而我们居然站在这儿,站在这双线道的马路边,这无疑是一种堕落。我们的同伴都在吸露,都在玩凉凉的云。而我们呢?我们唯一的装饰,正如你所见的,是一身抖不落的煤烟。

是的,我们的命运被安排定了,在这个充满车辆与烟囱的工业城里,我们的存在只是一种悲凉的点缀。但你们尽可以节省下你们的同情心,因为,这种命运事实上也是我们自己选择的——否则我们不会在春天勤生绿叶,不必再夏日献出浓荫。神圣的事业总是痛苦的,但是,也唯有这种痛苦能把深度给予我们。

当夜来的时候,整个城市都是繁弦急管,都是红灯绿酒。而我们在寂静里,在黑暗里,我们在不被了解的孤独里。但我们苦熬着把牙龈咬得酸疼,直等到朝霞的旗冉冉升起,我们就站成一列致敬——无论如何,我们这城市总得有一些人迎接太阳!如果别人都不迎接,我们就负责把光明迎来。

这时,或许有一个早起的孩子走了过来,贪婪地呼吸着鲜洁的空气,这就是我们最自豪的时刻了。是的,或许所有的人都早已习惯于污浊了,但我们仍然固执地制造着不被珍视的清新。

落雨的时分也许是我们最快乐的,雨水为我们带来故人的消息,在想象中又将我们带回那无忧的故林。我们就在雨里哭泣着,我们一直深爱着那里的生活——虽然我们放弃了它。

立在城市的飞尘里,我们是一列忧愁而又快乐的树。

故事说完了,四下寂然,一则既没有情节也没有穿插的故事,可是,我听到了它们深深的叹息。我知道,那故事至少感动了它们自己。然后,我又听到另一声更深的叹息——我知道,那是我自己的。

敬畏生命

那是一个夏天长的不能再长的下午,在印第安那州的一个湖边。我起先是不经意地坐着看书,忽然发现湖边有几棵树正在飘散一些白色的纤维,大团大团的,像棉花似的,有些飘到草地上,有些飘入湖水里。我当时没有十分注意,只当是偶然风起所带来的。

可是,渐渐地,我发现情况简直令人吃惊。好几个小时过去了,那些树仍旧浑然不觉地,在飘送那些小型的云朵,倒好像是一座无限的云库似的。整个下午,整个晚上,漫天都是那种东西。第二天情形完全一样,我感到诧异和震撼。

其实,小学的时候就知道有一类种子是靠风力吹动纤维播送的。但也只是知道一道测验题的答案而已。那几天真的看到了,满心所感到的是一种折服,一种无以名之的敬畏。我几乎是第一次遇见生命——虽然是植物的。

我感到那云状的种子在我心底强烈地碰撞上什么东西,我不能不被生命豪华的、奢侈的、不计成本的投资所感动。也许在不分昼夜的飘散之余,只有一颗种子足以成树,但造物者乐于做这样惊心动魄的壮举。

我至今仍然在沉思之际想起那一片柔媚的湖水,不知湖畔那群种子中有哪一颗成了小树。至少,我知道,有一颗已经成长。那颗种子曾遇见了一片土地,在一个过客的心之峡谷里蔚然成阴,教会她怎样敬畏生命。

地毯的那一端

德：

　　从疾风中走回来，觉得自己像是被浮起来了。山上的草香得那样浓，让我想到，要不是有这样猛烈的风，恐怕空气都会给香得凝冻起来！

　　我昂首而行，黑暗中没有人能看见我的笑容。白色的芦荻在夜色中点染着凉意——这是深秋了，我们的日子在不知不觉中临近了。我遂觉得，我的心像一张新帆，其中每一个角落都被大风吹得那样饱满。

　　星斗清而亮，每一颗都低低地俯下头来。溪水流着，把灯影和星光都流乱了。我忽然感到一种幸福，那种混沌而又淘然的幸福。我从来没有这样亲切地感受到造物的宠爱——真的，我们这样平庸，我总觉得幸福应该给予比我们更好的人。

　　但这是真实的，第一张贺卡已经放在我的案上了。洒满了细碎精致的透明照片，灯光下展示着一个闪烁而又真实的梦境。画上的金钟摇荡，遥遥的传来美丽的回响。我仿佛能听见那悠扬的音韵，我仿佛能嗅到那沁人的玫瑰花香！而尤其让我神往的，是那几行可爱的祝词："愿婚礼的记忆存至永远，愿你们的情爱与日俱增。"

　　是的，德，永远在增进，永远在更新，永远没有一个边和底——六年了，我们护守着这份情谊，使它依然焕发，依然鲜洁，正如别人所说的，我们是何等幸运。每次回顾我们的交往，我就仿佛走进博物馆的长廊。其间每一处景物都意味着一段美丽的回忆。每一件东西都牵扯着一个动人的故事。

那样久远的事了。刚认识你的那年才十七岁,一个多么容易错误的年纪!但是,我知道,我没有错。我生命中再没有一个决定比这项更正确了。前天,大伙儿一块吃饭,你笑着说:"我这个笨人,我这辈子只做了一件聪明的事。"你没有再说下去,妹妹却拍手起来,说:"我知道了!"啊,德,我能够快乐地说,我也知道。因为你做的那件聪明事,我也做了。

那时候,大学生活刚刚展开在我面前。台北的寒风让我每日思念南部的家。在那小小的阁楼里,我呵着手写蜡纸。在草木摇落的道路上,我独自骑车去上学。生活是那样黯淡,心情是那样沉重。在我的日记上有这样一句话:"我担心,我会冻死在这小楼上。"而这时候,你来了,你那种毫无企冀的友谊四面环护着我,让我的心触及最温柔的阳光。

我没有兄长,从小我也没有和男孩子同学过。但和你交往却是那样自然,和你谈话又是那样舒服。有时候,我想,如果我是男孩子多么好呢!我们可以一起去爬山,去泛舟。让小船在湖里任意飘荡,任意停泊,没有人会感到惊奇。好几年以后,我将这些想法告诉你,你微笑地注视着我:"那,我可不愿意,如果你真想做男孩子,我就做女孩。"而今,德,我没有变成男孩子,但我们可以去遨游,去做山和湖的梦,因为,我们将有更亲密的关系了。啊,想象中终生相爱相随该是多么美好!

那时候,我们穿着学校规定的卡其服。我新烫的头发又总是被风刮得乱蓬蓬的。想起来,我总不明白你为什么那样喜欢接近我。那年大考的时候,我蜷曲在沙发里念书。你跑来,热心地为我讲解英文文法。好心的房东为我们送来一盘春卷,我慌乱极了,竟吃得洒了一裙子。你瞅着我说:"你真像我妹妹,她和你一样大。"我窘得不知如何是好,只是一径低着头,假作抖那长长的裙幅。

那些日子真是冷极了。每逢没有课的下午我总是留在小楼上,弹弹风琴,把一本拜尔琴谱都快翻烂了。有一天你对我说:"我常在楼下听你弹琴。你好像常弹那首《甜蜜的家庭》。怎样?在想家吗?"我很感激你的窃听,唯有你了解、关切我凄楚的心情。德,那个时候,当你独自听着的时候,你想些什么呢?你想到有一天我们会组织一个家庭吗?你想到我们要用一生的时间以心灵的手指合奏这首歌吗?

寒假过后,你把那叠泰戈尔诗集还给我。你指着其中一行请我看:"如果你不能爱我,就请原谅我的痛苦吧!"我于是知道发生什么事了。我不希望这件事发生,我真的不希望。并非由于我厌恶你,而是因为我太珍重这份素净的友谊,反倒不希望有爱情去加深它的色彩。

但我却乐于和你继续交往。你总是给我一种安全稳妥的感觉。从头起,我就付给你我全部的信任,只是,当时我心中总向往着那种传奇式的、惊心动魄的恋爱。并且喜欢那么一点点的悲剧气氛。为着这些可笑的理由,我耽延着没有接受你的奉献。我奇怪你为什么仍作那样固执地等待。

你那些小小的关怀常令我感动。那年圣诞节你把得来不易的几颗巧克力糖,全部拿来给我了。我爱吃笋豆里的笋子,唯有你注意到,并且耐心地为我挑出来。我常常不晓得照料自己,唯有你想到用自己的外衣披在我身上。(我至今不能忘记那衣服的温暖,它在我心中象征了许多意义。)是你,敦促我读书。是你,容忍我偶发的气性。是你,仔细纠正我写作的错误。是你,教导我为人的道理。如果说,我像你的妹妹,那是因为你太像我大哥的缘故。

后来,我们一起得到学校的工读金,分配给我们的是打扫教室的工作。每次你总强迫我放下扫帚,我便只好遥遥地站在教室的末端,看你奋力工作。在炎热的夏季里,你的汗水滴落在地上。我无言地站着,等你扫好了,我就去挥挥桌椅,并且帮你把它们排齐。每次,当我们目光偶然相遇的时候,总感到那样兴奋。我们是这样地彼此了解,我们合作的时候总是那样完美。我注意到你手上的硬茧,它们把那虚幻的字眼十分具体地说明了。我们就在那飞扬的尘影中完成了大学课程——我们的经济从来没有富裕过;我们的日子却从来没有贫乏过。我们活在梦里,活在诗里,活在无穷无尽的彩色希望里。记得有一次我提到玛格丽特公主在她婚礼中说的一句话:"世界上从来没有两个人像我们这样快乐过。"你毫不在意地说,"那是因为他们不认识我们的缘故。"我喜欢你的自豪,因为我也如此自豪着。

我们终于毕业了,你在掌声中走到台上,代表全系领取毕业证书。我的掌声也夹在众人之中,但我知道你听到了。在那美好的六月清晨,我的眼中噙着欣喜的泪,我感到那样骄傲,我第一次分沾你的成功,你的光荣。

"我在台上偷眼看你,"你把系着彩带的文凭交给我,"要不是中国风俗如此,我一走下台来就要把它送到你面前去的。"

我接过它,心里垂着沉甸甸的喜悦。你站在我面前,高昂而谦和、刚毅而温柔,我忽然发现,我关心你的成功,远远超过我自己的。

那一年,你在军中。在那样忙碌的生活中,在那样辛苦的演习里,你却那样努力地准备研究所的考试。我知道,你是为谁而作的。在凄长的分别岁月里,我开始了解,存在于我们中间的是怎样一种感情。你来看我,把南部的冬阳全带来了。那厚呢的陆战队军服重新唤起我童年时期对于号角和战马的梦。我一直没有告诉你,当时你临别敬礼的镜头烙在我心上有多深。

我帮着你搜集资料,把抄来的范文一篇篇断句、注释。我那样竭力地做,怀着无上的骄傲。这件事对我而言有太大的意义。这是第一次,我和你共赴一件事,所以当你把录取通知转寄给我的时候,我竟忍不住哭了。德,没有人经历过我们的奋斗,没有人像我们这样相期相勉,没有人多年来在冬夜图书馆的寒灯下彼此伴读。因此,也就没有人了解成功带给我们的兴奋。

我们又可以见面了,能见到真真实实的你是多么幸福。我们又可以去作长长的散步,又可以蹲在旧书摊上享受一个闲散黄昏。我永不能忘记那次去泛舟。回程的时候,忽然起了大风。小船在湖里直打转,你奋力摇橹,累得一身都汗湿了。

"我们的道路也许就是这样吧!"我望着平静而险恶的湖面说,"也许我使你的负担更重了。"

"我不在意,我高兴去搏斗!"你说得那样急切,使我不敢正视你的目光,"只要你肯在我的船上,晓风,你是我最甜蜜的负荷。"

那天我们的船顺利地拢了岸。德,我忘了告诉你,我愿意留在你的船上,我乐于把舵手的位置给你。没有人能给我像你给我的安全感。

只是,人海茫茫,哪里是我们共济的小舟呢?这两年来,为着成家的计划,我们劳累到几乎虐待自己的地步。每次,你快乐的笑容总鼓励着我。

那天晚上你送我回宿舍,当我们迈上那斜斜的山坡,你忽然驻足说:"我在地毯的那一端等你!我等着你,晓风,直到你对我完全满意。"

我抬起头来,长长的道路伸延着,如同圣坛前柔软的红毯。我迟疑了一下,便踏向前去。

现在回想起来,已不记得当时是否是个月夜了,只觉得你诚挚的言词闪烁着,在我心中亮起一天星月的清辉。

"就快了!"那以后你常乐观地对我说,"我们马上就可以有一个小小的家。你是那屋子的主人,你喜欢吧?"

我喜欢的,德,我喜欢一间小小的陋屋。到天黑时分我便去拉上长长的落地窗帘,捻亮柔和的灯光,一同享受简单的晚餐。但是,哪里是我们的家呢?哪儿是我们自己的宅院呢?

你借来一辆半旧的脚踏车,四处去打听出租的房子,每次你疲惫不堪地回来,我就感到一种痛楚。

"没有合意的,"你失望地说,"而且太贵,明天我再去看。"

我没有想到有那么多困难,我从不知道成家有那么多琐碎的事,但至终我们总算找到一栋小小的屋子了。有着窄窄的前庭,以及矮矮的榕树。朋友笑它小得像个巢,但我已经十分满意了。无论如何,我们有了可以憩息的地方。当你把钥匙交给我的时候,那重量使我的手臂几乎为之下沉。它让我想起一首可爱的英文诗:"我是一个持家者吗?哦,是的,但不止,我还得持护着一颗心。"我知道,你交给我的钥匙也不止此数。你心灵中的每一个空间我都持有一把钥匙,我都有权径行出入。

亚寄来一卷录音带,隔着半个地球,他的祝福依然厚厚地绕着我。那样多好心的朋友来帮我们整理。擦窗子的、补纸门的、扫地的、挂画儿的、插花瓶的,拥拥熙熙地挤满了一屋子。我老觉得我们的小屋快要炸了,快要被澎湃的爱情和友谊撑破了。你觉得吗?他们全都兴奋着,我怎能不兴奋呢?我们将有一个出色的婚礼,一定的。

这些日子我总是累着。去试礼服,去订鲜花,去买首饰,去选窗帘的颜色。我的心像一座喷泉,在阳光下涌溢着七彩的水珠儿。各种奇特复杂的情绪使我眩昏。有时候我也分不清自己是在快乐还是在茫然,是在忧愁还是在兴奋。我眷恋着旧日的生活,它们是那样可爱。我将不再住在宿舍里,享受阳台上的落日。我将不再偎在母亲的身旁,听她长夜话家常。而前面的日子又是怎样的呢?德,我忽然觉得自己好像要被送到另一个境域去了。那里的道路是我未走过的,那里的生活是我过不惯的,我怎能不惴惴然呢?如果说有什么可以安慰我的,那就是:我知道你必定和我一同前去。

冬天就要来了,我们的婚礼在即。我喜欢选择这季节,好和你厮守一个长长的严冬。我们屋角里不是放着一个小火炉吗?当寒流来时,我愿其中常闪耀着炭火的红火。我喜欢我们的日子从黯淡凛冽的季节开始,这样,明年的春花才对我们具有更美的意义。

我即将走入礼堂,德,当结婚进行曲奏响的时候,父亲将挽着我,送我走到坛前,我的步履将凌过如梦如幻的花香。那时,你将以怎样的微笑迎接我呢？

　　我们已有过长长的等待，现在只剩下最后的一段了。等待是美的，正如奋斗是美的一样，而今，铺满花瓣的红毯伸向两端，美丽的希冀盘旋而飞舞。我将去即你，和你同去采撷无穷的幸福。当金钟轻摇，蜡炬燃起，我乐于走过众人去立下永恒的誓愿。因为，哦，德，因为我知道，是谁，在地毯的那一端等我。

母亲的羽衣

讲完了牛郎织女的故事,细看儿子已经垂睫睡去,女儿却犹自瞪着坏坏的眼睛。

忽然,她一把抱紧我的脖子把我赘得发疼:

"妈妈,你说,你是不是仙女变的?"

我一时愣住,只胡乱应道:

"你说呢?"

"你说,你说,你一定要说。"她固执地扳住我不放,"你到底是不是仙女变的?"

我是不是仙女变的?——哪一个母亲不是仙女变的?

像故事中的小织女,每一个女孩都曾住在星河之畔,她们织虹纺霓,藏云捉月,她们几曾烦心挂虑? 她们是天神最偏怜的小女儿,她们终日临水自照,惊讶于自己美丽的羽衣和美丽的肌肤,她们久久凝注着自己的青春,被那份光华弄得痴然如醉。

而有一天,她的羽衣不见了,她换上了人间的粗布——她已经决定做一个母亲。有人说她的羽衣被锁在箱子里,她再也不能飞翔了,人们还说,是她丈夫锁上的,钥匙藏在极秘密的地方。

可是,所有的母亲都明白那仙女根本就知道箱子在哪里,她也知道藏钥匙的所在,在某个无人的时候,她甚至会惆怅地开启箱子,用忧伤的目光抚摸那些柔软的羽毛,她知道,只要羽衣一着身,她就会重新回到云端,可是她把柔软白亮的羽毛拍了又拍,仍然无声无息地关上箱子,藏好钥匙。

是她自己锁住那身昔日的羽衣的。

她不能飞了,因为她已不忍飞去。

而狡黠的小女儿总是偷窥到那藏在母亲眼中的秘密。

许多年前,那时我自己还是一个小女孩,我总是惊奇地窥伺着母亲。

她在口琴背上刻了小小的两个字——"静鸥",那里面有什么故事吗?那不是母亲的名字,却是母亲名字的谐音,她也曾梦想过自己是一只静栖的海鸥吗?她不怎么会吹口琴,我甚至想不起她吹过什么好听的歌,但那名字对我而言是母亲神秘的羽衣,她轻轻写那两个字的时候,她可以立刻变了一个人,她在那名字里是另外一个我所不认识的有翅的什么。

母亲晒箱子的时候是她另外一种异常的时刻,母亲似乎有好些东西,完全不是拿来用的,只为放在箱底,按时年年在三伏天取出来曝晒。

记忆中母亲晒箱子的时候就是我兴奋欲狂的时候。

母亲晒些什么?我已不记得,记得的是樟木箱又深又沉,像一个混沌黝黑初生的宇宙,另外还记得的是阳光下竹竿上富丽夺人的颜色,以及怪异却又严肃的樟脑味,以及我在母亲喝禁声中东摸摸西探探的快乐。

我唯一真正记得的一件东西是幅漂亮的湘绣被面,雪白的缎子上,绣着兔子和翠绿的小白菜,和红艳欲滴的小杨花萝卜,全幅上还绣了许多别的令人惊讶赞叹的东西。母亲一面整理,一面会忽然回过头来说:"别碰,别碰,等你结婚就送给你。"

我小的时候好想结婚,当然也有点害怕,不知为什么,仿佛所有的好东西都是等结了婚就自然是我的了,我觉得一下子有那么多好东西也是怪可怕的事。

那幅湘绣后来好像不知怎么就消失了,我也没有细问。对我而言,那么美丽得不近真实的东西,一旦消失,是一件合理得不能再合理的事。譬如初春的桃花,深秋的枫红,在我看来都是美丽得违了规的东西,是茫茫大化一时的错误,才胡乱把那么多的美堆到一种东西上去,桃花理该一夜消失的,不然岂不教世人都疯了?

湘绣的消失对我而言简直就是复归大化了。

但不能忘记的是母亲打开箱子时那份欣悦自足的表情,她慢慢地看着那幅湘绣,那时我觉得她忽然不属于周遭的世界,那时候她会忘记晚饭,忘记我扎辫子的红绒绳。她的姿势细想起来,实在是仙女依恋地轻抚着羽衣的姿势,那里有一个前世的记忆,她又快乐又悲哀地将之一一拾起,但是她也知道,她再也不会去拾起往昔了——唯其不会重拾,所以回顾的一刹那更特别的深情凝重。

除了晒箱子,母亲最爱回顾的是早逝的外公对她的宠爱。有时她胃痛,卧在床上,要我把头枕在她的胃上,她慢慢地说起外公。外公似乎很舍得花钱(当然也因为有钱),总是带她上街去吃点心,她总是告诉我当年的肴肉和汤包怎么好吃,甚至煎得两面黄的炒面和女生宿舍里早晨订的冰糖豆浆(母亲总是强调"冰糖"豆浆,因为那是比"砂糖"豆浆更为高贵的),都是超乎我想象力之外的美味。我每听她说那些事的时候,都惊讶万分——我无论如何不能把那些事和母亲联想在一起。我从有记忆起,母亲就是一个吃剩菜的角色,红烧肉和新炒的蔬菜简直就是理所当然地放在父亲面前的,她自己的面前永远是一盘杂拼的剩菜和一碗"擦锅饭"(擦锅饭就是把剩饭在炒完菜的剩锅中一炒,把锅中的菜汁都擦干净了的那种饭),我简直想不出她不吃剩菜的时候是什么样子。

而母亲口里的外公、上海、南京、汤包、肴肉全是仙境里的东西,母亲每讲起那些事,总有无限的温柔,她既不感伤,也不怨叹,只是那样平静地说着。她并不要把那个世界拉回来,我一直都知道这一点,我很安心,我知道下顿饭她仍然会坐在老地方,吃那盘我们大家都不爱吃的剩菜。而到夜晚,她会照例一个门一个窗地去检点去上闩。她一直都负责把自己牢锁在这个家里。

哪一个母亲不曾是穿着羽衣的仙女呢？只是她藏好了那件衣服，然后用最黯淡的一件粗布把自己掩藏了，我们有时以为她一直就是那样的。

而此刻，那刚听完故事的小女儿鬼鬼地在窥伺着什么？

她那么小，她何由得知？她是看多了卡通，听多了故事吧？她也发现了什么吗？

是在我的集邮本偶然被儿子翻出来的那一刹那吗？是在我拣出石涛画册或汉碑并一页页细味的那一刻吗？是在我猛然回首听他们弹一阕熟悉的钢琴练习曲的时候吗？抑是在我带他们走过年年的春光，不自主地驻足在杜鹃花旁或流苏树下的一瞬间吗？

或是在我动容地托住父亲的勋章或童年珍藏的北平画片的时候，或是在我翻拣夹在大字典里的干叶之际，或是在我轻声的教他们背一首唐诗的时候……

是有什么语言自我眼中流出呢？是有什么音乐自我腕底泻过吗？为什么那小女孩会问道：

"妈妈，你是不是仙女变的呀？"

我不是一个和千万母亲一样安分的母亲吗？我不是把属于女孩的羽衣收折得极为秘密吗？我在什么时候泄露了自己呢？

在我的书桌底下放着一个被人弃置的木质砧板，我一直想把它挂起来当一幅画，那真该是一幅庄严的画，那样承受过万万千千生活的刀痕和凿印的，但不知为什么，我一直也没有把它挂出来……

天下的母亲不都是那样平凡不起眼的一块砧板吗？不都是那样柔顺地接纳了无数尖锐的割伤却默无一语的砧板吗？

而那小女孩，是凭什么神秘的直觉，竟然会问我：

"妈妈？你到底是不是仙女变的？"

我掰开她的小手，救出我被吊得酸麻的脖子，我想对她说，"是的，妈妈曾经是一个仙女，在她做小女孩的时候，但现在，她不是了，你才是，你才是一个小小的仙女！"

但我凝注着她晶亮的眼睛,只简单地说了一句:
"不是,妈妈不是仙女,你快睡觉。"
"真的?"
"真的!"
她听话地闭上了眼睛,旋又不放心地睁开:
"如果你是仙女,也要教我仙法哦!"
我笑而不答,替她把被子掖好,她兴奋地转动着眼珠,不知在想什么。

然后,她睡着了。

故事中的仙女既然找回了羽衣,大约也回到云间去睡了。

风睡了,鸟睡了,连夜也睡了。

我守在两张小床之间,久久凝视着他们的睡容。

爱 情 篇

一　两岸

我们总是聚少离多,如两岸。

如两岸——只因我们之间恒流着一条莽莽苍苍的河。我们太爱那条河,太爱太爱,以至竟然把自己站成了岸。

站成了岸,我爱,没有人勉强我们,我们自己把自己站成了岸。

春天的时候,我爱,杨柳将此岸绿遍,漂亮的绿绦子潜身于同色调的绿波里,缓缓地向彼岸游去。河中有萍,河中有藻,河中有云影天光,仍是《国风·关雎》的河啊,而我,一径向你泅去。

我向你泅去,我正遇见你向我泅来——以同样柔和的柳条。我们在河心相遇,我们的千丝万绪秘密地牵起手来,在河底。

只因为这世上有河,因此就必须有两岸,以及两岸的绿杨堤。我不知我们为什么只因坚持要一条河,而竟把自己矗立成两岸,岁岁年年相向而绿,任地老天荒,我们合力撑住一条河,死命地呵护那千里烟波。

两岸总是有相同的风,相同的雨,相同的水位。乍酱草匀分给两岸相等的红,鸟翼点给两岸同样的白,而秋来蒹葭露冷,给我们以相似的苍凉。

蓦然发现,原来我们同属一块大地。

纵然被河道凿开,对峙,却不曾分离。

年年春来时,在温柔得令人心疼的三月,我们忍不住伸出手臂,在河底秘密地挽起。

二　定义及命运

年轻的时候,怎么会那么傻呢?

对"人"的定义,对"爱"的定义,对"生活"的定义,对莫名其妙的刚听到的一个"哲学名词"的定义……

那时候,老是郑重其事地把左掌右掌看了又看,或者,从一条曲曲折折的感情线,估计着感情的河道是否决堤。有时,又正经地把一张脸交给一个人,从鼻山眼水中,去窥探一生的风光。

奇怪,年轻的时候,怎么什么都想知道?定义,以及命运。年轻的时候,怎么就没有想到过,人原来也可以有权不知不识而大剌剌地活下去。

忽然有一天,我们就长大了,因为爱。

去知道明天的风雨已经不重要了,执手处张发可以为风帜,高歌时,何妨倾山雨入盏,风雨于是不重要了,重要的是找一方共同承风挡雨的肩。

忽然有一天,我们把所背的定义全忘了,我们遗失了登山指南,我们甚至忘了自己,忘了那一切,只因我们已登山,并且结庐于一弯溪谷。千泉引来千月,万窍邀来万风,无边的庄严中,我们也自庄严起来。

而长年的携手,我们已彼此把掌纹叠印在对方的掌纹上,我们的眉因为同蹙同展而衔接为同一个名字的山脉,我们的眼因为相同的视线而映出为连波一片,怎样的看相者才能看明白这样两双手的天机,怎样的预言家才能说清楚这样两张脸的命运?

蔷薇几曾有定义,白云何所谓其命运,谁又见过为劈头迎来的巨石而焦灼的流水?

怎么会那么傻呢,年轻的时候?

三　从俗

当我们相爱——在开头的时候——我们觉得自己清雅飞逸，仿佛有一个新我，自旧我中飘然游离而出。

当我们相爱时，我们从每一寸皮肤、每一缕思维中伸出触角，要去探索这个世界，拥抱这个世界，我们开始相信自己的不凡。

相爱的人未必要朝朝暮暮相守在一起——小说里都是这样说的，小说里的男人和女人一眨眼便已暮年，而他们始终没有生活在一起，他们留给我们的是凄美的回忆。

但我们是活生生的人，我们不是小说，我们要朝朝暮暮，我们要活在同一个时间，我们要活在同一个空间，我们要相厮相守，相牵相挂，于是我们放弃飞腾，回到人间，和一切庸俗的人同其庸俗。

如果相爱的结果是使我们平凡，让我们平凡。

如果爱情的历程是让我们由纵横行空的天马变为忍辱负重、行向一路崎岖的承载驾马，让我们接受。

如果爱情的转迹总是把云霄之上的金童玉女贬为人间烟火中的匹妇匹夫，让我们甘心。

我们只有这一生，这是我们唯一的筹码，我们要合在一起下注。

我们只有这一生，这是我们唯一的戏码，我们要同台演出。

于是，我们要了婚姻。

于是，我们经营起一个巢，栖守其间。

有厨房，有餐厅，那里有我们一饮一啄的牵情。

有客厅，那里有我们共同的朋友以及他们的高谈阔论。

有兼为书房的卧房，各人的书站在各人的书架里，但书架相衔，矗立成壁，连我们那些完全不同类的书也在声气相求。

有孩子的房间，夜夜等着我们去为一双娇儿痴女念故事，并且盖他们老是踢掉的棉被。

至于我们曾订下的山之盟呢？我们所渴望的水之约呢？让它们等一等，我们总有一天会去的，但现在，我们已选择了从俗。

贴向生活，贴向平凡，山林可以是公寓，电铃可以是诗，让我们且来从俗。

一个女人的爱情观

忽然发现自己的爱情观很土气,忍不住笑了起来。

对我而言,爱一个人就是满心满意要跟他一起"过日子"。天地鸿蒙荒凉,我们不能妄想把自己扩充为六合八方的空间,只希望以彼此的火烬把属于两人的一世时间填满。

客居岁月,暮色里归来,看见有人当街亲热,竟也视若无睹。但每看到一对人手牵手提着一把青菜一条鱼从菜场走出来,一颗心就忍不住恻恻地痛了起来,一蔬一饭里的天长地久原是如此味永难言啊!相拥的那一对也许今晚就分手,但一鼎一镬里却有其朝朝暮暮的恩情啊!

爱一个人原来就只是在冰箱里为他留一只苹果,并且等他归来。

爱一个人原来就是在寒冷的夜里不断在他的杯子里斟上刚沸的热水。

爱一个人就是喜欢两人一起收尽桌上的残肴,并且听他在水槽里刷碗的音乐——事后再偷偷把他不曾洗干净的地方重洗一遍。

爱一个人就有权利霸道地说:

"不要穿那件衣服,难看死了,穿这件,这是我新给你买的。"

爱一个人就是一本正经地催他去工作,却又忍不住躲在他身后想捣几次小小的蛋。

爱一个人就是在拨通电话时忽然不知道要说什么,才知道原来只是想听听那熟悉的声音,原来真正想拨通的,只是自己心底的一根弦。

爱一个人就是把他的信藏在皮包里,一日拿出来看几回、哭几回、痴想几回。

爱一个人就是在他迟归时想上一千种坏的可能,在想象中经历万般劫难,发誓等他回来要好好罚他,一旦见面却又什么都忘了。

爱一个人就是在众人暗骂:"讨厌!谁在咳嗽!"你却急道:"唉,唉,他这人就是记性坏啊!我该买一瓶川贝枇杷膏放在他的背包里的!"

爱一个人就是上一刻钟想把美丽的恋情像冬季的松鼠秘藏坚果一般,将之一一放在最隐秘最安妥的树洞里,下一刻钟却又想告诉全世界这骄傲自豪的消息。

爱一个人就是在他的头衔、地位、学历、经历、善行、劣迹之外,看出真正的他不过是个孩子——好孩子或坏孩子——所以疼了他。

也因此,爱一个人就喜欢听他儿时的故事,喜欢听他有几次大难不死,听他如何淘气惹厌、怎样善于玩弹珠或打"水漂漂",爱一个人就是忍不住替他记住了许多往事。

爱一个人就不免希望自己更美丽,希望自己被记得,希望自己的容颜体貌在极盛时于对方如霞光过目,永远想望,即使在繁花谢树的残冬,也有一个人沉如历史典册的瞳仁可以见证你的华彩。

爱一个人总会不厌其烦地问些或回答些傻问题,例如:"如果我老了,你还爱我吗?""爱!""我的牙都掉光了呢?""我吻你的牙床!"

爱一个人便忍不住迷上那首《白发吟》:

　　亲爱的,我年已渐老
　　白发如霜银光耀
　　唯你永是我爱人
　　永远美丽又温柔
　　……

爱一个人常是一串奇怪的矛盾,你会依他如父,却又怜他如子,尊他如兄,又复宠他如弟,想师事他,跟他学,却又想教导他,把他俘虏成自己的徒弟,亲他如友,又复气他如仇,希望成为他的女皇,他唯一的女主人,却又甘心做他的小丫环小女奴。

爱一个人会使人变得俗气,你不断地想:晚餐该吃牛舌好呢,还是猪舌? 蔬菜该买大白菜呢,还是小白菜? 房子该买在三张犁呢,还是六张犁? 而终于在这份世俗里,你了解了众生,你参与了自古以来匹夫匹妇的微不足道的喜悦与悲辛,然后你发觉这世上有超乎雅俗之上的情境,正如日光超越调色盘上的色样。

爱一个人就是喜欢和他拥有现在,却又追记着和他在一起的过去。喜欢听他说,那一年他怎样偷偷喜欢你,远远地凝望着你。爱一个人又总期望着未来,想到地老天荒的他年。

爱一个人便是小别时带走他的吻痕,如同一幅画,带着鉴赏者的朱印。

爱一个人就是横下心来,把自己小小的赌本跟他合起来,向生命的大轮盘去下一番赌注。

爱一个人就是让那人的名字在临终之际成为你双唇间最后的音乐。

爱一个人,就不免生出共同的、霸占的欲望。想认识他的朋友,想了解他的事业,想知道他的梦。希望共有一张餐桌,愿意同用一双筷子,喜欢轮饮一杯茶,合穿一件衣,并且同衾共枕,奔赴一个命运,共寝一个墓穴。

前两天,整理房间,理出一只提袋,上面赫然写着"××孕妇服装中心",我愕然许久。既然这房子只我一人住,这只手提袋当然是我的了,可是,我何曾跑到孕妇店去买过衣服? 于是不甘心地坐下来想,想了许久,终于想出来了。我那天曾去买一件斗篷式的土褐色短褛,便是用这只绿色袋子提回来的,我的确闯到孕妇店去买衣服了。细想起来那家店的模特儿似乎都穿着孕妇装,我好像正是被那种美丽沉甸的繁殖喜悦所吸引而走进去的。这样说来,原来我买的那件宽松适意的斗篷式短褛竟真是给孕妇设计的。

这里面有什么心理分析吗?是不是我一直追忆着怀孕时强烈的酸苦和欣喜而情不自禁地又去买了一件那样的衣服呢?想多年前冬夜独起,灯下乳儿的寒冷和温暖便一下子涌回心头,小儿吮乳的时候,你多么希望自己的生命就此为他竭泽啊!

对我而言,爱一个人,就不免想跟他生一窝孩子。

当然,这世上也有人无法生育,那么,就让共同培育的学生,共同经营的事业,共同爱过的子侄晚辈,共同谱成的生活之歌,共同写完的生命之书来做他们的孩子。

也许还有更多更多可以说的,正如此刻,爱情对我的意义是终夜守在一盏灯旁,听车声退潮再复涨潮,看淡紫的天光愈来愈明亮,凝视两人共同凝视过的长窗外的水波,在矛盾的凄凉和欢喜里,在知足感恩和渴切不足里细细体会一条河的韵律,并且写一篇叫《爱情观》的文章。

许士林的独白
——献给那些睽违母颜比十八年更长久的天涯之人

驻马自听

我的马将十里杏花跑成一掠眼的红烟,娘!我回来了!

那尖塔戳得我的眼疼,娘,从小,每天,它嵌在我的窗里,我的梦里,我寂寞童年唯一的风景,娘。

而今,新科的状元,我,许士林,一骑白马一身红袍来拜我的娘亲。

马踢起大路上的清尘,我的来处是一片雾,勒马蔓草间,一垂鞭,前尘往事,都到眼前。我不需有人讲给我听,只要溯着自己一身的血脉往前走,我总能遇见你,娘。

而今,我一身状元的红袍,有如十八年前,我是一个全身通红的赤子,娘,有谁能撕去这袭红袍,重还我为赤子?有谁能抟我为无知的泥,重回你的无垠无限?

都说你是蛇,我不知道,而我总坚持我记得十月的相依,我是小渚,在你初暖的春水里被环护,我抵死也要告诉他们,我记得你乳汁的微温。他们总说我只是梦见,他们总说我只是猜想,可是,娘,我知道我是知道的,我知道你的血是温的,泪是烫的,我知道你的名字是"母亲"。

而万古乾坤,百年身世,我们母子就那样缘薄吗?才甫一月,他们就把你带走了。有母亲的孩子可聆母亲的音容,没母亲的孩子可依母亲的坟头,而我呢,娘,我向何处破解恶狠的符咒呢?

有人将中国分成江南江北,有人把领域划成关内关外,但对我而言,娘,这世界被截成塔底和塔上。塔底是千年万世的黝黑混沌,塔外是荒凉的日光,无奈的春花和忍情的秋月……

塔在前,往事在后,我将前去祭拜,但,娘,此刻我徘徊伫立,十八年,我重溯断了的脐带,一路向你泅去,春阳暖暖,有一种令人没顶的怯惧,一种令人没顶的幸福。塔牢牢地楔死在地里,像以往一样牢,我不敢相信你驮着它有十八年之久,我不能相信,它会永永远远镇住你。

十八年不见,娘,你的脸会因长期的等待而萎缩干枯吗?有人说,你是美丽的,他们不说我也知道。

认　取

你的身世似乎大家约好了不让我知道,而我是知道的,当我在井旁看一个女子汲水,当我在河畔看一个女子浣衣,当我在偶然的一瞥间看见当窗绣花的女孩,或在灯下纳鞋的老妇,我的眼眶便乍然湿了。娘,我知道你正化身千亿,向我絮絮地说起你的形象。娘,我每日不见你,却又每日见你,在凡间女子的颦眉瞬目间,将你一一认取。

而你,娘,你在何处认取我呢?在塔的沉重上吗?在雷峰夕照的一线酡红间吗?在寒来暑往的大地腹腔的脉动里吗?

是不是,娘,你一直就认识我,你在我无形体时早已知道我,你从茫茫大化中拼我成形,你从冥漠空无处抟我成体。

而在峨眉山,在竞绿赛青的千岩万壑间,娘,是否我已在你的胸臆中?当你吐纳朝霞夕露之际,是否我已被你所预见?我在你曾仰视的霓虹中舒昂,我在你曾倚以沉思的树干内缓缓引升,我在花,我在叶,当春天第一声小草冒地而生并欢呼时,你听见我。在秋后零落断雁的哀鸣里,你分辨我。娘,我们必然从一开头就是彼此认识的。

娘，真的，在你第一次对人世有所感有所激的刹那，我潜在你无限的喜悦里，而在你有所怨有所欢的时分，我藏在你的无限凄凉里。娘，我们必然是从一开头就彼此认识的。你能记忆吗？娘，我在你的眼，你的胸臆，你的血，你的柔和如春桨的四肢。

湖

娘，你来到西湖，从叠烟架翠的峨眉到软红十丈的人间，人间对你而言是非走一趟不可的吗？但里湖、外湖、苏堤、白堤，娘，竟没有一处可堪容你。千年修持，抵不了人间一字相传的血脉姓氏，为什么人类只许自己修仙修道，却不许万物修得人身跟自己平起平坐呢？娘，我一页一页地翻圣贤书，一个一个的去阅世人的脸，所谓圣贤书无非要我们做人，但为什么真的人都不想做人呢？娘啊！阅遍了人和书，我只想长哭，娘啊，世间原来并没有人跟你一样痴心地想做个人啊！岁岁年年，大雁在头顶的青天上反复指示"人"字是怎么写的，但是，娘，没有一个人在看，更没有一个人看懂了啊！

南屏晚钟，三潭印月，曲院风荷，文人笔下西湖是可以有无限题咏的。冷泉一经冷着，飞来峰似乎想飞到哪里去，西湖的游人万千，来了又去了，谁是坐对大好风物想到人间种种就感激欲泣的人呢，娘，除了你，又有谁呢？

雨

西湖上的雨就这样来了，在春天。

是不是从一开头你就知道和父亲注定不能天长日久做夫妻呢？茫茫天地，你只死心塌地眷着伞下的那一刹那温情。湖色千顷，水波是冷的，光阴百代，时间是冷的，然而一把伞，一把紫竹为柄的八十四骨的油纸伞下，有人跟人的聚首，伞下有人世的芳馨，千年修持是一张没有记忆的空白,而伞下的片刻却足以传诵千年。娘,从峨眉到西湖,万里的风雨雷雹何尝在你意中,你所以眷眷于那把伞,只是爱与那把伞下的人同行,而你心悦那人,只是因为你爱人世,爱这个温柔绵缠的人世。

而人间聚散无常,娘,伞是聚,伞也是散,八十四支骨架,每一支都可能骨肉撕离。娘啊!也许一开头你就是都知道的,知道又怎样,上天下地,你都敢去较量,你不知道什么叫生死,你强扯一根天上的仙草而硬把人间的死亡扭成生命,金山寺一斗,胜利的究竟是谁呢,法海做了一场灵验的法事,而你,娘,你传下了一则喧腾人口的故事。人世的荒原里谁需要法事?我们要的是可以流传百世的故事,可以乳养生民的故事,可以辉耀童年的梦寐和老年的记忆的故事。

而终于,娘,绕着那一湖无情的寒碧,你来到断桥,斩断情缘的断桥。故事从一湖水开始,也向一湖水结束,娘,峨眉是再也回不去了。在断桥,一场惊天动地的婴啼,我们在彼此的眼泪中相逢,然后,分离。

合　　钵

一只钵,将你罩住,小小的一片黑暗竟是你而今而后头上的苍穹。娘,我在噩梦中惊醒千回,在那份窒息中挣扎。都说雷峰塔会在夕照里,千年万世,只专为镇一个女子的情痴,娘,镇得住吗?我是不信的。

世间男子总以为女子一片痴情,是在他们身上,其实女子所爱的哪里是他们,女子所爱的岂不也是春天的湖山,山间的晴岚,岚中的万紫千红。女子所爱的是一切好气象,好情怀,是她自己一寸心头万顷清澈的爱意,是她自己也说不清道不尽的满腔柔情。像一朵菊花的"抱香枝头死",一个女子紧紧怀抱的是她自己亮烈美丽的情操,而一只法海的钵能罩得住什么?娘,被收去的是那桩婚姻,收不去的是属于那婚姻中的恩怨牵挂,被镇住的是你的身体,不是你的着意飘散如暮春飞絮的深情。

——而即使身体,娘,他们也只能镇住少部分的你,而大部分的你却在我身上活着,是你的傲气塑成我的骨,是你的柔情流成我的血。当我呼吸,娘,我能感到属于你的肺纳,当我走路,我能想到你在这世上的行迹。娘,法海始终没有料到,你仍在西湖,在千山万水间自在的观风望月并且读圣贤书,想天下事,与万千世人摩肩接踵——借一个你的骨血揉成的男孩,借你的儿子。

不管我会怎样凄伤,但一想起这件事,我就要好好活着,不仅为争一口气,而是为赌一口气!娘,你会赢的,世世代代,你会在我和我的孩子身上活下去。

祭　　塔

而娘,塔在前,往事在后,十八年乖隔,我来此只求一拜——人间的新科状元,头簪宫花,身着红袍,要把千种委屈,万种凄凉,都并作纳头一拜。

娘!
那豁然撕裂的是土地吗?
那倏然响响的是暮云吗?
那颓然而倾斜的是雷峰塔吗?
那哽咽垂泣的是——娘,你吗?

是你吗?娘,受孩儿这一拜吧!
你认识这一身通红吗?十八年前是红彤彤的赤子,而今是宫花红袍的新科状元许士林。我多想扯碎这一身红袍,如果我能重还为你当年怀中的赤子,可是,娘,能吗?

当我读人间的圣贤书,娘,当我援笔为文论人间事,我只想到,我是你的儿,满腔是温柔激荡的爱世的痴情。而此刻,当我纳头而拜,我是我父之子,来将十八年的愧疚无奈并作惊天动地的一叩首。

　　且将我的额血留在塔前,作一朵长红的桃花;笑傲朝霞夕照;且将那崩然有声的头颅击打大地的声音化作永恒的暮鼓,留给法海听,留给一骇而倾的雷峰塔听。

　　人间永远有秦火焚不尽的诗书,法钵罩不住的柔情,娘,唯将今夕的一凝目,抵十八年数不尽的骨中的酸楚,血中的辣辛,娘!

　　终有一天雷峰会倒,终有一天尖耸的塔会化成飞散的泥尘,长存的是你对人间那一点执拗的痴!

　　当我驰马而去,当我在天涯海角,当我歌,当我哭,娘,我忽然明白,你无所不在地凝视我,熟知我,我的每一举措于你仍是当年的胎动,扯你,牵你,令你惊喜错愕,令你隔着大地的腹部摸我,并且说:"他正在动,他正在动,他要干什么呀?"

　　让塔骤然而动,娘,且受孩儿这一拜!

　　后记:许士林是故事中白素贞和许仙的儿子,大部分的叙述者都只把情节说到"合钵"为止。平剧中"祭塔"一段也并不经常演出,但我自己极喜欢这一段,我喜欢那种利剑斩不断,法钵罩不住的人间牵绊。本文试着细细表出许士林叩拜囚在塔中的母亲的心情。

矛盾篇(之一)

一　爱我更多,好吗?

爱我更多,好吗?

爱我,不是因为我美好,这世间原有更多比我美好的人。爱我,不是因为我的智慧,这世间自有数不清的智者。爱我,只因为我是我,有一点好有一点坏有一点痴的我,古往今来独一无二的我,爱我,只因为我们相遇。

如果命运注定我们走在同一条路上,碰到同一场雨,并且共遮于同一把伞下,那么,请以更温柔的目光俯视我,以更固执的手握紧我,以更和暖的气息贴近我。

爱我更多,好吗?唯有在爱里,我才知道自己的名字,知道自己的位置,并且惊喜地发现自身的存在。所有的石头只是石头,漠漠然冥顽不化,只有受日月精华的那一块会猛然爆裂,跃出一番欣忻欢悦的生命。

爱我更多,好吗?因为知识使人愚蠢,财富使人贫乏,一切的攫取带来失落,所有的高升令人沉陷,而且,每一项头衔都使我觉得自己的面目更为模糊起来。人生一世如果是日中的赶集,则我的囊橐空空,不是因为我没有财富而是因为我手中的财富太大,它是一块完整而不容割切的金子。我反而无法用它去购置零星的小件,我只能用它孤注一掷来购置一份深情。爱我更多,好让我的囊橐满胀而沉重,好吗?

爱我更多,好吗?因为生命是如此仓促,但如果你肯对我怔怔凝视,则我便是上戏的舞台,在声光中有高潮的演出,在掌声中能从容优雅地谢幕。

我原来没有权力要求你更多的爱,更多的激情,但是你自己把这份权力给了我,你开始爱我,你授我以柄,我才能如此放肆如此任性来要求更多。能在我的怀中注入更多醇醪吗?肯为我的炉火添加更多柴薪否?我是饕餮,我是贪得无厌的,我要整个春山的花香,整个海洋的月光,可以吗?

爱我更多,就算我的要求不合理,你也应允我,好吗?

二　爱我少一点,我请求你

爱我少一点,我请求你。

有一个秘密,不知道该不该告诉你,其实,我爱的并不是你,当我答应你的时候,我真正的意思是:我愿意和你在一起,一起去爱这个世界,一起去爱人世,并且一起去承受生命之杯。

所以,如果在春日的晴空下你肯痴痴地看一株粉色的"寒绯樱",你已经给了我最美丽的示爱。如果你虔诚地站在池畔看三月雀榕树上的叶苞如何——骄傲专注地等待某一定时定刻的爆放,我已一世感激不尽。你或许不知道,事实上那棵树就是我啊!在春日里急于释放绿叶的我啊!至于我自己,爱我少一点吧!我请求你。

爱我少一点,因为爱使人痴狂,使人颠倒,使人牵挂,我不忍折磨你。如果你一定要爱我,且爱我如清风来水面,不黏不滞。爱我如黄鸟渡青枝,让飞翔的仍去飞翔,扎根的仍去扎根,让两者在一刹的相逢中自成千古。

爱我少一点,因为"我"并不只住在这一百六十厘米的身高中,并不只容纳于这方趾圆颅内。请到书页中去翻我,那里有缔造我骨血的元素；请到闹市的喧哗纷杂中去寻我，那里有我的哀恸与关怀；并且尝试到送殡的行列里去听我，其间有我的迷惑与哭泣；或者到风最尖啸的山谷，浪最险恶的悬崖，落日最凄艳的草原上去探我，因为那些也正是我的悲怆和叹息。我不只在我里，我在风我在海我在陆地我在星，你必须少爱我一点，才能去爱那藏在大化中的我。等我一旦烟消云散，你才不致猝然失去我，那时，你仍能在蝉的初吟、月的新圆中找到我。

爱我少一点，去爱一首歌好吗？因为那旋律是我；去爱一幅画，因为那流溢的色彩是我；去爱一方印章，我深信那老拙的刻痕是我；去品尝一坛佳酿，因为坛底的醉意是我；去珍惜一幅编织，那其间的纠结是我；去欣赏舞蹈和书法吧——不管是舞者把自己挥洒成行草篆隶，或是寸管把自己飞舞成腾跃旋挫，那其间的狂喜和收敛都是我。

爱我少一点，我请求你，因为你必须留一点柔情去爱你自己。因你爱我，你便不再是你自己，你已是我的一部分，所以，把爱我的爱也分回去爱惜你自己吧！

听我最柔和的请求，爱我少一点，因为春天总是太短太促太来不及，因为有太多的事等着在这一生去完成去偿还，因此，请提防自己，不要爱我太多，我请求你。

矛盾篇(之二)

一　我渴望赢

我渴望赢,有人说人是为胜利而生的,不是吗?

极幼小的时候,大约三岁吧,因为听外婆说一句故乡的成语"吃辣——当家",就猛吃了几大口辣椒,权力欲之炽,不能说不惊人了。

如果我是英国贵族,大约会热衷养马赛马吧? 如果是中国太平时代的乡绅,则不免要跟人斗斗蟋蟀,但我是个在台湾长大的小孩,习惯上只能跟人比功课。小学六年级,深夜,还坐在同学家的饭厅里恶补,补完了,睁开倦眼,摸黑走夜路回家。升学这一仗是不能输的,奇怪的是那么小的年纪,也很诡诈的,往往一面偷偷读书,一面又装出视死如归的气概,仿佛自己全不在乎。

考取北一女中是第一场小赢。

而在家里,其实也是霸气的。有一次大妹执意要母亲给她买两支水彩笔,我大为光火,认为她只需借用我的那支旧笔就可以了,而母亲居然听了她的话去为她买来了。我不动声色,第二天便要求母亲给我买四支。

"为什么要那么多?"

"老师说的!"我决不改口,其实真正的理由是,我在生气,气妹妹不知节俭,好,要浪费,就大家一起来浪费,你要两支,我就偏要四支,我是不能输给别人的!

母亲果然去买了四支笔,不知为什么,那四支笔仿佛火钳似的,放在书包里几乎要烫着人了。我暗暗立誓,而今而后,不要再为自己去斗气争胜了,斗赢了又如何呢?

有一天,在小妹的书桌前看到一张这样的纸条:

下次考试:
数学要赢×××
国文要赢×××
英文要赢×××
……

不觉失笑,争强斗胜,一至于此,不但想要夺总冠军,而且想一项一项去赢过别人,多累人啊——然而,妹妹当年活着便是要赢这一场艰苦的仗。

至于我自己,后来果真能淡然吗?有的时候,当隐隐的鼓声扬起,我不觉又执矛挺身,或是写一篇极难写的文章,或是跟"在上位者"争一件事情。争赢求胜的心仍在,但真正想赢过的往往竟是自己,要赢过自己的私心和愚蠢。

有一次,在报上看到英国的特攻队去救出伊朗大使馆里的人质,在几分钟内完成任务大获全胜,而他们的工作箴言却是"Who dares wins"(勇于敢者胜),我看了,气血翻涌,立刻把它钉在记事板上,天天看一遍。

行年渐长,对一己的荣辱渐渐不以为意了,却像一条龙一样,有其颈项下不可批的逆鳞,我那不可碰不可输的东西是"中国"。不是地理上的那块海棠叶,而是我胸中的这块隐痛:当我俯饮马来西亚马六甲的郑和井,当我行经马尼拉的华人坟场,当我在纽约街头看李鸿章手植的绿树,当我在哈佛校区里抚摸那驮碑的赑屃,当我在韩国的庆州看汉瓦当,在香港的新界看邓围,当我在泰北山头看赤足的孩子凌晨到学校去,赶在上泰国政府规定的泰文课之前先读中文……我所渴望赢回的是故园的形象,是散在全世界有待像拼图一般聚拢来的中国。

有一个名字不容任何人污蔑,有一个话题绝不容别人占上风,有一份旧爱不准他人来置喙。总之,只要听到别人的话锋似乎要触及我的中国了,我会一面谦卑地微笑,一面拔剑以待,只要有一言伤及它,我会立刻挥剑求胜,即使为剑刃所伤亦在所不惜。

上天啊,让我们赢吧!我们是为赢而生的,必要时也可以为赢而死,因此,其他的选择是不存在的,在这唯一的奋争中给我们赢——或者给我们死。

二 我寻求挫败

我一直都在寻求挫败,寻求被征服被震慑被吞的喜悦。

有人出发去"征山",我从来不是,而且刚好相反,我爬山,是为了被山征服。有人飞舟,是为了"凌驾"水,而我不是,如果我去亲炙水,我需要的是涓水归川的感觉,是自身的消失,是形体的涣释,精神的冰泮,是自我复归位于零的一次冒险。

记得故事中那个叫"独孤求败"的第一剑侠吗?终其生,他遇不到一个对手,人间再没有可以挫阻自己的高人,天地间再没有可匹可敌可交锋的力量,真要令人忽忽如狂啊!

生来有一块通灵宝玉的贾宝玉是幸福的,但更大的幸福却发生在他掷玉的刹那。那时,他初遇黛玉,一照面之间,彼此惊为旧识,仿佛已相契了万年。他在惊愕慌乱中竟把一块玉胡乱砸在地上,那种自我的降服和破碎是动人的,是一切真爱情最醇美的倾注。

文学史上也不乏这样的例子,陈师道曾经"一见黄豫章(黄山谷)尽焚其稿而学焉",一个人能碰见令自己心折首俯的高人,并能一把火烧尽自己的旧作,应该算是一种极幸福的际遇。

《新约》中的先知约翰曾一见耶稣便屈身降志说："我仅仅是以水为你们施洗礼的,他却以灵为你们施洗礼,我之于他,只能算一声开道的吆喝声!"《红拂传》里的虬髯客一见李靖,便知天下大势已定,乃飘然远引,那使男子为他色沮、女子为他夜奔的大唐盛世的李靖,我多么想见他一眼啊!清朝末年的孙中山也有如此风仪,使四方豪杰甘于俯首授命。人生的悲剧原不在头断血流,在于没有大英雄可为之赴命,没有大理想供其驱驰。

我一直在寻找挫败,人生天地间,还有什么比挫败更快乐的事?就爱情言,其胜利无非是最彻底的"溃不成军",就旅游言,一旦站在千丘万壑的大峡谷前感到自己渺如蝼蚁,还有什么时候你能如此心甘情愿地卑微下来,享受大化的赫赫天威?又尝记得一次夏夜,卧在沙滩上看满天繁星如雨阵如箭镞,一时几乎惊得昏呆过去,有一种投身在伟大之下的绝望,知道人类永永远远不能去逼近那百万光年之外的光体,这份绝望使我一想起来仍觉兴奋昂扬。试想全宇宙如果都像一个窝囊废一样被我们征服了,日子会多么无趣啊!读圣贤书,其理亦然。看见洞照古今长夜的明灯,听见声彻人世的巨钟,心中自会有一份不期然的惊喜,知道我虽愚鲁,天下人间能人正多。这一番心悦诚服,使我几乎要大声宣告说:"多么好!人间竟有这样的人!我连死的时候都可以安心了!因为有这样优秀的人,有这些美丽的思想!"此外见到特瑞沙在印度,史怀哲在非洲,或是八大石涛在美术馆,或是周鼎宋瓷在博物院,都会兴起一份"我永世不能追摹到这种境界"的激动,这种激动,这种虔诚的服输,是多么难忘的大喜悦。

如果此生还有未了的愿望,那便是不断遇到更令人心折的人,不断探得更勾魂摄魄荡荡可吞人的美景,好让我能更彻底地败溃,更从心底承认自己的卑微和渺小。

矛盾篇(之三)

一　狂喜

　　仰俯终宇宙,不乐复何如。

　　曾经看过一部沙漠纪录片,荒旱的沙碛上,因为一阵偶雨,遍地野花猛然争放,错觉里几乎能听到轰然一响,所有的颜色便在一刹间蹿上地面,像什么壕沟里埋伏着的万千勇士奇袭而至。

　　那一场烂漫真惊人,那时候,你会惊悟到原来颜色也是有欲望,有性格,甚至有语言有欢呼的!

　　而我自己的生命,不也是这样一番来不及地吐艳吗?细想起来,怎能不生大感激大欢喜,就连气恼郁愤的时候,反身自问,也仍是自庆自喜的,一切烦恼原是从有我而来,从肉身而来,但这一个"我"、这一个"肉身"却也来之不易啊!是神话里的山精水怪桃柳鱼蛇修炼千年以待的呢!即使要修到神仙,也须先做一次人身哩!《新约》中的耶稣,其最动人处便在破体而出舍人尘寰而为人身,仿佛一位父亲俯身于沙堆里,满面黑污地去和小儿女办家家酒。

　　得到这样的肉身,是所有的动物、植物、矿物仰首以待的,天上神明俯身以就的,得到这样清亮飒爽如黎明新拭的肉身,怎能不大喜若狂呢?

莎士比亚在《第十二夜》里有一段论爱情的话：

> 你要这样想："求爱得爱固然好，没有求，就给你，更足宝。"

如果以之论生命，也很适用，这一番气息命脉是我们没有祈求就收到的天宠，这一副骨骼筋络是不曾耕耘便有的收获。至于可以辨云识星的明眸，可以听雨闻风的聪耳，可以感春知秋的慧觉，哪一样不如同悬崖上的吊松，野谷里的幽兰，是一项不为而有不豫而成的美丽。

这一切，竟都在我们的无知浑噩中完足了，想来怎能不顶礼动容，一心赞叹！

肉身有它的欲苦，它会饥饿——但连饥饿亦是美好的，没有饥饿感，婴儿会夭折，成人会消损，而且，大快朵颐的喜悦亦将失落。

肉身会疲倦困顿——但世上又岂有什么仙境比梦土更温柔？在那里，一切的乏劳得到憩息，一切的苦烦暂且卸肩，老者又复其童颜，羸者又复其康强，卑微失意的角色，终有其可以昂首阔步的天地。原来连疲倦困顿也是可以击节赞美的设计，可以欢忭踊颂的策划。

肉身会死亡，今日之红粉，竟是明日之髑髅，此刻脑中之才慧，亦无非他年蝼蚁之小宴。然而，此生此世仍是可幸贺的。我甘愿做冬残的槁木，只要曾经是早春如诗如酒的花光，我立誓在成土成泥成尘成烟之余都要洒然一笑。因为活过了，就是一场胜利，就有资格欢呼。

在生命高潮的波峰，享受它。在生命低潮的波谷，忍受它。享受生命，使我感到自己的幸运，忍受生命，使我了解自己的韧度，两者皆令我喜悦不尽。

如果我坚持生命是一场大狂喜会激怒你，请原谅我吧，我是情不自禁啊！

二　大悲

生命中之所以有其大悲,在于别离。

而其实宇宙万象,原不知何物为"别","别"是由于人的多事才生出来的。萍与萍之间岂真有聚散,云与云之际也谈不上分合。所以有别离者,在于人之有情,有眷恋,有其不可理喻的依依。

佛家言人生之苦,喜欢谈"怨憎会"、"爱别离",其实,尤其悲哀的应该是后者吧?若使所爱之人能相依,则一切可憎可怨者也就可以原谅。就众生中的我而言,如果常能与所爱之人饮一杯茶,共一盏灯,能知道小女孩在钢琴旁,大儿子在电脑前,并且在电话的那一端有父母的晨昏,在圣诞卡的另一头有弟弟妹妹的他乡岁月,在这个城或那个城里,在山巅,在水涯,在平凡的公寓里住着我亲爱的朋友们。只要他们不弃我而去,我会无限度地忍耐不堪忍耐的,我会原谅一切可憎可怨的人,我会有无限宽广的心。

然而,所谓"怨憎会"与"爱别离"其实也可以指人际以外的环境和状况吧?那曾与你亲密相依的密实黑发,终有一日要弃你而去,反是你所怨憎的白发或童秃来与你垂老的头颅相聚啊!你所爱的颊边的蔷薇,眼中的黑晶,终将物化,我们被强迫穿上那件可怨可憎的松挂得不成款式的制服——我指的是那坍垮下来的皮肤。并且用一双矇眬的老花眼去看这变形的世界。告别那灵巧的敏慧的曾经完成许多创造的手,去接受颤抖的不听命的十指。整个垂老的过程岂不就是告别那一个自己曾惊喜爱赏的自己吗?岂不就是不明不白强迫你接受一个明镜中陌生的怨憎的与我格格不入的印象吗?

而尤其悲伤的是告别深爱的血中的傲啸,脑中的敏捷,以及心底的感应,反跟自己所怨憎的沉浊、麻木和迟钝相聚了。这种不甘心的分别与无奈的相聚恐怕不下于怨偶的纠结以及情人的远隔吧,世间之真大悲便该是这一类吧?

死是另一种告别,不仅仅是告别这世上恋栈过的目光,相依过的肩膀,爱抚过的婴颊——死所要告别的还要更多更多。自此以后,我那不足道的对人生的感知全都不算数了,后世之人谁会来管你第一次牙牙学语说出一个完整句子所引起的惊动和兴奋,谁又会在意你第一次约会前夕的窃喜,至于某个老人垂死之前跟一条狗的感情,谁又耐烦去记忆呢?每一个人自己个人惊天动地的内在狂涛,在后人看来不过是旋生旋灭的泡沫而已。活着的人要把自己的琐事记住尚且不易,谁又会留意作古之人的悲欢呢?死就是一番彻底的大告别啊,跟人跟事,跟一身之内的最亲最深的记忆。宗教世界虽也谈永生和来生,但毕竟一切都告一段落,民间信仰中的来生是要先涉过忘川的,一切从此便告一了断。基督教的天堂又偏是没有眼泪的地方——可是眼泪尽管苦涩,属于眼泪的记忆却也是我不忍相舍的啊!生命中最尖锐的疼痛,最无言的苍凉,最疯狂的郁怒,我是一样也舍不得忘记的啊!此外曾经有过的勇往无悔的深情,披沙拣金的知识,以及电光石火的顿悟,当然更是栈栈不忍遽舍的!一只鹭鸶不会预知自己必死的命运,不会有晚景的自伤,更不会为自己体悟出的捉鱼本领要与自身一同消失而怅怅,人类才是那唯一能感知"怨憎会"和"爱别离"之苦的生物啊,只因我们才有爱憎分明的知觉,才有此心历历的判然。

　　人生的大悲在斤斤于离别之苦,而离别之苦种因于知识,弃圣绝智却又偏是众生做不到的,没有告别彩笔以前的江淹曾写下:"黯然销魂者唯别而已矣",等彩笔绮思一旦被索还,是不是就不必销魂了呢?我是宁可胸中有此大悲凉的,一旦连悲激也平伏消失,岂不更是另一番尤为彻骨的悲酸?

步下红毯之后

楔　　子

妹妹被放下来,扶好,站在院子里的泥地上,她的小脚肥肥白白的,站不稳。她大概才一岁吧,我已经四岁了!

妈妈把菜刀拿出来,对准妹妹两脚中间那块泥,认真而且用力的砍下去。

"做什么?"我大声问。

"小孩子不懂事!"妈妈很神秘地收好刀,"外婆说的,这样小孩子才学得会走路,你小时候我也给你砍过。"

"为什么要砍?"

"小孩生出来,脚上都有脚镣锁着,所以不会走路,砍断了才走得成路。"

"我没有看见,"我不服气地说,"脚镣在哪里。"

"脚镣是有的,外婆说的,你看不见就是了。"

"现在断了没有?"

"断了,现在砍断了,妹妹就要会走路了。"

妹妹后来当然是会走路了,而且,我渐渐长大,终于也知道妹妹会走路跟砍脚镣没有什么关系,但不知为什么,那遥远的画面竟那样清楚兀立,使我感动。

也许脚镣手铐是真有的,做人总得冲,总得顿破什么,反正不是我们壮硕自己去撑破镣铐,就是让那残忍的钢圈箍入我们的皮肉。

是暮春还是初夏也记不清了,我到文星出版社的楼上去,萧先生把一份契约书给我。

"很好,"他说,他看来高大、精细、能干,"读你的东西,让我想到小时候念的冰心和泰戈尔。"

我惊讶得快要跳起来,冰心和泰戈尔,这是我熟得要命、爱得要命的呀!他怎么会知道?我简直觉得是一份知遇之恩,《地毯的那一端》就这样卖断了,扣掉税我只拿到两千多元,但也不觉得吃了亏。(正确的说是一千八百五十元,因为有些钱是以书代款的)

我兴冲冲地去找朋友调色样,我要了紫色,那时候我新婚,家里的布置全是紫色,窗帘是紫的、床罩是紫的、窗棂上爬藤花是紫的,那紫色漫溢到书页上,一段似梦的岁月,那是个漂亮的阳光日,我送色样到出版社去,路上碰到三毛,她也是去送色样,她是为朋友的书调色,调的是草绿色,出书真是件兴奋的事,我们愉快地将生命中的一抹色彩交给了那即将问世的小册子。

"我们那时候一齐出书,"有一次康芸微说,"文星宣传得好大呀,放大照都挂出来了。"

那事我倒忘了,经她一提,想想好像真有那么回事,奇怪的是我不怎么记得照片的事,我记得的是我常常下了班,巴巴地跑到出版社楼上,请他们给我看新书发售的情形。

"谁的书比较好卖?"其实书已卖断,销路如何跟我已经没有关系。

"你的跟叶珊的。"店员翻册子给我看。

我拿过册子仔细看,想知道到底是叶珊卖得多,还是我——我说不上那是痴还是幼稚,那时候成天都为莫名其妙的事发急发愁,年轻大概就是那样。

那年十月,幼狮文艺的朱桥寄了一张庆典观礼券给我,我去了。丈夫也有一张票,我们的座位不同区,相约散会的时候在体育场门口见面。

我穿了一身洋红套装,那天的阳光辉丽,天空一片艳蓝,我的位置很好,表演很精彩,而丈夫,在场中的某个位子上,我们会后会相约而归,一切正完美晶莹,饱满无憾……

但是,忽然,我的泪水夺眶而出,我想起了南京……

不是地理上的南京,是诗里的、词里的、魂梦里的、母亲的乡音里的南京(母亲不是南京人,但在南京读中学)依稀记得那名字,玄武湖、明孝陵、鸡鸣寺、夫子庙、秦淮河……

不,不要想那些名字,那不公平,中年人都不乡愁了,你才这么年轻,乡愁不该交给你来愁,你看表演吧,你是被邀请来看表演的,看吧!很好的位子呢!不要流泪,你没看见大家都好好的吗!你为什么流泪呢?你真的还太年轻,你身上穿的仍是做新娘子的嫁服,你是幸福的,你有你小小的家,每天黄昏,拉下紫幔等那人回来,生活里有小小的气恼,小小的得意,小小的凄伤和甜蜜,日子这样不就很好了吗?

不要碰故园之思,它太强,不要让三江五岳来撞击你,不要念赤县神州的名字,你受不了的,真的,日子过得很好,把泪逼回去,你不能开始,你不能开始,你不能开始,你一开始就不能收回……

我坐着,无效地告诫着自己,从金门来的火种在会场里点着了,赤膊的汉子在表演蛙人操,仪队的枪托冷凝如紫电,特别看台上面的大红柱子,直辣辣地逼到眼前来,我无法遏抑地想着中山陵,那仰向苍天的阶石,我们何时才能将发烫的额头抵上那神圣的冰凉,我们将一步一稽颡地登上雾锁云埋的最高巅……

会散了,我挨蹭到门口,他在那里等我,我们一起回家。

"你怎么了?"走了好一段路,他忍不住问我。

"不,不要问我。"

"你不舒服吗?"

"没有。"

"那,"他着急起来,"是我惹了你?"

"没有,没有,都不是——你不要问我,求求你不要问我,一句话都不要跟我讲,至少今天别跟我讲……"

他诧异地望着我,惊奇中却有谅解,近午的阳光照在宽阔坦荡的敦化北路上,我们一言不发地回到那紫色小巢。

他真的没有再干扰我,我恍恍惚惚地开始整理自己,我渐渐明白有一些什么根深蒂固的东西一直潜藏在我自己也不甚知道的渊深之处,是淑女式的教育所不能掩盖的,是传统中文系的文字训诂和诗词歌赋所不能磨平的,那极蛮横极狂野极热极不可挡的什么,那种"欲饱史笔有脂髓,血作金汤骨作垒,凭将一脏热肝肠,烈作三江沸腾水"的情怀……

我想起极幼小的时候,就和父亲别离,那时家里有两把长刀,是抗战胜利时分到的,鲨鱼皮,古色古香,算是身无长物的父亲唯一贵重的东西,母亲带着我和更小的妹妹到台湾,父亲不走,只送我们到江边,他说:

"守土有责,我会熬到最后五分钟。——那把刀你带着,这把,我带着,他年能见面当然好,不然,总有一把会在。"

那样的情节,那样一句一钢钉的对话,竟然不是小说而是实情!

父亲最后翻云南边境的野人山而归,长刀丢了,唯一带回来的是劫后之身。

不是在圣人书里,不是在线装的教训里,我了解了家国之思,我了解了那份渴望上下拥抱五千年,纵横把臂八亿人的激情,它在那里,它一直在那里……

随便抓了一张纸,就在那空白的背面,用的是一支铅笔,我开始写《十月的阳光》:

那些气球都飘走了,总有好几百个罢?在透明的蓝空里浮泛着成堆的彩色,人们全都欢呼起来,仿佛自己也分沾了那份平步青云的幸运——事情总是这样的,轻的东西总能飘得高一点,而悲哀拽住我,有重量的物体总是注定下沉的。

体育场很灿烂,闪耀着晚秋的阳光,礼炮沉沉地响了,这是十月,一九六六年的十月,武昌的故事远了。西风里悲壮的往事远了……

中山陵上的落叶已深,我们的手臂因渴望一个扫墓的动作而疼痛。

我忽然明白,写《地毯的那一端》的时代远了,我知道我更该写的是什么,闺阁是美丽的,但我有更重的剑要佩,更长的路要走。

《十月的阳光》后来得了奖,奖金一千元,之后我又得过许多奖,许多奖金、奖座、奖牌,领奖时又总有盛会,可是只有那一次,是我真正激动的一次,朱桥告诉我,评审委员读着,竟哭了。

我不能永远披着白纱,踏着花瓣,走向红毯尽处的他,当我们携手走下红毯,迎人而来的是风是雨,是风雨声中恻恻的哀鸣。

——但无论如何,我已举步上路。

有 些 人

　　有些人，他们的姓氏我已遗忘，他们的脸却恒常浮着——像晴空，在整个雨季中我们不见它，却清晰地记得它。

　　那一年，我读小学二年级，有一个女老师——我连她的脸都记不起来了，但好像觉得她是很美的(有哪一个小学生心目中的老师不美呢?)也恍惚记得她身上那片不太鲜丽的蓝。她教过我们些什么，我完全没有印象，但永远记得某个下午的作文课，一位同学举手问她"挖"字该怎么写，她想了一下，说：

　　"这个字我不会写，你们谁会?"

　　我兴奋地站起来，跑到黑板前写下了那个字。

　　那天，放学的时候，当同学们齐声向她说"再见"的时候，她向全班同学说：

　　"我真高兴，我今天多学会了一个字，我要谢谢这位同学。"

　　我立刻快乐得有如胁下生翅一般——我生平似乎再没有出现那么自豪的时刻。

　　那以后，我遇见无数学者，他们尊严而高贵，似乎无所不知。但他们教给我的，远不及那个女老师为多。她的谦逊，她对人不吝惜的称赞，使我忽然间长大了。

　　如果她不会写"挖"字，那又何妨，她已挖掘出一个小女孩心中宝贵的自信。

　　有一次，我到一家米店去。

　　"你明天能把米送到我们的营地吗?"

"能。"那个胖女人说。

"我已经把钱给你了,可是如果你们不送,"我不放心地说,"我们又有什么证据呢?"

"啊!"她惊叫了一声,眼睛睁得圆突突,仿佛听见一件耸人听闻的罪案,"做这种事,我们是不敢的。"

她说"不敢"两字的时候,那种敬畏的神情使我肃然,她所敬畏的是什么呢?是尊贵古老的卖米行业?还是"举头三尺即有神明"。

她的脸,十年后的今天,如果再遇到,我未必能辨认,但我每遇见那无所不为的人,就会想起她——为什么其他的人竟无所畏惧呢!

有一个夏天,中午,我从街上回来,红砖人行道烫得人鞋底都要烧起来似的。

忽然,我看到一个衣衫褴褛的中年人疲软地靠在一堵墙上,她的眼睛闭着,黧黑的脸曲扭如一截枯根,不知在忍受什么?

他也许是中暑了,需要一杯甘洌的冰水。他也许很忧伤,需要一两句鼓励的话,但满街的人潮流动,美丽的皮鞋行过美丽的人行道,但没有人驻足望他一眼。

我站了一会儿,想去扶他,但我闺秀式的教育使我不能不有所顾忌,如果他是疯子,如果他的行动冒犯我——于是我扼杀了我的同情,让自己和别人一样地漠然离去。

那个人是谁?我不知道,那天中午他在眩晕中想必也没有看到我,我们只不过是路人。但他的痛苦却盘踞了我的心,他的无助的影子使我陷在长久的自责里。

上苍曾让我们相遇于同一条街,为什么我不能献出一点手足之情,为什么我有权漠视他的痛苦?我何以怀着那么可耻的自尊?如果可能,我真愿再遇见他一次,但谁又知道他在哪里呢?

我们并非永远都有行善的机会——如果我们一度错过。

那陌生人的脸于我是永远不可弥补的遗憾。

对于代数中的行列式,我是一点也记不清了。倒是记得那细瘦矮小貌不惊人的代数老师。

那年七月,当我们赶到联考考场的时候,只觉整个人生都摇晃起来,无忧的岁月至此便渺茫了,谁能预测自己在考场后的人生?

想不到的是代数老师也在那里,他那苍白而没有表情的脸竟会奔波过两个城市而在考场上出现,是颇令人感到意外的。

接着,他蹲在泥地上,拣了一块碎石子,为特别愚鲁的我讲起行列式来。我焦急地听着,似乎从来未曾那么心领神会过。泥土的大地可以成为那么美好的纸张,尖锐的利石可以成为那么流丽的彩笔——我第一次懂得,他使我在书本上的朱注之外了解了所谓"君子谋道"的精神。

那天,很不幸的,行列式没有考,而那以后,我再没有碰过代数书,我的最后一节代数课竟是蹲在泥地上上的。我整个的中学教育也是在那无墙无顶的课室里结束的,事隔十多年,才忽然咀嚼出那意义有多美。

代数老师姓什么?我竟不记得了,我能记得国文老师所填的许多小词,却记不住代数老师的名字,心里总有点内疚。如果我去母校查一下,应该不甚困难,但总觉得那是不必要的,他比许多我记得住姓名的人不是更有价值吗?

不　识

　　两个人坐着谈话，其中一个是高僧，另一个是皇帝，皇帝说："你识得我是谁吗？我——就是这个坐在你对面的人。"

　　"不，不识。"

　　他其实是认识并了解那皇帝的，但是他却回答说"不识"。也许在他看来，人与人之间其实都是不识的。谁又曾经真正认识过另一个人呢？传记作家也许可以把翔实的资料一一列举，但那人却并不在资料里——没有人是可以用资料来加以还原的。

　　而就连我们自己，也未必识得自己吧？杜甫，终其一生，都希望做个有所建树救民水火的好官。对于自己身后可能以文章名世，他反而是不无遗憾的。他似乎从来不知道自己是有唐一代最优秀的诗人，如果命运之神允许他以诗才来换官位，他是会换的。

　　家人至亲，我们自以为极亲爱极了解的，其实我们所知道的也只是肤表的事件而不是刻骨的感觉。刻骨的感觉不能重现，它随风而逝，连事件的主人也不能再拾。

　　而我们面对面却瞠目不相识的，恐怕是生命本身吧？我们活着，却不知道何谓生命？更不知道何谓死亡？

　　父亲的追思会上，我问弟弟：

　　"追述生平，就由你来吧？你是儿子。"

　　弟弟沉吟了一下，说：

　　"我可以，不过我觉得你知道的事情更多些，有些事情，我们小的没赶上。"

然而,我真的知道父亲吗?

五指山上,朔风野大,阳光辉丽,草坪四尺下,便是父亲埋骨的所在。我站在那里一面看山下的红尘深处密如蚁垤的楼宇,一面问自己:"这墓穴中的身体是谁呢?"

虽然隔着棺木隔着水泥,我看不见,但我也知道那是一副溃烂的肉躯。怎么可以这样呢?一个至亲至爱的父亲怎么可以一霎时化为一堆陌生的腐肉呢?

也许从宗教意义言,肉体只是暂时居住的房子,屋主终有搬迁之日。然而,与原屋之间总该有个徘徊顾却之意吧?造物怎可以如此绝情,让肉体接受那化作粪壤的宿命?

我该承认这一抔黄土中的腐肉为父亲呢?或是那优游于鸿濛中的才是呢?我曾认识过死亡吗?我曾认识过父亲吗?我愕然不知怎么回答。

"小的时候,家里穷,除了过年,平时都没有肉吃。如果有客人来,就去熟肉铺子切一点肉,偶然有个挑担子卖花生米小鱼的人经过,我们小孩子就跟着那人走。没得吃,看看也是好的,我们就这样跟着跟着,一直走,都走到隔壁庄子去了,就是舍不得回头。"

那是我所知道的,他最早的童年故事。我有时忍不住,想掏把钱塞给那九十年前的馋嘴小男孩。想买一把花生米小鱼填填他的嘴,并且叫他不要再跟着小贩走,应该赶快回家去了……

我问我自己,你真的了解那小男孩吗?还是你只不过在听故事?如果你不曾穷过饿过,那小男孩巴巴的眼神你又怎么读得懂呢?

我想,我并不明白那贫穷的小孩,那傻乎乎地跟着小贩走的小男孩。

读完徐州城里的第七师范的附小,他打算读第七师范,家人带他去见一位堂叔,目的是借钱。

堂叔站起身来,从一把旧铜壶里掏出二十一块银元,那只壶从梁柱上直吊下来,算是家中的保险柜吧?

读师范不用钱,但制服棉被杂物却都要钱,堂叔的那二十一块钱改变了父亲的一生。

我很想追上前去看一看那目光炯炯的少年,渴于知识渴于上进的少年。我很想看一看那堂叔看着他的爱怜的眼色。他必是族人中最聪明俊发的孩子,堂叔才慨然答应借钱的吧!听说小学时代,他每天上学都不从市内走路,嫌人车杂沓,他宁可绕着古城周围的城墙走,城墙上人少,他一面走,一面大声背书。那意气飞扬的男孩,天下好像没有可以难倒他的事。他走着、跑着,自觉古人的智慧因背诵而尽入胸中,一个志得意满的优秀小学生。

然而,我真认识那孩子吗?那个捧着二十一块银元来向这个世界打天下的孩子。我平生读书不过只求随缘尽兴而已,我大概不能懂得那一心苦读求上进的人,那孩子,我不能算是深识他。

"台湾出的东西,有些我们老家有,像桃子。有些我们老家没有,像木瓜芭乐。"父亲说,"没有的,就不去讲它,凡是有的,我们老家的就一定比台湾好。"

我有点反感,他为什么一定要坚持老家的东西比这里好呢?他离开老家都已经这么多年了,为什么还坚持老家的最好?

"譬如说这香椿吧?"他指着院子里的香椿树,台湾的,"长这么细细小小一株。在我们老家,那可是和榕树一样的大树咧!而且台湾是热带,一年到头都能长新芽,那芽也就不嫩了。在我们老家,只有春天才冒得出新芽来,所以那个冒法,你就不知道了。忽然一下,所有的嫩芽全冒出来了,又厚又多汁,大人小孩全来采呀,采下来用盐一揉,放在格架上晾,一面晾,那架子上腌出来的卤汁就呼噜——呼噜——的一直流,下面就用盆接着,那卤汁下起面来,那个香呀——"

我吃过韩国进口的盐腌香椿芽,从它的形貌看来,揣想它未腌之前一定也极肥厚,故乡的香椿芽想来也是如此。但父亲形容香椿在腌制的过程中竟会"呼噜——呼噜——"流汁,我被他言语中的象声

129

词所惊动,那香椿树竟在我心里成为一座地标,我每次都循着那株椿树去寻找父亲的故乡。

但我真的明白那棵树吗?我真的明白在半个世纪之后,坐在阳光璀璨的屏东城里,向我娓娓谈起的那棵树吗?

父亲晚年,我推轮椅带他上南京中山陵,只因他曾跟我说过:"总理下葬的时候,我是军校学生,上面在我们中间选了些人去抬棺材。我被选上了,事先还得预习呢!预习的时候棺材里都装些石头……"

他对总理一心崇敬——这一点,恐怕我也无法十分了然。我当然也同意孙中山是可佩服的,但恐怕未必那么百分之百心悦诚服。

能有一人令你死心塌地,生死追随,不作他想,父亲应该是幸福的。——而这种幸福,我并不能体会。

父亲说,他真正的兴趣在生物,我听了十分错愕。我还一直以为是军事学呢!抗战前后,他加入了一个国际植物学会,不时向会里提供全国各地植物的资讯,我对他惊人的耐心感到不解。由于职业的关系,他跑遍大江南北,他将各地的萝卜、茄子、芹菜、白菜长得不一样的情况一一汇集报告给学会。在那个时代,我想那学会接到这位中国会员热心的讯息,也多少要吃一惊吧?

啊,他究竟是怎样的一个人呢?我对他万分好奇,如果他晚生五十年,如果他生而为我的弟弟,我是多么愿意好好培植他成为一个植物学家啊!在那一身草绿色的军服下面,他其实有着一颗生物学者的心。我小时候,他教导我的,几乎全是生物知识,我至今看到螳螂的卵仍十分惊动,那是我幼年行经田野时父亲教我辨认的。

每次他和我谈生物的时候,我都惊讶,仿佛我本来另有一个父亲,却未得成长践形。父亲也为此抱憾吗?或者他已认了?

而我不知道。

年轻时的父亲,有一次去打猎,一枪射出,一只小鸟应声而落。他捡起小鸟一看,小鸟已肚破肠流,他手里提着那温热的肉体,看着那腹腔之内——俱全的五脏,忽然决定终其一生不再射猎。

父亲在同事间并不是一个好相处的人,听母亲说有人给他起个外号叫"杠子手",意思是耿直不圆转,他听了也不气,只笑笑说"山难改,性难移"。他是很以自己的方正棱然自豪的,从来不屑于改正。然而这个清晨,在树林里,对一只小鸟,他却生慈柔之心,誓言从此不射猎。

父亲的性格如铁如砧,却也如风如水,——我何尝真正了解过他?

《红楼梦》第一百二十回,贾政眼看着光头赤脚身披红斗篷的宝玉向他拜了四拜,转身而去,消失在茫茫雪原里,说:"竟哄了老太太十九年,如今叫我才明白——"

贾府上下数百人,谁又曾明白宝玉呢?家人之间,亦未必真能互相解读吧?

我于我父亲,想来也是如此无知无识。他的悲喜、他的起落、他的得意与哀伤、他的憾恨与自足,我哪里都能一一探知、一一感同身受呢?

蒲公英的散蓬能叙述花托吗?不,它只知道自己在一阵风后身不由己的和花托相失相散了,它只记得叶嫩花初之际,被轻轻托住的安全的感觉。它只知道,后来,就一切都散了,胜利的也许是生命本身,草原上的某处,会有新的蒲公英冒出来。

我终于明白,我还是不能明白父亲。至亲如父女,也只能如此。世间没有谁识得谁,正如那位高僧说的。

我觉得痛,却亦转觉释然,为我本来就无能认识的生命,为我本来就无能认识的死亡,以及不曾真正认识的父亲。原来没有谁可以彻骨认识谁,原来,我也只是如此无知无识。

再跟我们讲个笑话吧
——怀念世棠

不知怎么开的头,他谈起他小时候,在上海弄堂里住,对面有一家义学,夜间上课,来的人都是目不识丁的三轮车夫或苦力之类的。夜晚,对面亮着灯,那些汉子诚心诚意地扮起乖乖的小学生来,一个个拉长调子念道:

"晋太元中,武陵人……"

他一边说,一边就吟起那调子。

我立刻为之五内震动,并且牢牢记住那吟法——我为什么如此?大约是为那些劳力者对知识的崇敬而感触万端。黄昏,拉了一天的车,扛了一天的货,那些人必然累了,但他们勉力来上学,来读《桃花源记》,美丽的晋代的桃花源对他们的现实生活能产生什么好处?大约什么都没有吧?但他们仍虔诚地大声吟诵,觉得那里有点什么可攀的高贵,什么可及的梦想……

我也怜徐世棠——这个说故事给我听的友人,他必然曾是一个富厚之家的寂寞小男孩吧?他为什么凭窗而望,并且牢牢记住那些汗污的面孔和书声?他重述那场景时为什么眼中有湿意,声中有悲悯?

认识世棠,是我大一那年,到最后一次和他通电话——在他死前二十天,这段友谊共是三十九年。

世棠在艺专读音乐,擅钢琴,所以在教会担任司琴的工作。他的钢琴在我听来简直是出神入化,像他的人,雄辩,滔滔不绝,而又娓娓动听。大伙隐约知道他家世不错,住在中山北路不知几条通里,反正那是某些有钱人住的地方。但世棠的穿着却刻意邋遢，大概那是他年轻时叛逆的一种方式吧！一双肥头而又半张嘴的旧鞋尤其令人印象深刻。教会里向例都有个奉献箱，供人投进金钱，某次奉献箱里有位不知名的好心人提供了一笔钱，上面注明"供司琴弟兄买鞋之用"。他居然被当成济贫的对象了，朋友闻之，无不绝倒。

又有一次，下雨天，他不知哪里弄到一件又旧又大的斗篷式黑雨衣穿着，站在许昌街上，竟有路人把他当成三轮车夫，问他：

"××路去不去？"

那种款式的雨衣的确是车夫常穿的。我想他努力要在衣着上让自己摆脱那个有钱的家。他想做他自己，很普罗大众的自己，其实，只此一件事，大概就把他累得半死。

世棠圆脸上的圆眼睛，鼓胀的腮颊充满可爱的喜感。圣诞节扮起圣诞老人来非他莫属，我现在还能忆起他背上的礼物袋，他这一世也真像个圣诞老人，到处去散播好东西，只是，他似乎忘了留一件给自己了。

世棠天生有老人和小孩缘，读大学的时候，他有一次和朋友一起赴深山，到原住民的村落去，他背着一架手风琴，走到哪里便拉到哪里，每到一个村子，总能把一村的小孩迷死。

朋友相聚的时候世棠的角色永远不变，他是负责逗大家快乐的人，他总有说不完的笑话，又极善模仿人，大家笑得滚做一团的时候，他一径保持木木的一张脸，死撑着不笑，现在回想起来，不知道那里面有没有一种成分叫寂寞。

世棠有个奇怪的嗜好，是做蛋糕，当时很少人家里有烤箱，即使有，做蛋糕也该是女孩子的事——当然，这件事多少也和他的英文好有关系，当年并没有什么中文蛋糕的食谱，要看懂英文食谱在当年来说是件难事。

世棠是梁实秋迷，梁教授是他的父执辈，他一提起梁教授便话题不绝：

"刚来台湾的时候,他就借住在我们家呀!到台湾,梁先生心情并不好。可是,晚上,梁师母在白灯罩上点了几点红点,梁先生便加上枝干,一幅红梅图就蹦出来了。"

我又一惊,和三轮车夫的故事一样动人,一个是劳力阶级对知识的虔敬信仰,一个是读书人对困厄环境的夷然眼神。两者都令我默然久之。

世棠后来一直常去梁家做客,梁家当年座上客不少,但能得梁先生的冷峻和幽默之传的,似乎只世棠一人。

世棠的父母和冰心夫妇也熟,他小时候甚至是冰心的干儿子,前些年他还去访问过这位干妈。

世棠在艺专读书似乎不是什么乖乖牌的学生,但由于英文好,他倒是常被选作学生代表,去美国开些国际性的会。

"啊!美国有一种冰的点心,叫'火烧阿拉斯加',一块雪糕,浇上酒,点上火一烧,立刻端上来。还有一种饮料叫 Root Bear,厚厚的玻璃杯,事先冰得透透的,杯上结了霜,把饮料倒进去,一喝,哇!——"我垂涎三尺,立志在有生之年一定要吃到这两种好东西。

由于爱英文,继艺专之后他又去读了辅仁外文。他的梦想是做个口译员,后来他果真考上联合国英翻中的口译员。后来辞了职回来,供职于新闻局。

由于没有正式的公务员铨叙资格,他的薪水极低,到了难以维生的程度。绝处逢生,倒也被他想出了一个办法,就是下班后到餐厅去弹钢琴,一方面赚外快,另一方面,勉强算是公余的休息——一个人想要拥抱自己的土地和人民,从现实层面来说有时也真是很艰难的。

那段时间世棠也回辅仁教书,倒是发生了一件特别的事。有位女生,从南部来,读大一,是他英文班上的,她对老师的课十分入迷。不料到了下学期,她被学校分到第二班,而世棠教的是第一班。这女生很失望,打算不修这门课了,宁可去世棠班上旁听。世棠知道此事后力劝女孩照规定选课,女孩忖度,以为选了课之后,或者老师有什

么神通把她调到第一班也未可知——不料没有。但等上课的时候,她才赫然发现世棠已经把自己调到第二班来了!这女孩说:

"我当时从南部来台北,土土的,从来不知道重视自己——而这件事改变了我的一生,我知道我得做好,免得让老师为我这样做却不值得。"

这女孩名叫黄乃毓,目前是师大家政研究所的教授。

世棠后来转去文建会工作,那是在申学庸教授主掌文建会的时候。

之后他又参与外贸协会的工作,前后共十三年,最近八年一直驻伦敦。也许由于年龄,他非常渴望回台湾,无奈未蒙许可,他有时候短期回来——只为听几场昆剧,真是手法豪奢。

他死后有人为他没能早离英国回到台湾惋惜,我则说:

"如果我是他长官,我也不放他,这种中英文俱佳的人才到哪里去找!"

有一件事,世棠曾多次谢我,因为我一度对他说:

"你,那么能说的人,怎么可能不会写呢?试试看写点什么吧!"

世棠写了,果真文笔爽飒明亮,如短笛信吹,自成佳趣。

"都是晓风叫我写的呀!她说的,'能言者必能文'!"

我每次都想订正他的话,但都没说——其实,不是所有擅长说话的人都能写好文章。是那些说完故事能令人心神震动如山崩海啸的高手才能。世棠其实很像英文所形容的"讲故事的人"(storyteller),他永远能把故事陈述得那么好!奇怪的是有时候他那么孤傲难处,但有时候他又那么认真卑微地用故事和笑话来取悦于人,什么场合只要有世棠在便热闹融洽,这种令人愉悦的才分不是常人轻易可以拥有的。

有时候世棠也试用文言文写文章,我惊奇之余才悟到他有些地方是十分古典的。例如他爱写信。其实这一点,颇令人难以招架。古老的书信艺术不是一般人能身体力行的,因而不免让自己陷入"欠信"的不义状态。欠信不比欠债好受,尤其在世棠过去后,我每次想到自己常不回他信,就内疚不已。

近五年来我一直希望世棠做一件事,我希望他能录一卷录音带。他讲的故事那么活灵活现,他不只属于我们这个时代,下个世纪的孩子应该也有权利分享他的声音。他立刻就被说动了,也许他本来即有此意吧?

最后一个暑假,他真的走进录音室,要为孩子们讲一个故事。什么故事呢?他想起自己八岁起就极爱的故事——王尔德的《快乐王子》。五十年过去了,他坐在录音室里娓娓地复述起这故事,他的声音干净敦实,充满感情:

——但是,他还没有张开翅膀,第三滴水又落了下来,他仰起头去看,他看见——啊!他看见了什么?

快乐王子的眼里装满了泪水,泪珠沿着他的黄金的脸颊流下来。他的脸在月光里显得这么美,叫小燕子的心里也充满了怜悯。

"你是谁?"他问道。

"我是快乐王子。"

"那么你为什么哭呢?"燕子又问,"你看,你把我一身都打湿了。"

"从前我活着,有一颗人心的时候,"王子慢慢地答道,"我并不知道眼泪是什么东西,因为我那时候住在无愁宫里,悲哀是不能进去的——"

"我觉得,他自己就是那个'快乐王子'!"他去世之后一位朋友斩钉截铁地说。

我想的确是吧,那个悲愁的快乐王子。

世棠走后我曾和他的老母亲通过电话,据她老人家说,世棠年少时曾立志当牧师,母亲以为不可,说他生性太爱说笑取闹,有所不宜。我听了不免吓一跳,因为三十多年的老友,我竟不知他当年有此心愿。当年一起长大的朋友中有几个看来特别虔诚深稳的,他们后来倒也的确不负众望做了牧师。但大家万万没有想到这位每次聚会都负责把大家肚子笑痛的一位,内心深处竟期望自己是一位驻堂牧师。

现在想来,也许他这一生所做的事都只是在实践他少年时期的梦想:他做口译员,他去新闻局、文建会,他做台湾驻英国的贸协主任,他写文章,他为孩童录音,他勤于给朋友写信并鼓励他们,这一切全等于在牧养这个时代,在服役这些人群。他终于做了另一种意义的牧师。

世棠独居在伦敦市郊,一九九七年十二月二十六日有人还看见他,他可能死于十二月二十七日的心脏病,十二月三十日同事破门而入,才发现他已远行,得年五十九岁。死前他似乎正要出门,所以西装领带俨然,这样有尊严而不受苦的死法当然值得羡慕,悲伤的是我们这群还留在世上的朋友。谁能来跟我们再讲个笑话呢?人生的欢乐原来是这样稀少易逝,讲笑话的人一走,场子岂不立刻冷了。

什么时候,再跟我们讲个笑话吧!世棠!

未　绝
——一位作者的成长

　　桃正红,柳正绿,风正若有若无地穿梭其间。

　　一只小小的乌篷船不着痕地沿水而下,小男孩坐在船里,乌黑沉静的大眼齐窗望去,望见窄窄两岸间的红桃绿柳俯身而下,心里有说不出的温柔的惊动!那一年他四岁。

　　小男孩的身世说来也是一奇,他祖籍辽宁,生在四川,此刻却只身被藏在苏州城郊的一座尼姑庵里。他的父亲是国际知名的地质学家,母亲是当年的少数女留学生,擅打网球。两人当时都留学日本,不意中日宣战,政府只能营救少数人才回国,父亲在名单上,而母亲不在。情急之下,她只好寄名夫妻以求回国。及至船到国内,男方家长多年来早就为独子疯狂做学问而不肯结婚一事愤恚,但人在国外,也奈何他不得。此刻由于战争,回到家人鞭长可及的地方,证件上又分明是"已婚",怎容分说,立刻强迫两人成亲。这场弄假成真的婚姻来得很勉强。

　　以后几年里,两个孩子陆续出生,做母亲的倒也认了,父亲一心所想的仍是他的学术世界,一个人打着绑腿满山跑,洪荒宇宙,天玄地黄,混沌初开之日这世界究竟是何等世界?他的"地壳滑动说"至今仍被看做一项充满想象力的对大地的解释——可是,这霸气而自信的男人,他不要家庭,他只要地质世界。

　　一场姻缘到小男孩四岁那年终于切断,姐弟俩按着习惯归父亲,但父亲岂是养小孩的人,他终于被寄养父执家中。聪明白净的他倒也得宠,对于自己身世的悲凉所知不多,生活里却有许多可以惊奇的东西。例如,一朵红花,也能使他痴想忘情,一天就那样过去了。

而母亲却找人去把他"偷"了出来,沿长江,搭江轮,藏到苏州城去。人世间的悲苦,以及身为"没娘孩子"的种种凄凉,他此刻一概不知,知道的只是苏州城里一片好风景,其实连一片好风景他也说不上来,只知道一切都"好"。

当年苏州乌篷船里的那一场,恐怕是这半生际遇的一番幻影吧,有大悲恸,有大凄伤,却又无碍于他一片澄明的心,去领略天地间的好风好景。

终于被父亲找到,一同到了台湾,站在国语实小的办公室里,老师摸着他的头问了一句简单的"你叫什么名字?"便已使他惶急欲哭,如面临生死存亡之大关。只因为他有两个名字,一个是随父姓的名字,一个是随母姓的名字,一个六岁的小孩要在一霎时决定自己的去从,那一分钟的苦难竟如此漫长苦烈,永世难忘。

母亲也跟来台湾,想作最后的尝试,她舍不下这一儿一女,但终于没有成功。她回到大陆,留下的两件手制的绒布睡衣,给女儿的那一件内层用毛笔写"妹妹",儿子的这一件写"弟弟"。许多年来,那是想念母亲的一线凭借。

学期终了,他得到第十二名,他看着看着,不服气,拿起橡皮就擦,擦掉了"一"字,剩下"二"字,回家居然被父亲嘉许了一番。他这半辈子在学校里就没有得过好名次,初中没毕业,高中没毕业,艺专的毕业证书也不知塞到哪里去了,唯一凭借的大概就是当年那种"不服气"的心情,学校可以给他第十二名,他却认定自己是第二名。

被寄养在姑妈家里,日子非常不好过。那是一个台北常有的落雨的冬夜,他十岁,姐姐和家人都睡了,他起身整理了一个小包。小包小得可怜,里面除了几件衣服以外主要是一卷白纸,他准备离家出走了。白纸是他想象中的谋生工具,他觉得自己可以卖画生活。走到门口,大狼狗迎上来,他抱着狗哭了一场,掩门去了。小小瘦瘦的身子,被街灯拉得异常孤苦无依,他艰难地走到巷口,终于折回家,钻回被窝睡觉。

出走没成功,倒是写出了一篇"大倒霉"的文章,老师当堂宣读,以后他又配上插画,弄上壁报,算是渐渐知道往哪里藏躲可以减缓挫折感。

天天挨打,理由是几代单传的男孩,不能不管。从学校借来的《水浒传》正读得兴起,早上起来却见它在地上,撕得粉碎。要命的是来不及伤心,因为首先要应付的是学术股长死催活催要他还书,而他一文不名。那种痛苦,真令人想死。

可是,读书仍然给他最大的乐趣和拯救。

读到"冯谖市义",读到"缇萦救父",读到"吴凤画传"、"汪踦殉国",居然气血翻涌。而读鲁滨逊,他真的到院子里用树枝树叶搭营,想要试试野外求生。他自己找放大镜就着日光看它能否烧起纸来,他自己制标本,他在《爱迪生传》里看到这位科学家的手相,自己左对右对,竟自以为很相似……

对付姑妈他也想到了一个好办法,他凭想象把姑妈缩小,一时之间他仿佛看到她一寸寸消下去,矮下去,一直小到巴掌大,站在窗台上——不过,事情也真怪,他望着想象中站在窗台上的小姑妈,居然心里仍在害怕。

痛恨数学,因为想不通为什么需要把鸡跟兔子关在一起?以及为什么一个人要到某地,忘记某物,折回走,取了物又前行等等无聊的设计,他拒绝也搞这种"没道理的东西"。

日子也有好的一面,例如黄昏以后,当时的台北是很沉寂的,他熄灯燃烛,把大人的风衣呢帽弄来,扮演福尔摩斯及赌国仇城给表弟、表妹、邻居小孩看,那种感觉很过瘾。

隔壁人家常找孙玉鑫来说书,他坐在墙头听,听得如醉如痴,立志长大要做"说书人",并且立刻就拿那批"基本特约观众"做实验。自己胡编的故事,居然也能把表弟、表妹弄哭。他忽然悟出一番跟希腊悲剧家所见略同的观念,亦即"把不该死的弄死,该死的且不让他死"。

因为成绩不好,留了级,从附中转建中,建中逃学更方便,对面是中央图书馆,不愁没去处。读到国父的三民主义讲词,大为倾倒,一时又正正经经地想当起政治家来,对于"说书人"一职,一时也管不了如何身兼两项大业。

仍然功课不好,但没空去伤这份脑筋,因为太忙。所谓忙是忙于画画,忙于写小说,忙着看自己找来的书,例如胡适的《中国哲学史》、朱光潜的《文艺心理学》,真是目不暇给,至于功课好不好,也就不管它了。父亲是个一板一眼的人,居然写信告诉学校不必姑息这样的学生,勒令退学算了,但他略施小计,跑到邮局,把那封信骗了出来。然后是我行我素地继续自己读书,一个人到山里去念古文,找和尚胡乱论道,偷偷参加中广的小说选播,充当个小角色,唯一的好处是因而熟读了《红楼梦》。

走过中华路,一家小馆里悬着幅于右任的字,他停下来读:

与世乐其乐,为人平不平。

看了半晌,心中洞然,他对自己说,为人一世,就拿这句话做终身志业吧!那一年他是十七岁的纤弱少年。

父亲有一天忽然说:

"你,搬出去!"

他把那句话记在心里,当下安排起来,如何走,如何谋生,如何继续读书。不久以后,父亲出国一趟,凑巧姑父也在那时去世,他帮忙料理了丧事,等父亲一回家,他当晚就走了。

"人不可以被侮辱,"他说,"虽然我走对父亲是个打击,但我还是走了。"

走到哪里去呢?和同学合租了一间两个榻榻米的阁楼,屋顶是斜的,高的地方勉强可以站身。因为没有钱交电费,电线给剪断了,只好点蜡烛过日子。当时的生计是卖煤炭、卖橘子、送报。其中干得最成功的是推销《学生周报》，曾有一天之间拉到八十二位订户的纪录，报社很惊动，竟想组织一批人交他"调教"。

他自己却淡然处之，只庆幸可以用这份刊物当枕头睡觉，当抹布擦桌椅，并且，天冷的时候，可以塞在被套里增加破棉絮的温度，麻烦的是翻身时总会弄出窸窸窣窣的声音。

当时他又立了一番小小的心愿，希望自己能从推销员变成记者就好了。

因为没有钱注册，他去找"东方夜校"的陆校长，准许他分期交学费。那年，胡适死了，他郑重地前去瞻仰遗容。想起初一逃学，在市立图书馆初读胡先生的《留学日记》，到后来读他的《中国哲学史》，心中竟是以他为老师的，这番看了遗容，也大咧咧地跟着人群去送殡。

大专联考，数学因为做对了一题三角填充，得零点六分，四舍五入，算作一分，这一分很重要，否则其他分数不计。他进了艺专影剧科。其实不但那一分很惊险，更惊险的是他本来根本就不打算再念书了，却因一位父亲的老友吴英荃教授的怜惜，把他从阁楼生涯里抓回来，安顿在台北学苑。这一个转机带来太多幸运，影剧是他从小喜欢的东西，大学里再不逼人了，日子又重新幸福起来。随邓老师接触"俗文学"，连精神都振奋起来了。

依然穷，依然读书。

大学毕了业，他重新回去见父亲一面，住了几天依然走了，走到一个叫黎和里的地方。当年那地方鸟多人少，山屋里野鸟站在窗前叫，屋子的主人喜欢打着悠悠的调子说："茫茫人海，随手行方便。"那句话后来一直留在他心里，变成了他自己的观念。

许多年的挫辱，使他渴望做一个强人以为补偿，可是自己身体一向又瘦弱，连打架都不肯一试的小男孩，何从逞强？"既然打不赢，当然就不打。"打人的事生平只干过一次，居然是打老师。设计好了要用橡皮筋大弹老师，却因老师走避而罢，事情的结果是留校察看。就连这生平唯一一次动手,也未得逞。读书至艺专二年级,忽一日觉得不妥,于是专程回建中去正式道歉——并不是因为发现老师是对的,只是发现自己打人是错的。

不喜欢动手的人,凭什么逞英雄呢? 他想到了"动口",至于"动笔",好像反而是附带的事。曾有一段时间,他很以"伶牙俐齿"为荣,在文教圈里,有老一辈的四大名嘴和小一辈的四小名嘴,他是四小名嘴之一。

当年想做"说书人",后来终于没成功。但半生以来吃的竟真的是"开口饭",或作播音员或教书,或教洋人中国文化,他的"事业"全和嘴有关。可是,渐渐的,他开始有更深一层的领悟,与其伶牙俐齿,不如自嘲吧! 人世如此无奈,何不调侃自己一番就算了?

很有"女孩子缘",从十三岁就帮同学写情书,及至到艺专又为影剧、音乐、美术等科女孩代写作文。一向关心稿费的他对这份差事倒是不求报酬的。但交女朋友则不太顺利,一直到遇见陶晓清——那个能干洒脱而又肯温柔踏实的女孩。

当然,那其中或许也另有原因,她是苏州人,那乌篷船的记忆恍惚回来了,多么柔和的春水……及至两人结了婚,生了孩子,他偶然听妻子哼苏州小调哄小孩入睡,眼睛就不禁湿了。

和晓清在一起,一向做事拖泥带水的他忽然有了快节奏的决定,竟打算在最短期间结婚。两人一起去国际学舍听音乐会,他事先注意她那几天感冒,有些咳嗽,便藏了一盒喉片在口袋里。及至音乐进行一半,果然天从人愿,晓清咳了起来,他不动声色,把喉片塞过去,据说此事跟求婚节奏很有关系。

对陶晓清来说,这个人真令人不胜惊奇。她自己从小没淋过一次雨,天稍阴了,家里就送雨衣和雨鞋来;这个人却干脆在雨天的急雨里走,因为不喜欢学别人那样缩在檐下,因为一旦淋透了以后,也就不再怕雨了。她从小没挨一次打,他却在"不打不成器"的口号下被姑爹姑妈一人按着,一人执刑。她从来没挨过一顿饿,他却为了逃避毒打每每流连街头,三四天不回家也不吃一顿饭。她听他絮絮叨叨地说个不停,怜惜而讶异。

她的父亲惊觉起来,这年轻人是谁?初识两个月,女儿竟要嫁给他,那人不像坏人,却也不像规规矩矩剪裁合度的树,他跑到警察局要求查查此人有没有前科。

前科倒没有,被查的人不免吓出一身冷汗。但单纯可爱的准岳父,却很高兴,这人既不是坏人,大概就是好人了,把女儿给他吧!

当真没有前科吗?

从小到大,如果要照命运来说,他不断地遇到"贵人",或者,说得更平实一点,遇见"好人"。少年穷途潦倒,沦落街头之余,跟"前科"的距离岂不只在薄纸之间?为什么总有好心的同学,同学的父亲,或者朋友,巧至朋友的亲戚——绕着弯子来帮他的忙?或一饭之恩,或一屋之庇,都及时拉了他一把。

除了人,整个社会都在拉着他。

第一个拉着他的是书。父子虽然缘薄,但知识世界的真诚无伪却是他自幼熟知的。知识是权力,知识是尊严,知识有其永恒不移的确凿性,而身为读书人,自有其放眼天下的规模气度。这一点,对他而言,无论如何颠沛失所,却是死不能忘的真理。

第二个拉着他的是全社会的人所共同经营出来的一种氛围。例如小时候坐火车转汽车再加走路,到一个住在穷乡僻壤的同学家去玩,没想到同学家极穷,泥草和的墙,胡乱拼凑的家具,一切简陋至极。奇怪的是看到远方小客人来了,竟也揖让有度,菜虽简而不怠,礼虽少而不慢,笑谈之间绝无寒俭气。他暗自吃惊,原来文化就是一种使人可以穷得如此彻底而不失其尊严的东西。又例如当兵在蚵仔寮,见渔人生涯的朴拙勤苦,其中有一份无言的大定力,令人惶愧不敢不自振。甚至像左营路边一个卖鸭肉面的消夜摊子,竟也题上"爱晚亭"那么美丽的名字,使人感到虽身为市井之人,亦有其无所不在的诗情。或如静夜里墙头危坐,闲听隔壁人家在院子里说书,五千年讲不完的忠孝节义……

所谓没有前科,岂真是自己有什么过人之处,是整个民族文化的大磁场吸住了吧？

要结婚了,竟自庄严正经起来,前去见老父。两个倔强的灵魂乖隔多年,此刻做儿子的为了不让岳父生疑,前去请父亲主婚,心甘情愿地委曲求全。意外的是那终生与石头为伍的老人竟因婚讯而大喜,他兴冲冲地跑去借薪水,为儿子媳妇买家具,又送了一只雷达表给媳妇做见面礼,外加一只照相机。

十二月,轻寒的梨山,早起的新郎摘了满满一大抱红叶。新娘醒来,一枕火灼灼的忘不掉的颜色,多年以后他们还把红叶的拓片当圣诞卡寄给朋友。

然后,是努力做一个播音员,一度也主持"早晨的公园",不是当年的说书人,然而,也算另一番说书吧？

母校艺专请他去教书,教了几年,竟做起广电科主任来。

当年读不惯教科书而又不擅打架的小男孩现在教起"语意学"和"口头传播"来,当年的贫穷、赤裸和剥夺铸成了自卑,而自卑又复升华成对自我尊严的要求,他钻研跟"讲道理"有关的学问,并且把跟"道理"有关的种种讲得鞭辟入里,使学生颠倒倾服。他穿干净的长衫,或西装。利落的表情,精纯的声音,不说一句废话,曾经失去的尊严,他要一点点认真地重建起来,他做到了。

写作对他而言几乎是一种把说话加以记录的"话本",他可以算是一个对语言着迷的人。和说话的条畅自如不同,他的写作是认真而出手迟缓的,其辛辣冷峻处,不让林语堂。例如论演讲,有如下的片段：

> 忘记是谁的一篇文章里提到,演说是二十世纪人类一大发明,这话我不同意。演说可以是人类的一大发明,却不一定要到二十世纪才有。把一大群人唤到跟前听自己演

说,是多么过瘾的事!人类不会笨到等了几千年甚至几万年,才会发现这种价廉物美的享受。

又写生活中贸然撞入的一只野猫,在种种冲突矛盾,穷追死赶之余,终于心慈手软下不了手的曲折:

  一只野跛猫,跟另一只猫风流之后,毫不犹豫地负起了事后一切沉重的责任。它没有咬牙切齿地露出悲壮,也不哀鸣,只是极其平静地接受了自然的律则,它也真有它的!
  "只有两只吗?"
  "没见它再叼来。"
  我用脚趾头拨弄着空空的铝盘子:"买点猫食吧,先喂几天。"声音软弱得不像是我的。
  "已经买了。"太太轻描淡写的回答,宁静得如一尊菩萨。

当然,行年渐长,哲学意味是免不了的,在一篇谈"瓶"的文章里,他说遍各种瓶子,忽然笔锋一转:

  有一次,我住在日月潭,清晨起身,沿潭散步,此时潭水与天色碧蓝如海,晨曦自天际浮云中隐隐透出,水面上一阵阵薄雾疾逝而去,山树在昏濛中也是一片墨绿。这时我但觉自己置身天地的大瓶子里,通体也染上了湛蓝,除了悚然惊愕于如此的苍凉外,不觉也有几分悲哀,想到茫茫大千,实际上也不过是一个我们永远跳不出去的瓶子。

令人思之味之,欣然神会中亦有其怅然。
他的散文为他带来了中山文艺的散文奖。
有一方父亲使用了三十年的方砚,他曾有意要来作为结婚礼物,但略一犹疑,想再过一个礼拜开口不迟,不意第二周砚台竟消失了。原来父亲的一位故旧来访,见到是故乡水岩所制,一时乡心大动,父亲便慨然相赠了,他只能怅怅跌足。

三年前,父亲撒手而去。

和在大陆上的母亲联络上,她托人带了两锭古墨来,黑沉粗巧,淡淡的玄色的芬芳。他想起多年前内侧写着"弟弟"的那件柔软的绒布睡衣,然而,又能如何呢?一别三十年,虽被朋友说成名嘴,一时也竟无言了。如果当年把父亲的方砚要来就好了,桌上如果能有父亲的砚和母亲的墨也算一场小小的补偿性的聚合,然而,毕竟那方砚也流入茫茫人海里去了。

终于懂得释然,懂得感谢,懂得珍惜。他为自己修了个年谱,自己加了段话:

与朋友交,每多任情任性,偕妻儿处,复得相让相忍。困厄快意相参半,有事无事尽平安,天固未绝我,亲友陌路尤未绝我,若有数则命好,无则天地人群好。料此生无以为报,唯愿不弃绝于君子,得徜徉于大化。

走着走着,他仿佛又复是当年苏州城中乌篷船里看桃花的小男孩,人世间一片好风好水,沉静的大黑眼睛放心地望着一程一程的波光,一程一程的歌声和橹声,有土的地方便有路,有水的地方便有船,人生,还能再求什么呢?

后记:也许,读完了长长的故事你会忽然想起一件事——他,故事中的主角,叫什么名字?他叫马国光,笔名叫亮轩。当然,他还有其他笔名,甚至,他也有另外的"本名"(当年母亲给的),但这一切都不重要,重要的是那人结实而顶真的活了过来,在人世的霜寒和春风里。

溯　洄

一　掌灯时分

一九三一年,江南的承平岁月依依暖暖如一春花事之无限。

四月,陌上桃花渐歇,栀子花满山漫开如垂天之云。春江涨绿,水面拉宽略如淡水河。江有个名字,叫汨罗江,水上浮着倏忽来往的小船,他的家离江约需走一小时,正式的地名是湖南湘阴县白水乡宴家冲。家里有棵老樟树,树上还套生了一株梅花。黄昏时分年轻的母亲生下这家人家的长孙。五十二年后,她仍能清楚的述起这件事:

"是酉时哩,那时天刚黑,生了他,就掌上灯了。"

渐渐开始有了记忆,小小的身子站在绣花绷子前看母亲绣花。母亲绣月季、绣蝴蝶,以及燕子、梅花。母亲绣大一点的被面、屏幛就先画稿子,至于绣新娘用的鞋面枕套竟可以随手即兴的直接绣下去。绣到一半,不免要停下来料理一下家务。小男孩一俟母亲走开,立刻抓起针往白色缎面上扎下去。才绣几针,母亲回来了,看看,发觉不对,而重拆是很麻烦的。绣花当时是家庭副业,哪容小男孩捣蛋玩这种"奢侈的游戏",所以按理必须打一顿。只是打完了,小男孩下次仍受不了诱惑又从事这种"探险",怎样的葱绿配怎样的桃红?怎样以线组成面?为何半瓣梅花、半片桃叶,皆能于光暗曲折之间自有其大起伏大跌宕——这样绣了挨打,打完又绣。奇怪的是忽有一天母亲不打人了,因为七八岁的小男孩已经可以绣到和母亲差不多的程度了。

家里还织布染布，煮染的时候小男孩总在一旁兴奋地守着。如果是染衣服，就更讲究些。母亲懂得如何在袖口领口口袋等处绑上特殊的图案，染好以后松开绑线，留在蓝布或紫布上的白花常令小男孩惊喜错愕。

比较简单的方法是在夏末把整定布铺在莲花池畔，小男孩跳下池子去挖藕泥，挖好泥浆以后涂在布上曝晒。干了就洗掉，再敷再晒。五六遍以后粗棉布便成了夹褐的灰紫色。家里的男人几乎都穿这种布衣。

还放牛，还自己酿米酒、捡毛栗、捡菌子、捡栀子花结成的栀实。日子过得忙碌而优游——似乎知道日后那一场别离，所以预先贮好整个一生需用的回忆。

十五岁读初中，学校叫汨罗中学，设在屈子祠里。祠就在江边上，学生饮用的便是汨罗江水。做父亲的挑着一肩行李把儿子送到祠中，注了册，直走到最后一进神殿，跪下，对着阳雕金字"楚三闾大夫屈子之神位"叩了三个头，男孩也拜了三下。做父亲的大概没想到磕了三个头后，这中国的诗神便收了男孩为门徒，使男孩的一生都属于诗魂。

起先，在十岁那年，男孩曾跟宋容生教授读过《左传》和《诗经》。宋教授从北大回乡养病，男孩在他家看到故宫的出版品和文物图片，遂悠然有远志。他不知道二十七年以后他自己也进入故宫，并且在器物研究之余也是《故宫文物月刊》的编辑委员。他回想起来，觉得遇见宋先生是生平最早出现的大事。另一件大事则是在理化老师家读到了长沙出版的新文学杂志，知道世上有小说、散文和诗歌。

民国三十七年，从军。长沙城的火车站里男孩看着车窗外的舅舅跑来跑去在满月台找他，想抓他回家，他狠心不顾而去。在兵籍簿上他写下自己的名字，因而分到一枚框着红边的学兵符号佩在胸上，上面写着"袁德星"。

二 "到西安城外,娶一汉家平民女子……"

而同一年,远方另有一男孩才一岁,住在西安城的小雁塔下。和他生命相系的最早的这条河叫渭水。

外曾祖父那一代在西安做知府,慈禧逃庚难那一年还是他接的驾。大概由于拥有这么一种家世,他被取了一个大有期许意味的名字:蒋勋。

辛亥革命之后,身为旗人的外曾祖父那一代败落了。外曾祖父临死传下遗命,要儿子必须娶个西安城外的汉家女子,平民出身,刻苦坚忍的那一种,家道才有可能中兴起来。外婆就这样嫁过来。外祖父显然不太爱这位妻子,一径逃到燕京大学去念书了。但这位外婆倒真是过日子的一把好手,丈夫不在,她便养一窝猫。日本人侵华的那些年,西安城里别家没吃的,她却能趁早晨城门乍开之际,擦身偷挤出去。一出城,她便如纵山之虎,城外到处都是她的乡亲朋友,弄点粮食是不成问题的。后来她又把大屋子划成一百多个单位,分租给人,租钱以面粉计,大仓房里面粉堆得满满的。

看到小外孙出生,她极高兴,因为小男孩已有哥哥,她满心相信可以把这孩子桃给母家,所以格外疼爱。西安城里冬天苦冷,她把小婴儿绑在厚棉裤的裤裆里,像一串不容别人染指的钥匙。

母亲当年念了西安女子师范,毕业典礼上的那首歌她一直都在唱:"我们今天是桃李芬芳,明天是社会的栋梁。"她还有一把上海来的蝴蝶牌口琴,后来因为穷,换了面粉,事后大约不免有秦琼卖马之悲,也因此每和父亲吵架,都会把"口琴事件"搬出来再骂一遍。

中国民间女子的豪阔亮烈,蒋勋是在母亲身上看到的。

她到台北的故宫博物院去参观,看到那些菲薄透明的瓷碗,冷冷笑道:

"这玩意儿,我们家多的是,从前,你外婆心情不好的时候,就摔它一个。"

看到贵妇人手上的翡翠,她也笑:"这算什么,从前旗人女子后脑勺都要簪一根扁簪,一尺长咧,纯祖母绿,放在水里,一盆尽绿——这种东西,逃难的时候,还不是得丢吗?丢了就丢了就是了。"

母亲有着对美的强烈直觉和本能,却能不依恋,物我之间,清净无事。

往南方逃亡的时候,已经是一九五一年了,逃到福建,从长乐上船。小男孩哭,母亲把他藏在船舱下面,吓唬他不准再哭了——早期的恐惧经验在后来少年的心里还不断成为梦魇,他时时梦见古井,梦到惊惶的窒闷和追捕。

暂时住在西沙群岛一个叫白犬的地方,好心的打鱼人有时丢给他们几尾鱼,日子就这样过下来。奇怪的是,许多年后,做姊姊的仍然恋恋不舍想起那些渔人分给他们的鱼:

"好大的鱿鱼啦,拿来放在灰里煨熟——哎,那种好吃……"

逃难的岁月,毁家荡产的悲痛都退去了,只剩下一尾好吃的鱼的回忆。

终于,全家到了台湾,住在大龙峒,渭水换成了淡水河,孔庙是小男孩每天要去玩的地方。至于那轻易忘掉翠尺的母亲宁可找些胭脂来为过年的馒头点红,这才是真正的人间喜气。那一年,是一九五二年。

三 失踪的湖

一九五二年,小女孩九岁,住在一个叫湾仔的地方。逃学的坡路上有杂色的马缨丹,刚刚够一个小女孩可以爬得上去。热闹的街角有卖凉茶的,她和妹妹总是去喝——为的是赚取喝完之后那粒好吃的陈皮梅。当然,还有别的:例如迷途的下午被警察牵着回家时留在手心的温暖、例如高斜如天梯的老街、例如必须卷起舌头来学说的广东话、例如假日里被年轻父亲带去浅水湾玩水的喜悦、例如英记茶行那份安详稳泰的老店感觉……然而,这一家人住在那栋楼上是奇怪的——他们是蒙古人,整个湾仔和整个港岛对他们而言,还不及故乡的一片草原辽阔,草原直漫到天涯,草香亦然,一条西喇木伦河将之剖为两半,父亲和母亲各属于左岸和右岸,而伯父和祖父沿湖而居,那湖叫汗诺日美丽之湖(汗诺日湖系蒙语"皇帝之湖"的意思)。二次大战前日本某学术团体曾有一篇《蒙古高原调查记》,文中描述的湖是这样的:

"沿途无限草原,由远而近,出现名曰汗诺日的美丽之湖,周围占地约四华里,湖水清湛,断定为一淡水湖,湖上万千水鸟群栖群飞,牛群悠然饮水湖边,美景当前,不胜依恋……"

但对小女孩而言,河亦无影,湖亦无踪,她只知道湾仔的炫目阳光,只知道下课时福利社里苏打水的滋味。五年之间,由小学而初中,她的同学都知道她叫席慕蓉,没有人知道她真正的名字叫穆伦·席连勃,那名字是"大江河"的意思。

读到初一,全家决定来台湾,住在北投的山径上,那一年是一九五四年,她十一岁了。

四　湖口街头初绽的梅幅

那一年,袁德星早已辗转经汉口、南京、上海而基隆而湖口,在岛上生活五年了。"受恩深处便为家",他已经不知不觉将湖口认作了第二故乡。

也许因为有个学了点裱画的朋友,他也凑趣画些梅花、枇杷让对方裱着玩,及至裱好了两人又拿到湖口街上唯一的画店去悬挂。小镇从来没出现过这种东西,不免轰动一时——算来也许是他的第一次画展,如果那些初中时代的得奖壁报不算的话。

楚戈这笔名尚未开始取,当时忙着做的事是编刊物、到田曼诗女士家去看人画画、结交文人朋友。一九五七年,他拿画到台北忠孝西路去裱,裱褙店的人转告他说有人想买此画,遂以六百元成交,那是生平卖出的第一张画,得款则够自己和朋友们大醉一场。

仍然苦闷,一个既不能回乡也不能战死的小兵,在一个偶然的机会里他请缨赴中南半岛作游击战,当时他的一位老大哥赵玉明也报了名,别人问他原因,他说:

"不行啊,袁宝报了名,他那人糊里糊涂,我不跟着去照顾他怎么行呢?"

结果虽然没有成行,好在他却在知识和艺术的领域里找到了更大的挑战!戈之为戈,总得及锋而试啊!

五 密密的芙蓉花,开在防空洞上

搬进村子的第一天,蒋勋就去孔庙看野台歌仔戏。母亲一向喜欢河南梆子,所以也去了。一面看,她一面解释说起来:

"这是武家坡啊!"

母亲居然看得懂歌仔戏,也是怪事。家居的日子,母亲是讲故事的能手。她的故事有时简单明了,如:

"那王宝钏啊,因为一直挖野菜来吃,吃啊,吃啊,后来就变成一张绿肚皮……"

她言之凿凿,令人不得不信。也有时候,她正正经经讲起《聊斋》,邻居小孩也凑进来听。弟弟又怕又爱听,不知在哪一段高潮上吓得向后翻倒,头上缝了好几针,这件让为人笃实的父亲骂了又骂。

每到三月十二日,公家就发下树苗,当时政府规定家家要做防空洞,幼年的蒋勋和家人便把分到的芙蓉插在防空洞上。芙蓉一大早是白的，渐渐呈粉色，最后才变成艳红。此外又家家种柳，柳树长得泼旺如炽。防空洞当然一次也没用过，却变成小孩游戏的地方，在里面养鸟、养乌龟，连鸭子也跑进里面去秘密的孵了一窝蛋，小孩和鸭子共守这份秘密——及至做母亲的看到凭空冒出一窝小黄鸭，不免大吃一惊。

所谓战争，大概有点像那座防空洞，隐隐的坐落在那里，你不能说它不存在，却竟然上面栽上芙蓉，下面孵着鸭子，被生活所化解了。男孩穿花拂柳一路跑到淡水河堤上去放风筝，跑得太快，线断了，风筝跨河而去。他放弃了风筝转头去看落日，顺便也看跟落日同方位的观音山，观音凝静入定，他看得呆了——那一年，他小学四年级，十岁。

六　我可不可以来学画？

十四岁考上台北师范，席慕蓉背个大画夹，开始了她的习画生涯。那一年，在军中的楚戈开始努力看画展和画评，后来因为觉得别人说的不够鞭辟，便自己动手来写。而十三岁的蒋勋出现在民众服务处的教室里，站在老画家的面前问说：

"我没有钱出学费——可不可以来学画？"

老画家凝望了少年一眼，点头说：

"可以啊！"

一九六六年，楚戈退役，考入艺专夜间部美术科。而蒋勋，这时候刚开始念文化大学历史系，毕业以后，又读了文大的艺术研究所，一九七二年，二十五岁的他启程赴巴黎。

"以前我以为西安是我的乡愁，飞机起飞的刹那才知道不是，台湾在脚下变得像一张小小的地图，那感觉很奇怪，我才知道西安是我爸爸妈妈的乡愁，台北才是我自己的乡愁啊！"

七　回

　　终于能回国了,那一年是一九七〇年,心中胀着喜悦,腹中怀着孩子,席慕蓉觉得那一去一回是她生平最大的关键。

　　蒋勋回国则是在一九七六年。

　　楚戈也回来了——虽然他并未出国。许多年来,他一向纵身于现代诗与现代画的巨浪里,但从一九六八年供职故宫博物院开始,也陆续发表了不少有关青铜器的论文。一九七一年,他在《中华文化复兴月刊》上辟栏连续写了两年《中国美术史》。认识他的人不免惊奇于他向传统的急遽回归,但深识他的人也许知道,楚戈的性情是变中有不变,不变中有变的。

　　一九八一年,蒋勋出版《母亲》诗集,在序文里,他说:

　　"我读自己第一本诗集《少年中国》,发现有许多凄厉的高音,重复的时候,格外脸红。"

　　接着他又说:

　　"这几年我在大屯山下,常常往山上走走。一到春天,地气暖了,从山谷间氤氲着云岚,几天的雨,使溪涧四处响起,哗啦哗啦,在乱石间争窜奔流,在深洼之处汇聚成清澈的水潭。……我观看这水,只是看它在动、静、缓、急、回、旋、崩、腾,它对自己的形状好像丝毫没有意见,在陡直的悬崖上奋力一跃,或澄静如处子,那样不同的变貌,你还是认得出它来,可以回复成你知道的水。

　　"我对人生也有这样的向往,无论怎样多变,毕竟是人生。

　　"我对诗也有这样的向往,无论怎样的风貌,毕竟是诗,不在乎它是深渊,是急湍,是怒涛,是浅流。它之所以是诗,不在于它的变貌,而在于你知道它可以回复成诗。"

　　回来的不只是从前那个离去的蒋勋,还要更多,多了一整腔沉潜的关情。一九七三年,他接受了东海美术系系主任的职位。

至于席慕蓉,她在一个叫龙潭的地方住了下来,画画、教画、写诗并且做母亲。前后开的画展分别是人像系列、明镜系列、荷花系列、夜色系列。

楚戈的情节发生了一点变化,一九八〇年底他发现得了鼻咽癌,此后便一只手抗癌,一只手工作,且战且前却也出版了三本书,出过四趟国,开了港、台五六次画展。

八　各在水一方

一九八六年秋,蒋勋为毕业班同学开了一门课名叫"文人画",他自己和楚戈、席慕蓉合授此课。属于渭水和淡水河的蒋勋,属于汨罗江和外双溪的楚戈,属于西喇木伦和大汉溪的席慕蓉,本是三条流向不同的河,此刻却在交会处冲积出肥腴的月湾土壤。

"学生受了四年的专业训练,"蒋勋说,"我现在着急的不是要为他们再'立'什么,而是要为他们'破',找三个人来开这门课,就是要为他们'破一破'!"

受惠的不只是学生,三个老师也默默欣赏起彼此的好处来。那属于蒙古高原的席慕蓉,可以汲饮汨罗之水,那隶籍福建却来自西安小雁塔的蒋勋可以细绎草原的秩序,至于那来自楚地的楚戈亦得聆听大度山的清歌。一干原来不可能相逢的人物,在灾劫之余相知相遇,并且互灌互注,增加了彼此的水量与流速,形成一片美丽丰沃的流域。

九　溪谷桃李

一九八七年春四月,沿太鲁阁国家公园的绿水、文山、回头弯、九梅一路走下去是桃塞溪和整片石基的河床(原名陶塞,此处是故意的笔误)。再往里面走,则是密不透天的桃花,桃花开得极饱满的时候雄峙如一片颇有历史感的故垒。躺在树下苔痕斑斑的青石上看晴空都略觉困难——那一天,教室便在花下。

"席老师,"一个女孩走来,眼神依稀是自己二十年前的困惑,"这桃花,画它不下来,怎么办?"

"画不下来?"她的口气有时刚决得近于凶狠,"你问我,我告诉你,我自己也画它不下来呀!谁说你要画它下来的?你就真把它画了下来,又怎么样?"

"画家这行业根本是多余的!"爬到一块大石头上的蒋勋自言自语的宣布,这话,不知该不该让学生听到。忽然,他对着一块满面回纹的石头叫了起来,"你看,这是水自己把自己画在石头上了。"

楚戈则更无行无状,速写簿上一笔未着,却跟一位当地的"莲花池庄主"聊上了,一个劲地打听如何来此落地生根。

"山水,"蒋勋说,"我想是中国人的宗教。"

那山是坐落于大劫大难与大恩大宠之间的山,那水是亦悲激亦喜悦之水。那山是半落青天之外淡然复兀然的山,那水是山中一夜雨后走势狂劲直奔人间不能自止的水——各挟其两岸的风景以俱来。

一阵风起,悬崖上的石楠撒下一层红雾,溪水老是拣最难走的路走,像一个自己跟自己过不去的艺术家,弄得咻咻不已。师生一行的语音逐渐稀微,终至被风声溪声兼并,纳入一山春声。

——写于一九八七年五月三人联袂画展前夕

天　门
——记旅法画家朱德群先生

一　樟木箱里的朱砂仍在红着

是三伏暑天，白土镇的太阳直哗哗的照下来，大院子里陆续搬出来好多好多只大樟木箱子。箱子扎实芬芳而巨大，在阳光下有一种千年不变的悠悠强势，简直像一列森严的城寨子一般坚固威猛。

男孩有七八岁了，浓眉大眼隆准，嘴唇习惯性的紧闭着，有一种和他年龄不相称的自恃自重的神气。屋子里散发着长年以来隐约的草药香，箱子里则传来淡淡的樟脑味，男孩浑然不觉，入定似的站在阳光下，阳光把一切晒成空无状态，四下有一种奇怪的宁静，男孩有几分紧张，箱子就要打开了——

真打开了！每年这种时节，做医生的父亲，都要晒晒箱子里的宝贝，小男孩瞪着眼睛看，只见一会是查士标的山水，一会是仇十洲的人物，一会是董其昌的对联，一会是深深黯黯的绢画。绢画画的是什么，小男孩也不甚了然，但那凝重如华北平原泥土的绢色却令小男孩迷惑，古绢的颜色，其实就是岁月的颜色啊！那幅画其实是作者和岁月一起画出来的，小男孩当然说不清楚，但晒画的日子总是兴奋的。他不知道那是他最初接触的画展，年年七月，铺陈在烈阳下的中国历代画家的回顾展。

其实印象最深的也许不是那些伟大的名字，而是樟木箱的大盖子乍然掀开时，从闭锁的沉暗中忽然夺箱而出的石绿和朱砂的颜色，那样鲜艳跳脱,男孩迷惑了,几百年前的画怎么好像今天上午才刚刚着好色似的?

二 画门神的张师傅

张师傅住在对街,微微有些瘸腿,年纪有五六十岁了。

男孩站在店门口,看张师傅拿起一支毛笔,在纸上画了起来,男孩的父亲也画,但他隐约知道这张师傅的画法和父亲不同。张师傅正在画一幅门神,是刚才一家人家来订的,墙上还悬着一张财神画,也是村人订的。墙角则堆些白纸扎成的房子车马,是丧家要用来烧给死人的。张师傅画画的时候,凝定专注,有一份不自觉的庄严,几乎令人忘记他是个瘸子了。

张师傅窄逼而昏暗的小店面里有一种神秘不可解的气氛,他是一个那样卑微不起眼的角色,却能把生前和死后的福气随手许给众人。他把平安给了那些来订门神画的,让厉鬼邪魔不敢入侵;他把富裕的希望给了那些求财神画的;他把丰盛的衣食住行给了那些只身前赴黄泉的,让他们无虞匮乏。一个卑微的张师傅,如何在一挥毫之际横跨在可知与不可知的世界之间,把人间和阴间的好处慷慨的一一散给众人?

男孩的眼睛大而黑,看起东西来有一种专精不二欲搏欲攫的表情,像白土镇上盘桓于松林之上的青鹰。

三 你不知道下一秒钟会发生什么!

他渐渐感觉到自己的成长,感觉到自己体内用不完的弥弥精力,整个身体像通了电的导体,急于发动。他迷上了球,迷上了运动,而最迷人的却是在运动的时候自己的身体充满弹性,每一个别人的身体也充满弹性,每个球员自己本身就像一触即发的球类,全场每个人都要对场子上别人的动作立即反应,球场因此成为不可预期的地方,每一秒钟都有情况,每一个动作都可能让形势逆转……

"我本来想去考体专的,"五十年后,他回忆往事淡淡地笑了,"可惜家里不准,所以就去考艺专——"

一张画和一场球赛对他来说其实是一个东西,两者都充满无限的可能,你都不知道下一秒钟情况会转成什么!运动和绘画最迷人的地方皆在于此。

除了学校的体育,他最不能忘怀的是猎兔。每到冬天,绝早起床,长辈带着驯好的鹰,到朱家的大陵墓上去。陵墓深达十几公里,枯黄的土石坡上,孩子们各拿一根竹竿,每隔一百公尺站一个,一声令下,只消拿竹竿在地上横向一拨,黄褐色的野兔便从石缝里窜逃出来,青鹰立刻一攫成擒。青鹰俯冲的角度准确无比,它惯于先用拇指往兔子尾部一插,等兔子惊痛回首,再用其他三指兜住兔胸,便把整只尺把长的野兔握在掌里提飞而起了。

一个冬天总要捉二三百只兔子,少年一遍遍的看,仍觉不可思议,他隐约知道那样在一秒钟之间发生且完成的精准手法,那样从高天俯冲然后腾空的生动轨迹和日后自己要做的事是有些关联的。至于那冬日的枯原,原上的青鹰,鹰爪上一攫成擒的野觅,许多年来已成为心中一种熟悉的律动——创作从灵思一现到灵思成擒,不也是这样的吗?

四　借来的名字

村子周围是河,河边长满二人才能合抱的大柳树,春来千丝万绪,日复一日更绿胀起来,男孩已成长为少年。他爱自己到一个地方去玩,那地方叫天门寺。

一般寺庙都建在山上,这座寺很特别,建在谷底,反而四山如插,垂手拱立。天门寺离家只有七里路,少年放了假便自己跑来。灰墙俨然,巨大的松树在半天空里举起一片小草原,僧人从长廊行过,悄然无息,如同风声、钟声或松涛,一一都成为梵唱的一部分。

四十年后,在巴黎,在画完水墨或写完字的时候,他落下"天门居士"的名字。

想起故乡徐州,他总想起那些山,枯索的、多石多棱角的山,像乡人方棱的脾性。

那大寺为什么叫天门呢?那少年后来不曾有任何宗教信仰,对他而言,大自然就是那扇天门,由人而天的门。

那些山后来没想到成了哥哥打游击的屏障,为了峻拒日本人,哥哥带着游击队藏在山里,日本人不明就里,撞了进去,不料层峦叠嶂,处处都是死亡关卡。日本人吃了亏,后来就用轰炸来报复,他们家也就在轰炸中灰飞烟灭,包括那一大箱一大箱的收藏,那在三伏天的阳光上,比正午的日照更灿烂的记忆。

少年自己的名字叫朱德翠,他有个堂哥名叫朱德群,但世事难料,后来少年和堂哥竟用了同一个名字。事情是由于十五岁那年,初中毕业,来不及等毕业证书到手,立刻直奔杭州,打算和朋友会合,再学点素描,好能去考向往已久的杭州艺专。当时拿了堂哥的毕业证书去考,也让他考中了,等他去找老师说明真相,想改回本名的时候,学籍已经报上去了。他只好将错就错,一生一世和堂哥共用一个名字。他没有想到这个名字后来会成为播扬画坛的一个名字——如果说他比一般人更不在乎名气应该是可信的,反正"朱德群"于他只是借来的番号。让别人去记那个可有可无的名字,他要做的事很简单,他要好好监督自己,他要自己更丰富,他希望这个"自己"能画出更好的画来。至于这个"自己"叫朱德群或朱德翠又有什么相干呢?

连"天门居士"也是借来的名字,他是和寺同名,和寺一同立在神人之间的。

五　反正有手在

进了杭州艺专,他忽然狠下心放弃了打球。

"不行,人只能选一样,打完了球画画,连手指都是抖的。"

必须有大割舍吧!想要有所攫取的人怎能不有所抛散。虽然只是一双手,但这双手却不可不小心持护。

当时的军训教育是在前三个月里把来自各校的人集中来上的。在十一个人的班里,他因为长得高,是排头,另外有个小个子,叫吴冠中,是排尾。他每次做完徒手动作跑到排尾站好,就刚好和小个子的吴冠中站在一起,两个人之间因而产生了一段友谊。如果没有碰到朱德群,吴冠中大约会读他那愈来愈觉无趣的电机,但由于这个狂热的朋友,他也练起画来了,特别是素描和水彩部分。从四月一日到六月三十日,军训集训结束,"画训"也完成。那个暑假朱德群干脆没有回家,陪着这个朋友待他考取艺专,这人至今也是大陆上有名的画家了。

"如果现在有一个年轻人,如果现在他是你的学生,你会给他什么劝告呢?"六十岁以后,有人这样问他。

"素描,素描的底子最重要!而且水墨和西画要并重——因为到后来这两样其实是一样东西,还有,就是他不能有名利心,人一有名利心,就难有大发展了。"

"你自己还有没有保留早期的素描?"

"没有,一九五五年去法国以前的画一张也没有了,我念书时期的画都放在老家,日本人一轰炸,二三进的大房子全部片瓦不留了。后来我毕业做助教,在重庆留了一批画,还都的时候一张也没带。离开大陆来台湾也没带画——当时也不觉得可惜,反正有手在,丢了画算什么?一九五五年在中山堂开画展,卖了画就做去巴黎的旅费,这次回来想找我卖出去的画,可惜一张也没找着——"

找不到早期的画虽然不无遗憾,但人到巴黎之后,已有三十年了,每年要画出五六十幅,至今也有一千五百幅以上了,有手在,总不怕没有画吧?

六 也该从形里解脱出来了!

"在法国,你怎么开始画抽象画的?"

"其实,"他的妻子替他回答,"刚到巴黎的时候,因为参加两次春季沙龙,临时画了属于具象的二幅人像去,也都得了奖哩!"

"我当时画具象也画了二十多年,觉得也该让自己从形里解脱出来才对,我希望能画一种更自由更奔放更离谱的东西。我喜欢抽象,是因为它让看画的人更多用自己想象的权利——其实抽象和具象并无好坏之别,抽象画有好画也有坏画,具象也是,画抽象画具象画纯粹是画家个人性向问题。"

"一个人,到满街都是画家的地方打天下,开头的时候,日子会不会很苦?"

"是啊,"朱太太说,"紧的时候就只能吃面包——其实那时候我们还是有钱的——但画廊没有给我们,我们就拉不下脸来去要。外国朋友听了都笑我们傻,该要的钱,有什么不好意思的,但我们中国人就是脸皮薄——而且又替画廊想,怕画廊不好意思呢!"

"当时你初到巴黎,有没有特别受到某个画家的影响?"

"有,有位叫尼歌尔斯塔(Nicola de STAËL)的画家,他是沙皇时代的人,后来在比利时的皇家艺术学院学画。他初到巴黎穷愁潦倒,后来又忽然大出风头,给人捧上天;忽冷忽热之间大概失去了适应力,四十多岁的人,就这样自杀了。我当时到巴黎不久,他的回顾展在国立现代博物馆展出。不得了,一百四五十幅画,一起拿出来,那时是秋天,十一月前后,我到博物馆去看,惊奇一个人怎么可以画到如此奔放不羁,我选择抽象画绝对和这人有关系。"

"能够刚去就被画廊看上应该算是幸运的吧?"

"对,的确很幸运,尤其当时的我除了会画画以外,什么都不懂。说来好笑,当时我在巴黎碰到学音乐的许常惠,两人住在同一个旅舍。许常惠说要带个日本朋友来看我的画,我又不懂日文,那日本人看了以后,透过许常惠比手画脚强调我一定要有个经纪人。有一次,我拿画到画廊去,经过几次来往,他们对我很欣赏;但那时是夏天,巴黎人一到夏天便要去度假——忽然有一天,星期天早上,我还没起床,就有人来叩门,说要完全经营我的画,说要跟我订合同——我当时愣住了。我连什么叫合同都不知道,所以赶快去请教朋友什么叫合同,可不可以订?朋友笑了,说合同嘛,就像结婚,订是可以订的,只是要小心有没有不利于你的条文,后来我跟这画廊合同一订就是六年。"

七 传统的包袱有什么不好?
　　是你自己提不动罢了!

"有没有西方画评家,会把你们归类成东方画家?'东方的'或者'中国的',会不会变成了你的设限?"

"一般来说,是有这种倾向。西方画评家,碰到东方画家,习惯的要说上几句:'他表现了中国的、韩国的或者日本的趣味'什么的……"

"你呢?会不会受这种说法的影响,弄得自己必须去'中国'一点,这件事会不会影响你的创作?"

"不会,我从来没有要刻意表达什么中国,我知道'中国'自然会从我笔端出来的——其实以前在国内我倒是很西化的一个人,没想到人到国外反而跟传统认同了。像西方画家,他们画风景,一向只算人物的背景罢了——但是中国画,像范宽的溪山行旅,像李唐的万壑松风,你去看他们的画,一块块石头都画得跟铁一样重,他们不仅仅在画自然,也画人跟自然的关系。你看他们的画,你就知道他们跟自然有关系,你就知道他们画出来的是他们体会出来的东西;中国山水的艺术性,显然比西画要高出许多。西方人对大自然有其客观的分析——但中国人对山水对月光却是善感的……"

"你自己为什么要选择油画呢?"

"因为油画有最大的可能性,像表现光,表现色,都可以没有阻碍。油画像大交响乐团,有最大的包容性。"

"有的画家,很急于摆脱传统,你呢?"

"这真是笑话,传统有什么不好?为什么要排斥?有人骂'传统的包袱',我说,这'传统的包袱'是你没那个力气,提不起来罢了!要是提得起来,可够你用的了。"

八 如果再年轻一次

"如果你自己能再年轻一次,你会怎么样选择?你会怎样要求自己?"

"我?"他毫不犹疑的冲口而出:"我要多读中国文学,画家画到最后,需要的就是这个——"

在巴黎城东,在城里和城外交界处,朱德群的画室高踞在十九层的顶楼(这栋大楼属于政府,下层作其他用途,顶楼则廉价——约合台币近万元——租给职业画家,在他们居住的那一区里这类画室共有六个,法国政府对巴黎这"艺术之都"的美名,是花了些精神和金钱维护的),整排的落地窗外,碗大的玫瑰正盛放,全个巴黎尽收眼底。画室约十坪大,古典音乐和阳光一起流漾生辉——在这间屋子里,他翻得最勤的两套书是《全唐诗》和《全宋词》。他也写字,也画水墨,每当此时,他会想起父亲,那逼他写颜字写隶书的父亲。但私底下,他却偷偷写行云流水般的王字,在巴黎的十九层楼上,他仍是"天门居士",仍是那个在古城城郊天门寺里玩耍的孩子。

画室下的十八楼是住家,长子以华,次子以峰,都在这个城市长大。叫以华,是要他们不忘中国;叫以峰,则希望孩子登峰造极,——

他对孩子的期望其实刚好也是他自己三十年来的成就,他在油画世界里建树了中国这个国度,他攀登了一座座艰难的险峰。

九　向前走,并且不停的思索

通常早晨从九点到十二点,下午从一点到五点,夏天天亮得早黑得晚,就开始得更早,结束得更晚(巴黎的夏日,有时到十点钟天还亮着)。平均算来,每天可以画到十个小时,这样年复一年,日复一日,除非离开巴黎,他没有一天休假,工作比劳工还要辛苦。

"不能多睡!时间不够用,经不起浪费啊!"他喃喃自语,像一个时间方面的守财奴。从某些方面看,他仍像华北大平原上劳苦的农民,口里唱着"拴住太阳好干活"的那不甘心的跟时间竞走的汉子。

"怎么能到巴黎郊外租间房子画画就好了!租间房子放大画,我一口气把想画的大画都画出来放好,画它一百张存在那里,要是死了,就死了好了!"

明眸凝肤的朱太太坐在一旁,小声地嘀咕了一句,对他开口闭口说死很不以为然。画家每是不顾死活欲泄天机的孩子,女子则常是有效的制衡,把他们拉回生命质朴的本相上来。

"以后的路,你会怎么走?"

"向前走,并且不停的思索。"他说,"技巧不算什么,技巧是一个人想出来表现他思想的,是自然流露出来的,要紧的是一直走,走到更深更远的地方去。"

可以想见的是,在巴黎的东城,在楼高十九层的绝顶,在可以纵览阳光和远景的画室里,在唐诗宋词余芳的熏陶里,在对王羲之、范宽和李唐的思念里,在对于无形之形、无象之象的"执迷且悟"的心情里,他会日复一日的继续画下去——天也许无门,但绘画的手是一双肉质的凿子,可以凿破一线天机。

——原载一九八八年一月《联合文学》

半　局

汉武帝读司马相如的《子虚赋》，忽然怅恨地说：
"朕独不得与此人同时哉！"

他错了，司马相如并没有死，好文章并非一定都是古人做的，原来他和司马相如活在同一度的时间里。好文章、好意境加上好的赏识，使得时间也有情起来。

我不是汉武帝，我读到的也不是《子虚赋》，但蒙天之幸，让我读到许多比汉赋更美好的"人"。

我何幸曾与我敬重的师友同时，何幸能与天下人同时，我要试着把这些人记下来。千年万世之后，让别人来羡慕我，并且说："我要是能生在那个时代多好啊！"

大家都叫他杜公——虽然那时候他才三十几岁。

他没有教过我的课——不算我的老师。

他和我有十几年之久在一个学校里，很多时候甚至是在同一间办公室里——但是我不喜欢说他是"同事"。

说他是朋友吗？也不然，和他在一起虽可以聊得逸兴遄飞，但我对他的敬意，使我始终不敢将他列入朋友类。

说"敬意"几乎又不对，他这人毛病甚多，带棱带刺，在办公室里对他敬而远之的人不少，他自己成天活得也是相当无奈，高高兴兴的日子虽有，唉声叹气的日子更多。就连我自己，跟他也不是没有斗过嘴，使过气，但我惊奇我真的一直尊敬他，喜欢他。

原来我们不一定喜欢那些老好人,我们喜欢的是一些赤裸的、直接的人——有瑕的玉总比无瑕的玻璃好。

杜公是黑龙江人,对我这样年龄的人而言,模糊的意念里,黑龙江简直比什么都美,比爱琴海美,比维也纳森林美,比庞贝古城美,是榛莽渊深,不可仰视的,是千年的黑森林,千峰的白积雪加上浩浩万里、裂地而奔窜的江水合成的。

那时候我刚毕业,在中文系里做助教,他是讲师。当时学校规模小,三系合用一个办公室,成天人来人往的。他每次从单身宿舍跑来,进了门就嚷:

"我来'言不及义'啦!"

他的喉咙似乎曾因开刀受伤,非常沙哑,猛听起来简直有点凶恶(何况他又长着一副北方人魁梧的身架),细听之下才发觉句句珠玑,令人绝倒。后来我读到唐太宗论魏征(那个凶凶的、逼人的魏征),却说其人"妩媚",几乎跳起来,这字形容杜公太好了——虽然杜公粗眉毛,瞪凸眼,嘎嗓子,而且还不时骂人。

有一天,他和另一个助教谈西洋史,那助教忽然问他那段历史中兄弟争位后来究竟是谁死了,他一时也答不上来,两个人在那里久久不决,我听得不耐烦:

"我告诉你,既不是哥哥死了,也不是弟弟死了,反正是到现在,两个人都死了。"

说完了,我自己也觉一阵悲伤,仿佛《红楼梦》里张道士所说的一个吃它一百年的疗妒羹——当然是效验的,百年后人都死了。

杜公却拊掌大笑:

"对了,对了,当然是两个都死了。"

他自此对我另眼看待,有话多说给我听,大概觉得我特别能欣赏——当然,他对我特别巴结则是在他看上跟我同住的女孩之后,那女孩后来成了杜夫人。这是后话,暂且不提。

杜公在学生餐厅吃饭,别的教职员拿到水淋淋的餐盘都要小心地用卫生纸擦干(那是十几年前,现在已改善了),杜公不然,只把水一甩,便去盛两大碗饭,他吃得又急又多又快,不像文人。

"擦什么?"他说,"把湿细菌擦成干细菌罢了!"

吃完饭,极难喝的汤他也喝。

"生理食盐水,"他说,"好欸!"

他大概吃过不少苦,遇事常有惊人的洒脱。他回忆在政大政治研究所时说:

"蛇真多——有一晚我洗澡关门时夹死了一条。"

然后他又补充说:

"当时天黑,我第二天才看到的。"

他住的屋子极小,大约是四个半榻榻米,宿舍人又杂,他种了许多盆盆罐罐的昙花,不时邀我们清赏,夏天招待桂花绿豆汤、郁李(他自己取的名字,做法是把黄肉李子熬烂,去皮核,加蜜冰镇),冬天是腊八粥或猪腿肉红煨干鱿鱼加粉丝。我一直以为他对莳花深感兴趣,后来才弄清楚,原来他只是想用那些多刺的盆盆罐罐围满走廊,好让闲杂人等不能在他窗外聊天——穷教员要为自己创造读书环境真难。

"这房子倒可以叫'不畏斋'了!"他自嘲道,"'四十五十而无闻焉,其亦不足畏也'——孔夫子说的。"

他那一年已过了四十岁了。

当然,也许这一代的中国人都不幸,但我却特别同情二十年代出生的人。更老的一辈赶上了风云际会,多半腾达过一阵;更年轻的在台湾长大,按部就班地成了青年才俊;独有五十几岁的那一代,简直是为受苦而出世的,其中大部分失了学,甚至失了家人,失了健康,勉力苦读的,也拿不出漂亮的学历,日子过得抑郁寡欢。

这让我想起汉武帝时代的那个三朝不被重用的白发老人的命运悲剧——别人用"老成谋国"者的时候,他还年轻;别人用"青年才俊"的时候,他又老了。

杜公能写字,也能做诗,他随写随掷,不自珍惜,却喜欢以米芾自居。

"米南宫哪,简直是米南宫哪!"

大伙也不理他。他把那幅"米南宫真迹"一握,也就丢了。

有一次,他见我因为一件事而情绪不好,便仿韩愈《送李愿归盘谷序》中"大丈夫之不得意于时也"的意思作了一篇《大小姐之不得意于时也》的赋,自己写了,奉上,令人忍俊不禁。

又有一次,一位朋友画了一幅石竹,他抢了去,为我题上"渊渊其声,娟娟其影",墨润笔酣,句子也庄雅可喜,裱起来很有精神。其实,我一直没有告诉他,我喜欢他,远在米芾之上。米芾只是一个遥远的八百年前的名字,他才是一个人,一个真实的人。

杜公爱憎分明,看到不顺眼的人或事他非爆出来不可。有一次他极讨厌的一个人调到别处去了,后来得意洋洋地穿了新机关的制服回来,他不露声色地说:

"这是制服吗?"

"是啊!"那人愈加得意。

"这是制帽?"

"是啊!"

"这是制鞋?"

"是啊!"

那个不学无术的家伙始终没有悟过来制鞋、制帽是指丧服的意思。

他另外讨厌的一个人,一天也穿了一身新西装来炫耀。

"西装倒是好,可惜里面的不好!"

"哦,衬衫也是新买的呀!"

"我是指衬衫里面的。"

"汗衫?"

"比汗衫更里面的!"

很多人觉得他的嘴刻薄,不厚道,积不了福,我倒很喜欢他这一点,大概因为他做的事我也想做——却不好意思做。天下再没有比相怨更讨厌的人,因此我连杜公的缺点都喜欢。

——而且,正因为他对人对物的挑剔,使人觉得受他赏识真是一件好得不得了的事。

其实,除了骂骂人,看穿了他还是个"剪刀嘴巴豆腐心"。记得我们班上有个男孩,是橄榄球队队长,不知怎么阴错阳差地分到中文系来了。有一天,他把书包搁在山径旁的一块石头上,就去打球了,书包里的一本《中国文学发达史》滑出来,落在水沟里,泡得透湿。杜公捡起来,给他晾着,晾了好几天,这位仁兄才猛然想到书包和书,杜公把小心晾好的书还他,也没骂人,事后提起那位成天一身泥水一身汗的男孩,他总是笑孜孜地,很温和地说:

"那孩子!"

杜公绝顶聪明,才思敏捷,涉猎甚广,而且几乎可以过目不忘,所以会意独深。他说自己少年时喜欢诗词,好发诗论。忽有一天读到王国维的《人间词话》,大吃一惊,原来他的论调竟跟王国维一样,他从此不写诗论了。

杜公的论文是《中国历代政治符号》,很为识者推重,指导教授是当时政治研究所主任浦薛凤先生。浦先生非常欣赏他的国学,把他推荐来教书,没想到一直开的竟是国文课。

学生国文程度不好——而且也不打算学好,他常常气得瞪眼。

有一次我在叹气:

"我将来教国文,第一,扮相就不好。"

"算了,"他安慰我,"我扮相比你还糟。"

真的,教国文似乎要有其扮相,长袍,白髯,咳嗽,摇头晃脑,诗云子曰,阴阳八卦,抬眼看天,无视于满教室的传纸条、瞌睡、K英文。不想这样教国文课的,简直就是一种怪异。

碰到某些老先生,他便故作神秘地说:

"我叫杜奎英,奎者,大卦也。"

他说得一本正经,别人走了,他便纵声大笑。

日子过得不快活,但无妨于他言谈中说笑话的密度,不过,笑话虽多,总不失其正正经经读书人的矩度。他创立了《思与言》杂志,在十五年前以私人力量办杂志,并且是纯学术性的杂志,真是要有"知其不可而为之"的勇气。杜公比大多数《思与言》的同仁都年长些,但是居然慨然答应做发行人。台大政治系的胡佛教授追忆这段往事,有很生动的记载:

> 那时的一些朋友皆值二十与三十之年,又受过一些高等教育,很想借新知的介绍,做一点知识报国的工作。所以在兴致来时,往往商量着创办杂志,但多数在兴致过后,又废然而止。不过有一次数位朋友偶然相聚,又旧话重提,决心一试。为了躲避台北夏季的热浪,大家另约到碧潭泛舟,再作续谈。奎英兄虽然受约,但他的年龄略长,我们原很怕他涉世较深,热情可能稍减。正好在买舟时,他尚未到,以为放弃。到了船放中流,大家皆谈起奎英兄老成持重,且没有公教人员的身份,最符合政府所规定的杂志发行人的资格,惜他不来。说到兴处,忽见昏黑中,一叶小舟破水追踪而来,并靠上我们的船舷。打桨的人奋身攀沿而上,细看之下竟是奎英兄。大家皆高声叫道:发行人出现了。奎英兄的豪情,的确不较任何人为减,他不但同意一肩挑起发行人的重责,且对刊物的编印早有全盘的构想。

其实,何止是发行人?他何尝不是社长、编辑、校对,乃至于写姓名发通知的人(将来的历史要记载台湾的文人,他们共有的可爱之处便是人人都灰头土脸地编过杂志)?他本来就穷,至此更是只好"假私济公",愈发穷了,连结婚都得举债。

杜公的恋爱事件和我关系密切,我一直是电灯泡,直到不再被需要为止。那实在也是一场痛苦缠绵的恋爱,因为女方全家几乎是抵死反对。

杜公谈起恋爱,差不多变了一个人,风趣、狡黠、热情洋溢。

有一次他要我带一张英文小纸条回去给那女孩,上面这样写:

请你来看一张全世界最美丽的图画
会让你心跳加速
呼吸急促
……

小宝(我们都这样叫她)和我想不通他哪里弄来一张这种图画,及至跑去一看,原来是他为小宝加洗的照片。

他又去买些粗铅丝,用锤子把它锤成烤扦,带我们去内双溪烤肉。

也不知他哪里学来那么多稀奇古怪的本领,问他,他也只神秘地学着孔子的口吻说:"吾多能鄙事。"

小宝来请教我的意见,这倒难了,两人都是我的朋友,我曾是忠心不二的电灯泡,但朋友既然问起意见,我也只好实说:

"要说朋友,他这人是最好的朋友;要说丈夫,倒未必是好丈夫。他这种人一向厚人薄己,要做他太太不容易,何况你们年龄相悬十七岁,你又一直要出洋,你全家又都如此反对……"

真的,要家长不反对也难,四十多岁了,一文不名,人又不漂亮,同事传话,也只说他脾气偏执,何况那时候女孩子身价极高。

从一切的理由看,跟杜公结婚是不合理性的——好在爱情不讲究理性,所以后来他们还是结婚了。奇怪的是小宝的母亲最终倒也投降了,并且还在小宝离台进修期间给他们带了两年孩子。

杜公不是那种怜香惜玉低声下气的男人,不过他做丈夫看来比想象中要好得多,他居然会烧菜、会拖地、会插个不知什么流的花,知道自己要有孩子,忍不住兴奋地叨念着:"唉,姓杜真讨厌,真不好取名字,什么好名字一加上杜字就弄反了。"

那么粗犷的人一旦柔情起来,令人看着不免心酸。

他的女儿后来取名"杜可名",出于《老子》,真是取得好。

他后来转职政大,我们就不常见面了,但小宝回台时,倒在我家吃了一顿饭,那天许多同事聚在一起,加上他家的孩子,我家的孩子——着实热闹了一场。事后想来,凡事都是一时机缘,事境一过,一切的热闹繁华便终究成空了。

不久就听说他病了,一打听已经很不轻,肺中膈长癌,医生已放弃开刀,杜公是何等聪明的人,他立刻什么都明白了,倒是小宝,他一直不让她知道。

我和另外两个女同事去看他,他已黄瘦下来,还是热乎乎地弄两张椅子要给我们坐,三个人推来让去都不坐,他一径坚持要我们坐。

"哎呀,"我说,"你真是要二椅杀三女呀!"

他笑了起来——他知道我用的是"二桃杀三士"的典故,但能笑几次了呢?我也不过强颜欢笑罢了。

他仍在抽烟,我说别抽了吧!

"现在还戒什么?"他笑笑,"反正也来不及了。"

那时节是六月,病院外夏阳艳得不可逼视,暑假里我即将有旅美之行——我知道那是我最后一次看他了。

后来我寄了一张探病卡,勉作豪语:

"等你病好了,咱们再煮酒论战。"

写完,我伤心起来,我在撒谎,我知道旅美回来,迎我的将是一纸过期的讣闻。

旅美期间,有时竟会在异国的枕榻上惊醒,我梦见他了,我感到不祥。

对于那些英年早逝弃我而去的朋友,我的情绪与其说是悲哀,不如说是愤怒!

正好像一群孩子,在广场上做游戏,大家才刚弄清楚游戏规则,才刚明白游戏的好玩之处,并且刚找好自己的那一伙,其中一人却不声不响地半局而退了,你一时怎能不愕然得手足无措,甚至觉得被什么人骗了一场似的愤怒!

满场的孩子仍在游戏,属于你的游伴却不见了!

九月返台,果真他已于八月十四日去世了,享年五十二岁,孤女九岁。他在病榻上自拟一副挽联,但写得尤好的则是代女儿挽父的白话联:

爸爸说要陪我直到结婚生了娃娃,而今怎教我立刻无处追寻,你怎舍得这个女儿;

女儿只有把对您那份孝敬都给妈妈,以后希望你梦中常来看顾,我好多喊几声爸爸。

读来五内翻涌,他真是有担当、有抱负、有才华的至情至性之人。

也许因为没有参加他的葬礼,感觉上我几乎一直欺骗自己他还活着,尤其每有一篇自己比较满意的作品,我总想起他来。他那人读文章严苛万分,轻易不下一字褒语,能被他击节赞美一句,是令人快乐得要晕倒的事。

每有一句好笑话,也无端想起他来,原来这世上能跟你共同领略一个笑话的人竟如此难得。

每想一次,就怅然久之,有时我自己也惊讶,他活着的时候,我们一年也不见几面,何以他死了我会如此茫然若失呢?我想起有一次看到一副对联,现在也记不真切,似乎是江兆申先生写的……

真的,人和人之间有时候竟可以淡得十年不见,十年既见却又可以淡得相对无一语。即使相对应答,又可以淡得没有一件可以称之为事情的事情,奇怪的是淡到如此无干无涉,却又可以是相知相重、生死不舍的朋友。

地　篇

据说,古时的地字,是用两个土字为基本结构,而土字写作"◊"。猛一看,忍不住怦然心跳,差不多觉得仓颉造了个"有声音效果的字",仿佛间只见宇宙洪荒,天地濛涌,一片又小又翠的叶子中气十足,迸的一声窜出地面,人类吓了一跳,从此知道什么叫土地。

《尔雅》——一本最古老的字典——上面说:"地,底也,其体底下,载万物也。"看着,看着,开始不服气起来,分明是一本文字学的书嘛,怎么会如此像诗,把地说成最低最低的万物承载的摇篮,把地说成了人类的"底子",世上还有比这更好的解释吗?

终于想通了,文字学家和诗人是一种人,一种叽叽呱呱跟在造物身后不停地指手画脚,企图努力向人解释的人。

在中国语言里,大地不但是有生命的,而且有的还非常具体。

譬如说"地毛",地竟被看做是毛发青盛的,地难道是一个肌肤实突的少年男子吗?而"地毛"指的是一些"莎草"。下一次,等我行过草原,我要好好地看一下大地的汗毛。

地也有耳,"地耳"指的是一种菌类,大略和木耳相似吧? 大地的耳朵,它倚侧着想听些什么呢? 是星辰的对位? 还是风水的和弦?

吃木耳的时候,我想我吃下了许多神秘的声音。

另外有一种松茸,圆圆的叫"地肾",奇怪,大地可以不断地捐赠肾而长出新的来。

有一种红色的茜草叫做"地血",传说是人血所化生,想起来悚怖中又有不自禁的好奇和期待。有一天,竟会有一株茜草是另一种版本的我,属于我的那株茜草会是怎样的红?殷忧的浓红?浪漫的水红?郁愤的紫红?沉实的棕红?抑是历历不忘的斑红?孰为我?我为孰?真令人取决不下。

"地肺"是什么?有时候指的是山,有时候指的是水中的浮岛。在江苏、在河南、在陕西,都有地方叫"地肺",不管是以山或以岛为肺叶,吐纳起来都是很过瘾的吧?

"地骨"同时指石头和枸杞,把石头算作骨骼是很合理的,两者一般的嶔崎磊落。喜欢石头的人都可以把自己看做"摸骨专家",可以仔细摸一摸大地的支架。可是把枸杞认作"地骨"却不免令人惊奇,想来石头作"地骨"取的是"写实派"手法,枸杞作"地骨"应是"象征派"手法。枸杞是一种红色颗粒的补药,大概服食后可以让人拥有大地一般的体魄吧!枸杞也叫"地筋",不管是"大地之筋"或"大地之骨",我总是宁可信其有。

"地脂"是一篇道家的故事,据说有人偶然遇见,偶然试擦在一位老人的脸上,老人的皱纹顿时平滑如少年。世上有多少青春等待唤回,昨夜微霜初渡河,今晨的秋风里凋了多少青发?我们到何处去寻故事中的"地脂"呢?

"地脉"指的是河流,想来必是黄河动脉,长江静脉吧?至于那些夹荷带柳的小溪应该是细致的微血管了。这样看来喜马拉雅真该是大地的心脏了,多少血脉附生在它身上!只是有时想来又令人不平,如果河川是血脉,血脉可不可以是河流呢?侧耳听处,哪一带是黄河冰澌?哪一带是钱塘浙潮?究竟是人在江湖?还是江湖在人?今宵可否煮一壶酒,于血波沸扬处听故园的五湖三江?

"地脊"几乎是一则给小孩猜的谜语,一看就知道是指山。山是多峥嵘秀拔的一副脊椎骨啊!永不风湿,永不发炎地挺在那里,是有所承当、有所负载的脊梁。

地也有嘴,"地喙"指的是深渊,听说西域龟兹国的音乐是君臣静坐于高山深谷之际,听松涛相激,动静相生,虚实相荡而来。如果山是竹管,深渊便是凿陷的孔,音乐便在竹管的"有"与孔穴的"无"之间流泻出来。如果深渊是大地之口,那该是一张启发了人间音乐的口。

所有的民族都毫无选择地必须敬爱大地,但在语汇里使大地有血脉有骨肉,有口有耳有脊骨的,恐怕只有中国人吧。大地的众子中如果说我们中国人最爱她,应该并不为过吧!

除了在语言里把大地看做有位格有肢体的对象,其他中国语言里令人称奇的跟大地有关的语汇说也说它不完!

"地味"两字令人引颈以待,急着想知道究竟说的是什么。原来是指天地初生,地涌清泉的那份甘洌,听来令人焦灼艳羡,恨不得身当其时,可以贪心连捞它三把,一掬盥面,一掬餍渴,一掬清心。

"地丁"也颇费猜,千想万想却没想到居然是指野花蒲公英,真是好玩。"地丁"是什么意思?写《本草纲目》的李时珍也说不清楚,我只好将之解释为大地的小守卫兵,每年看到蒲公英,我忍不住窃然自喜,和它们相对瞬目:"喂!我知道你是谁,你们这些又忠心又漂亮的小卫兵,你们交班交得多么好看,你们把大地守卫得多么周密,你们是唯一没有刀没有枪的小地丁。"那些家伙在阳光下显出好看的金头盔,却假装没听见我说话,对了,我不该去逗它们的,它们正在正正经经地站岗呢!

"地珊瑚"其实就是藤,算来该是一种绿色种的变色珊瑚了。世上的好事好物太多,有时不免把词章家搞糊涂了,不知该用什么去形容什么,应该说"好风如水"呢,还是该说"好水如风"呢?应该说"人面如花"呢,还是说"花似人面"呢?"江山如画"和"画如真山真水"哪一个更真切?而我一眼看到"地珊瑚"虽觉清机妙趣盈眉而来,却也不免跃跃然想去叫珊瑚一声"海藤"。

"地龙子"指的是蚯蚓,听来令人简直要扑哧一笑,那么小小的蠕虫,哪能担上那么大的龙的名头!但仔细一想,倒觉得"地龙子"比天龙可爱踏实多了。谁曾看过天龙呢?地龙却是人人看过的,人生一世果能土里来土里去像一只蚯蚓,不见得就比云里来雨里去的龙为差。蚯蚓又叫"地蝉",这家伙居然又善鸣,不太能想象一只像植物一样活在泥土里的动物怎么开口唱歌。可是每次在乡下空而静的黄昏,大地便是一棵无所不载的巨树,响亮的鸣声单纯地传来,乍然一听,只觉土地也在悠悠唱起开天辟地的老话头来。

"地行仙"常常是老寿星的美称,仙人中也许就该数这种仙人最幸福,餐霞饮露何如餐谷饮水? 第一次看一位长辈写"天马行地"四个字,立觉心折。俗话常说"云泥之别",其实云不管多高多白,终有一天会脱胎成雨水,会重入尘寰,会委身泥土而浑然为一。求仙是可以的,但是,就做这种仙吧!

"地货"是商业上的名词,一切的蔬菜、水果、萝卜、山芋、荸荠全在内。我有时想开一家地货行,坐拥南瓜的赤金、菜瓜的翡翠以及茄子的紫晶,门口用敦敦实实的颜体写上"地货行"三个大字——想着想着,事情就开始实在而具体起来,仿佛已看见顾客伸手去试敲一只大西瓜,而另一个正在捏着一只吹弹得破的柿子,急得我快要失口叫了起来。

"地听"一词是件不可思议的军事行动,办法是先掘一个深深的坑,另外再准备一个土瓮,瓮用薄皮封了口,看来有点像鼓。人抱着这种"鼓瓮"躲在地坑里,敌人如果想挖地道来袭,瓮就会发出声音。这虽然是战争的故事、生死交关的情节,可是听来却诗意盎然。又有一种用皮做的"胡禄",人躺在地下把它当枕头枕着,也可以远远听到行军之声。大地到底怎么回事? 怎么会有这么多神奇?

"舆地"两字是童话也是哲学,中国人一向有"天为盖,地以载"的观念,大地是用来载人的。但是,哪一种载法呢? 中国人选择了"车子"的形象,大地一下子变成一辆娃娃车,载着历世历代的人类,在茫茫宇宙中稳然前行。我想到神往处,恨不得纵身云外,把这可爱的、以万木为流苏、以千花为璎珞的娃娃车(而且是球形的,像灰姑娘赴王子晚宴所乘的那一辆),好好地看个饱。

"地银"指的是月光下闪亮发光的河流,"地镜"也类同,指湖泊水塘。生平不耐烦对镜,也许大千世界有太多可观可叹可喜可酖之景,总觉对镜自赏是件荒谬的事。但有一天,当我年老,我会静静地找到一方镶满芳草的泽畔,低下头来,梳我斑白的头发,在水纹里数我的额纹。那时候,我会看见云来雁往,我会看见枯荷变成莲蓬,莲子复变成明夏新叶,我会怔怔然地望着大地之镜,求天地之神容许我在这一番大鉴照中看见自己小小如戏景的一生,人生不对镜则已,要对,就要对这种将朝霞夕岚岁月年华一并映照的无边无际的大镜。

诗　　课

花开花落僧贫富,云去云来客往还。

各位同学:

黑板上写的一副郑板桥的对子,是他为一所寺庙题的。可是这副对子是什么意思呢? 谁能回答我? 好,这个同学,你说:

"花开了,花落了,僧人有时候有钱,有时候又穷了;云来了,云去了,客人有时候来,有时候又走了。"

你们大家想,这样的解释对不对呢? 还有没有人有别的意见? 好,你说:

"花开花落是无常的,正如僧人时贫时富。云来云往也不一定,就像客人来去无凭。"

这样算不算解释了这副对联? 不,这副联还没有解出来。其实,中国韵文的句子因为短,有时候不免很简略,简略到一般人不容易看懂的地步。下面我稍微揭示一下,相信你们就会懂。这句子应该这样说:

　　住在寺中的僧人啊
　　也有他暴富和赤贫的时候
　　每季花开,他简直富裕得像暴发户
　　但是花一萎谢,他又一无所有了
　　至于他的交游对象呢

喔,他倒是有一群叫云的好朋友呢
云来云去也就是好友的一番酬酢应对了

从句法上来说,如果我们把原句再加一两个字,变成像散文一样,就很容易明白了:

花开花落乃是僧之贫富,云去云来可谓客之往还。

但是诗句宜简洁,只能靠自己去体会,不能像散文说得那么清楚。

可是说到这里,郑板桥的句子是不是十分清楚了呢?还不然。如果真要懂得这个句子,还应该对古人其他的诗文稍稍了解一些才好。事实上,把云雾和山僧野叟写在一起,是中国诗人非常喜欢的做法;至于把花跟钱联想到一起,也是中国诗人非常雅致的尝试。例如宋朝诗人杨万里就有一首题为《戏笔》的诗:

野菊荒苔各铸钱,金黄铜绿两争妍。
天公支予穷诗客,只买清愁不买田。

多么可爱的一首小诗,翻成现代诗也挺不错:

秋天来了
野菊花和青苔各自开起铸币厂来啦
野菊负责铸艳黄色的金币
青苔制造的却是生了绿锈的铜币
大把的铜币和金币就如此撒满了秋原,彼此竞艳啊
这种钱是上帝送给穷诗人的
但拥有这堆钱币的诗人买到了什么呢

> 他只买到秋来的清愁
> 而不曾买到房地产

另外元曲里"又不颠,又不仙,拾得榆钱当酒钱"的句子也饶有趣味。榆钱其实是榆树的种子,春天里会"舞困榆钱自落"。在北方,春荒的时候,穷人把榆钱拌些面粉蒸来吃。由于它圆圆的,的确像钱币,所以人人都叫它榆钱。刚才那首散曲说得很动人:

> 如果我疯癫了
> 那么当然可以拿榆钱付酒钱
> 如果我成了仙了
> 一点指之间榆钱自可化金币
> 但现在我是个常人
> 居然也糊里糊涂从口袋里掏出一枚榆钱
> 自以为是钱币就要去付酒钱了呢

这样看来,把花木和钱联想在一起,倒也是个很有渊源、很有来历的想法呢!

至于云呢,由于中国山区地带湿度比较大,所以中国的山景在情境上和欧洲的山景是不同的。瑞士的山景,由于气候晴爽,线条刚烈清晰,中国的山却是云来雾往、烟锁岚封的。国画里的山每每在虚无缥缈间躲迷藏。如果你游过这样的山,如果你看过这样的国画,再来了解郑板桥的句子,就一点儿也不难了。

唐诗"松下问童子,言师采药去。只在此山中,云深不知处"应该是大家熟悉的。另外还有一首唐代僧人所写的七绝,应该更能表达这种情感:

> 万松岭上一间屋,老僧半间云半间。

三更云去做行雨,回头方羡老僧闲。

　　这首诗真不得了,老僧和云之间简直成了 roommate(指同租一间房的"室友")了。中国诗里一向把人云的关系写得很亲密。
　　了解这一点,郑板桥的联句虽然别致新鲜,倒也非常隶属传统的诗情。
　　解释一个联句,我们竟花了半小时。其实,我说得还不够多,应该还要再说它的平仄声调才对。花一小时讲两句对联绝不过分,但是今天到此为止。我只希望你们了解,小小的一句诗也是包藏着层层诗心的啊!不要轻易忽略过去,好好地读一遍读两遍读三遍,慢慢体会它,它会报偿你,向你展示它繁复多叠的美丽。

　　后记:这是我的一堂演讲的记录稿,由于敝帚自珍的心情而保留下来了。

卓文君和她的一文铜钱

下午的阳光意外的和暖,在多烟多嶂的蜀地,这样的冬日也算难得了。

药香微微,炉火上氤氲着朦胧的白雾。那男子午寐未醒,一只小狗偎着白发妇人的脚边打盹。

这么静。

妇人望着榻上的男子,这个被"消渴之疾"所苦的老汉(按:古人称糖尿病为消渴之疾),他的手脚细瘦,肤色黯败,她用目光爱抚那衰残的躯体。

一生了,一生之久啊!

"这男人是谁呢?"老妇人卓文君支颐倾视自问。

记忆里不曾有这样一副面孔,他的头发已秃,颈项上叠着像骆驼一般的赘皮。他不像当年的才子司马相如,倒像司马相如的父亲或祖父。年轻时候的司马虽非美男子,但肌肤坚实,顾盼生姿,能将一把琴弹得曲折多情如一腔幽肠。他又善剑,琴声中每有剑风的清扬袅健。又仿佛那琴并不是什么人制造的什么乐器,每根琴弦,一一都如他指尖泻下的寒泉翠瀑,玲玲琮琮,淌不完的高山流水,谷烟壑云。

犹记得那个遥远的长夜,她新寡,他的琴声传来,如荷花的花苞在中宵柔缓拆放,弹指间,一池香瓣已灿然如万千火苗。

她选择了那琴声,冒险跟随了那琴声,从父亲卓王孙的家中逃逸。从此她放弃了仆从如云、挥金如土的生涯。她不觉乍贫,狂喜中反觉乍富,和司马长卿相守,仿佛与一篇繁富典丽的汉赋相厮缠,每一句,每一逗,都华艳难踪。

啊,她永远记得的是那倜傥不群的男子,那用最典赡的句子记录了一代大汉盛世的人——如果长卿注定是记录汉王朝的人,她便是打算用记忆来网络这男子一生的人。

而这男子,如今老病垂垂,这人就是那人吗?有什么人将他偷换了吗?卓文君小心地提起药罐,把药汁滤在白瓷碗里,还太烫,等一下再叫他起来喝。

当年,在临邛,一场私奔后,她和爱胡闹的长卿一同开起酒肆来。他们一同为客人沽酒、烫酒,洗杯盏,长卿穿起工人裤,别有一种俏皮。开酒肆真好,当月光映在酒卮里,实在是世间最美丽的景象啊!可惜酒肆在父亲反对下强迫关了,父亲觉得千金小姐卖酒是可耻的。唉!父亲却从来不知卖酒是那么好玩的事啊!酒肆中觥筹交错,众声喧哗,糟曲的暖香中无人不醉——不是酒让他们醉,而是前来要买它一醉的心念令他们醉。

想着,她站起来,走到衣箱前,掀了盖,掏摸出一枚铜钱,钱虽旧了,却还晶亮。她小心地把铜钱在衣角拭了拭,放在手中把玩起来。

这是她当年开酒肆卖出第一杯酒的酒钱。对她而言,这一钱胜过万贯家财。这一枚钱一直是她的秘密,父亲不知,丈夫不知,子女亦不知。珍藏这一枚钱其实是珍藏年少时那段快乐的私奔岁月。能和当代笔力最健的才子在一个垆前卖酒,这是多么兴奋又多么扎实的日子啊!满室酒香中盈耳的总是歌,迎面都是笑,这枚钱上仿佛仍留着当年的声纹,如同冬日结冰的池塘长留着夏夜蛙声的记忆。

酒肆遵父命关门的那天,卓王孙送来仆人和金钱。于是,她知道,这一切逾轨的快乐都结束了。从此她仍将是富贵人家的妻子,而她的夫婿会挟着金钱去交游,去进入上流社会,会以文字干禄。然后,他会如当年所期望的,乘"高车驷马"走过升仙桥。然后,像大多数得意的男子那样,娶妾。他不再是一个以琴挑情的情人。

事情后来的发展果真一如她所料,有了功名以后,长卿一度想娶一位茂陵女子为妾(啊!身为蜀人,他竟已不再爱蜀女,他想娶的,居然是京城附近的女子),文君用一首《白头吟》挽回了自己的婚姻——对,挽回了婚姻,但不是爱情。

> 皑如山上雪,皎若云间月。
> 闻君有两意,故来相决绝。
> 凄凄复凄凄,嫁娶不须啼。
> 愿得一心人,白头不相离。

"一心人"?世上有那一心一意的男人吗?

药凉了,可以喝了,她打算叫醒长卿,并且下定决心继续爱他。不,其实不是爱他,而是爱属于她自己的那份爱!眼前这衰朽的形体,昏眊的老眼,分明已一无可爱,但她坚持,坚持忠贞于多年前自己爱过的那份爱。

把铜钱放回衣箱一角,下午的日光已翳翳然,卓文君整发敛容,轻声唤道:

"长卿,起来,药,熬好了。"

替古人担忧

同情心,有时是不便轻易给予的,接受的人总觉得一受人同情,地位身份便立见高下,于是一笔赠金,一句宽慰的话,都必须谨慎。但对古人,便无此限,展卷之余,你尽可痛哭,而不必顾到他们的自尊心,人类最高贵的情操得以维持不坠。

千古文人,际遇多苦,但我却独怜蔡邕,书上说他:"少博学,好辞章……妙操音律,又善鼓琴,工书法,闲居玩古,不交当也……"后来又提到他下狱时"乞黥首刖足,续成汉史,不许。士大夫多矜救之,不能得,遂死狱中"。

身为一个博学的、孤绝的、"不交当也"的艺术家,其自身已经具备那么浓烈的悲剧性,及至在混乱的政局里系狱,连司马迁的幸运也没有了!甚至他自愿刺面斩足,只求完成一部汉史,也竟而被拒,想象中他满腔的悲愤直可震陨满天的星斗。可叹的不是狱中冤死的六尺之躯,是那永不为世见的焕发而饱和的文才!

而尤其可恨的是身后的污蔑,不知为什么,他竟成了民间戏剧中虐待赵五娘的负心郎,陆放翁的诗里曾感慨道:

古道斜阳赵家庄,盲翁负鼓正作场。
身后是罪谁管得,满城争唱蔡中郎。

让自己的名字在每一条街上被盲目的江湖艺人侮辱,蔡邕死而有知,又怎能无恨!而每一个翻检历史的人,每读到这个不幸的名字,又怎能不感慨是非的颠倒无常。

　　李斯,这个跟秦帝国连在一起的名字,似乎也沾染着帝国的辉煌与早亡。

　　当他年盛时,他曾是一个多么傲视天下的人,他说:"诟莫大于卑贱,而悲莫甚于贫困,久处卑贱之位,困苦之地,非世而恶利,自托于无为,此非士之情也!"他曾多么贪爱那一点点醉人的富贵。

　　但在多舛的宦途上,他终于付出自己和儿子作为代价,临刑之际,他黯然地对儿子李由说:"吾欲与若复牵黄犬,俱出上蔡东门,逐狡兔,岂可得乎?"

　　幸福被彻悟时,总是太晚而不堪温习了!

　　那时候,他会想起少年时上蔡的春天,透明而脆薄的春天!

　　异于帝都的春天!他会想起他的老师荀卿,那温和的先知,那为他相秦而气愤不食的预言家,他从他那儿学了"帝王之术",却始终参不透他的"物禁太盛"的哲学。

　　牵着狗,带着儿子,一起去逐野兔,每一个农夫所可触及的幸福,却是秦相李斯临刑时的梦呓。

　　公元前二〇八年,咸阳市上有被腰斩的父子,高踞过秦相,留传下那么多篇疏壮的刻石文,却不免于那样惨烈的终局!

　　看剧场中的悲剧是轻易的,我们可以安慰自己"那是假的",但读史时便不知该如何安慰自己了。读史者有如屠宰业的经理人,自己虽未动手杀戮,却总是以检点流血为务。

　　我们只知道花蕊夫人姓徐,她的名字我们完全不晓,太美丽的女子似乎注定了只属于赏识她的人,而不属于自己。

　　古籍中如此形容她:"拜贵妃,别号花蕊夫人,意花不足拟其色,似花蕊翾轻也,又升号慧妃,如其性也。"

　　花蕊一样的女孩,怎样古典华贵的女孩,由于美丽而被豢养的女孩!

　　而后来,后蜀亡了,她写下那首有名的亡国诗:

> 君王城上竖降旗,妾在深宫哪得知。
> 十四万人齐解甲,更无一个是男儿。

无一个男儿,这又奈何?孟昶非男儿,十四万的披甲者非男儿,亡国之恨只交给一个美女的泪眼,交给那柔于花蕊的心灵。

国亡赴宋,相传她曾在薛萌的驿壁上留下半首《采桑子》,那写过百首宫词的笔,最后却在仓皇的驿站上题半阕小词:

> 初离蜀道心将碎,离恨绵绵,春日如年,马上时时闻杜鹃……

半阕!南唐后主在城破时,颤抖的腕底也是留下半首词。半阕是人间的至痛,半阕是永劫难补的憾恨!马上闻啼鹃,其悲竟如何?那写不下去的半阕比写出的是更哀绝。

蜀山蜀水悠然而清,寂寞的驿壁在春风中穆然而立,见证着一个女子行过蜀道时凄于杜鹃鸟的悲鸣。

词中的《何满子》,据说是沧州显者临刑时欲以自赎的曲子,不获免,只徒然传下那一片哀结的心声。

《乐府杂录》中曾有一段有关这曲子的戏剧性记载:

> 刺史李灵曜置酒,坐客姓骆唱《何满子》,皆称其绝妙。白秀才曰:"家有声妓,歌此曲,音调。"召至,令歌,发声清越,殆非常音,骆遽问曰:"是宫中胡二子否?"妓熟视曰:"不同君岂梨园骆供奉邪?"相对泣下,皆明皇时人也。

异地闻旧音,他乡遇故知,岂都是喜剧?白头宫女坐说"天宝"固然可哀,而梨园散失沦落天涯,宁不可叹?

在伟大之后,渺小是怎样地难忍,在辉煌之后,黯淡是怎样的难受,在被赏识之后,被冷落又是怎样的难耐,何况又加上那凄恻的《何满子》,白居易所说的"一曲四词歌八叠,从头便是断肠声"的《何满子》!

千载以下,谁复记忆胡二子和骆供奉的悲哀呢?人们只习惯于去追悼唐明皇和杨贵妃,谁去同情那些陪衬的小人物呢?但类似的悲哀却在每一个时代演出,"天宝"总是太短,渔阳鼙鼓的余响敲碎旧梦,马嵬坡的夜雨滴断幸福,新的岁月粗糙而庸俗,却以无比的强悍逼人低头。玄宗把自己交给游仙的方士,胡二子和骆供奉却只能把自己交给比永恒还长的流浪的命运。

灯下读别人的颠沛流离,我不知该为撰曲的沧州歌者悲,还是该为唱曲的胡二子和骆供奉悲——抑或为自己悲。

初心（节选）

因为书是新的，我翻开来的时候也就特别慎重。书本上的第一页第一行是这样的：

  初、哉、首、基、肇、祖、元、胎……始也。

那一年，我十七岁，望着《尔雅》这部书的第一句话而愕然。这书真奇怪啊！把"初"和一堆"初的同义词"并列卷首，仿佛立意要用这一长串"起始"之类的字来做整本书的起始。

也是整个中国文化的起始和基调吧？我有点敬畏起来了。

  想起另一部书，《圣经》，也是这样开头的：
  起初，上帝创造天地。

真是简明又壮阔的大笔，无一语修饰形容，却是元气淋漓，如洪钟之声，震耳贯心，令人读着读着竟有坐不住的感觉，所谓壮志陡生，有天下之志，就是这种心情吧！寥寥数字，天工已竟，令人想见日之初升，海之初浪，高山始突，峡谷乍降以及大地寂然等待小草涌腾出土的刹那！

而那一年，我十七岁，刚入中文系，刚买了这本古代第一部字典《尔雅》，立刻就被第一页第一行迷住了，我有点喜欢起文字学来了。真好，中国人最初的一本字典（想来也是世人的第一本字典），它的第一个字就是"初"。

"初,裁衣之始也。"文字学的书上如此解释。

我又大为惊动,我当时已略有训练,知道每一个中国文字背后都有一幅图画,但这"初"字背后不止一幅画,而是长长的一幅卷轴。想来这是当年造字之人初造"初"字的时候,煞费苦心之余的神来之笔。"初"无形可绘,无状可求,如何才能追踪描摹?

他想起了某个女子的动作,也许是母亲,也许是妻子,那样慎重地先从纺织机上把布取下来,整整齐齐的一匹布,她手握剪刀,当窗而立,她屏息凝神,考虑从哪里下刀,阳光把她微微毛乱的鬓发渲染成一轮光圈。她用神秘而多变的眼光打量着那整匹布,仿佛在主持一项典礼,其实她努力要决定的只不过是究竟该先做一件孩子的小衫好呢?还是先裁自己的一幅裙布?一匹布,一如渐渐沉黑的黄昏,有一整夜的美梦可以预期——当然,也有可能是噩梦,但因为有可能成为噩梦,美梦就更值得去渴望——而在她思来想去的当际,窗外陆陆继继流溢而过的是初春的阳光,是一批一批的风,是雏鸟拿捏不稳的初鸣,是天空上一匹复一匹不知从哪一架纺织机里卷出的浮云……

那女子终于下定决心,一刀剪下去,脸上有一种近乎悲壮的决然。

"初"字,就是这样来的。

人生一世,亦如一匹辛苦织成的布,一刀下去,一切就都裁就了。整个宇宙的成灭,也可视为一次女子的裁衣啊!我爱上"初"这个字,并且提醒自己每个清晨都该恢复为一个"初人",每一刻,都要维护住那一片"初心"。

色　识

颜色之为物,想来应该像诗,介乎虚实之间,有无之际。

世界各民族都有其"上界"与"下界"的说法,以供死者前往——独有中国的特别好辨认,所谓"上穷'碧'落下'黄'泉"。《千字文》也说"天地玄黄",原来中国的天堂地狱或是宇宙全是有颜色的哩!中国的大地也有颜色,分五块设色,如同小孩玩的拼图版,北方黑,南方赤,西方白,东方青,中间那一块则是黄的。

有些人是色盲,有些动物是色盲,但更令人惊讶的是,据说大部分人的梦是无色的黑白片。这样看来,即使色感正常的人,每天因为睡眠也会让人生的三分之一时间失色。

中国近五百年来的画,是一场墨的胜利。其他颜色和黑一比,竟都黯然引退,好在民间的年画、刺绣和庙宇建筑仍然五光十色,相较之下,似乎有下面这一番对照:

成人的世界是素净的黯色,但孩子的衣着则不避光鲜明艳。

汉人的生活常保持渊沉的深色,苗瑶藏胞却以彩色环绕汉人、提醒汉人。

平素家居度日是单色的,逢到节庆不管是元宵放灯或端午赠送香包或市井婚礼,色彩便又复活了。

庶民(又称"黔"首、"黧"民)过老态的不设色的生活,帝王将相仍有黄袍朱门紫绶金驾可以炫耀。

古文的园囿不常言色,诗词的花园里却五彩绚烂。

颜色,在中国人的世界里,其实一直以一种稀有的、矜贵的、与神秘领域暗通的方式存在。

颜色,本来理应属于美术领域,不过,在中国,它也属于文学。眼前无形无色的时候,单凭纸上几个字,也可以想见"月落江湖'白',潮来天地'青'"的山川胜色。

逛故宫,除了看展出物品,也爱看标签,一个是"实",一个是"名",世上如果只有喝酒之实而无"女儿红"这样的酒名,日子便过得不精"彩"了。诸标签之中且又独喜与颜色有关的题名,像下面这些字眼,本身便简扼似诗:

祭红:祭红是一种沉稳的红釉色,红釉本不可多得,不知祭红一名何由而来,似乎有时也写作"积红",给人直觉的感觉不免有一种宗教性的虔诚和绝对。本来羊群中最健康的、玉中最完美的可作礼天敬天之用,祭红也该是最凝聚最纯粹最接近奉献情操的一种红。相较之下,"宝石红"一名反显得平庸,虽然宝石红也光莹透彻,极为难得。

牙白:牙白指的是象牙白,因为不顶白反而有一种生命感,让人想到羊毛、贝壳或干净的骨骼。

甜白:不知怎么回事会找出甜白这么好的名字,几件号称甜白的器物多半都脆薄而婉腻。甜白的颜色微灰泛紫加上几分透明,像雾峰一带的好芋头,煮熟了,在热气中乍剥了皮,含粉含光,令人甜从心起,甜白两字也不知是不是这样来的。

娇黄:娇黄其实很像杏黄,比黄瓤西瓜的黄深沉,比袈裟的黄轻俏,是中午时分对正阳光的透明黄玉,是琉璃盏中新榨的纯净橙汁,黄色能黄到这样好真叫人又惊又爱又心安。美国式的橘黄太耀眼,可以做属于海洋的游艇和救生圈的颜色,中国皇帝的龙袍黄太夸张,仿佛新富乍贵,自己一时也不知该怎么穿着,才胡乱选中的颜色,看起来不免有点舞台戏服的感觉。但娇黄是定静的沉思的,有着《大学》一书里所说的"定而后能静、静而后能安、安而后能虑、虑而后能得"的境界。有趣的是"娇"字本来不能算是称职的形容颜色的字眼——太主观,太情绪化,但及至看了"娇黄高足大碗",倒也立刻忍不住点头称是,承认这种黄就该叫娇黄。

茶叶末: 茶叶末其实是秋香色,也略等于英文里的鳄梨色(avocado),但情味并不相似。鳄梨色是软绿中透着柔黄,如池柳初舒,茶叶末则显然忍受过搓揉和火炙,是生命在大挫伤中历练之余的幽沉芬芳,但两者又分明属于一脉家谱,互有血缘。此色如果单独存在,会显得悒闷,但由于是釉色,所以立刻又明丽生鲜起来。

鹧鸪斑: 这称谓原不足以算"纯颜色",但仔细推来,这种乳白赤褐交错的图案效果如果不用此字,真不知如何形容。鹧鸪斑三字本来很可能是鹧鸪鸟羽毛的错综效果,我自己却一厢情愿地认为那是鹧鸪鸟蛋壳的颜色。所有的鸟蛋都有极其漂亮的颜色,或红褐,或浅碧,或斑斑朱朱。鸟蛋不管隐于草茨或隐于枝柯,像未熟之前的果实,它有颜色的目的竟是求其"失色",求其"不被看见"。这种斑丽的隐身衣真是动人。

霁青、雨过天青: 霁青和雨过天青不同,前者是凝冻的深蓝,后者比较有云淡天青的浅致。有趣的是从字义上看都指雨后的晴空。大约好事好物也不能好过头,朗朗青天看久了也会糊涂,以为不稀罕。必须乌云四合,铅灰一片乃至雨注如倾盆之后的青天才可喜。柴世宗御批指定"雨过天青云破处,这般颜色做将来",口气何止像君王,更像天之骄子,如此肆无忌惮简直根本不知道世上有不可为之事,连造化之诡、天地之秘也全不瞧在眼里。不料正因为他孩子似的、贪心的、漫天开价的要求,世间竟真的有了雨过天青的颜色。

剔红: 一般颜色不管红黄青白,指的全是数学上的"正号",是在形状上面"加"上去的积极表现。剔红却特别奇怪,剔字是"负号",指的是在层层相叠的漆色中以雕刻家的手法挖掉了红色,是"减掉"的消极手法。其实,既然剔除了只能叫剔空,它却坚持叫剔红,仿佛要求我们留意看那番疼痛的过程。站在大玻璃橱前看剔红漆盒看久了,竟也有一份悲喜交集的触动,原来人生亦如此盒,它美丽剔透,不在保留下来的这一部分,而在挖空剔除的那一部分。事情竟是这样的吗?在忍心的割舍之余,在冷情的镂空之后,生命的图案才足动人。

斗彩:斗彩的"斗"字也是个奇怪的副词,颜色与颜色也有可斗的吗?文字学上"斗"字也通于"逗","逗"与"斗"在釉色里面都有"打情骂俏"的成分,令人想起李贺的"石破天惊逗秋雨",那一番逗简直是挑逗啊!把雨水从天外逗引出来,把颜色从幽冥中逗弄出来,斗彩的小器皿向例是热闹的,少不了快意的青蓝和珊瑚红,非常富有民俗趣味。近人语言里每以"逗"这个动词当形容词用,如云"此人真逗"!形容词的"逗"有"绝妙好玩"的意思,如此说来,我也不妨说一句"斗彩真逗"!

当然,"艳色天下重",好颜色未必皆在宫中,一般人玩玉总不免玩出一番好颜色好名目来,例如:

孩儿面(一种石灰沁过而微红的玉)

鹦哥绿(此绿是因为做了青铜器的邻居受其感染而变色的)

茄皮紫

秋葵黄

老酒黄(多温暖的联想)

虾子青(石头里面也有一种叫"虾背青"的,让人想起属于虾族的灰青色的血液和肌理)

不单玉有好颜色,石头也有,例如:

鱼脑冻:指一种青灰浅白半透明的石头,"灯光冻"则更透明。

鸡血:指浓红的石头。

艾叶绿:据说是寿山石里面最好最值钱的一种。

炼蜜丹枣:像蜜饯一样,是个甜美生津的名字,书上说"百炼之蜜,渍以丹枣,光色古黯,而神气焕发"。

桃花水:据说这种亦名"桃花片"的石头浸在瓷盘净水里,一汪水全成了淡淡的"竟日桃花逐水流"的幻境。如果以桃花形容石头,原也不足为奇,但加一"水"字,则迷离溟漾,硬是把人推到"两岸桃花夹古津"的粉红世界里去了。类似的浅红石头也有叫"浪滚桃花"的,听来又凄婉又响亮,叫人不知如何是好。

砚水冻:这是种不纯粹的黑,像白昼和黑夜交界处的交战和朦胧,并且这份朦胧被魔法定住,凝成水果冻似的一块,像砚池中介乎浓淡之间的水,可以为诗,可以染墨,也可以秘而不宣,留下永恒的缄默。

石头的好名字还有许多,例如"鹁鸪眼"(一切跟"眼"有关的大约都颇精粹动人,像"虎眼"、"猫眼")、"桃晕"、"洗苔水"、"晚霞红"等。

当然,石头世界里也有不"以色事人"的,像"太湖石"、"常山石",是以形质取胜,两相比较,像美人与名士,各有可倾倒之处。

除了玉石,骏马也有漂亮的颜色,项羽必须有英雄最相宜的黑色来相配,所以"乌"骓不可少,关公有"赤"兔,刘彻有汗"血",此外"玉"骢,"华"骝,"紫"骥,无不充满色感。至于不骑马而骑牛的那位老聃,他的牛也有颜色,是"青"牛,老子一路行去,函谷关上只见"紫"气东来。

马之外,英雄当然还须有宝剑,宝剑也是"紫电"、"青霜",当然也有以"虹气"来形容剑器的,那就更见七彩缤纷了。

中国晚期小说里也流金泛彩,不可收拾,《金瓶梅》里小小儿道点心,立刻让人进入"色彩情况",如:

> 揭开,都是顶皮饼,松花饼,白糖万寿糕,玫瑰搽穰卷儿。

写惠连打秋千一段也写得好:

> 这惠莲也不用人推送,那秋千飞起在半天云里,然后忽

地飞将下来,端的却是飞仙一般,甚可人爱。月娘看见,对玉楼李瓶儿说:"你看媳妇子,她倒会打。"正说着,一阵风过来,把她裙子刮起,里边露见大红潞绸裤儿,扎着脏头纱绿裤腿儿,好五色纳纱护膝,银红线带儿。玉楼指与月娘瞧。

另外一段写潘金莲装丫头的也极有趣:

却说金莲晚夕,走到镜台前,把鬏髻摘了,打了个盘头楂髻,把脸搽得雪白,抹得嘴唇儿鲜红,戴着两个金澄笼坠子,贴着三个面花儿,带着紫销金箍儿,寻了一套大红织金袄儿,下着翠蓝缎子裙,妆扮丫头,哄月娘众人耍子。叫将李瓶儿来与她瞧,把李瓶儿笑得前仰后合。说道:"姐姐,你妆扮起来,活像个丫头,我那屋里有红布手巾,替你盖着头,等我往后边去,对他们只说他爹又寻了个丫头,諕他们諕,敢情就信了。"

买手帕的一段,颜色也多得惊人:

敬济道:"门外手帕巷有名王家,专一发卖各色改样销金点翠手帕汗巾儿,随你要多少也有,你老人家要甚么颜色?销甚花样?早说与我,明日都替你一齐带的来了。"李瓶儿道:"我要一方老黄销金点翠穿花凤的。"敬济道:"六娘,老金黄销上金,不显。"李瓶儿道:"你别要管我,我还要一方银红绫销江牙海水嵌八宝儿的,又是一方闪色芝麻花销金的。"敬济便道:"五娘,你老人家要甚花样?"金莲道:"我没银子,只要两方儿匀了,要一方玉色绫锁子地儿销金的。"敬济道:"你又不是老人家,白刺刺的要他做甚么?"金莲道:"你管他怎的?戴不的,等我往后有孝戴!"敬济道:

"那一方要甚颜色?"金莲道:"那一方,我要娇滴滴紫葡萄颜色四川绫汗巾儿,上销金间点翠花样锦,同心结方胜地儿,一个方胜儿里面,一对儿喜相逢,两边阑子儿都是缨络珍珠碎八宝儿。"敬济听了,说道:"耶咮,耶咮,再没了,卖瓜子儿开箱子打喷嚏,琐碎一大堆。"

看了两段如此如见其人如闻其声的描写,竟也忍不住疼惜起潘金莲来了,有表演天才,对音乐和颜色的世界极敏锐。喜欢白色和娇滴滴的葡萄紫,可怜这聪明剔透的女人,在这个世界上她除了做西门庆的第五房老婆外,可以做的事其实太多了!只可怜生错了时代!

《红楼梦》里更是一片华彩,在"千红一窟"、"万艳同杯"的幻境之余,怡红公子终身和红的意象是分不开的,跟黛玉初见时,他的衣着如下:

　　头上戴着束发嵌宝紫金冠,齐眉勒着二龙抢珠金抹额;一件二色金百蝶穿花大红箭袖,束着五彩丝攒花结长穗宫绦,外罩石青起花八团倭缎排穗褂,蹬着青缎粉底小朝靴……

没过多久,他又换了家常衣服出来:

　　已换了冠服:头上周围一转的短发,都结成小辫,红丝结束,共攒至顶中胎发,总编一根大辫,黑亮如漆,从顶至梢,一串四颗大珠,用金八宝坠脚;身上穿着银红撒花半旧大袄,仍旧带着项圈、宝玉、寄名锁、护身符等物;下面半露松花撒花绫裤,锦边弹墨袜,厚底大红鞋。

宝玉由于在小说中身居要津,不免时时刻刻要为他布下多彩的戏服,时而是五色斑丽的孔雀裘,有时是生日小聚时的"大红绵纱小袄儿,下面绿绫弹墨夹裤,散着裤脚,系着一条汗巾,靠着一个各色玫瑰芍药花瓣装的玉色夹纱新枕头"。生起病来,他点的菜也是仿制的小荷花叶子、小莲蓬,图的只是那翠荷鲜碧的好颜色。告别的镜头是白茫茫大地上的一件猩红斗篷。就连日常保暖的一件小内衣,也是白绫子红里子上面绣起最生香活色的"鸳鸯戏水"。

和宝玉的猩红斗篷有别的是女子的石榴红裙。猩红是"动物性"的,传说红染料里要用猩猩血色来调才稳得住,真是凄伤至极点的顽烈颜色,恰适合宝玉来穿。石榴红是"植物性"的,香菱和袭人两个女孩在林木翁郁的园子里,偷偷改换另一条友伴的红裙,以免自己因玩疯了而弄脏的那一条被众人发现。整个情调读来是淡淡的植物似的悠闲和疏淡。

和宝玉同属"富贵中人"的是王熙凤,她一出场,便自不同:

> 只见一群媳妇丫鬟拥着一个丽人从后房进来。这个人打扮与姑娘们不同,彩绣辉煌,恍若神妃仙子:头上绾着金丝八宝攒珠髻,插着朝阳五凤攒珠钗,项上戴着赤金盘螭璎珞圈,身上穿着缕金百蝶穿花大红洋缎窄裉袄,外罩五彩刻丝石青银鼠褂,下着翡翠撒花洋绉裙。

这种明艳刚硬的古代"女强人",只主管一个小小贾府,真是白糟蹋了。

《红楼梦》里的室内设计也是一流的,探春的,妙玉的,秦氏的,贾母的,各有各的格调,各有各的摆设,贾母偶然谈起窗纱的一段,令人神往半天:

> 那个纱,比你们的年纪还大呢。怪不得他认作蝉翼纱,原也有些像,不知道的都认作蝉翼纱。正经名叫"软烟

罗"……那个软烟罗只有四样颜色:一样雨过天青,一样秋香色,一样松绿的,一样就是银红的。要是做了帐子,糊了窗屉,远远地看着,就似烟雾一样,所以叫做"软烟罗"。那银红的又叫做"霞影纱"。

《红楼梦》也是一部"红"尘手记吧,大观园里春天来时,莺儿摘了柳树枝子,编成浅碧小篮,里面放上几枝新开的花……好一出色彩的演出。

和小说的设色相比,诗词里的色彩世界显然密度更大更繁富。奇怪的是大部分作者都秉承中国人对红绿两色的偏好,像李贺,最擅长安排"红""绿"这两个形容词前面的副词,像:

老红、坠红、冷红、静绿、空绿、颓绿。

真是大胆生鲜,从来在想象中不可能连接的字被他一连,也都变得妩媚合理了。

此外像李白"寒山一带伤心碧"(《菩萨蛮》),也用得古怪,世上的绿要绿成什么样子才是伤心碧呢?"一树碧无情"亦然,要绿到什么程度可算绝情绿,令人想象不尽。

杜甫"宠光蕙叶与多碧,点注桃花舒小红"(《江雨有怀郑典设》),以"多碧"对"小红",也是中国文字活泼到极处的面貌吧?

此外,李商隐、温飞卿都有色癖,就是一般诗人,只要拈出"雨中黄叶树","灯下白头人"的对句,也一样有迷人情致。

词人中小山词算是极爱色的,郑因百先生有专文讨论,其中如:

绿娇红小、朱弦绿酒、残绿断红、露红烟绿、遮闷绿掩羞红、晚绿寒红、君貌不长红、我鬓无重绿。

竟然活生生地将大自然中最旺盛最欢愉的颜色驯服为满目苍凉,也真是夺造化之功了。

秦少游的"莺嘴啄花红溜,燕尾点波绿绉"也把颜色驱赶成一群听话的上驷,前句由于莺的多事,造成了由高枝垂直到地面的用花瓣点成的虚线,后句则缘于燕的无心,把一面池塘点化成回纹千度的绿色大唱片。另外有位无名词人的"万树绿低迷,一庭红扑簌"也令人目迷不暇。

李清照"知否知否,应是绿肥红瘦"的颜色自己也几乎成了美人,可以在纤秾之间各如其度。

蒋捷有句谓"红了樱桃,绿了芭蕉",其中的红绿两字不单成了动词,而且简直还是进行式的,樱桃一点点加深,芭蕉一层层转碧,真是说不完的风情。

辛稼轩"唤取红巾翠袖,揾英雄泪"也在英雄事业的苍凉无奈中见婉媚。其实世上另外一种悲剧应是红巾翠袖空垂——因为找不到真英雄,而且真英雄未必肯以泪示人。

元人小令也一贯地爱颜色,白朴有句曰:"黄芦岸白苹渡口,绿杨堤红蓼滩头",用色之奢侈,想来隐身在五色祥云后的神仙也要为之思凡吧?马致远也有"和露摘黄花,带霜烹紫蟹,煮酒烧红叶"的好句子,煮酒其实只用枯叶便可,不必用红叶,曲家用了,便自成情境。

世界之大,何处无色,何时无色,岂有一个民族会不懂颜色?但能待颜色如情人,相知相契之余且不嫌麻烦地想出那么多出人意表的字眼来形容描绘它,舍中文外,恐怕不容易再找到第二种语言了吧?

六　桥
——苏东坡写得最长最美的一句诗

　　这天清晨,我推窗望去,向往已久的苏堤和六桥,与我遥遥相对。我穆然静坐,不敢喧哗,心中慢慢地把人类和水的因缘回想一遍:
　　大地,一定曾经是一项奇迹,因为它是大海里面浮凸出来的一块干地。如果没有这块干地,对鲨鱼当然没有影响,海豚,大概也不表反对,可是我们人类就完了,我们总不能一直游泳而不上岸吧!
　　岸,对我们是重要的,我们需要一个岸,而且,甚至还希望这个岸就在我们一回头就可以踏上去的地方,(所谓"回头是岸"嘛!)我们是陆地生物,这一点,好像已经注定了。
　　但上了岸,踏上了大地,人类必然又会有新的不满足。大地很深厚沉稳,而且像海洋一样丰富。她供应的物质源源不绝。你可以欣赏她的春华秋实,她的横岭侧峰。但人类不可能忘情于水,从胎儿时代就四面包围着我们的水。水,一旦离开我们而去,日子就会变得很陌生很干瘪。
　　而古代中国是一个内陆国家,要想看到海,对大多数的人而言,并不容易。中国人主动去亲近的水是河水、江水、湖水。尤其是湖,它差不多是小规模的海洋。中国人动不动就把湖叫成海,像洱海、青海。犹太人也如此,他们的加利利海分明只是湖。
　　有了湖,极好——但人类还是不满足。人类是矛盾的,他本来只需要大水中有一块可以落脚的陆地,等有了陆地他又希望陆地中有一块小水名叫湖。有了这块小湖水,他更希望有一块小陆地,悄悄插入湖中,可以容他走进那片小水域里——那是什么?那是堤。

如果要给"堤"设一个谜语供小孩猜,那便该是:

水中有土、土中有水、水中又有土。

苏堤、白堤便是经两位大诗人督修而成的"诗意工程"。诗人,本是负责刺探人类心灵活动的情报员,他知道人类内心的隐情密意。他知道人类既需要大地的丰饶稳定,也需要海洋的激情浪漫。于是白居易挖了湖了又筑了堤(农人因而得灌溉之利,常人却收取柳雨荷风),后来苏东坡又补一堤。有名的白堤、苏堤就是指这两条带状的大地。

更有意思的是,有了长堤之后,有人更希望这块小土地上仍能有点水意。于是,苏堤中间设了六道桥,这六道桥的名字分别是映波、锁澜、望山、压堤、东浦、跨虹。桥有点拱背,中间一个漏洞,船只因而可以穿堤而过。如果再为"六桥"设一道谜题,那也容易,不妨写成下面这种笨笨的句子:

水中有土、土中有水、水中又有土、土中又有水。

这天早晨,我呆呆地望着这全长二点八公里的苏堤。由于拥有六座桥,刚好把苏堤分成七个段落,算来恰如一句七言。啊!那一定是苏东坡写得最长最大的一句七言了,最有气魄而且最美丽。

苏堤因为是无中生有的一块新地(浚湖而得的最高贵华艳的废土),所以不作经济利益的打算,只用来种桃花和杨柳。明代袁宏道形容此地,说:"六桥杨柳一络,牵风引浪,萧疏可爱",苏轼的诗也说:"六桥横绝天汉上"。如果你随便抓一个中国人来,叫他形容天堂,大概他讲来讲去也跳不出"六桥烟柳"或"苏堤春晓"的景致。六桥,大概已是中国人梦境的总依归了。

我自己最喜欢的和六桥有关的句子出自元人散曲:

贵何如,贱何如?六桥都是经行处。(作者刘致)

对呀,在春暖花开的时候,难不成因为他是×主席或×部长,就可以用八只眼睛来看波光潋滟吗？不,在面对桃红柳绿的时刻,我们都只能虔诚的用两腿走过风景,用两眼膜拜,用一颗心来贮存,如此而已。

绝美的六桥,是大家都可以平等经行的,恰如神圣的智慧,无人不可收录在心。眼望着苏东坡生平所写下的最长最美的一句诗,我心里的喜悦平静也无限的华美悠长。

玉　想

一　只是美丽起来的石头

一向不喜欢宝石——最近却悄悄地喜欢了玉。

宝石是西方的产物，一块钻石，割成几千几百个"割切面"，光线就从那里面激射而出，挟势凌厉，美得几乎具有侵略性，使我不由得不提防起来。我知道自己无法跟它的凶悍逼人相埒，不过至少可以决定"我不喜欢它"。让它在英女王的皇冠上闪烁，让它在展览会上伴以投射灯和响尾蛇（防盗用）展出，我不喜欢，总可以吧！

玉不同，玉是温柔的，早期的字书解释玉，也只是说："玉，石之美者。"原来玉也只是石，是许多混沌的生命中忽然脱颖而出的那一点灵光。正如许多孩子在夏夜的庭院里听老人讲古，忽有一个因洪秀全的故事而兴天下之想，遂有了孙中山。所谓伟人，其实只是在游戏场中忽有所悟的那个孩子。所谓玉，只是在时间的广场上因自在玩耍竟而得道的石头。

二　克拉之外

钻石是有价的，一克拉一克拉地算，像超级市场的猪肉，一块块皆有其中规中矩称出来的标价。

玉是无价的，根本就没有可以计值的单位。钻石像谋职，把学历经历乃至成绩单上的分数一一开列出来，以便序位核薪。玉则像爱情，一个女子能赢得多少爱情完全视对方为她着迷的程度，其间并没有太多法则可循。以撒辛格（诺贝尔奖得主）说："文学像女人，别人为什么喜欢她以及为什么不喜欢她的原因，她自己也不知道。"其实，玉当然也有其客观标准，它的硬度，它的晶莹、柔润、缜密、纯全和刻工都可以讨论，只是论玉论到最后关头，竟只剩"喜欢"两字，而"喜欢"是无价的，你买的不是克拉的计价而是自己珍重的心情。

三　不须镶嵌

钻石不能佩戴，除非经过镶嵌，镶嵌当然也是一种艺术。而玉呢？玉也可以镶嵌，不过却不免显得"多此一举"，玉是可以直接做成戒指、镯子和簪笄的。至于玉坠、玉佩所需要的也只是一根丝绳的编结，用一段千回百绕的纠缠盘结来系住胸前或腰间的那一点沉实，要比金属般冷冷硬硬的镶嵌好吧？

不佩戴的玉也是好的，玉可以把玩，可以作小器具，可以作既可卑微地去搔痒，亦可用以象征宝贵吉祥的"如意"，可作用以祀天的璧，亦可作示绝的玦。我想做个玉匠大概比钻石割切人兴奋快乐，玉的世界要大得多繁富得多。玉是既入于生活也出于生活的，玉是名士美人，可以相与出尘，玉亦是柴米夫妻，可以居家过日。

四　生死以之

一个人活着的时候，全世界跟他一起活——但一个人死的时候，谁来陪他一起死呢？

中古世纪有出质朴简直的古剧叫《人人》（Everyman），死神找到那位名叫人人的主角，告诉他死期已至，不能宽贷，却准他结伴同行。人人找"美貌"，"美貌"不肯跟他去，人人找"知识"，"知识"也无意到墓穴里去相陪,人人找"亲情","亲情"也顾他不得……

世间万物,只有人类在死亡的时候需要陪葬品吧?其原因也无非由于怕孤寂,活人殉葬太残忍,连土俑殉葬也有些居心不仁,但死亡又是如此幽阒陌生的一条路。如果待嫁的女子需要"陪嫁"来肯定来系连她前半生的娘家岁月,则等待远行的黄泉客何尝不需要"陪葬"来凭借来思忆世上的年华呢?

陪葬物里最缠绵的东西或许便是玉琀蝉了,蝉色半透明,比真实的蝉为薄,向例是含在死者的口中,成为最后的、一句没有声音的语言。那句话在说:

"今天,我入土,像蝉的幼虫一样,不要悲伤,这不叫死,有一天,生命会复活,会展翅,会如夏日出土的鸣蝉……"

那究竟是生者安慰死者而塞入的一句话?抑是死者安慰生者而含着的一句话?如果那是愿心,算不算狂妄的侈愿?如果那是谎言,算不算美丽的谎言?我不知道,只知道玉琀蝉那半透明的豆青或土褐色仿佛是由生入死的薄膜,又恍惚是由死返生的符信,但生生死死的事岂是我这样的凡间女子所能参破的?且在这落雨的下午俯首凝视这枚佩在自己胸前的被烈焰般的红丝线所穿结的玉琀蝉吧!

五 玉肆

我在玉肆中走,忽然看到一块像蚝木又像土块的东西,仿佛一张枯涩凝止的悲容,我驻足良久,问道:

"这是一种什么玉?多少钱?"

"你懂不懂玉?"老板的神色间颇有一种抑制过的傲慢。

"不懂。"

"不懂就不要问!我的玉只卖懂的人。"

我应该生气应该跟他激辩一场的,但不知为什么,近年来碰到类似的场面倒宁可笑笑走开。我虽然不喜欢他的态度,但相较而言,我更不喜欢争辩,尤其痛恨学校里"奥瑞根式"的辩论比赛,一句一句逼着人追问,简直不像人类的对话,嚣张狂肆到极点。

不懂玉就不该买不该问吗?世间识货的又有几人?孔子一生,也没把自己那块美玉成功地推销出去。《水浒传》里的阮小七说:"一腔热血,只要卖与识货的!"但谁又是热血的识货买主?连圣贤的光焰,好汉的热血也都难以倾销,几块玉又算什么?不懂玉就不准买玉,不懂人生的人岂不没有权利活下去了?

当然,玉肆老板大约也不是什么坏人,只是一个除了玉的知识找不出其他可以自豪之处的人吧?

然而,这件事真的很遗憾吗?也不尽然,如果那天我碰到的是个善良的老板,他可能会为我详细解说,我可能心念一动便买下那块玉,只是,果真如此又如何呢?它会成为我的小古玩。但此刻,它是我的一点憾意,一段未圆的梦,一份既未开始当然也就不致结束的情缘。

隔着这许多年,如果今天那玉肆的老板再问我一次是否识玉,我想我仍会回答不懂,懂太难,能疼惜宝重也就够了。何况能懂就能爱吗?在竞选中互相中伤的政敌其实不是彼此十分了解吗?当然,如果情绪高昂,我也许会塞给他一张《说文解字》抄下来的纸条:

> 玉,石之美者,有五德,
> 润泽以温,仁之方也;
> 鳃理自外,可以知中,义之方也;
> 其声舒扬,专以远闻,智之方也;
> 不桡而折,勇之方也;
> 锐廉而不技,絜之方也。

然而,对爱玉的人而言,连那一番大声镗鞳的理由也是多余的。爱玉这件事几乎可以单纯到不知不识而只是一团简简单单的欢喜,像婴儿喜欢清风拂面的感觉,是不必先研究气流风向的。

六　瑕

付钱的时候,小贩又重复了一次:

"我卖你这玛瑙,再便宜不过了。"

我笑笑,没说话,他以为我不信,又加上一句:

"真的——不过这么便宜也有个缘故。你猜为什么?"

"我知道,它有斑点。"本来不想提的,被他一逼,只好说了,免得他一直啰唆。

"哎呀,原来你看出来了,玉石这种东西有斑点就差了,这串项链如果没有瑕疵,哇,那价钱就不得了啦!"

我取了项链,尽快走开。有些话,我只愿意在无人处小心地,断断续续地,有一搭没一搭地说给自己听。

对于这串有斑点的玛瑙,我怎么可能看不出来呢? 它的斑痕如此清清楚楚。

然而买这样一串项链是出于一个女子小小的侠气吧,凭什么要说有斑点的东西不好? 水晶里不是就有一种叫"发晶"的种类吗? 虎有纹,豹有斑,有谁嫌弃过它的皮毛不够纯色?

就算退一步说,把这斑纹算瑕疵,世间能把瑕疵如此坦然相呈的人也不多吧? 凡是可以坦然相见的缺点都不该算缺点的。纯全完美的东西是神器,可供膜拜。但站在一个女人的观点来看,男人和孩子之所以可爱,正是由于他们那些一清二楚的无所掩饰的小缺点吧? 就连一个人对自己本身的接纳和纵容,不也是看准了自己的种种小毛病而一笑置之吗?

所有的无瑕是一样的——因为全是百分之百的纯洁透明,但瑕疵斑点却面目各自不同。有的斑痕像苔藓数点,有的是砂岸逶迤,有的是孤云独去,更有的是铁索横江,玩味起来,反而令人欣然心喜。想起平生好友,也是如此,如果不能知道一两件对方的糗事,不能有一两件可笑可嘲可詈可骂之事彼此打趣,友谊恐怕也会变得空洞吧?

有时独坐细味"瑕"字,也觉悠然意远,瑕字左边是玉旁,是先有玉才有瑕的啊!正如先有美人,而后才有"美人痣",先有英雄,而后有悲剧英雄的缺陷性格。缺憾必须依附于完美,独存的缺憾岂有美丽可言,天残地缺,是因为天地都如此美好,才容得修地补天的改造的涂痕。一个"坏孩子"之所以可爱,不也正因为他在撒娇撒赖蛮不讲理之外,有属于一个孩童近乎神明的纯洁了吗?

瑕的右边是叚,叚有赤红色的意思,瑕的解释是"玉小赤",我也喜欢瑕字的声音,自有一种坦然的不遮不掩的亮烈。

完美是难以冀求的,那么,在现实的人生里,请给我有瑕的真玉,而不是无瑕的伪玉。

七 唯一

据说,世间没有两块相同的玉——我相信,雕玉的人岂肯去重复别人的创制。

所以,属于我的这一块,无论贵贱精粗都是天地间独一无二的。我因而疼爱它,珍惜这一场缘分,世上好玉万千,我却恰好遇见这块,世上爱玉人亦有万千,它却偏偏遇见我,但我们之间的聚会,也只是五十年吧?上一个佩玉的人是谁呢?有些事是既不能去想更不能嫉妒的,只能安安分分珍惜这匆匆的相属相连的岁月。

八 活

佩玉的人总相信玉是活的,他们说:

"玉要戴,戴戴就活起来了哩!"

这样的话是真的吗?抑或只是传说臆想?

我不知道自己能不能把一块玉戴活,这是需要时间才能证明的事,也许几十年的肌肤相亲,真可以使玉重新有血脉和呼吸。但如果奇迹是可祈求的,我愿意首先活过来的是我,我的清洁质地,我的致密坚实,我的莹秀温润,我的斐然纹理,我的清声远扬。如果玉可以因人的佩戴而复活,也让人因佩玉而复活吧,让每一时每一刻的我莹彩暖暖,如冬日清晨的半窗阳光。

九　石器时代的怀古

把人和玉,玉和人交织成一的神话是《红楼梦》,它也叫《石头记》,在补天的石头群里,主角是那三万六千五百零一块外多出的一块,天长日久,竟成了通灵宝玉,注定要来人间历经一场情劫。

他的对方则是那似曾相识的绛珠仙草。

那玉,是男子的象征,是对于整个石器时代的怀古。那草,是女子的表记,是对榛榛莽莽洪荒森林的思忆。

静安先生释《红楼梦》中的"玉",说"玉"即"欲",大约也不算错吧?《红楼梦》中含"玉"字的名字总有其不凡的主人,像宝玉、黛玉、妙玉、红玉,都各自有他们不同的人生欲求。只是那"欲"似乎可以解作英文里的 want,是一种不安,一种需索,是不知所从的缠绵,是最快乐之时的凄凉、最完满之际的缺憾,是自己也不明白所以的惴惴,是想挽住整个春光留下所有桃花的贪心,是大彻大悟与大栈恋之间的摆荡。

神话世界每每是既富丽而又高寒的,所以神话人物总要找一件道具或伴当相从,设若龙不吐珠,嫦娥没有玉兔,李聃失了青牛,果老走了肯让人倒骑的驴或是麻姑少了仙桃,孙悟空缴回金箍棒,那神话人物真不知如何施展身手了——贾宝玉如果没有那块玉,也只能做美国童话《绿野仙踪》里的"无心人"奥迪斯。

"人非木石,孰能无情",说这话的人只看到事情的表象,木石世界的深情大义又岂是我们凡人所能尽知的。

十　玉楼

　　如果你想知道钻石,世上有宝石学校可读,有证书可以证明你的鉴定力。但如果你想知道玉,且安安静静地做你自己,并且从肤发的温润、关节的玲珑、眼目的清澈、意志的凝聚、言笑的清朗中去认知玉吧！玉即是我,所谓文明其实亦即由石入玉的历程,亦即由血肉之躯成为"人"的史页。

　　道家以目为银海,以肩为玉楼,想来仙家玉楼连云也不及人间一肩可担道义的肩胛骨为贵吧？爱玉之极,恐怕也只是返身自重吧？

错　误
——中国故事常见的开端

在中国,错误不见得是一件坏事,诗人愁予有首诗,题目就叫《错误》,末段那句"我达达的马蹄是美丽的错误"四十年来像一支名笛,不知被多少嘴唇呜然吹响。

《三国志》里记载周瑜雅擅音律,即使酒后也仍然轻易可以辨出乐工的错误。当时民间有首歌谣唱道:"曲有误,周郎顾",后世诗人多事,故意翻写了两句:"欲使周郎顾,时时误拂弦",真是无限机趣,描述弹琴的女孩贪看周郎的眉目,故意多弹错几个音,害他频频回首。风流俊赏的周郎哪里料到自己竟中了弹琴素手甜蜜的机关。

在中国,故事里的错误也仿佛是那弹琴女子在略施巧计,是善意而美丽的——想想如果不错它几个音,又焉能赚得你的回眸呢?错误,对中国故事而言有时几乎成为必须了。如果你看到《花田错》、《风筝误》或《误入桃源》这样的戏目不要觉得古怪,如果不错它一错,哪来的故事呢!

有位德国戏剧家布莱希特写过一出《高加索灰阑记》,不但取了中国故事做蓝本,学了中国京剧表演方式,到最后,连那判案的法官也十分中国化了。他故意把两起案子误判,反而救了两造婚姻,真是彻底中式的误打误撞,而自成佳境。

身为一个中国读者或观众,虽然不免训练有素,但在说书人的梨花简嗒然一声敲响或书页已尽正准备掩卷叹息的时候,不免悠悠想起,咦?怎么又来了,怎么一切的情节,都分明从一点点小错误开始?

我们先来说《红楼梦》吧,女娲炼石补天,偏偏炼了三万六千五百零一块。本来三万六千五百是个完整的数目,非常精准正确,可以刚刚补好残天。女娲既是神明,她心里其实是雪亮的,但她存心要让一向正确的自己错它一次,要把一向精明的手段错它一点。"正确",只应是对工作的要求,"错误",才是她乐于留给自己的一道难题,她要看看那块多余的石头,究竟会怎么样往返人世,出入虚实,并且历经情劫。

就是这一点点的谬错,于是大荒山无稽崖青埂峰下,便有了一块顽石,而由于有了这块顽石,又牵出了日后的通灵宝玉。

整一部《红楼梦》,原来恰恰只是数学上三万六千五百分之一的差误而滑移出来的轨迹,并且逐步演化出一串荒唐幽渺的情节。世上的错误往往不美丽,而美丽又每每不错误,唯独运气好碰上"美丽的错误"才可以生发出歌哭交感的故事。

《水浒传》楔子里的铸错则和希腊神话《潘多拉的盒子》有些类似,都是禁不住好奇,去窥探人类不该追究的奥秘。

但相较之下,洪太尉"揭封"又比潘多拉"开盒子"复杂得多。他走完了三清堂的右廊尽头,发现了一座奇特神秘的建筑:门缝上交叉贴着十几道封纸,上面高悬着"伏魔之殿"四个字,据说从唐朝以来八九代天师每一代都亲自再贴一层封条,锁孔里也灌了铜汁。洪太尉禁不住引诱,竟打烂了锁,撕了封条,踢倒大门,撞进去掘起石碣,搬走石龟,最后又扛起一丈见方的大青石板,这才看到下面原来是万丈深渊。刹那间,黑烟上腾,散成金光,激射而出。仅此一念之差,他放走了三十六座天罡星和七十二座地煞星,合共一百零八个魔王⋯⋯

《水浒传》里一百零八个好汉便是这样来的。

那一番莽撞,不意冥冥中竟也暗合天道,早在天师的掐指计算中——中国故事至终总会在混乱无秩里找到秩序。这一百零八个好汉毕竟曾使荒凉的年代有一腔热血,给邪曲的世道一副直心肠。中国的历史当然不该少了尧舜孔孟,但如果不是洪太尉伏魔殿那一搅和,我们就要失掉夜奔的林冲或醉打出山门的鲁智深,想来那也是怪可惜的呢!

洪太尉的胡闹恰似顽童推倒供桌,把袅袅烟雾中的时鲜瓜果散落一地,遂令天界的清供化成人间童子的零食。两相比照,我倒宁可看到洪太尉触犯天机,因为没有错误就没有故事——而没有故事的人生可怎么忍受呢？

一部《镜花缘》又是怎么样的来由？说来也是因为百花仙子犯了一点小小的行政上的错误,因此便有了众位花仙贬入凡尘的情节。犯了错,并且以长长的一生去截补,这其实也正是大部分的人间故事吧!

也许由于是农业社会,我们的故事里充满了对四时以及对风霜雨露的时序的尊重。《西游记》里的那条老龙王为了跟人打赌,故意把下雨的时间延后两小时,把雨量减少三寸零八点,其结果竟是惨遭斩头。不过,龙王是男性,追究起责任来动用的是刑法,未免无情。说起来女性仙子的命运好多了,中国仙界的女权向来相当高涨,除了王母娘娘是仙界的铁娘子以外,众女仙也各司要职。像"百花仙子",担任的便是最美丽的任务。后来因为访友下棋未归,下达命令的系统弄乱了,众花在雪夜奉人间女皇帝之命提前开开。这一番"美丽的错误"引致一种中国仙界颇为流行的惩罚方式——贬入凡尘。这种做了人的仙即所谓"谪仙"(李白就曾被人怀疑是这种身份)。好在她们的刑罚与龙王大不相同,否则如果也杀砍百花之头,一片红紫狼藉,岂不伤心!

百花既入凡尘,一个个身世当然不同,她们佻佗美丽,不苟流俗,各自跨步走向属于她们自己的那一番人世历程。

这一段美丽的错误和美丽的罚法都好得令人艳羡称奇!

从比较文学的观点看来,有人以为中国故事里往往缺少叛逆英雄。像宙斯,那样弑父自立的神明,像雅典娜,必须拿斧头砍开父亲脑袋自己才跳得出来的女神,在中国是不作兴的。就算捣蛋精的哪吒太子,一旦与父亲冲突,也万不敢"叛逆",他只能"剔骨剜肉"以还父母罢了。中国的故事总是从一件小小的错误开端,诸如多炼了一块石头,失手打了一件琉璃盏,太早揭开坛子上有法力的封口(关公因此早产,并且终生有一张胎儿似的红脸)。不是叛逆,是可以谅解的小过小犯,是失手,是大意,是一时兴起或一时失察。"叛逆"太强烈,那不是中国方式。中国故事只有"错",而"错"这个字既是"错误"之错也是"交错"之错,交错不是什么严重的事,只是两人或两事交互的作用——在人与人的盘根错节间就算是错也不怎么样。像百花之仙,待历经尘劫回来,依旧是仙,仍旧冰清玉洁馥馥郁郁,仍然像掌理军机令一样准确地依时开花。就算在受刑期间,那也是一场美丽的受罚,她们是人间女儿,兰心蕙质,生当大唐盛世,个个"纵其才而横其艳",直令千古以下,回首乍望的我忍不住意飞神驰。

年轻,有许多好处,其中最足以傲视人者莫过于"有本钱去错"。年轻人犯错,你总得担待他三分——

有一次,我给学生订了作业,要他们每人念几十首诗,录在录音带上缴来。有的学生念得极好,有的又念又唱,极为精彩,有的却有口无心。苏东坡的"一年好景君须记,正是橙黄橘绿时",不知怎么回事,有好几个学生念成"一年好景须君记"。我听了,一面摇头莞尔,一面觉得也罢,苏东坡大约也不会太生气。本来的句子是"请你要记得这些好景致",现在变成了"好景致得要你这种人来记",这种错法反而更见朋友之间相知相重之情了。好景年年有,但是,得要有好人物来记才行呀!你,就是那可以去记住天地岁华美好面的我的朋友啊!

有时候念错的诗也自有天机欲泄,也自有密码可索,只要你有一颗肯接纳的心。

在中国,那些小小的差误,那些无心的过失,都有如偏离大道以后的岔路。岔路亦自有其可观的风景,"曲径"似乎反而理直气壮地可以"通幽"。错有错着,生命和人世在其严厉的大制约和惨烈的大叛逆之外也何妨采中国式的小差错小谬误或小小的不精确。让岔路可以是另一条大路的起点,容错误是中国式故事里急转直下的美丽情节。

人　日

　　一年三百三十五天,其中不免有些是节日。说到节日,就立刻有民族之分。天下各族,有人爱泼水节,有人爱对着月亮吃甜饼,有人爱叫小孩晚上扮鬼去讨糖吃……

　　我要说的是,有个民族定了一天叫"人日"。"人日"?是"人权日"吗?不是,没那么正经八百,就只是"人的日子"。人日是哪一天呢?是农历正月初七,刚过完年,第七天。哦,你大概知道了,这是老中的节日。但是,为什么我不说它是汉人的节日呢?因为我对它的"汉成分"有点怀疑,它的资料见于《荆楚岁时记》,听起来不是"高尚黄河流域"的产物,比较是属于"新兴长江流域南蛮子"的勾当。此书写于五、六世纪间,作者宗懔本身虽是河南人,却以"外省人"的身份住在湖北,那是北人南走的时代,他兴味盎然的记录人日这一天的民间活动:

　　第一,把七种青菜煮成蔬菜汤。

　　第二,用剪刀剪丝绸为人形,用小刀缕金箔为人形贴在屏风上为装饰。

　　第三,这些装饰也可以戴在头上。

　　第四,做些"华胜"彼此相赠。"华胜"等于"花胜",其实也等于"人胜",温庭筠在花间词的第二首词便有"人胜参差剪"之句。

　　第五,登高赋诗。

　　这个风俗,唐人宋人诗中常提起,宋代学者和清代学者也一再提起,这个属于南方族群的节日看来已纳入全体华人体系。我喜欢这个节日的另一个理由是"人日"不是孤零零的日子,它和其他节日合起来变成了"节庆季",其节庆次序如下:第一天是鸡日,第二天以后分别是狗、羊、猪、牛、马、人日,这种安排简直有点像是为家庭农场设计的,每天都有一种动物跳出来做节日主角,真是聪明的构想。另有一说是,这些日子多加一天,第八天属于植物,叫谷日——这样说来,整个新年期间,把重要的动物、植物都搬上场了。人类不管多了不起,在新年节庆里他也只是七分之一或八分之一的分量罢了。

这种安置手法简直和《圣经·创世记》类似,第一日(今以星期日象喻)造光源,第二天以后分别是空气、水陆、植物、日月星辰,以及飞鸢跃鱼以及昆虫野兽,而最后一天,星期六,上帝创造了休息。……而人,是最后么儿,比其他生物来得晚,我们是"万物之一",而不是"万物之灵"。

在众多的人日歌吟中李商隐的极写实,"镂金作胜传荆俗,剪彩为人起晋风",苏东坡的"七种共挑人日菜,千枝先剪上元灯"也十分扣住主题。张继的"人日兼春日,长怀复短怀,遥知双彩胜,并在一金钗"也颇令人对远方幽居的美人有诸多想象。但最令我动容的还是诗人高适寄给诗人杜甫的《人日诗》,那时杜甫逃难住成都,高适在蜀州任刺史,他寄杜甫的诗(三之一)如下:

人日题诗寄草堂,
遥怜故人思故乡。
柳条弄色不忍见,
梅花满枝空断肠。

许多年后,高适去世,杜甫收拾旧文物,忽然拣出这首好久以来没找到的诗,当下不胜依依,也作三首追酬高适,其中第一首如下:

自蒙蜀州人日作,

不意清诗久零落。
今晨散帙眼忽开，
迸泪幽吟事如昨。

就在那年冬天，杜甫也走了，留下的是诗，以及诗人和诗人之间的情谊。

如果我是个有权力的人，我会请行政院长订个"人日"节，如果我权力更大，我会要求全世界的人都来过此节。当天吃七种青菜，登高赋诗，剪漂亮的彩色或金色的人形，并且，十分高兴的想起：

"啊呀，今天是人日——而我，我真的是个人哦！"

请问,你是洞庭红的后代吗?

下面的故事,你且当灵异话题看待好了。

有一天,我到家附近的水果行去买橘子,我其实有点恨冬天,但因为橘子和火锅这两样东西,我又决定原谅冬天了。

橘子在台湾以椪柑为主流,我自己却比较偏爱桶柑,后者皮比较紧致,果肉也长得实实在在的,而且还附着绿叶卖,可惜它上市比较晚,不到一月份,是见不到踪迹的。至于海梨,虽然长相不错,味道也甜甜的,我却总觉它血统可疑,不像柑橘家庭的子弟。

这一天,我看到有一种插牌为"日本蜜柑"的品种在卖,这种橘子我去年吃过,味道不错,记得是别人送的,因为只顺手送了几颗,所以没好好注意。今年看它在大篓子里,红红艳艳如一座喷着岩浆的火焰山,委实令人一惊!天哪,竟有如此如此红的橘子。

像嗅觉灵敏的警探,我立刻对自己宣布:

"这一定是'洞庭红'了!"

可是我能把这去告诉谁呢?谁知道洞庭红是什么玩意呢?

"这橘子真是从日本进口的吗?"

"是日本种,台湾种的。"

"种在哪里?"

"大概是嘉义一带吧!"

日本怎么会有好橘子?在两千五百年前晏子的时代,他们已经了解橘子是南方佳果,淮河以北是长不出好橘子来的。换言之,橘子在北半球注定只在二十三度到三十三度之间最好长,日本地球位置偏北，要想种橘子，大概只能靠九州或流球，当然，也许他们另有暖房或其他妙计也未可知，但毕竟细想起来令人起疑。

我因此毫无根据地就认为这橘子是被引到日本去的"洞庭红"的海外苗裔，只因它外表看来真的就是古诗中的所说的"洞庭红"形貌。

洞庭红其实就是洞庭柑，而此洞庭不指湖南那个湖，而是指江苏的太湖中的洞庭山。南宋名将韩世忠的儿子韩彦直写过一本《橘谱》，（那是世界上第一本有关橘子的百科全书），书中说：

> 洞庭柑，皮薄味美，比之他柑，韵稍不及，熟最早，藏之至来岁之春，其色如丹，乡人谓，其种自洞庭山来，故以得名。

身为名将之后，韩彦直却是位务实的地方官，在浙江永嘉（温州）一带"拼橘子经济"。

洞庭柑当年是可以入贡的，唐代诗人白居易在身为当地太守时就亲自去拣橘上贡，并且写了一首七律，《拣贡橘书情》，最末一句是：

> 愿凭朱实表丹诚。

他的朋友周元范也和了一首，其中一二句如下：

> 离离朱实绿丛中，似火烧山处处红。

红得像一粒心，红得像火，洞庭红就是如此。

我在台北街头看到名称为"日本蜜柑"的，一斤可称上六七个的小小红红的橘子，只因被它异常的金红所魅，一时竟如同痴心的老年男子，忽在街头见一小女孩生得极为端严都丽，便急着跑去问她：

"请问你是名画上某某夫人的曾孙女吗？"

那老年绅士于画上美女其实是只曾远观只曾风闻,却因异代相隔从来不曾亲其芳泽,但居然被他问对了,小女孩竟真是那美人的后代,他凭的不是 DNA 检验报告,而是直觉,近乎灵异的直觉。

洞庭红柑最让我难忘的还不是白居易的诗,而是明末抱瓮老人《今古奇观》中收的一个故事。故事名叫《转运汉巧遇洞庭红》,说到明朝苏州有位文若虚,本为聪明世家子,却因倒运败尽家产。好在他有从事海外贸易的朋友,就邀他上船散心,他手头只有一两银子,顺便买了一百多斤洞庭红,船行三五日,到了一个"吉零国",那些橘子原拟自用的,不料却被吉零国人看到而高价竟买,一刹时他竟变成了千两富翁。这故事借吉零国人的嘴,把洞庭红赞成了琼浆玉液。

深夜灯下写稿,剥一枚小橘放在一旁,自觉比被人贡橘的皇帝还尊贵。唐朝白居易爱赏的,宋代韩彦直描述的,明代小说里绘声绘影的,日本人拿去育种的(我猜),最后台湾人拿它在中部果园试种成功的这枚橘子,我是多么庆幸自己正在享用它,只是我很想问它:"请问,你真是洞庭红的后代吗?"

只被允许的二夜情

如果你正年轻。

如果你出发去旅行,只身,在风和日丽的四月天。然后,夜来了,你打开卧具,也许连卧具也没有,你便芳草以为褥,曲肱以为枕,沉沉睡在一株树下。在倦极卧地和酣然入眠之间,你发现原来头上的树实在是一棵很美丽的树,而树上的天空则尤其美丽。

树的美丽在于它的翠盖像一面筛子。天上的星星已经够细粒了,树却努力把星光筛得更细,仿若极绵幼的白糖霜,落在你黑黝黝的梦之咖啡里。

树的美丽又在于它的芬芳,它的枝枝叶叶都恍如隐身暗夜的情人,你看不到他,却气息分明。古希腊神话中的赛克公主和邱彼得之间的恋情,便是如此吧?

如果,年轻的你清晨醒来,你便在那一带城镇间游走、休憩。黄昏,你再次回到树下,冥想、惊奇,像一切的旅行者,并且倦极盹去。

如果,你再度醒来,如果你再度起身去满城漫步,这一切是可允许的。

可允许的?被谁?被佛戒。有这么一条怪戒律吗?有的,不过,那不被允许的又是什么呢?不被允许的是,你不可以在第三夜仍回到这棵同样的树下,因为,这样你就会沉迷耽溺,习惯于它的荫庇安详。你只准有二夜情,和那棵树。

这说法记载在哪里?记在《四十二章经》里,原文如下:

> 沙门受道法者,日中一食、树下一宿。慎莫再矣。所云浮屠,不三宿桑下,即不再宿树下之谓,此谓沙门办道宜精进,不可爱安逸也。

南朝范晔写《后汉书·襄楷传》时也用了这个典故:

> 浮屠不三宿桑下,不欲久生恩爱,精之至也。

这本《后汉书》,后来有位李贤为它作注(李贤为唐朝高宗的第六子,也就是章怀太子,却因遭疑被母后武则天赐死),注上说:

> 言浮屠之人寄桑下者,不经三宿便即移去,示无爱恋之心也。

后来的文人,爱用这个典故的人不少,其中比较向佛的白居易用得最多,如:

> 分袂二年劳梦寐,并床三宿话平生。(《答徽之咏怀见寄》)
> 秋雨经三宿,无人劝一杯。(《雨中访崔十八》)

下面的句子也分别承袭了这份哀愁,如:

> 桑下岂无三宿恋,樽前聊与一身归。(宋·苏轼《别黄州》)
> 结习尚余三宿恋,残年多负半生闲。(金·元好问《望嵩少》之一)
> 握手遂成三宿恋,论心那觉十年迟。(元·黄溍《次韵

答蒋春卿诗》）

我欲更除三宿恋,就公新治乞《坛经》。（清·姚鼐《答孙补山中丞见怀》之二）

空桑三宿犹生恋,何况三年吟绪？（清·龚自珍《摸鱼儿》）

比较令我惊讶的是,连姚惜抱先生这种古板的桐城派老将也有这种悽惶的情怀。

回看我自己,我的平生几乎都是一连串的耽溺:我耽书、耽文学、耽美。耽一则婚姻已四十多年,住的房子也住了四十一年,教书至今竟四十六年,我根本无法和二宿就掉首而去的旅人相比。而凡耽溺者,大概都会受到一种咒诅,这咒诅便是你会生痴恋之心,在不得不告别之际,会伤心欲狂。

有位聪明干练的教授,他却有个极敏悟多情的小儿子,小儿不过刚会说话,见家中来了送瓦斯的工人他便极欢悦,待工人五分钟后走人,他便号啕大哭。

他也许预知,此生此世,茫茫人海,这张面孔竟再也不会重现了。此人可能不久后改业,也许虽未改业,但下次瓦斯却不轮他送,而或者不幸,此人也会遭险巇,或者,小儿自己搬了家……总之,五分钟因缘,以后——我们并不知道以后,小儿哭得有理！

唉,如果你不想学小儿痛哭,我倒有个"赖皮法"相授,你可以告诉自己,不妨,人生迅疾如飞箭,三十年不过是一宿,我目前的一切耽溺沉迷,其实都还属于被允许的"二宿之限"呢！

"风"比"德"好

一个人如果为人不对,要改。如果道德有亏,要改。如果做事擘画不周详,要改。至于文学方面的事,如果在一回顾之间,发现了问题,当然也该改过,以求自新。

在文学史里颇有倚马七纸、援笔立就之人,此外如曹植七踱步而诗成,或温飞卿八叉手而篇定。这些,都是令人钦羡的快才,他们的文字别人欲易一字而不得。

但除了极少数的例子,其他的文人对自己的作品多半都是一遍遍修饰,一字字推敲,希望能找更好的词或更好的句构,把"事"或"情"说得更透辟一些,更晓畅一些。

改文章这件事,其主力当然是靠自己,但如果身边刚好有个够程度的朋友,可以出手指正,那真是幸何如之!下面先举二例:

欧阳修写了一篇《相州昼锦堂记》,是送给朋友韩琦的。韩琦本是相州人,此时又被委以节度使之官来治相州(相州在河南安阳,就是台北故宫那些甲骨文出土的地方),书锦堂是指"不衣锦夜行"的意思,这其实是古代士人非常光明美好的梦之实践。一生一世,身为重臣,安邦定国,身荣名显,并且终于有了一点金钱,可以在自家后园的土地上加盖了一间屋子,题名叫书锦堂,并且让它成为乡亲游憩的地方。他向欧阳修求一篇文章来记录这件事,欧阳修答应了。当时没有传真或电传,文章写好后必须付递。文章既行,欧阳修又后悔了,觉得有两个句子没写好,于是派快骑追回,重新改正才再送去。欧阳修那么急着改的是什么句子呢?原来是开头的两句,原文如下:

> 仕宦至将相,富贵归故乡。

这两句有什么好改的?它明白通畅,已算是好句,但如果看到改过的句子,便优劣立判了。后来的句子是:

> 仕宦而至将相,富贵而归故乡。

除了在声调上因加了一个仄声的虚字眼而显得神完气足之外,在意义上也有所不同了。如果用白话文来翻译,二句分别如下:
"做官拜了将相,富贵回到故乡。"
"做官,做着做着居然做到了将相的地位。回归故乡,而且是带着一身富贵来归的。"

相互一对照,便知道千里驰骤只为两字却不算白费的道理了。

另一例是范仲淹写的《桐庐郡严先生祠堂记》,范仲淹当时身为桐庐太守,桐庐是钱塘江流域最美丽的景点,其地理环境足令天下文人心向往之,清人刘嗣绾的《自钱塘至桐庐舟中杂诗》颇能道尽其情:

> 一折青山一户屏,
> 一湾碧水一条琴;
> 无声诗与有声画,
> 须在桐庐江上寻。

可是,令人神往的还不止是风景,更有严子陵"动星象,归江湖,得圣人之清,泥涂轩冕……"的罢官故事。在江边,至今有一块大石,据说是严子陵归隐以后常坐的钓矶,上面刻着苏东坡的"登云钓月"四个大字。

范仲淹既到了这种地方,便动手修了严氏祠堂,作为地方上的文化资产,用以传述一则美丽的千年流传的故事。当然,建筑物落成,照例会有一篇记(如《滕王阁序》或《岳阳楼记》),《严先生祠堂记》便是因此动笔的,而在文末,范仲淹加上了一首歌:

  云山苍苍,
  江水泱泱,
  先生之德,
  山高水长。

  洪迈(宋)的《容斋随笔》中记载范氏以此文示友人南丰李泰伯:

  伯读之,三叹味不已,起而言曰:"公之文一出,必将名世,某妄意辄易一字,成盛美。"公瞿然握手扣之。答曰:"云山江水之语,于义甚大,于词甚溥,而'德'字承之,乃似趑趄(指小格局或局促,小步子);拟作'风'字如何?"公凝坐颔首,殆欲下拜。

  如果范氏真下拜,也是值得的,一千年来,这句"先生之风"一直在读者心灵中鼓荡回旋,久而不止,真是"长风"几万里啊!"德",像训导主任的道德训话,实行起来不免辛苦勉强。风,才是风格、风范、风仪、风度,是生命底层的美学,是长期修为以后的自然流露。在那篇文章的那一行里,如果出现的不是"风"字,还能是什么字呢?

开卷和掩卷

X君,十八岁,神差鬼使,不知怎么选择了读中文系。X君也许是男孩,也许是女孩,也许是有志文学,也许只是分数不够高,读不成别的,只好到中文系来凑合。总之,他来了。

他既决定来中文系,对文学总有几分情意。而这几分情意不敢说一定能惊天动地,但总也不算虚情假意。他希望自己和文学之间的关系能渐入佳境。

然后,开学了。伟大堂皇的学分纷纷上场,他忽然发现自己像结婚礼堂里的新郎:他可以拜天地,拜高堂,他可以用印,可以敬酒,可以吃菜,甚至可以表演亲吻新娘。但他就是不能和新娘一起走开,一起走到花前月下的无人之处,倾心相谈。

X君的大一课程除去体育、英文、历史、宪法不算,剩下来的可能是国文、文字学、文学概论、理则学、文学史。等到二年级,他可能读历代文选、文学史、诗经、诗选、小说选、声韵学或训诂学……如果X君够警觉,他会发现一路下来所有的学分,所有的教法,都在塞给他一个东西,这个东西的名字叫:"文学学"。

对,是文学学,而不是文学。

什么叫文学学呢?文学学是指文学的周边学问,例如修辞学,例如理则学,例如声韵训诂。

文学学也不算没有意义,像大城市之必须有卫星城镇,像大工业必有卫星工厂,文学也不妨有些基础工程,只是基础工程之后应该继之以亭台楼阁才对。平地架楼,因无根无基而脆弱无依,固所不宜,相反地,只挖一堆地基放在那里,而无以为继也未免可笑。

我们姑且假定 X 君一向很重视自己的学业成绩,(对在台湾长大的学生而言,这个假定不算过分乱猜吧?)因此他很努力地想考好他的每一门学科。譬如说,诗选这门课吧,考试之前,X 君努力要记清楚的资料很可能是:

一、仄起式的平仄是如何安排的?
二、初唐最重要的诗人是谁?
三、杜甫"香稻啄残鹦鹉粒"是什么意思?
四、"劝君更进一杯酒"和"与尔同销万古愁"之间算不算对句。是否动词对动词,名词对名词,虚字对虚字?

X 君在班上的成绩不错,运气好的话他还可能拿到某种奖学金。X 君毕业在即,正准备考硕士班研究所,大家都称赞他是中文系高材生——不过,有一个小小的秘密,那就是,X 君迄今都还没有碰到文学。

X 君和其他好学生一样,从小深信一句话:
"开卷有益"。
他平生受这句话之惠不少。譬如说,等车的时候,排队等吃饭的时候,他都一卷在握,丝毫不敢浪费时间。他一点点学业上的成就都是靠这句话博取来的。
可惜 X 君不知道另外一句更重要的话:
"掩卷有功"。
掩卷有功四个字是我发明的,古人并未明言,虽然古人很善于掩卷。
李白诗中有言:
"片言苟会心,掩卷忽而笑。"(《翰林读书言怀呈集贤诸学士》)
苏辙的诗中也有一句:

"书中多感遇,掩卷辄长吁。"

"掩卷"就是把书合起来的意思。除了"掩卷",古人也用其他的字眼来表示类似的动作,例如:

"阖卷"、"抛卷"、"合书"、"掷书"。

除了关上书卷,其他类似的动作如:

"掷笔"。

其作用也类似。

开卷而读,是为了吸取资料,但吸取资料只不过把人变成"会走路的电脑光碟片"而已,并不能使我们摧心动容,使我们整个人变得文学化。

"掩卷长太息"才是"教书机"和"读书机"办不到的事情。X君如果"读书破万卷",也未必有益,只待X君一旦"阖卷泪沾襟",则他的文学教育就不算空白了。

建国中学长久以来流传着一则故事,有位同学,打开历史考卷一看,有道题目要求详述鸦片战争对近代中国的影响,他匆匆写了两行,忍不住,便掷下考卷,急奔到校园中去痛哭。那一天,他的历史考卷当然是不及格的,但当天其他考卷和成绩漂亮的同学能和他比历史感吗?相较之下能一字字冷静道出马关条约的同学反而显得残忍无情吧?

"伏卷"而书的乖乖牌学子何止千人,但"推卷"而起抚膺号啕的却只有那一位啊!

英国十八世纪的历史学家吉朋,写了卷帙浩渺的《罗马衰亡史》。从动念到完成,历时一十四载。所描述的时代则长达一千三百年,其规模气魄略近司马迁写《史记》。吉朋写此书言简意赅,纲举目张,为世所颂。但我真正心折的还是他一七六四年秋天站在卡比托尔的古罗马废墟中,对着断壁颓垣喟然而叹的那份千古历史兴亡感。

书写历史不是靠一个字母一个字母的死功,而是靠望着"大江东去",油然兴起"浪淘尽,千古风流人物"的那声叹息!

身为中文系的老师,我深知同学诸生能做个"开卷人"的已经不多了——"不开卷的人"就更别提了,他们根本没资格来"掩卷"。可惜的是那些只知开卷而不知掩卷的学生。古人认为读《出师表》、《陈情表》应该"有感觉",否则不忠不孝。今天学生读此二文恐怕大多数的人只在意考试会考哪一题。其实,应该"有感觉"的篇章又何止《出师表》、《陈情表》,读陈子昂《登幽州台》即使不怆然泪下,也该黯然久之吧?读张岱《湖心亭饮茶》一章,能不悠然意远吗?

不幸的是,属于文学的、感觉的境界往往难以传递,于是我们只好教授"平平仄仄仄平平"。后者客观、确实、有效率,也容易让学生佩服。当今之世,讲杜甫《兵车行》讲到哽咽泪下难以为继的老师恐怕多少会让学生看扁吧?

但我要强调的是,那些开卷读书却不曾掩卷叹息的人其实还不曾跨入文学的门槛。那些接触过客观资料,主观方面却不曾五内惊动的,仍然只算文学的门外汉。

下面我且举几例,来说明只要细心体会,其实感动无处不在。

譬如说,词牌。一般而言,词牌因为是音乐方面的调名,和文字内容未见得有密切关系。读的时候很容易就掠空而过低调处理,不去管它了。但词牌名仍有那极美的,耐人反复玩味。真的是"阖卷"之余茫然四顾,惋叹流连不能自已。

有两首词牌名(现在很少听到),一名《惜花春起早》,一名《爱月夜眠迟》。每当花朝月夕,想起这两个词牌名,只觉其困境亦恰似人生:春朝花绽,怎能不勉力相从?月夜光盈,又怎忍遽舍清辉?然而活着原是一件艰辛的事,谁都能像王维诗中的神勇少年"一身能擘两雕弧"?而美,是如此浩渺不尽,我怎能既追踪"惜花春起早"又抓紧"爱月夜眠迟"?

只是词牌的名字,已足够令人掩卷失神。

另外生动逼人的词牌名还有,如:

《骤雨打新荷》,唉,如果是"雨打荷"也就罢了,"骤雨"打"新荷"却令人如闻土膏生腥的气息,如触及五月的清甜微润的池面薄烟。方其时也,新荷如青钱小小,比浮萍大不了多少,比雨滴大不了多少。小小的新荷,圈点着水面,圈点着初夏。而初夏这篇文章写得太好,造化神明不知不觉便多圈了几个圈。

此外《一痕沙》、《一萼红》、《隔渚莲》也都令人神往心悸,不胜低回。而苏东坡的《无愁可解》则是一派顽皮,意欲挑战《解愁》。人生弄到要靠酒来解愁,则何如根本把自己活成"无愁可解"的境界。既然根本不愁,也就不必麻麻烦烦去想法子再来解什么愁。

不过是几个词牌,不过是三五个字的组句,却令人沉吟,迟疑,不能自拔于无边之美感。

除了词牌,斋名也颇有趣。古人动不动便有个堂皇的斋名,但现实生活中则未必真有什么楼什么轩什么庵什么室什么斋。所谓的斋,往往只在主人的方寸之间鸠工营造。

初中时就听到梁任公《饮冰室文集》,当时只以为饮冰室就是我们吃刨冰的冰果店,代表的是清凉的意思。及至读了《庄子》,才知道全然不是那么回事,原文是"今吾朝受命而夕饮冰,我其内热欤?"注疏中说"晨朝受诏,暮夕饮冰,是明怖惧忧愁,内心熏灼",原来饮冰是指内心焦灼不安。那么,梁任公原来在恣纵无碍的才华之外亦自有其生当乱世的忧怖,如此一想,也真要掩卷肃容一番。

至于曾国藩,他把自己的住处命名为"求阙斋"。世人无不爱求全,曾氏独求"缺"。以他当时位极人臣的显达背景,他当然比别人更了解居安思危的真谛。求缺,是全福全贵到极致之后的谦逊。对此简单明了的三个字,曾文正公一生风骨气度都毕现眼前,我因这三字而掩卷轻叹,终生俯首。

近人有"无求备斋"、"知不足斋",并皆引人深思。周弃子先生取名"未埋庵",令人思之不胜感伤。一切活着的人不都迟早要大去吗?把此刻的自己看做葬礼未举行前的自己,多少可以减少一些名利心、争逐意,虽然命意嫌衰飒了些。

以上举例重在可叹可感的美感,至于有情有趣可堪一笑的例子也是有的,此处且举苏轼《攓云篇》的诗序为代表:

"云气自山中来,以手拨开,笼收其中,归家云盈笼,开而放之,作《攓云篇》。"

如果读《出师表》不哭为不忠,读《攓云篇》不掩卷大笑也真可谓"不通气"了!东坡老儿实在无赖得可爱,把山云捉来放在竹笼中,倒好像那些烟岚云雾全是小白驯鸽似的,手到擒来,等笼子一张开,全部白云亦如小鸟振翅而出,急扑扑的穿梭得满屋子都是。

世间宁有此事!但苏轼的谎撒得太可爱了,这一出他自导自演的"捉放云"几乎有些卡通趣味,你除了抚掌大笑之外还能有什么办法!

刚才所说的那位 X 君,如果在大四毕业之前只会开卷勤读,而不会掩卷悲喜,他这一生就算做到中文系教授,也仍然是个"文学绝缘体"。

但愿读文学的 X 君不单读了些"文学学",也早日碰触到"文学"。但愿 X 君和其他所有接触过文学的 Y 君,都既能因开卷而受益,亦能拥有掩卷一叹的灵犀。但愿他们不仅是"有脚光碟片",而是有感应的"文学人"。

——原载一九九六年六月《中国现代文学理论》季刊

三个人里面聪明的那一个

哈,乔治,听说你要到亚洲来啦。

要是你在飞机上碰到一个黑头发黄皮肤,深棕眼珠和塌鼻梁的人,你友善地走过去:

"嗨,你是日本人吗?"

哼,不一定,这人可能是中国人或韩国人,要是他更黑更瘦些,又可能是马来人,要是他把双手当胸合并,像要祈祷——那么你是遇见泰国人啦。

要把东方人搞清楚可没这么简单。当然啦,要是你肯在东方住上——不必太长,只要几十年——那你也可以像萧伯纳《卖花女》一剧(原名 Rygmalion,改成电影后是窈窕淑女 My Fair Lady)里面的教授,随时可以指出对方是生在哪里,长在哪里,妈妈是何方人士。

不过呢,还是让我先说个听来简单的人种判别法吧。

据说,如果你看到三个东方人,其中有钱的那个是日本人,漂亮的那个是韩国人,聪明的那个呢,就是咱们中国人啦!

另外,还有个故事,你也不妨听听!

假若全世界都毁灭了,只剩下两个人,而这两个人如果是拉丁人,他们就找到一把吉他一张鼓弄了个小乐队;如果他们是德国人,他们就合开一家工厂;如果是美国人,他们组织了一个"美援委员会";如果他们是英国人——什么都没发生,他们正在等人来给他们正式介绍。而如果他们是中国人,他们合开一家餐馆。

你认识的中国人是怎么样的呢?

我的一个朋友,身高一米八,体重一百七十磅,到伊利诺去念书,碰到个美国老太太。老太太对他左瞧右瞧,说:

"怎么你不像中国人哇?"

我的朋友灵机一动,说:

"哎,是啊,我刚刚才剪掉我的辫子——就是像猪尾巴的那一种。"

老太太满意地笑了。我朋友并没有骗她,不过,这"刚刚"两字的意思是七十年前就是了。

要了解中国和中国人,最好的方法是活五千年。可怜马土撒拉(创世纪所载上古最长寿的人)也没这个办法。我们只好零零星星随便聊聊吧。

中国人的第一个嗜好是工作,世界上再没有比中国人更疯狂地喜欢工作的民族了。中国字里"男"人的男,是田和力,也就是"在田里的那种劳动力";中国字的妇人是女和帚,意思是指"拿着扫把的那女人";中国的"家"字是"屋顶下养着一窝猪"的意思(当然啦,这并不是说屋子里没有人,只是说要有人有猪才成其为家)。总之,你要叫一个中国人不做事,那简直要他的命。

中国人最喜欢的东西就是土地。中国人拼命工作之后,如果赚了钱,他就立刻再买一块地。中国人无论在全世界哪里,他都习惯性地要往土里种点什么,他会傻里傻气地跑到沙漠里去种白菜。而奇怪的是当土地搞清他们是中国人之后,果真很听话,种什么就长什么,一点也不反抗。

中国人爱土地爱得发狂,"搬家"这件事是不大发生的。要是村上有一家是二百年前搬来的人,人家还说他是"生客"——因为"才"搬来二百年而已——照这标准看,美国人几乎全都是客人。

中国人如果发了财,他绝对想不通怎么花钱法。他把钱全留给儿子,而这儿子,同样也不知道钱该怎么花,他又把钱留给了孙子。你觉得他们很傻吗?嘿嘿,你错啦,这里面乐趣无穷!

中国人因为爱土地爱得太厉害,大家都决定老住一个地方,住到后来前街后巷全是亲戚。英文里只有一个 uncle,中国人却不允许如此含糊,中国人可以分出五种不同的 uncle。其中包括:

伯伯——爸爸的哥哥

叔叔——爸爸的弟弟

姑爹——爸爸的姊妹的丈夫

姨丈——妈妈的姊妹的丈夫

舅舅——妈妈的兄弟

从这一点,你大概可以了解中国小孩有多聪明。他们从刚会说话就能弄清楚上百种的各式各样的亲属称呼,你佩服不佩服?

中国人多半性情温和,因为他从小知道他不单是他自己,他还是"爸妈的儿子"、"祖父母的孙子"、"叔叔的侄儿"、"表弟的表哥"、"堂姊的堂弟"、"外甥的舅舅"、"堂嫂的小叔"……曾经有一个皇帝去请教一家五代同堂的大家族的家长,问他们怎能那么多人住在一起而那么和谐,那位张姓的老头一言不答,只拿起毛笔来在纸上一个连一个地写了一百个"忍"字。

这老人比耶稣虽不如,不过比彼得要强多了(按:使徒彼得曾问耶稣,弟兄得罪我,饶恕他七次够不够? 耶稣回答,不是七次,是七十个七次),中国人没有一个不了解"忍",因为他们爱他们的土地,爱他们的生活。而他们知道,如果要在这块土地上生活下去非接纳别人、容忍别人不可。

中国人注重名分。全世界,你大概再也找不到一个民族像中国人一样把名分看得比事实更重要的了,中国人即使为此吃了大亏也在所不惜。

在中国神话里的一个妖怪(当然,你要知道,中国妖怪是很中国的),如果在为非作歹大施妖法之际,忽然被人认出来,大叫一声他的名字,他的法术立刻就破了,他立刻就像《圣经》里剃了头的参孙,什么力气都没有了。另外一个对付中国妖怪的好办法你不妨也学一下

(既然你要到东方来,难保你不遇见中国妖怪啊),那就是准备一个照妖镜,让妖怪不小心之际忽然发现了自己的脸,当他大吃一惊看到自己的本形是一只丑陋的乌龟或鳝鱼,他就不好意思地自动爬跑啦!

不知为什么,聪明的中国人竟没有想到,如果有一只乌龟觉得自己长得很漂亮,而斗志更昂扬了,那可怎么办?

传统的中国战士连怒发冲冠勇往杀敌的时候也不忘记问清楚对方的名字(对了,你不要以为问名都是杀头的前奏,事实上有时也蛮罗曼蒂克的,中国人订婚之前就有个"问"名之礼),章回小说中标准的说法是:

"来将通名,宝刀不斩无名小卒!"

奇怪,那些来将竟老老实实地把名字都说出来了。

传统的中国人又非常谦虚,他们叫自己的文章为"拙作",他们建议你把他的画去拿去补壁(遮墙壁的洞),把他的书拿去覆瓿(封坛子口),他说自己的小孩是"犬子",自己的太太是"拙荆"(笨手笨脚的乡下人),他的房子是"寒舍",他自己是"鄙人"(边远地区不识礼的人);连中国的皇帝都要称自己作"寡人"(没有道德的人)或孤(没人理会的人),如果你听一个中国人说:"我一无所长,希望跟阁下多学习。"千万不要以为他是一个没有自信心的家伙,他其实是要你知道他的谈吐多么有教养。如果你听见他和他太太合力保证他家的菜准备得又少又难吃,你可以大胆地赴宴,他们弄的东西绝不比国宴差。

当然,中国人并不是不自豪的民族,正确的做法是"谦虚"由他负责,赞美的"反驳"由你负责。如果他说:"我这只小犬,又笨又懒。"你应该说:"贵公子真了不起啊,我从来没有看过比他更聪明的七岁小孩了——我家犬子差他远了,真是有其父必有其子啊!"

说到这里,再说一个故事:如果你看到一堆人挤在一起,抢一只橄榄球,他们是美国人;如果你看到一堆人在一起洗澡,他们是日本人;而如果你看到一堆人又挤又打地抢着付账,他们是中国人。

对你而言,正确的方法是稍作挣扎,并且让他获得第一回合的胜利,通常他多半会感激你,在下一次的时候让你获得胜利。当然,下一次的时候,你并不知道。但中国人对下一次是充满信心的,虽然也许下一次是五十年后,你最好不要健忘,否则你就不礼貌了。

中国人又极保守。在翻译外国名词的时候,我们总小心地不要伤害自己的尊严,我们把马铃薯翻成洋芋——外国人的芋头。我们把火柴翻成洋火——洋人的火。一辆汽车不知怎么的,居然翻成轿车——像我们的轿子一样舒服的车。而番茄,不知怎么竟是番人的茄子啦!当然,也有翻音的,但即使翻音,我们也有办法让它获得一份新的中国美感。"美"国在中文里增加了"美丽""坚利"的意思,英国平白拣了"英华"和"吉利"的好彩头,而德国呢!是"道德"和"意志"。中国人无论如何也想不通日本人怎么会把美国译作"米"国,美国跟"米"并没有太大的关系。

如果你在中国人住的地方——不管是台湾是香港是新加坡是美国唐人街或者大陆,你会立刻发觉,到处都是人。《圣经》上有一句话说:"因为上帝如此爱世人,所以赐下他的独生子"(For God so love the world that he gave his only be gotten son),但中国牧师加了个注脚,说:"因为上帝爱中国人,所以造了如此之多"(For God so loved Chinese that he made so many of them)。中国人是个不管怎么样都活得下去的民族。

曾有一位中国古代的哲学家,在垂暮之年即将临终之际把他的学生叫了来,说:

"你看我的牙齿呢?"

"没有了,都掉光了。"

"我的舌头呢?"

"还在。"

那学生忽然明白:柔韧的东西永远比坚硬的东西更强,更适合于生存。

在希腊神话,西方的神祇像宙斯,差不多是以革命家的姿态出现的,他摧毁,他建造,他的面前是一片新天新地。

但在中国神话里,中国神祇跟中国人一样善于节省,传说中天和地曾受过极大的损害,中国神明的办法是这样的:

天斜了,斜向西北,神明决定不去管他——因此你看到中国天空上的星辰都倾向西北。

地也歪了,歪向东南,神明也不加理会——因此大陆的河流全都"一江春水向东流"了。

当然,也有破损得更严重的。中国神明的办法依然是补修而不是换新,所以那位叫女娲的神烧了些灰止住洪水(当然,你知道,灰加水,又变成中国人最喜欢的土地了)。然后,这位神又弄了些石头补起天空来。中国人一直到现在还使用女娲补过的这片天空,补得真不错,到现在还挺管用,看样子还能再用下去。

"节约能源"这件事准是中国的神明发明的。

对了,谈到女娲,大家对他的性别鉴定颇不确定,大部分认为他是女的,小部分认为不太清楚。说来奇怪,中国神明中性别搞不清的还有西王母跟后来的观音菩萨,中国人不像法国人,法国人连水果都能定出女性水果和男性水果,在中国人看,身为神明最重要的就是做好神明,至于他是男神女神,那又有什么重要?

英文里有许多令女权运动者尴尬甚至愤怒的字。例如,主席,英文叫 chairman,中国人比较聪明,只说"坐主要席位的人";例如历史,英文叫 history,中国人只说"一只手,秉持着中正的原则而写的",中文也绝不会用 man 或 human。中文的"人"只是画一个人的侧像,男人女人都行。

所以,如果你是男性沙文主义的信徒,千万别娶中国女人。

这些年来,美国女人闹了半天,争到一个 MS 的称谓,让已婚未婚的女人都可以共用,但许多女人还不敢用。但中国妇女在六十年前就用起自己的姓和自己的名字了。当你听到有人叫一声王小姐的时候，王小姐可能是十六岁的少女，也可能是六十岁的祖母。

中国女人也从来不能想象世界上还有女人不能读书，没有选举权或者同工不同酬的怪事。

而且——这件事说来中国男人自己也莫名其妙——自从中国的大家庭渐渐变成小家庭以后，中国丈夫的钱包不知道怎么搞的，全掉到太太手里去了。通常现代中国家庭的组织是这样的：丈夫是外交部长，太太是内政兼经济部长，丈夫按月缴纳全部薪俸，太太多半会很仁慈地发回一些零用钱。

大概中国丈夫都有"伟人意识"，他们不屑于管钱，所以就放弃了管钱的权利——这一点让全世界的女人简直羡慕得要死。

不过，当然，你不要忘了，中国女人全是天才烹调家，中国男人踊跃地做"好丈夫"不是没有理由的。

中国女孩的身高这些年来增加极多，她们的智慧和能力也增加得惊人。她们对考大学和更高的学位极有兴趣——她们绝不为找丈夫而读书，但是她们这么能干、健康、漂亮，男人怎么能不爱她们呢？

如今在台湾，许多行业几乎全让女性抢光了（例如小学教员或文教记者），有人建议要开设些男性保障名额。

当然，中国妇女深知中庸之道，所以她并不坚持争取更多的权利。所以，在机场里，如果你愿意为一位中国女人提箱子的话，她并不会坚持自己提的权利，如果你在火车里让位给一个中国女孩，她也会放弃拒绝的权利。

而其实中国女孩最可爱的地方是她有一颗全新的头脑，却保持着最古老的德行。她们不管做家庭主妇或女工或教授，全都干得非常出色。中国古代《四书》上说的"齐家""治国"，她们的确是同时做到了。

我们说了太多中国女人的事了，其实中国男人也努力在中西和古今之间不断地做选择和协调。譬如说，在台湾的中国人放弃了四合院的建筑和叠席式的建筑而接纳了四层的或十几层的房子。我们放弃了轿子、三轮车,而选择了汽车(哎,哎,台北交通之乱,你是领教过的吧?我的一位朋友开车一年,既没撞到别人的车,也没被别人的车撞,自认为是奇运当头,赶紧去买奖券,居然没有中,他这才相信有人运气比他还好)。我们放弃了长袍而选择了简单的衣服,至于年轻人——年轻人全世界都一样,他们已经决定穿他们那一代的制服:牛仔裤。但如果你在牛仔裤上面看到功夫装,你知道他正在从事很正经的文化交流工作。

那么,如果我们穿着Levis的衣服,开着福特的车子,住着钢筋水泥的房子,梳着五千年祖先从来没有梳过的发型——那么,中国特色到哪里去找呢?

特色还是到处存在的。在香港,你会看到家家厨房在雪亮的不锈钢瓦斯炉或电炉上放着个黄褐色的砂锅。在新加坡,在最热闹的地点开着中药铺,那些中国人,在他最病最弱的时候,他情感上需要的是中国药草。在马来西亚,成千的侨社团体吵着要一所中文大学。而在新加坡,已经有了一所教中文的南洋大学——当初捐钱的陈六使先生竟是个不识字的华侨。

不管中国人到了哪里,他的中国特质绝不改变。南洋的华侨甚至还有义山,华人死了也要葬在华人的鬼里。

当然,算起来,全世界各地区的华人中就是在中国的最敢接受现代化。离开中国的人,一般而言是最怕失去中国特色的人。而至于我们,我们住的地方就是中国,有中国人民,中国土地,中国教育,我们不怕失去中国,我们自己就是中国啊!

你对中国好奇吗?说到这里,我要吓你一吓。中国人是更好奇的,而且不打算隐藏他们的好奇。越战时期有个美国人在西贡街上画画,立刻围上一大堆中国华侨,老老小小把他围得什么也看不见,当然,其中还不乏指指点点教他怎么画的。他烦不过,便逃到身后有一堵墙的地方,背靠墙坐下,心里想有了这道屏障就好了。可惜他忘了,中国人在耶稣未降世以前就会筑墙了,那堵小小的墙对中国人而言真是何足道哉！当下所有的中国人跟着爬上了那堵墙头,可怜那无辜的墙竟被压垮了。

传统的中国人是不允许你有私生活的,他理直气壮地问一个小姐的年龄,他甚至追根究底地盘问你为什么要跟长得挺不错的玛丽分手;传统的中国社会至少有个好处,不需要心理协谈医生——反正谁都可以听谁的隐私。对中国人而言,一个人如果有"不可告人之事",他一定不是好人。

不过,当然,刚才只是吓唬你的,那种中国人现在快要找不到了。中国人渐渐也试着去了解外国人,并且尊重外国人的生活习惯了。

不过中国人虽然爱看人,却不至于大惊小怪(中国人脸部肌肉的活动量向来是美国人的十分之一、欧洲人的五分之一)。中国人看到TNT,很不屑,说:"跟我们过年放炮用的不也差不多吗?"中国人看到电子计算机,说:"我们早就有算盘了。"中国人看到电讯,说:"哎呀,封神榜那本小说不是早就说过顺风耳了吗?"阿姆斯特朗辛辛苦苦跨了一步,上了月亮,中国人毫不佩服,说:"咱们嫦娥早就去了。"甚至,说来真让美国人生气,当嬉皮们吃LSD的时候,中国学者翻书一看,嘿,中国的嬉皮在一千五百年前就吃了五石散了。就连裸奔,中国人认为也不是美国人发明的,而是中国古代的刘伶发明的。这有什么办法呢,中国历史五千年,人间所有能发生的,在中国都已经发生过了。

在上古的时候,中国曾经以为外国人都跟兽类有点关系——不然怎么身上会有毛呢? 后来进步一点了,叫外国人为"洋鬼子",鬼虽不是好称呼,但毕竟是人类的续集。后来,慢慢的,才发现他们是洋人而不是洋鬼——这一点我一直认为大家都应该感谢好莱坞,他们把多么优秀的洋人样品送给我们看啊,我们的男人很快地就爱上了嘉宝、秀兰邓波儿、伊莉莎白·泰勒、费·雯丽或今天的费·唐娜薇,我们的女人也开始偷偷喜欢范伦铁诺、克拉克盖博、罗勃泰勒或李察波顿、查理士布朗逊……洋鬼子原来也有这么漂亮的,大家都同意,把"洋鬼子"改"洋人"比较有道理。

　　好,再回到那个老故事上来吧。如果你看到三个黑发黑眼黄皮肤的人,记住,有钱的那个是日本人,漂亮的那个是韩国人,聪明的那个(当然,也许他还加上既有钱又漂亮)就是咱们中国人啦。

　　当然,如果你有足够的聪明去认出一个聪明的中国人来,那你自己倒也蛮聪明的啦!

只因为年轻啊

一 爱——恨

小说课上,正讲着小说,我停下来发问:

"爱的反面是什么?"

"恨。"

大约因为对答案很有把握,他们回答得很快而且大声,神情明亮愉悦,此刻如果教室外面走过一个不懂中国话的老外,随他猜一百次也猜不出他们唱歌般快乐的声音竟在说一个"恨"字。

我环顾教室,心里浩叹,只因为年轻啊,只因为太年轻啊,我放下书,说:

"这样说吧,譬如说你现在正谈恋爱,然后呢?就分手了,过了五十年,你七十岁了,有一天,黄昏散步,冤家路窄,你们又碰到一起了,这时候,对方定定地看着你,说:

'×××,我恨你!'

如果情节是这样的,那么,你应该庆幸,居然被别人痛恨了半个世纪,恨也是一种很容易疲倦的情感,要有人恨你五十年也不简单,怕就怕在当时你走过去说:

'×××,还认得我吗?'

对方愣愣地呆望着你说:

'啊,有点面熟,你贵姓?'"

全班学生都笑起来,大概想象中那场面太滑稽太尴尬吧?

"所以说,爱的反面不是恨,是漠然。"

笑罢的学生能听得进结论吗?——只因太年轻啊,爱和恨是那么容易说得清楚的一个字吗?

二 受创

来采访的学生在客厅沙发上坐成一排,其中一个发问道:

"读你的作品,发现你的情感很细致,并且总是在关怀,但是关怀就容易受伤,对不对?那怎么办呢?"

我看了她一眼,多年轻的额,多年轻的颊啊,有些问题,如果要问,就该去问岁月,问我,我能回答什么呢?但她的明眸定定地望着我,我忽然笑了起来,几乎有点促狭的口气:

"受伤,这种事是有的——但是你要保持一个完完整整不受伤的自己做什么用呢?你非要把你自己保卫得好好的不可吗?"

她惊讶地望着我,一时也答不上话。

人生世上,一颗心从擦伤、灼伤、冻伤、撞伤、压伤、扭伤,乃至到内伤,哪能一点伤害都不受呢?如果关怀和爱就必须包括受伤,那么就不要完整,只要撕裂,基督不同于世人的,岂不正在那双钉痕宛在的受伤手掌吗?

小女孩啊,只因年轻,只因一身光灿晶润的肌肤太完整,你就舍不得碰撞就害怕受创吗?

三 经济学的旁听生

"什么是经济学呢?"他站在台上,戴眼镜,灰西装,声音平静,典型的中年学者。

台下坐的是大学一年级的学生,而我,是置身在这二百人大教室里偷偷旁听的一个。

从一开学我就昂奋起来,因为在课表上看见要开一门"社会科学概论"的课程,包括四位教授来设"政治"、"法律"、"经济"、"人类学"四个讲座。想起可以重新做学生,去听一门门对我而言崭新的知识,那份喜悦真是掩不住藏不严,一个人坐在研究室里都忍不住要轻轻地笑起来。

"经济学就是把'有限资源'做'最适当的安排'以得到'最好的效果'。"

台下的学生沙沙地抄着笔记。

"经济学为什么发生呢?因为资源'稀少',不单物质'稀少',时间也'稀少',——而'稀少'又是为什么?因为,相对于'欲望',一切就显得'稀少'了……"

原来是想在四门课里跳过经济学不听的,因为觉得讨论物质的东西大概无甚可观,没想到一走进教室来竟听到这一番解释。

"你以为什么是经济学呢?一个学生要考试,时间不够了,书该怎么念,这就叫经济学!"

我愣在那里反复想着他那句"为什么有经济学——因为稀少——为什么稀少,因为欲望"而麻颤惊动,如同山间顽崖愚壁偶闻大师说法,不免震动到石骨土髓格格作响的程度。原来整场生命也可作经济学来看,生命也是如此短小稀少啊!而人的不幸却在于那颗永远渴切不止的有所索求,有所跃动,有所未足的心,为什么是这样的呢?为什么竟是这样的呢?我痴坐着,任泪下如麻不敢去动它,不敢让身旁年轻的助教看到,不敢让大一年轻的孩子看到。奇怪,为什么他们都不流泪呢?只因为年轻吗?因年轻就看不出生命如果像戏,也只能像一场短短的独幕剧吗?"朝如青丝暮成雪",乍起乍落的一朝一暮间又何尝真有少年与壮年之分?"急罚盏,夜阑灯灭",匆匆如赴一场喧哗夜宴的人生,又岂有早到晚到早走晚走的分别?然而他们不悲伤,他们在低头记笔记。听经济学听到哭起来,这话如果是别人讲给我听的,我大概会大笑,笑人家的滥情,可是……

"所以,"经济学教授又说话了,"有位文学家卡莱亚这样形容:经济学是门'忧郁的科学'……"

我疑惑起来,这教授到底是因有心而前来说法的长者,还是以无心来度脱的异人?至于满堂的学生正襟危坐是因岁月尚早,早如揭衣初涉水的浅溪,所以才凝然无动吗?为什么五月山栀子的香馥里,独独旁听经济学的我为这被一语道破的短促而多欲的一生而又惊又痛泪如雨下呢?

四 如果作者是花

"年年岁岁花相似,岁岁年年人不同。"

诗选的课上,我把句子写在黑板上,问学生:

"这句子写得好不好?"

"好!"

他们的声音听起来像真心的,大概在强说愁的年龄,很容易被这样工整、俏皮而又怅惘的句子所感动吧?

"这是诗句,写得比较文雅,其实有一首新疆民谣,意思也跟它差不多,却比较通俗,你们知道那歌词是怎么说的?"

他们反应灵敏,立刻争先恐后的叫出来:

> 太阳下山明早依旧爬上来,
> 花儿谢了明年还是一样地开。
> 美丽小鸟飞去不回头,
> 我的青春小鸟一样不回来,
> 我的青春小鸟一样不回来。

那性格活泼的干脆就唱起来了。

"这两种句子从感性上来说,都是好句子,但从逻辑上来看,却有不合理的地方——当然,文学表现不一定要合逻辑,但是我还是希望你们看得出来问题在哪里。"

他们面面相觑,又认真地反复念诵句子,却没有一个人答得上来。我等着他们,等满堂红润而聪明的脸,却终于放弃了,只因太年轻啊,有些悲凉是不容易觉察的。

"你知道为什么说'花相似'吗? 是因为陌生,因为我们不懂花,正好像一百年前,我们中国是很少看到外国人,所以在我们看起来,他们全是一个样子,而现在呢,我们看多了,才知道洋人和洋人大有差别,就算都是美国人,有的人也有本领一眼看出住纽约、旧金山和南方小城的不同。我们看去年的花和今年的花一样,是因为我们不是花,不曾去认识花,体察花,如果我们不是人,是花,我们会说:

'看啊,校园里每一年都有全新的新鲜人的面孔,可是我们花却一年老似一年了。'

同样的,新疆歌谣里的小鸟虽一去不回,太阳和花其实也是一去不回的,太阳有知,太阳也要说:

'我们今天早晨升起来的时候,已经比昨天疲软苍老了,奇怪,人类却一代一代永远有年轻的面孔……'

我们是人,所以感觉到人事的沧桑变化,其实,人世间何物没有生老病死,只因我们是人,说起话来就只能看到人的痛,你们猜,那句诗的作者如果是花,花会怎么写呢?"

"年年岁岁人相似,岁岁年年花不同。"他们齐声回答。

他们其实并不笨,不,他们甚至可以说很聪明,可是,刚才他们为什么全不懂呢? 只因为年轻,只因为对宇宙间生命共有的枯荣代谢的悲伤有所不知啊!

五　高倍数显微镜

　　他是一个生物系的老教授，外国人，我认识他的时候他已经退休了。

　　"小时候，父亲是医生，他看病，我就站在他旁边，他说：'孩子，你过来，这是哪一块骨头？'我就立刻说出名字来……"

　　我喜欢听老年人说自己幼小时候的事，人到老年还不能忘的记忆，大约有点像太湖底下捞起的石头，是洗净尘泥后的硬瘦剔透，上面附着一生岁月所冲积洗刷出的浪痕。

　　这人大概注定要当生物学家的。

　　"少年时候，喜欢看显微镜，因为那里面有一片神奇隐秘的世界，但是看到最细微的地方就看不清楚了，心里不免想，赶快做出高倍数的新式显微镜吧，让我看得更清楚，让我对细枝末节了解得更透彻，这样，我就会对生命的原质明白得更多，我的疑难就会消失……"

　　"后来呢？"

　　"后来，果然显微镜愈做愈好，我们能看清楚的东西，愈来愈多，可是……"

　　"可是什么？"

　　"可是我并没有成为我自己所预期的'更明白生命真相的人'，糟糕的是比以前更不明白了，以前的显微镜倍数不够，有些东西根本没发现，所以不知道那里隐藏了另一段秘密，但现在，我看得愈细，知道的愈多，愈不明白了，原来在奥秘的后面还连着另一串奥秘……"

　　我看着他清癯渐消的颊和清灼明亮的眼睛，知道他是终于"认了"，半世纪以前，那意气风发的少年自以为只要一架高倍数的显微镜，生命的秘密便迎刃可解，什么使他敢生出那番狂想呢？只因为年轻吧？只因为年轻吧？而退休后，在校园的行道树下看花开花谢的他终于低眉而笑，以近乎耍赖的口气说：

"没有办法啊,高倍数的显微镜也没有办法啊,在你想尽办法以为可以看到更多东西的时候,生命总还留下一段奥秘,是你想不通猜不透的……"

六 浪掷

开学的时候,我要他们把自己形容一下,因为我是他们的导师,想多知道他们一点。

大一的孩子,新从成功岭下来,从某一点上看来,也只像高四罢了,他们倒是很合作,一个一个把自己尽其所能的描述了一番。

等他们说完了,我忽然觉得惊讶不可置信,他们中间照我来看分成两类,有一类说"我从前爱玩,不太用功,从现在起,我想要好好读点书",另一类说"我从前就只知道读书,从现在起我要好好参加些社团,或者去郊游"。

奇怪的是,两者都有轻微的追悔和遗憾。

我于是想起一段三十多年前的旧事,那时流行一首电影插曲(大约是叫《渔光曲》吧),阿姨舅舅都热心播唱,我虽小,听到"月儿弯弯照九州"觉得是可以同意的,却对其中另一句大为疑惑。

"舅舅,为什么要唱'小妹妹青春水里流(或"丢"?不记得了)'呢?"

"因为她是渔家女嘛,渔家女打鱼不能去上学,当然就浪费青春啦!"

我当时只知道自己心里立刻不服气起来,但因年纪太小,不会说理由,不知怎么吵,只好不说话,但心中那股不服倒也可怕;可以埋藏三十多年。

等读中学听到"春色恼人",又不死心的去问,春天这么好,为什么反而好到令人生恼,别人也答不上来,那讨厌的甚至眨眨狎邪的眼光,暗示春天给人的恼和"性"有关。但事情一定不是这样的,一定另有一个道理,那道理我隐约知道,却说不出来。

更大以后,读《浮士德》,那些埋藏许久的问句都汇拢过来,我隐隐知道那里有一番解释了。

年老的浮士德,坐对满屋子自己做了一生的学问,在典籍册页的阴影中他乍乍瞥见窗外的四月,歌声传来,是庆祝复活节的喧哗队伍。那一霎间,他懊悔了,他觉得自己的一生都抛掷了,他以为只要再让他年轻一次,一切都会改观。中国元杂剧里老旦上场照例都要说一句"花有重开日,人无再少年"(说得淡然而确定,也不知看戏的人惊不惊动),而浮士德却以灵魂押注,换来第二度的少年以及因少年才"可能拥有的种种可能"。可怜的浮士德,学究天人,却不知道生命是一桩太好的东西,好到你无论选择什么方式度过,都像是一种浪费。

生命有如一枚神话世界里的珍珠,出于沙砾,归于沙砾,晶光莹润的只是中间这一段短短的幻象啊!然而,使我们颠之倒之甘之苦之的不正是这短短的一段吗?珍珠和生命还有另一个类同之处,那就是你倾家荡产去买一粒珍珠是可以的,但反过来你要拿珍珠换衣换食却是荒谬的,就连镶成珠坠挂在美人胸前也是无奈的,无非使两者合作一场"慢动作的人老珠黄"罢了。珍珠只是它圆灿含彩的自己,你只能束手无策的看着它,你只能欢喜或喟然——因为你及时赶上了它出于沙砾且必然还原为沙砾之间的一段灿然。

而浮士德不知道——或者执意不知道,他要的是另一次"可能",像一个不知是由于技术不好或是运气不好的赌徒,总以为只要再让他玩一盘,他准能翻本。三十多年前想跟舅舅辩的一句话我现在终于懂得该怎么说了,打鱼的女子如果算是浪掷青春的话,挑柴的女子岂不也是吗?读书的名义虽好听,而令人眼目为之昏眩,脊骨为之佝偻,还不该算是青春的虚掷吗?此外,一场刻骨的爱情就不算烟云过眼吗?一番功名利禄就不算滚滚尘埃吗?不是啊,青春太好,好到你无论怎么过都觉是浪掷,回头一看,都要生悔。

"春色恼人"那句话现在也懂了,世上的事最不怕的应该就是"兵来有将可挡,水来以土能掩",只要有对策就不怕对方出招。怕就怕在一个人正小小心心地和现实生活斗阵,打成平手之际,忽然阵外冒出一个叫宇宙大化的对手,他斜里杀出一记叫"春天"的绝招,身为人类的我们真是措手不及。对着排天倒海而来的桃红柳绿,对着蚀骨的花香,夺魂的阳光,生命的豪奢绝艳怎能不令我们张皇无措,当此之际,真是不做什么既要懊悔——做了什么也要懊悔。春色之叫人气恼跺脚,就是气在我们无招以对啊!

回头来想我导师班上的学生,聪明颖悟,却不免一半为自己的用功后悔,一半为自己的爱玩后悔——只因年轻啊,只因太年轻啊,以为只要换一个方式,一切就扭转过来而无憾了。孩子们,不是啊,真的不是这样的!生命太完美,青春太完美,甚至连一场匆匆的春天都太完美,完美到像喜庆节日里一个孩子手上的气球,飞了会哭,破了会哭,就连一日日空瘪下去也是要令人哀哭的啊!

所以,年轻的孩子,连这么简单的道理你难道也看不出来吗?生命是一个大债主,我们怎么混都是他的积欠户。既然如此,干脆宽下心来,来个"债多不愁"吧!既然青春是一场"无论做什么都觉是浪掷"的憾意,何不反过来想想,那么,也几乎等于"无论诚恳地做了什么都不必言悔",因为你或读书或玩,或作战,或打鱼,恰恰好就是另一个人叹气说他遗憾没做成的。

——然而,是这样的吗?不是这样的吗?在生命的面前我可以大发职业病做一个把别人都看做孩子的教师吗?抑或我仍然只是一个太年轻的蒙童,一个不信不服欲有所辩而又语焉不详的蒙童呢?

不朽的失眠
——写给没考好的考生

他落榜了!一千二百年前。榜纸那么大那么长,然而,就是没有他的名字。啊!竟单单容不下他的名字,"张继"那两个字。

考中的人,姓名一笔一画写在榜单上,天下皆知。奇怪的是,在他的感觉里,考不上,才更是天下皆知,这件事,令他羞惭沮丧。

离开京城吧!议好了价,他踏上小舟。本来预期的情节不是这样的,本来也许有插花游街、马蹄轻疾的风流,有衣锦还乡、袍笏加身的荣耀。然而,寒窗十年,虽有他的悬梁刺股,琼林宴上,却并没有他的一角席次。

船行似风。

江枫如火,在岸上举着冷冷的烛焰,这天黄昏,船,来到了苏州。但,这美丽的古城,对张继而言,也无非是另一个触动愁情的地方。

如果说白天有什么该做的事,对一个读书人而言,就是读书吧!夜晚呢?夜晚该睡觉以便养足精神第二天再读。然而,今夜是一个忧伤的夜晚。今夜,在异乡,在江畔,在秋冷雁高的季节,容许一个落魄的士子放肆他的忧伤。江水,可以无限度地收纳古往今来一切不顺遂之人的泪水。

这样的夜晚,残酷地坐着,亲自听自己的心正被什么东西啮食而一分一分消失的声音。并且眼睁睁地看自己的生命如劲风中的残灯,所有的力气都花在抗拒,油快尽了,微火每一刹那都可能熄灭。然而,可恨的是,终其一生,它都不曾华美灿烂过啊!

江水睡了,船睡了,船家睡了,岸上的人也睡了。唯有他,张继,醒着,夜愈深,愈清醒,清醒如败叶落余的枯树,似梁燕飞去的空巢。

起先,是睡眠排拒了他(也罢,这半生,不是处处都遭排拒吗?)而后,是他在赌气,好,无眠就无眠,长夜独醒,就干脆彻底来为自己验伤,有何不可?

月亮西斜了,一副意兴阑珊的样子。有鸟啼,粗嘎嘶哑,是乌鸦。那月亮被它一声声叫得更黯淡了。江岸上,想已霜结千草。夜空里,星子亦如清霜,一粒粒冷绝凄绝。

在鬓角在眉梢,他感觉,似乎也森然生凉,那阴阴不怀好意的凉气啊,正等待凝成早秋的霜花,来贴缀他惨绿少年的容颜。

江上渔火二三,他们在干什么?在捕鱼吧?或者,虾?他们也会有撒空网的时候吗?世路艰辛啊!即使潇洒的捕鱼人,也不免投身在风波里吧?

然而,能辛苦工作,也是一项幸福呢!今夜,月自光其光,霜自冷其冷,安心的人在安眠,工作的人去工作。只有我张继,是天不管地不收的一个,是既没有权利去工作,也没福气去睡眠的一个……

钟声响了,这奇怪的深夜的寒山寺钟声。一般寺庙,都是暮鼓晨钟,寒山寺却敲"夜半钟",用以警世。钟声贴着水面传来,在别人,那声音只是睡梦中模糊的衬底音乐。在他,却一记一记都撞击在心坎上,正中要害。钟声那么美丽,但钟自己到底是痛还是不痛呢?

既然无眠,他推枕而起,摸黑写下"枫桥夜泊"四字。然后,就把其余二十八个字照抄下来。我说"照抄",是因为那二十八个字在他心底已像白墙上的黑字一样分明凸显:

> 月落乌啼霜满天,
> 江枫渔火对愁眠。
> 姑苏城外寒山寺,
> 夜半钟声到客船。

感谢上苍,如果没有落第的张继,诗的历史上便少了一首好诗,我们的某一种心情,就没有人来为我们一语道破。

一千二百年过去了,那张长长的榜单上(就是张继挤不进的那纸金榜)曾经出现过的状元是谁?哈!谁管他是谁?真正被记得的名字是"落第者张继"。有人曾记得那一届状元披红游街的盛景吗?不!我们只记得秋夜的客船上那个失意的人,以及他那场不朽的失眠。

高处何所有
——赠给毕业同学

很久很久以前,在一个很远很远的地方,一位老酋长正病危。他找来村中最优秀的三个年轻人,对他们说:

"这是我要离开你们的时候了,我要你们为我做最后一件事。你们三个都是身强体壮而又智慧过人的好孩子,现在,请你们尽其可能地去攀登那座我们一向奉为神圣的大山,你们要尽其可能爬到最高超最凌越的地方,然后,折回头来告诉我你们的见闻。"

三天后,第一个年轻人回来了,他笑生双靥,衣履光鲜:

"酋长,我到达山顶了,我看到繁花夹道,流泉淙淙,鸟鸣嘤嘤,那地方真不坏啊!"

老酋长笑笑说:

"孩子,那条路我当年也走过,你说的鸟语花香的地方不是山顶,而是山麓,你回去吧!"

一周以后,第二个年轻人也回来了,他神情疲倦,满脸风霜:

"酋长,我到达山顶了,我看到高大肃穆的松树林,我看到秃鹰盘旋,那是一个好地方。"

"可惜啊!孩子,那不是山顶,那是山腰,不过,也难为你了,你回去吧!"

一个月过去了,大家都开始为第三位年轻人的安危担心,他却一步一蹭,衣不蔽体地回来了,他发枯唇燥,只剩下清炯的眼神:

"酋长,我终于到达山顶,但是,我该怎么说呢?那里只有高风悲旋,蓝天四垂。"

"你难道在那里一无所见吗?难道连蝴蝶也没有一只吗?"

"是的,酋长,高处一无所有,你所能看到的,只有你自己,只有'个人'被放在天地间的渺小感,只有想起千古英雄的悲激心情。"

"孩子,你到的是真的山顶,按照我们的传统,天意要立你做新酋长,祝福你。"

真英雄何所遇?他遇到的是全身的伤痕,是孤单的长途,以及愈来愈真切的渺小感。

我恨我不能如此抱怨

我不幸是一个"应该自卑"的人,不过所幸同时,又是一个糊涂的人。因此,靠着糊涂竟常常逾矩地忘了自己"应该自卑"的身份,这于我倒是件好事。

可是,每当我浑然欲忘的时候,总有一两个高贵的家伙适时提醒了我应该志之不忘的自卑感,使我不胜羞愤。

一日,我静坐悟道,忽然感出我种种自卑之端,皆在于生平不会埋怨。如果我一旦也像某些高贵的家伙整天能高声埋怨,低声叹气,想必也有一番风光。只是,此事知之虽不易,行之尤艰难,能"埋怨"的权利不是人人可以具备的。人家之所以高贵,是由于人家能"生而知之"地抱怨,次一等的也都或早或晚地参悟了"学而知之"的抱怨,我不幸是属于"困而不知"的绝物,我是一个注定应该自卑的角色了!

我生平第一件不如人的事便是中国话十分流利,使我失去了埋怨中国话的权利。无论什么话,要用国语讲出来于我竟是毫无窒碍,这件事真可耻。我很想努力雪耻,无奈已积习难返,力不从心了。试观今日之天下,讲中国话实为标准学人的第一大忌。我不幸没有得到良好的家教,从小竟然学会了中国话,思想起来对父母(乃至于祖父母)养子不教一事,总觉他们难于谡过。他们竟然不约束我,致使我的中国话发展成如此畸形的完整,真是令我气愤。

如今学人演讲的必要程序之一便是讲几句话便忽然停下来,以优雅而微皱的声音说:"说到 Oedipus Complex,唔,这句话该怎么说?对不起,中文翻译我也不太清楚,什么?俄狄浦斯情意综,是,是,唔,什么?恋母情结,是,是,我也不敢Sure,好,Anyway,你们都知道Oedipus Complex,中文,唉,中文翻译真是……"

当然,一次演讲只停下来抱怨一次中文是绝对不够光彩的,段数高的人必须五步一楼十步一阁,连讲到Brother In‑low也必须停下来。"是啊,这个字真难翻,姐夫?不,他不是他的姐夫。小舅子?也不是小舅子,什么?小叔子——小叔子是什么意思?丈夫的弟弟?不对,他是他太太的妹妹的丈夫,连襟,连襟是这个意思吗?好,他的Brother‑in‑low,他的连,连什么,是,是,他的连襟,中文有些地方真是麻烦,英文就好多了。"

我对这种接驳式的演说真是企慕之至。试观他眉结轻绾,两手张摊的无奈,细赏他摇头叹息,嘴角下撇的韵味,真是儒雅风流,深得摩登才子之趣。细腰的沈约,白脸的何晏万万不能与之相比,而我辈一口标准中文的人更不敢望其项背。"思果"先生竟然不合时宜地大谈起"翻译"来,真正应该闭门"思过"了。万一我们把英文都翻成了流利的中文,以致失去这些美好的、俏皮的、充满异国风情的旖旎的演讲,岂不罪莫大焉。好在思果先生的谬论只是这伟大潮流中的一小股逆流,至少目前还未看出对学术的不良影响。

我生平第二件不如人的事是身体太好,以致失去了抱怨天气、抱怨胃口,以及抱怨一切疼痛的权利。其实我也深知四十岁以上的人如果没有点血压高、糖尿病和胆固醇偏高,简直就等于取得了一张如假包换的清寒证明书。而四十岁以下的人如果不曾惹上"神经衰弱""胃痛""寂寞的十七岁"之类的症候,无异自己承认IQ偏低(IQ该翻成什么,我不太清楚,噢,也许你说的对,好像是翻成智商),我不幸青黄不接,既没有捞着年轻人的病,也没赶上中老年人的热闹,真真是古人所谓的"粗安"。而且胃口尤其好,健康得近乎异常,在酒席上居然可以从拼盘吃到甜点,中间既不怕明虾引起敏感,也不嫌血蛤腥气,更压根儿没有想起肠子肚子是文明人该忌讳的东西。上青菜的时候又总是忘了强调一声欢呼:"青菜来了!我最爱吃青菜了!"等别人先叫了我当然不免后悔,但已来不及了。试看人家在说这话的当儿显出多么高华的气质,言下之意不外"我家天天煮龙炙凤,你这桌珍肴只有青菜是我很少吃到的"。而我觉得天下最可笑的事莫过于到酒席上去吃一棵用苏打水煮得酥软而又绿得古怪蹊跷的芥菜了。

偶然看一眼电视,我总是深感惭愧,简直像做了小偷似的。电视节目是卖药的提供的,看电视而不买药简直像看白戏一样不道德。设若人人都像我一样不道德,还得了吗?可惜卑鄙的我无论是"救心""救肾"都用不着,整肠健胃的药跟我也无缘,我甚至还忘了复兴固有文化人人有责的信条,居然也没买过"追风透骨丸""铁牛运功散""七厘行血散",自己也很为自己的厚颜不安。不过我倒建议在这"药物超级市场"的电视广告中,可否加上一种药——专令人生点什么病的药——一来我生了病,自可理直气壮地走进药店,付我应该付的"娱乐费",二来我也可以稍稍提高自己的社会地位,免得别人谈病的时候,我总是有着被摒弃的自卑。

我第三件不如人的事是生活得太简单,以致失去了形形色色可资抱怨的资料。我也很想抱怨自己的记性坏,但因缺少几分富贵气,即使勉强凑热闹抱怨两句,未必使"贵人多忘"的逆定理即"多忘贵人"成立。我也很想抱怨台北的路不及纽约好找,但不成器的我一打开地图立刻就知道去龙山寺,去后港里,乃至于去深坑去倒吊子该坐什么车。我更羡慕的抱怨是抱怨台北的菜馆变不出花样来,抱怨真正优秀的厨子都出去做了宣慰使。我说来不怕人耻笑,我即使吃一碗牛肉面、一碗担担面也觉得回味无穷。我甚至迷信中国厨子做的汉堡牛肉饼(看,好好一个用 Hamburger 的机会被我错过了!)也比洋人做得好吃些。对于那些高高兴兴地抱怨佣人难伺候、抱怨司机难请、抱怨女秘书不好找的人物,我其实是艳羡万分。假如我能再做一遍小学生,再有机会写一遍"我的志愿",我一定不再想当总统或科学家了,我只愿能够做一个时时刻刻可以抱怨的人。大抱怨固然可以造成大显赫的感觉,小抱怨也颇能顾盼自雄,足以造成不肖如我者的嫉妒。说来真丢脸,我已经无行到连抱怨汽油贵的人都嫉妒的程度了。(因为我和我的朋友辈从来不买汽油,我的朋友们用汽油只止于打火机,我们也很想说几句话抱怨石油恐慌,但总壮不起胆来。)我嫉妒人家抱怨儿子不吃饭、不吃猪肝、不吃鸡腿——因为我的儿子从来不晓得儿子吃饭前还有"母亲应该恳切地哀求,并许以郊游、逛街、冰淇淋等"的"文明规则"。相较之下,很为犬子"援筷直吃"的缺乏教养的表现而羞愧,至于那些抱怨股票不好做,抱怨女儿不好好学钢琴,抱怨丈夫不回家吃饭,抱怨太太花钱如流水,抱怨全台北没有一个好手艺的西装师傅,抱怨买不到真正的美国生芹菜,无一不令人闻之自卑而汗颜。

都是竹子害的

话说中国太古时代——也就是三皇五帝的时代,我们这一片灵气所钟的中原土地是不生什么竹子的。所以,当时政治清明,国威远扬,四方夷狄,莫不来朝。直到"舜"死在苍梧,他的两位未亡人一哭,哭出许多湘妃竹。不料这一来,竟种下祸端,此后绿竹丛生中国,直搅得我中土人民五千年来处处不如人。我想,今日如果要恢复伏羲神农之世(但教神农氏在,巴纳德那小子抖得起来吗?),第一要务便是砍伐竹子,竹子一日不除,凡我国民一日抬不得头。

竹子的第一大罪在便于制造筷子,一根竹竿简直够做一个人一生所需用的筷子——而这筷子又居然自兼刀子、叉子、钳子、勺子、搅拌器、打蛋器、调酒器、奶油馒子、冰淇淋勺子等等一切餐具的综合用途。都是因为这筷子害得我们的钢铁工业落后了几百年。试想如果不是因为有了筷子,以我炎黄子孙,何至于把钢铁工业弄得落在人后——其实何止钢铁,连塑胶工业都落在人后几十年,细究起来,这都是竹子之罪。要不是竹筷子独霸占了五千年的市场,我们早就发明了不锈钢的叉子或塑胶筷子,哪还轮得到德国美国的科学家!

其次,竹子的大罪在于善生笋子,弄得中国上上下下的人不得不顿顿吃笋子。而据说笋子是最低卡路里的食物,因此害得我国人民大小皆有菜色。我们球队输了球的时候总是先想到营养。当然,美国黑人运动明星小时也都穷得吃不上几口牛排——但他们至少不必吃笋子,所以体力还是比我们好,我们东亚病夫的名字就是为笋子而来的!

笋子又容易晒成笋干,或者泡成酸笋,这一来,又害得我们的老祖宗把"罐头食品计划"展延了三千年。没有罐头食品当然办不成超级市场,而因为没有"超级"市场,害得我们样样事都"超级"不起来。要不然,"超级大国"怎么会让美国俄罗斯挂牌?

竹子最最罪不可赦之处在于它能造纸,既然有了纸,害得大家不免手痒痒地想写点东西。春秋时代正是因为没有纸,大家都只随便嚷嚷,不敢真的谈著述。当时的"大专联合招生筹备委员会",开了几百次会,但因为没有纸张供给考生试卷用,只好作罢,因此,那时代的人不著述则已,一著述准是惊人的谠论,例如论孟老庄之类。不幸自从有了纸以后,全中国的人一下子都写起文章画起画来。还有些买不起纸的穷人就做诗——诗总少用点纸。这一来直弄得诗文生产过剩,所谓谷贱伤农,文学贱伤作家,连带地,也害得我们的出版界至今一蹶不振,到现在还是靠盗印生意撑着局面。

其实即使不谈造纸,竹子也是罪恶深重的。远在纸张发明之前,竹子就是书简的原料。中国被弄成一个文化古国,竹子是无论如何不能辞其咎的。要是没有竹子,中国男人一定个个长得像查理士布朗逊,中国女人一定人人像 B. B.。这样一来,"中国强"就不单单只是一双球鞋的牌子了。说明白点,要"强"就得减少几分"文化",要少点"文化"就得少点竹子。

竹子还有一件尴尬的罪行——它是编斗笠的材料。非洲人顶着一头卷毛不戴帽子,印度阿三缠着一块白布,阿拉伯人挂起一片圆顶帐子,法国人戴着面团似的软帽,印第安人插了一头白羽毛。但中国人却戴着又大又硬的竹编斗笠。农民戴它,渔民戴它,似乎连大侠都戴着它。这一来,大大地妨害了男女青年耳鬓厮磨的可能性,接吻当然就更困难了。久而久之,中国竟变成一个男女授受不亲的国家,使我们本来大有可图的恋爱伟业全被耽搁了。一度曾有两位叫牛郎、织女的问题少年,曾打算突破传统谈它一场恋爱,但可怜先则获罪于天帝,罚他两人天河遥望,后又不见容于内政部,把他们限期押解出"情人庙"。想起来不怪别人,都怪中国长遍了可做大斗笠的竹子,使得风气不开。中国人的恋爱是等英国人成功地向我们推销了第一批软呢帽以后才开始的。说穿了,人家维纳斯、丘比特所以至今烟火鼎盛,全因为他们生在不戴斗笠的希腊。

竹子同时还是乐器的原料,箫、笛、笙、龠,都是竹子做的。这种幽幽咽咽的"自谱新词韵最娇,小红低唱我吹箫"的玩意,当然永远卖不出一张金唱片,况且整个乐器的体积那么小,摆在客厅里又不能像钢琴似的有一种镇邪的恢宏气派,宜乎今天已经快要灭种了。不过可忧虑的是笛子和笛子所代表的中国音乐虽然指日可亡,但竹子还是满山遍野地生生不息。说不定几世几劫之后,又有人无师自通地在竹子上凿几个洞便又弄出一只箫笛来了,到时候势必使得吾国音乐重新堕入国乐,而失去我们朝野上下努力多年所建树的它在西方正统音乐中的地位,这是多么值得深忧的事啊!

此外竹子零零星星的罪行也不少。由于竹子是天生的通水管,所以害得我们连区区自来水也不曾发明,所以至今除了自来水厂的发言人外还没有人敢生喝自来水。又由于竹叶能包粽子,害得我们不懂得三明治的制造法,因而开不成鸡尾酒会,大大影响了我们在国际上的地位。又由于竹子能做最原始的便当———箪食,害得孔子的接棒人颜回因为常吃这种"instant 饭",终于害了营养不良性贫血症而死。又由于竹子能制竹床、竹椅、竹凳子,害得我们的老祖宗不知道弹簧床和沙发为何物,弄得观光事业始终不发达。《水浒传》里客栈的老板娘就因为生意不好,只得剁人肉做包子卖——只可怜还是不及卖鹅妈妈牛肉饼赚钱,那些客人真死得冤枉。

不过好在有先知先见的人倒也不止我一个,试看台北市如今能数出几竿竹子？想必早有贤明之士追究出我国五千年来在经济、文化、工业、恋爱、观光各方面积弱的原因而亟图振作，所以将竹子——砍尽杀绝，这真是一个可喜的现象。

至于台北市外的落后地区，仍然幽篁处处，新笋呈鲜，那也是无可如何之事，我们唯有寄予深厚的同情了。

咱们小人物要多多说话

"狠狗不叫,叫狗不狠",这条"狗之定律"对人类而言也完全适用。

可叵少年时期就曾经一再斟酌,到底我这辈子是该做"光咬不叫的狠狗"呢?还是"光叫不咬的虚张声势的狗"呢?这件事既是大事,宜乎仔细观察,慢慢决定。

可叵到大公司里去看,小职员毕恭毕敬:"报告董事长,关于上一次货柜的事件,为了避免以后发生同样的问题,我们业务组已经研究了一个方案……"董事长用鼻子回答一声:"嗯。"

可叵又到某某家庭去看,只见李大毛正委委曲曲地陈情:"橡皮和铅笔都涨价了,玻璃弹珠也涨了,王小华和张阿花的零用钱也加了,全班就剩我的零用钱最少了。妈妈说,如果你同意,她下个礼拜就把我的五块钱改成十块钱……"做爸爸的从烟圈和报纸之间丢下一句:"唔。"

可叵于是恍然大悟,原来做大人物的人只需会说"唔"或"嗯"就够了。看来"大人物"这种行业是蛮容易当的。

尤其奇怪的是,除了说话,在文字方面,大人物也倾向低能。小人物洋洋洒洒地写了上万字的陈情书,大人物只需回一个"可"或"不可"(大人物如果学问大些,知道"不可"可以简写为"叵",那就更省事了),而"可"与"不可",都是小学一年级就会写的字,我有点怀疑大人物是因为功课不好才去当大人物的。

除此之外,可叵也效法伏羲,去观察鸟兽之道,才发现道理竟也相同。原来老鹰是不爱说话的,说话的是些叽叽喳喳的小八哥。而狮子呢,只会"呜"的一声,吼完了事,猫咪却咪咪喵喵地唠叨个没完。

两相比较之下,当然是做大人物为好,既简单,又利落,不会说话不会写字都不妨事。可是,说来悲哀,所谓万事不由人,正在可叵决定要做大人物的时候,才猛然在镜子里看到自家额头上早经上帝打好了"小人物"的"正字标记"了。

好在可叵当年研究此事之际,对于小人物要如何生存之道早已十分了然于胸,朱元璋一旦获知自己是"真命天子"时,未必知道该如何做真命天子,可叵获知自己是"真命小人物"之后,倒非常驾轻就熟,做得有模有样。

而咱们小人物的第一要件,就是要不停地说话。大象不说话,谁都会看见它在那里,但秋虫呢,当然就应该"唧唧复唧唧"啦,否则谁知道世界上有一个你呢!

有人颇不能想通可叵为什么以"中学生的三分头"为己任,唉,答案很简单,如果可叵是大人物,能"点一头而全天下之发",你想我还会叽叽咕咕地说个没完没了吗?

说吧,说吧,凡我小人物,大家务要多做发声运动,以免牙齿生苔,既可增进自我身心健康,又可帮助大人物,免得他们连"嗯"和"唔"怎样说,或"可"和"不可"怎么写都忘了。

小人物啊,勉哉斯言!

关于爸爸这种行业的考核制度

关于爸爸这种古老的行业,历来好像一经发表,便是永保无虞的终身职业,这也几乎是唯一的在告老之后,有养老金和安葬费的行业。

如此伟大的一个行业却根本没有考核制度、奖惩制度,实在可怪(很意外的,它倒是有升迁制度,资深爸爸多半可以升成"双料爸爸",亦即变成爷爷或外公)。我的朋友宋楚瑜局长首先发难,提议叫"爸爸回家吃晚饭",其实爸爸要成为合格爸爸,该做的事太多啦,且听我一一道来。

第一,爸爸应该有一定的出席率;大家都知道,在大学里偶然跷课是可以的,但出席率如果低于三分之一就要扣考了,换句话说,亦即失去了被考核的资格。我认为在新的考核制度下,做爸爸的除非有军公方面的特殊职务,可准予公假,以及身有痼疾准予病假外,其他事假一概不准超过家法规定的分配额。关于这件事,应由儿女任考核委员,而妈妈任监察委员。至于立法委员嘛,大家一起当好了。

第二,爸爸应有合格的身体健康证明;你要去就任何行业,都要提出健康证明,这是人人都知道的常识;可是做爸爸的每每不太注意健康,应予纠举,试想爸爸一职,职务责繁任重,如果不保持健康怎能胜任?做老师的生了病可找人代课,做处长的请了假可请人代职,"爸爸"这个职位总不便请人顶工吧?既然如此,做爸爸的务必小心保养,快车不可骑,不可暴食,酒宜浅尝,烟须全戒,否则健康日损,工作效率便差了。

第三，爸爸应争取优良表现；爸爸的优良表现可分两方面。消极方面，如不毒打小孩，不嚣张霸道；积极方面，如常常洗碗，常常陪儿女玩，常常讲故事，出手大方，必要时还要能替儿子做代数，替女儿做美劳。不过，要小心，说不定你会错得比小孩更厉害，那就太没面子了。

第四，做爸爸的如有重大错误，应自请处分，所谓重大情节指除"合法专任爸爸"之外又去做了"非法兼差爸爸"。其他情节较轻的过错，如欠下赌债等，在自请处分后，要由妈妈采取"留家察看，以观后效"的措施，但情节极严重的应该对其引咎辞职照准，以为天下爸爸之警尤。

校有校规，官有官箴，为人之爸爸岂可不谨守清规，力求表现？愿天下老爸小爸（指刚发表爸爸职位的新官），黾勉从事，戮力以赴；否则仅以"回家吃晚饭"为志，其志亦小哉，吾家小狗小黄，每到五点也准时回家吃晚饭呢！

可叵语录

如果你去赴大官的酒席,痛苦在饭前,因为你得先恭听训话。我建议,如果训话是大官们不容易取消的口部运动,至少,把菜单上的热菜全换成凉菜吧!

如果你去赴商人的酒席,痛苦在饭后,因为他总会记得他给你的恩惠而企望回报,不会少一分一毛。

大学教育的存在是非常必要的,否则,你要"学生电影"上哪儿去找外景呢?

选举季节,我忽然发现到处都有人向我鞠躬,在信箱里,在电线杆上,在树干上,在路边的栏杆上,在传单里,都藏着一个向我鞠躬的名字。

我猜想大概最近有个特技选拔,而选拔的特技是看"谁最善于鞠躬"。

我的美国朋友乔治问我,要不要去爬喜马拉雅山,我拒绝了。

我的西班牙朋友约瑟问我,要不要去横渡撒哈拉沙漠,我拒绝了。

我的英国朋友约翰邀我一起乘帆船去渡大西洋,我也拒绝了。

"你难道一点冒险的勇气也没有吗?"他们一起来取笑我。

"谁说我没有?"我非常生气,"我天天在台北街头走。你们谁敢来冒这种险？"

他们全都噤不敢言了。

中国人的老说法是："生在杭州，长在苏州，吃在广州，死在柳州。"

现在可匡说：

生当生在大陆——以便你以后无论到哪里去，都自以为上了天堂。

长当长在日本——你比较有机会学会赚钱。

吃当吃遍中国台北——这里大江南北、华洋口味无不俱全。

死当死在美国——至少，你不会害得后人去为你挖掉一块山。

小说戏剧编

潘 渡 娜

回想起来,那些往事渺茫而虚幻,像一帧挂在神案上的高祖父的写像,明知道是真的,却给人一种不真实的感觉。但也幸亏不真实,那种刺痛的感觉,因此也就十分模糊。

那一年是一九九七,二十世纪已被人们过得很厌倦了,日子如同一碟泡得太久的酸黄瓜,显得又软又疲。

那时候,我住在纽约离市区不太远的公寓里,那栋楼里住着好几百户人家,各色人等都有,活像一个种族博览会。我在我自己的门上用橘红色油漆刷了一幅八卦图——不然我就找不到自己的房子,我没有看门牌的习惯,有时候我甚至也记不得自己的门牌,我老是走错。

就因着那幅八卦图,我认识了刘克用。而因为认识刘克用,我们便有了那样沉痛的故事。

那是一个周末的下午,他到这里来找房子,偶然看到那幅八卦,便跑来按了铃。

"这是哪一位画家的手笔?"他用英文问我。

"不是什么画家",我也用英文回答,"是一个油漆匠随便刷的。"

"美国没有这样的油漆匠!他们不懂,他们只会把油漆放在喷漆桶里,再让它喷出来。"

"是美国的中国油漆匠刷的。"

"是你?"他迷惘地望着我。

"是我。"

"你看,我就知道不是美国人画的,"他高兴地伸出手来,"而且,能画这样的画,也不是油漆匠。"

"跟油漆匠差不多,我是一个广告画家。"

"对不起,你能说中国话吗?"

"我能。"

"我是刘克用,我想来看看房子,想不到看到这幅画,可惜是画在门上的,不然我就要买去了。"

"我也后悔把它画在门上了,否则的话倒捡到一笔生意了。"

那天我请他到房间里面坐坐——结果我们谈了一下午,并且一起吃了罐头晚餐,而他的决定是不租房子了,反正他原来的意思也只是想偶然休假的时候,找个离实验室远一点的地方休息一下,现在既然跟我这么相契,以后尽管来搭个临时的床就算了。

他是一个生化学家,我从来还没有这么体面的朋友呢!

重新有机会说中国话的感觉是很奇妙的,好像是在某一种感触之下,忽然想起了一首儿时唱过的歌,并且从头唱到尾以后,胸中所鼓荡起的那种甜蜜温馨的感觉。

我和刘克用的感情,大概就是在那种古老语言的魅力下培养出来的。

一开头,我就觉察出来刘克用是一个很特殊的人,他是一个处处都矛盾的人,我想,他也是一个痛苦的人——正如我是一个痛苦的人一样。

他有一个特别突出的前额,和一双褐得近于黑色的凹下去的眼睛,但他其他的轮廓却又显得很柔和,诸如淡而弯的眉毛,圆圆的鼻头,以及没有棱角的下巴。

据他自己说,做生化学家是一件很简单的事,只需要把一个试管倒到另外一个试管,再倒到另外一个试管里去就行了。

"做广告画家更简单,"我说,"你只要把一罐罐的颜料放到画布上去就行了。"

"你不满意你的职业吗?"我们几乎同时这样问对方。

然后,我们又几乎同时说"不"。

可是,我知道,事实上,他一方面也深深以此为荣。我不同,我从来没有以我的职业为荣过,我所以没有辞职是因为我喜欢安定。有一次,是好多年以前了,我拿定主意要去找一个新职业,我发动我的车,想到城里去转一下,看看有什么地方招工。可是,忽然间,我发现我糊糊涂涂地竟把车子又开回广告社去了。

从那以后,我就认命了。

"像我这种工作",我说,"倒也不一定要'人'来做。"

"哈",他笑了起来,"你当别人都在做人的工作吗?你说说看,现在剩下来,非要人做不可的事有几桩?"

"大概就只有男人跟女人的那件事了!"

我原以为他会笑起来,但他却忽然坐直了身子,眼睛里放出了交叠的深黑阴影,他那低凹而黯然的眼睛像发生了地陷一样,向着一个不可测的地方坍了下去。

长长的一个夏天,我不知道刘到哪里去了。我当然并不十分想他,但闷得发慌的时候就不免想起那次一见如故的初晤,想起那些特别触动人某些情感的中国话,想起彼此咒骂自己的生活,想起他那张很奇怪的脸。

有一天,已经很晚了,他忽然出现在我的门口,拎着一个旧旅行袋,疲倦得像一条用得太久的毛巾,我下意识地伸出手去抢着扶他,等我们彼此觉察的时候,我连忙缩回手,他也赶快站直了身子。

"那实验会累死人的。"他撇着嘴苦笑,但等他喝了一杯水,却又马上有了开玩笑的力气了,"喂,张大仁,如果今天晚上我死了,你应该去告诉他们,这种搞法是违法的,是不人道的,是谋杀。"

"去中国法庭呢?还是美国法庭?"

"去国际法庭吧!"他把鞋子踢了,赤脚坐在地板上,像要坐禅似的。

"你知道我今天来做什么?"

"不是真的留遗言吧?"

"不是,来告诉你,今天是七夕,很有意思的,是吧?"

我忽然哽咽起来,驾那么远的车,拖那么累的身子,就为告诉我这一点吗?

我曾经读过那些美丽的古典故事,那些古人,像子期和伯牙,像张邵和范式,但那不是一九九七,一九九七的七夕能有一个驶车而来的刘克用就已经够感人了。

"我照了一张相片,"他说,"很有意思的,带来给画家看看。"

那是一张放大的半身像,在实验室照的,事实上看得清楚的部分只有半个脸,他的头俯下去,正在看一列试管,因此眉毛以下的部分全都看不见,只有一个突出的额头,像帽檐似的把什么都遮住了。

而相片上大部分的东西是那些成千垒万的玻璃试管,晶亮晶亮的,像一堆宝石,刘克用的头便虚悬在那堆灿烂的宝石上。

"还好吗?"

"不止是好,它让我难过。"

"你也难过吗?说说看,它给你什么感觉。"

"我说不出来。"

"我来说罢,这是我们实验室里的自动照相设备照的,事实上并不是照我,而是照我那天做的一组实验。但我偶然看到了,大仁,我想流泪了,大仁,你看,那像不像一个罪人,在教堂里忏悔,连抬头望天都不敢。"

"我倒想起另外一个故事,一则托尔斯泰写的小故事,他说,从前有一个快乐的小村庄,大家都用手工作,大家都很快活,但有一天,魔鬼来了,魔鬼说:'为什么你们不用脑子工作呀?'"

"你是指我的大脑袋吗?"

"正是,你就是拿脑子去工作的。"

"我不过就是脑袋大罢了。我并不比别人多有脑子。"

我们又把那张相片看了一下,真是杰作——可惜是电眼照的。

"我带来一根笛子,"他说,"你喜欢的吧?"

"喜欢,你能吹吗?"

"不太能,但就让它放在膝上,陪我们过今年的七夕,不也就很奢侈了吗?"

"古人是没有什么悲剧的想象力的,"我说,"他们所能想出的最惨的故事就是两人隔了一条河,一年才见一次面。而事实上呢?不要说两人,就是一个人,有时一辈子也没有被自己寻到啊!"

"好啦,老兄,为那个不善写悲剧的时代干杯吧!"他举起了他的盛满水的杯子。

我也举起我的。

可惜我们没有一座瓜棚,不然我们就可以窃听遥远的情话。

那一夜他没有吹笛,我不久就睡了。但在梦里,我却听到很渺然的笛声。很像我小时候在浓浓的树荫下所听到的,那种类似牧歌的飘满了中国草原的短笛。

又过了两年,一九九九年的感恩节,我接到他的电话。

"我要去看你,"他说,"你托我的事我给你办好了。"

"我没托你什么事!"

"啊,也许没托吧?不过总之我替你解决了你需要解决的问题。"

"可是,什么是我需要解决的问题?"

"我到的时候你就知道了。"

他来了,满脸神秘。我浑身不安起来。

"我要给你介绍一个女朋友,很漂亮的。"

"唔,可是,你为什么不留着给自己。"

"老弟,听我说,"他忽然激动起来,"你三十五,我却四十三了,我不会结婚了,你懂吗?我没有热情可以奉献给婚姻生活了,我永生永世不会走入洞房了,我只会留在实验室里。"

"你比我更有资格结婚,你有一切,我却什么都没有。"

"但婚姻是给'人'的恩赐,我差不多等于不是人了,大仁,你也许还不太认识我,你只和度假中的我谈过话。"

"好了,刘,如果只是介绍女朋友,你就径自带来好了,这不是什么严重的事。"

"可是,可是比女朋友严重些,我是要你们结婚的,你明白吗?"

"我对任何女人都没有偏见,只是,我怎么晓得我该不该接受,我怎么能保证我要她。她是什么人?天哪,刘,你真是冒失得有点滑稽了。"

"并不完全跟你想象的一般滑稽,大仁,古老的年代里人们找个瞎子,合个八字就行了,奇怪,爱情跟瞎眼的关系似乎总是很密切的。更古老的年代更简单,做男人的只要揪住女人的头发拖她回洞,而女人也只要装作力不胜敌的样子就可以了——这就是所谓发妻的由来吧!"

"刘,你老实说吧,你是哪里来的灵感。你是什么时候想起要当月老的。"

"从第一眼看到你,大仁,她,那个女孩子,需要一个艺术家。"

"我不是艺术家。"不知为什么,提起这个头衔,我就觉得被损伤,"我开头就告诉你了,我只是个油漆匠!"

"我也开头就告诉你了,"他提高了嗓门,"你不是,你是一个艺术家,艺术家就是艺术家,艺术家可以去擦皮鞋,但他还是一个艺术家。"

"艺术家又怎么样?"我很不高兴地说。

"艺术家给一切东西以生命,你难道不知道吗?你没有读过那个希腊神话吗?那雕刻者怎样让他的石像活了过来?你不羞吗?你不去做你该做的,整天只嚷着自己是个油漆匠。"

"好吧！你要我干什么，我只是一个男人，我不是神。跟我结婚的女人从我处得不到什么，除了一个妻子该得的以外。"

"好了，你听着，有一个女孩子，叫做潘渡娜的，是一个美丽而纯洁的女孩子，我不知道该怎样形容她，我爱她——像爱女儿一样地爱她，否则，我就要娶她了。"

"潘渡娜？你是说她是中国人吗？"

"为什么姓潘就一定是中国人？她不是任何民族，她只是这地球上的人。"

"好吧，我倒也不太在乎她是哪里人，她多大了？"

"你为什么一定要知道她的年龄呢？总之，你看到的时候，你就会知道，她当然是年轻的，年轻而迷人。"

"她住在哪里？刘，你为什么看来这样神秘。"

"她当然住在一个地方，但我不能告诉你，除非你对她有兴趣。"

"我当然对她有兴趣，我对任何女人都有兴趣，只是我不一定有娶她的兴趣。"

"好吧，我不相信你不着迷，大仁，她的背景很单纯，她没有父母，她随时可以走入你的家，她受过持家和育婴的训练，我知道她该得到你的爱，我知道，我是她的监护人。"

他说着，忽然激动起来，深凹的眼眶里贮满了泪水，他便不住地拿手绢去擦泪，而他擦泪的手竟抖得不能自抑。

"她是全世界最完美的女人！你凭什么不信，大仁，你可以杀我，但她是全世界最完美的女人，至少比夏娃好，比耶和华上帝造的那个女人高明。"

他哭了。

"你喝了酒吗？刘，你不能平静一点吗？为什么弄出一副老父嫁女的苦脸来呢？"

"因为，"他黯然地望着我，"事实上差不多就等于老父嫁女了。"

"她在哪里，你打算带她什么时候来？"

"在旅馆,明天来怎么样。"

"好吧。"

我虽然觉得有些不妥,但想想也犯不着那么认真,刘或许是真的喝了酒,我还是别跟他争论算了。

潘渡娜真的来了,跟在刘克用的背后。

有些女人的美需要长期相处以后才能发现,但潘渡娜不是,你一眼就看得出她的美。

她的皮肤介于黄白之间,头发和眼睛是深棕色,至于鼻子,看起来比中国人挺,比白种人塌,身材长得很匀称,穿一身白色的低胸长袍,戴一顶鹅黄镂空纱的小帽。很是明艳照人。

她显然受过很好的教养,她端茶的样子,她听别人说话时温和的笑容。她临时表演的调鸡尾酒,处处显得她能干又可亲。

什么都好,让人想起那篇形容古美人的赋,真是所谓"增之一分则太长,减之一分则太短,着粉则太白,施朱则太赤。"

真的,潘渡娜给人的印象就是这样的,她就像按着尺码订制的,没有一个地方不合标准。譬如说她的头发,便是不粗不细,不滑不涩,不多不少,不太曲也不太直。而她的五官也那样恰到好处地安排着,她很美丽,但不至于像绝色佳人。很聪明,很能干,但不至于掠美男人。很温柔,但不至于懦弱。很聪明,但不至于像天才人物。

总之,她恰到好处。

但是,我一想起她来,就觉得模糊,她简直没有特征,没有属于自己的什么,我对她既不讨厌也不喜欢。

她像我柜子里的那些罐头食物,说不上是美味,但也挑不出什么眼儿。

"我们的潘小姐很可爱的,是吗?"

我没有想到刘当面就这样说话。

"是的,"我很不自在,"的确是让人动心的人物。"

"谢谢你们。"她用一种不十分自然的腔调说着中国话。

"如果你愿意,"刘又说,"随时可以到张大仁这里来,他是一个艺术家。"

"哦,艺术家。"她轻轻地叹了一口气。

"唔,并不是随时可以来,星期一到星期五,我要上班,下午一点钟才回家,圣诞节快到了,我们很忙呢!"

"没关系,上班时间我不会来的。"

我暗暗吃了一惊,她的意思是不上班的时间都要来吗?但后来想想,也没有什么,有些女孩是生来就比较大方的。

"潘小姐不上班吗?"

"现在还没有,不过有一个服装设计师要我做他的模特儿。"

她的确很适合做立体的衣架子,她有那么标准的身段。

我们的初晤既不罗曼蒂克,也没有留下任何回忆,其实如果把女人分为端庄的和性感的两种,潘渡娜倒是比较偏于后者的——只是,不知为什么,她一点都不使人动心,她应该只适于做空中小姐或是女秘书或是时装模特儿,但绝不是好的情人。

其实许久以来我一直想着一个家,一个女人。我的同事们都只想片面解决,我却留恋着旧有的一劳永逸的办法。但,潘渡娜让人有触到塑胶的感觉——虽然不至于像触到金属那么糟。

但真正糟糕的地方也许就在这里,她并没有像金属那样触手成冷,我也就没有立刻缩回我的手。

那些日子很冷,早落的雪把人们的情绪弄得很不好。

潘渡娜常来,自己带着酒,我真喜欢那些酒。还有那些她做的酒菜。

有一天晚上潘渡娜刚回去,电话就响了。

"你到底打算不打算写订货单。"

口气很强硬,我一时愣住了,不知对方是什么意思。

"喂,我说,你打算不打算写订货单?"

这一次是用中文说的,我晓得除了刘克用没有别人。

"什么货单?"

"潘渡娜,"他说,"她等着结婚,她贴不起那么多的旅馆钱和酒钱了。"

"唔,"我说,"我的周薪你是晓得的。"

"我晓得,她不白吃你的,她有一笔财产,每个礼拜可以领到二百块的利息——她花不了你一百的,你只会赚不会赔的。"

"那更糟,刘,我不喜欢有钱的女人,人都很自私,都想在婚姻生活里占上风,我怕我伺候不了潘渡娜。"

"听着,大仁,你如果一定要拒绝幸运,我也没有办法,潘渡娜还不至于找不到丈夫。"

"这倒是真的。"

"可是我希望是你。"

我沉默了,如果和潘渡娜结婚,事实上也没有什么不好。但我有一点怕她,记得小时候,我从不敢去插电插头,我怕那偶然跳出来的惨绿的火花。我对所有新奇的东西天生就有一份排拒心理。

"大仁,你决定了吗?"

我仍然沉默,因为我不知道除了沉默我还能做什么。

"这样吧,我想不必拖太久了,十二月二十四日怎么样?我带她去找你,然后我们一起上教堂,我就先和牧师约好,否则那一天他们准没有空。一切都简简单单就行了。"

"再拖几天吧!我要交一批货。"

刚说完,我就后悔了,我这样说等于承认了。

"啊!"我立刻听到一声欢呼。"当然,延几天也好,潘渡娜也需要准备准备。"

那天晚上,我洗了澡,照例喝一杯冰牛奶,就去睡觉了——我奇怪我睡着的那么快,我简直连一点兴奋的感觉都没有。

婚期定在十二月三十一号的晚上,一九九九年的最后一天。

中午,潘渡娜和刘来了,她穿着粉红的曳地旗袍,外面罩着同质料的披风,头上结着银色的阔边大缎带,看起来活像一盒包扎妥当的新年礼物。

教堂就在很近的地方,刘把我们载了去,有一个又瘦又长的牧师已经在那里等着我们了。

那几天雪下得不小,可是那天下午却异样的晴了,又冷又亮的太阳映在雪上,倒射出刺目的白芒,弄得大家都忍不住地流了泪。

牧师的白领已经很黄很旧了,头发也花斑斑地不很干净,他的北欧腔的英语听来叫人难受。

"刘,你是带她来赴婚礼的吗?"他照例问了监护人。

他叫"刘"的时候,像是在叫李奥(Leo),刘跟那个一世纪的大主教有什么关系?

刘忙不迭地点了头,好像默认他就是李奥了。

牧师大声地问了我和潘渡娜一些话,我听不清楚,不过也点了头。

于是他又祈祷,祈祷完,他就按了一下讲台旁边的按钮,立时音乐就响起来了。我和潘渡娜就踏着音乐走了出来,瘦牧师依然站在教堂中,等我们上了车,他就伸手去按另一个钮,音乐便停止了。

我们的车子一路回来,车轮在雪地上转动,吱然有声。刺人的白芒依然四边袭来,我忍不住地掏出手帕来揩眼泪。

回到公寓,走进有八卦图的门,我舒了一口气。

刘克用很兴奋,口口声声嚷着要请我们去吃中国饭,我和潘渡娜各人坐在沙发的一头,尴尬得像旧式婚姻中的新人。

潘渡娜换了一件紫红色的晚礼服,松松地搭着一条狐裘披肩。

我这才注意到,不管世纪的轮子转得多快,男人把世界改成了什么模样,女人仍然固执地守着那几样东西——晚礼服、首饰、帽子和狐裘披肩。

我们吃了炒面,很不是味儿,正确点说,应该是"切丝的牛排炒条状的麦糊。"

我们又喝了酸辣汤,并且最后还来了一道甜得吓人的八宝饭。

然后我们留在那里看表演,那时候我才很吃惊地发现,虽然在纽约住了十年,我所知道的却只限于从公寓到广告社之间的那条街,夜总会的节目竟翻新得叫人咋舌。第一个节目是三个身上除了油漆外什么也没有的男女的合舞,两个女人,一个漆成豹,一个漆成老虎,那个男人则漆成胸前有V字纹的灰熊。当她们扭舞的时候,侍者就给每人一只水枪,里面装着不知是什么的液体,大伙儿疯了一样地去射她们,水枪射及之处,油漆便软溶溶地化了,台上不再有野兽,台上表演者的胴体愈来愈分明。相反地,台下的都成了野兽,大厅之中,吊灯之下,到处是一片野兽的喘息声,呐喊的声音听来有一种原始的恐怖。而侍者说,这只是开锣戏,下面一个比一个刺激。

当着新婚的妻子,我只是捧场性地,射了几枪,潘渡娜和刘克用也射了,都是很文雅的动作。

"我们走吧!"刘说,"春宵一刻值千金哪!"

我们于是在惊人的混乱中离开了,我们婚后的第一个节目便告结束。

回到家,洗了澡,已经十一点了。

"我能在起坐间打个盹吗?新郎官。我今天太兴奋,喝了太多的酒,又开了太多的车,现在天已晚,路又滑,我怕我是很难赶回去了。"

我愣了一下,但我想到这些日子来他的友谊便尽快地点了头。

"不要讨厌我,"他说,他的语调在刹那间老了十年,在寒夜里显得疲乏而苍凉,"天一亮我就走。"

然后他叫过潘渡娜,吻了她。

"也许我再不会看见你了,潘渡娜。从今天起做大仁的妻子,你要恪尽妇职。"

然后他又叫过我,把潘渡娜的手交给我。

"潘渡娜的英文名字是Pandora,你知道吗?在古希腊的年代,众天神曾经选过一个极完美的女人,作为礼物,送给一个男人。而潘渡娜是我送给你的,她是一个礼物,珍惜她吧!"

那一刹间,我深深地感动了,刘哭了,他看来好像真正的牧师,给了我们真正的祝福。

不过,那只是一刹间。很快地,他的深深的眼睛中流过一种阴阴冷冷的冰流,他的近于歹毒的目光使我又迷惑又悚然。

那是一九九九年的最后一夜,那是我和潘渡娜的第一夜。我们躺着,黑暗把我们包裹起来,我忽然想起晚餐后的那些节目,人和兽的分野在哪里?

我们开始彼此探索,为什么男人和女人的认识总是借着黑暗,而不是光亮?

渐渐地,我听到她满意的低吟,我的肌肉也渐渐松弛下来,就在那时候,我听到教堂的钟响,那样震彻天地的,沉沉的世纪之钟。二十世纪结束了,新的世纪悄然移入。

突然间,烟火像爆米花一样地在广大的天空里炸开了,那些诡谲的彩色胡乱地跳跃着,撒向十二月沉黑的夜。潘渡娜裸体的身躯上也落满那些光影,使她看来有一种恐怖的意味。

好久,好久,那些声音和烟花才退去,我恍恍惚惚地沉入渴切的睡眠里。

可是,是哪里传来笛声,那属于中国草原风味的牧歌,那样凄迷落寞的调子。

我的生活还是老样子,只是我很久不曾看见刘了,那天早晨他很早就走了,我起来的时候,起坐间里只有缭缭绕绕的余烟。

我打电话给他,他们说他已经辞职了,新的住址不详,我只好留下电话号码。其实留不留都一样,他早就有我的电话号码了。

潘渡娜是一个很能干的主妇,只是有些时候她着实有点太特别。

"他们教我好多东西,"她说,"他们天天告诉我一百遍从起床到睡觉的侍候丈夫的要诀。"

"他们有时教我中文,有时教我英文,"她又说,"不过他们还是希望我嫁一个中国人,一个东方的艺术家对我比较合适。"

和大多数的丈夫一样,起先我没有注意她说些什么,时间久了,我不免有些怀疑起来。

"他们是谁,你从前没有提起过。"

"他们从前不准我说,所以我没说。"

"他们是些什么人?"

"他们就是一些人,他们教我很多东西。他们教我吃饭,教我走路,教我说话,教我各种学问。"

"你的意思是指你的父母吗?"

"不是,我没有父母。"

"胡说,你只是不晓得你的父母在哪里,人人都有父母的。"

"没有,真的没有,"她忽然得意地笑了,"刘克用说,虽然世界人口有六十亿,不过只有我一个人是没有父母的。"

"潘渡娜,你不能想想吗?你小时候的事你一样都想不起来了吗?"

"我没有小时候,我记得我本来就有这么大。"

"潘渡娜,你真荒谬,你不要这样,你再这样,我就要带你去看心理医师了。"

"我很正常。"她很不高兴地走开了。

这也许就是刘急于把潘渡娜弄出手的原因,她或许有轻微的幻想狂,其实,这也没有什么。我想,也许她是一个弃婴,曾经有一段时间失去过记忆。

我没有想到我完全错了。

有一天,那是二月初的一个下午,早春的消息在没有花没有树的地方还是被嗅出来了。

那天工作很闲,我提早回家,准备到郊外去画一幅写生,好几天前我就把我的颜料瓶都洗干净了,许多年没有画,所有的瓶瓶罐罐都脏成一团。

但一进门,我就愣住了,我的瓶罐都堆在地板上,潘渡娜伏在那些东西上面,用一种感人的手势拥抱着它们,她的长发披下来,她的脸侧向一边,眼泪沿腮而下。

看见我进来,她抬了一下头,随即又伏下去。

"你这是干什么,潘渡娜?"

她幽幽地哭了,让人心酸的哭。

"不要,潘渡娜,这些瓶子很容易破,它会扎着你的。"

"我想起来了,"她说,"我的生命便是这样来的,那里有很多很多玻璃管子,我被倒来倒去,我被加热,被合成,我被分解。大仁,我就是这样来。"

"潘渡娜,"我说,"如果你喜欢瓶子,你尽可以拿去玩,如果你喜欢玻璃玩意儿,我可以给你买一些,但不要说这种奇怪的话,知道吗?"

她抬头望我,一句话也不说,豆大的眼泪扑簌簌地滴着,我忍不住拿起我的帽子,走出小屋,她使我吃惊了,这个女人。但我得承认,共同生活了两个月,我第一次发现她用这种神圣庄严的态度去爱一样东西,那绝不是一种小女孩对玩物的情感,那是一种动人的亲情。平常她做每一件事都规矩而不苟,她做每一件该做的事,像一只上足了发条而又走得很准的钟,很索味,可是无懈可击。但今天,她的悲哀使她看来跟平常不同了。

胡乱地走着,我的心情意外的乱。

我还能说她什么,潘渡娜,她不曾使我吃一点苦,不曾花我一分钱,她漂亮而贞节,她不懂得发脾气,她只知道工作。所有好妻子的条件她都具备,所有属于人性的弱点她都没有。

但为什么我总是不能爱她,我们相敬如宾,但我们似乎永远不会相爱。

那些肌肤相亲的夜,为什么显得那样无效,那些性爱为什么全然无补于我们之间的了解?每次,当我望着她,陌生的寒意便自心头升起,潘渡娜啊!我将怎样得救?

走着,走着,来到一处广场,许多车子停在那里,我疲倦地坐下来,四面的车如重重的丛林,我是被女巫的法围困在其中的囚犯。

不知为什么,我忽想起了中国,又是江南春水乍绿的时节,不知是否有白鹅的红掌在拍打今岁的春歌。

我又想起我的母亲,我很小的时候她就死了,她是一个苍白美丽的妇人,有着挑起的削肩,光莹的前额,极红极薄的嘴唇。没有人告诉过我,她到底死于什么病,我想或许是悒郁,她的眉总是锁着,眼睛总是很恍惚地望着什么地方。

寒冷的冬夜里,她总是起来给我盖被,她一路走过来的时候,我便听见她文雅的咳嗽声,我多么爱她!我常常故意踢掉被子,好让她的手轻轻地为我拉上,我有时也故意发几声吃语,好骗她俯下身来,给我温热的一吻。

但我八岁那年,她就死了。

我发誓要成为一个画家,并且要画一张她的像,这或许是我后来有机会到美国以后选择了艺术系的真正原因,但这都是很久以前的事了,我终于没有画她的像,也没有成为一个画家。

而此刻,头上是浅湖色的二月天空,雪已化尽,空气中有嫩生生的青草气息。我迷惘地坐着,我是什么人?我从哪里来,我要往何处去?

而潘渡娜。我的妻子尚留在地板上,拥抱那一堆冰冷而无情的玻璃罐子,在那里哭泣。

必是她的哭泣里有些什么，使我无端地想起中国，想起江南，想起我早逝的母亲。

我起来，走到街角那里，打一个电话给刘。

"他不在这里，他离开了。"对方的口气十分不耐。

"他去哪里？他不再回来吗？"

"谁晓得，"他说，"他在疯人院里。"

我吃惊地忘记说话，对方已把话筒掷下了，我后悔没有问他是什么医院。

沿着大街走回来，我的心绪紊乱得有如扑帘的弱絮。二十一世纪的第一个春天，在还没有绽放的时候，已被这些莫明其妙的事践踏了。

按着电话簿打了十几个电话，终于有一个医院承认有刘克用这个病人。

"李奥并不严重，"他们也念不准那个字，"他只是有些幻想狂，他老是说他是上帝。"

"他在几号病房？"

"不，他自己住在一个安静的别墅里，他的机关有特别护士照应他——可能是很重要的人物吧！"

他把别墅的地点告诉了我。

那天下午我便开车去找他，我终于找到一栋年代颇久的红砖房，房前的草地上开遍了灿黄的水仙。

特别护士告诉我他这两天非常安静，此刻正在后园里。

我走近他的时候，他正背对着我，向一片墙角的苄酱草而出神。他穿着一件宽袍，袖口上绣满了金线。

"我命令你们要生长，"他大声地说，用英文，"我是上帝，我是生命的掌握者。"

"这里有一位客人要见你。"

"带他过来。"他很庄严地说。

我走近他,面对面地注视着他的脸。

才两个月,他竟有了这般的变化,他的头发和眉毛都已落尽,前额因而显得更大更光秃了。深凹的眼眶也因此显得更低了。他的嘴松松地挂下,像一个放置太久的炸圈饼。

我们彼此注视着而不发一言。

"你是张大仁。"他用中文说。

"你是刘克用。"

"你错了,我是上帝。"

"是的,我刚听说了,但以前,在你还没有当上帝以前,你是刘克用,是吗?"

"是的,不过,我以前也是上帝,只是我到后来才发现罢了。"

"哪一天发现的?"

"第一次认识你那天我就发现了,以后逐步证实,直到你的新婚之夜,我得到了完全的证实。"

"你做上帝和我有关吗?"

"和你并没有太大的关系,和潘渡娜有关。"

"我可以知道吗?"

"可以,"他转过身去叫护士,"喂,天使长,给我们拿饮料来。"

饮料放在石桌上,我们便坐在石凳上。

"潘渡娜很好吗?"

"很好,只是昨天还抱着一大堆玻璃罐哭,她说,那是她生命中早期的居处。"

"她这样说吗?"他霍地站起身来,"她竟记得那么清楚吗?"

"记得什么?"

"好,我先问你,你可曾觉得潘渡娜跟真的女人有什么不同吗?"

"和真的女人不同?她有很多说不上来的与人不同的地方,但她并不是假女人,为什么要和真女人不同?"

"好吧,大仁,让我告诉你吧,潘渡娜并不是普通女人,她是我造的,听着,她无父无母,她是我造的,她是从试管里合成的生命,那些试管就是怀孕她的子宫。我是造她的,你是用她的,好了,我说得够清楚了吧?"

我骇然地站起来。

"护士小姐,"我说,"他需要打针吗?"

"打针,哈,打什么针,我很正常。朋友,我很对不起你,我利用了你,但你也没吃什么亏,我辛辛苦苦造的女人,你却坐享其成。"

"刘,你为什么要这样想呢?创造生命明明是不可能的。"

"不可能,谁告诉你的,半个世纪以前人们就已经掌握 DNA 和 RNA 的秘密了,生命并不像你想象的那么神秘,生命只是受精卵分裂后的形成物,我们只要造出一个精虫,一个卵子,我们只要掌握那些染色体,那些蛋白质和那些酸和碱,生命是很容易的。"

我哑然地望着他。

"潘渡娜是我们第一次的成功,我们不眠不休地弄了十五年,做了上兆次的实验,仅仅合成二个受精卵,不过已经够顺利了,那时候我把她交给另外一个小组,用试管代替子宫来抚育,但只有潘渡娜顺利发展成为胎儿。我们用一种激素促进细胞的分裂,在很短的时间内,她便成了一个女婴,我们来不及等她再过二三十年了,我们需要尽快观察她,我们让她在药物的帮助下尽快生长,事实上,她和你结婚的时候,她才不到三岁。"

"这是卑鄙的,刘,"我跳上前去掐住他,"你这假冒为善的,你这猪。"

没有字眼可以形容我当时的悲愤,我发现我成为一种淫秽的工具,我是表演者,供他们观察,使他们能写长篇的报告。

护士小姐急速跑过来,拉开我们。

"我要叫警察逮捕你,"她狠狠地推我,"你不人道,你欺侮一个精神不正常的科学家。"我这才想起他们都是一路的人。

"好吧,倒看是谁不人道,我要控告你们,你们这批下流的东西,你们设下这样的骗局,我不会干休的,呸。"

"你冷静点,大仁,"他慢吞吞地扣上被我拉开的纽扣,"你想你究竟损失了什么,潘渡娜是一个女人,一点没错的女人,跟夏娃的后裔没有什么不同,如果我不说,你一辈子也不知道。"

我气得语结了,我扶着头,一言不发。

"你忘了吗?第一次见面的时候,我们谈过彼此的职业,你说你的工作只要机器便可以操纵了,我说,如今世上剩下来只有人才能做的事也不多了,你说,大概就剩男人和女人之间的那件事吧!"

我不会忘记,他那天曾以那样黑黝黝的眼望着我。

"你使我吃惊,你刚好说中了我的心事,那时的潘渡娜只是一个合成卵,但我却在替她物色一个对象,我知道她所缺少的,我希望能找到一个东方艺术家,她是纯粹的物质合成物,也许你能给她另一种生命,大仁,我没有恶意。"

他的秃头渐渐低垂,向晚的夕阳照在其上,一片可怜的荒凉。

"当然,我们可以另造一个男人,让他们结合,但我们不能以两个假设的人互证,那是不合逻辑的,我们选择了你。那个夏夜,当我去看你的时候,潘渡娜已经是一个女婴了。她是一个很美的女婴,各种成分都照分量配合得很正确。那时候我们仍然没有把握,直到去年感恩节,我发现他们的合作已经把潘渡娜塑成一个美丽动人的人物了。他们利用她的潜意识,把她每一分智慧都放在学习上了,他们利用'学习阶次'的秘诀,那就是说,一个婴孩可能在第五天的上午学眨眼最有效,可能在第十天的下午学挥动手脚最有效,可能在一百七十六天到一百七十九天学语言单音最有效,可能在二百天到二百十九天学长句最有效,他们一秒钟也没有浪费。

"我们的步骤是合成小组,受精小组,培育小组,刺激生长小组和教导小组,我们花在她身上的金钱比太空发展多得多,至于人力,差不多是九千个科学家的毕生精力,大仁,你想想,九千个人的一生唯一的事业便是要看她长大——大仁,相信我,人类最伟大的成功就是这一桩,而我是这个计划的执行人,大仁,我难道不是上帝吗?他们居然还说不是。"

他越说越激动起来,护士小姐又送上两瓶饮料,我这才注意到护士在倒饮料的时候,预先在他的杯底放下一片什么东西。

"大仁,老实说吧,耶和华算什么,他的方法太古旧了,必须一个男人和一个女人,然后十月怀胎,让做母亲的痛得肝摧肠断,然后栽培抚养,然后长大,然后死亡。

"大仁,这一切太落伍了,而且产品也不够水准,大多数的人性都是软弱的,在身体方面他们容易生病,在心灵方面他们容易受伤,而潘渡娜不是的,她不生病,她不犯罪,她不受伤。"

也许是药物发生了作用,他渐渐平息下来。

"她是骡子吧,"我大声地嘲笑着,"她不会有孩子的。"

"她会有的,她一定会。我们造她的时候,既然给了她检验合格的证书,她就能,如果不能,那是你不能——其实她不必生孩子,那太麻烦,我们可以另外造——但目前我们先要她生,我们要证实一下,作为以后的参考。"

"如果她有,她不会爱,因为她不曾有父母的爱。"

"她会,我们会给她足够的黄体素,你以为母爱是什么?你以为那是多么值得歌颂的?那只不过是雌性动物在生产后分泌的一种东西,那种东西作怪,那些妈妈便一个个显出一副慈眉祥目的样子。"

"刘,你太过分了,什么鬼思想把你迷住了,我告诉你,你可以有你的解释,但我仍记得我的母亲,永生永世都记得。春天的早晨她坐在窗前编柳条篮,编好了,就拉着我的手走到溪边,在那里,我玩着清浅的溪水,而她,什么也不做,只怔怔地望我。"

"大仁,不管怎么说,母爱是很荒谬的东西,母爱只是自爱的一种延长,只是另一种形式的自私。母爱如果真是一种够神圣的爱,所有的母亲都该被这种爱净化了。如果所有的母亲净化了,今天的世界不是这个样子。

"大仁,其实婴儿并不需要母亲,有人拿一组黑猩猩做实验,给它们一些柔软温暖而可抱的物品,它们便十分满足。又有人每天喂一只小鸭,它便出入追随,以为这人是一只母鸭子。

"那么,大仁,只要我们能给孩子口腔的满足,肠胃的满足,拥抱的满足,爱抚的满足,母爱就可以免了。"

那时,夕阳完全沉没,只剩下一片凄艳的晚霞。

"去吧,大仁,回到潘渡娜那里去,我们的试管每年度都要推出更进化的人种,遍满地面,将来的世界上将充塞着你们的子孙和耶和华的子孙,你们的子孙强健而美丽,不久就要吞吃他们的,去吧,大仁,你是众生之父,而我,是寂寞的上帝。"

暮色一旦注入空气,就越来越浓。我忽然想起那阕元曲:"枯藤老树昏鸦,小桥流水平沙,古道西风瘦马。夕阳西下,断肠人在天涯。"

"众生之父?"我凄然地笑了,"告诉你吧,刘,你可以当上帝,但我并没有做众生之父的荣幸,我是我的母亲生的,我是在子宫中生长的,我是由乳房的汁水一滴滴养大的,我仍是耶和华的子孙,我仍是用最土最原始的法子造的,我需要二三十年才能长成,我很脆弱,我容易有伤痕,我有原罪,我必须和自己挣扎,但使我骄傲而自豪的,就是这些苦难的伤痕,就是这些挣扎的汗水。"

"我命令你,"他说,"去爱潘渡娜,我是上帝。"

"你不是说爱很荒谬吗?如果母爱是由于一种腺体作怪,男女的爱不也是另一种腺体作怪吗?她何必有人爱,她那么完全,她独来独往,她何必多我这个附属品。"

他没有搭腔,我低头看他,他已经张着嘴睡着了,并且打着鼾。

"你可以走了。"护士冷冷地望着我,"这是他睡觉的时间。"

我默默垂首,黑色的夜已经挪近,而何处是我的归程?

"我放你进来是个错误。"她凶狠狠地说,"我原来以为你也是中国人,可以带给他一些愉快的话题,但你显然说了些对他不利的话,别以为我听不懂,我不能让你再来了,'李奥'是很重要的人物,我不能让他在我手上加剧。"

"怎样重要法?"

"这是机密,你不配晓得,"她做出女人们知道某项秘密时的刁钻模样,"全世界的人都晓得。"

"如果刘死了呢?"

"他不能死。他太重要。"

"疯了就等于死。"

"所以他必须痊愈。"

我苦笑了一下,对他说了一声"阿门",便走入黑色汹涌的夜。

驱车在纽约的街道上,我一条街一条街地走着,直到油干了。我的车被迫停在路旁。

路边有一处酒店,我就走进去。

"最近有一种酒,"侍者说,"叫做千年醉,你要不要试试。"

"要!"我大声地说,大声得连眼泪都掉出来。

那天的酒是什么滋味,我已忘掉。只记得泪水滴在其中的苦咸滋味,警车送我回家的颠簸滋味,以及夜半呕吐的搅肠滋味。

而当我迷迷糊糊地躺着,我又听见呕吐的声音。我仍然在吐吗?我并没有吃晚饭,我究竟要吐多少?

凌晨五点,我真正地醒了,我又听见呕吐声。走入洗手间,是潘渡娜在那里。

她的头发凌乱,寝衣散开,蜡黄着一张脸。

"你这是干什么?"我本能地冲上去,恐惧使我的声音变成一种不忍卒听的尖啸。

那一刹间,我的悚怖是无法形容的,她的呕吐声使我有着不幸的预感。

她抬起头来,以一种无助的眼光望着我。我们彼此的目光接触的时候,我才发现我们都是不幸的人。

潘渡娜,潘渡娜,你是一种怎样的生物,愿你被合成的日子受咒诅,我坐在她的身边,纵声地哭了。

潘渡娜也哭了。而在那些哭声中,我们感到孤独,我们将永不相爱,虽然我们都哭。

二〇〇〇年,六月九日。

不知为什么,我想着死。这些日子潘渡娜被"他们"接回去了。自从她说她不适并且想吐以后,他们就带她回去了,他们答应每到周末就要送她回来,但我不知道他们送了没有,每到周末我就开车去露营。

我想着死,与潘渡娜接触的那些回忆让我被一种可怕的幻象笼罩着。我总是梦见我被什么东西箍住,我也梦见狐仙,那些战颤了整个中国北方的民间传说。

而当我醒来时,我浑身皆湿,原始的恐惧抓住我,使我悸怖得像一个十岁的男童。

那一天,二〇〇〇年的六月九日,我照例从那样的梦中醒来,我的全身都尚存着清晰的被箍痛的感觉。

"恭喜你,"电话铃声响了,"我们预料你今天可能会做父亲——我们想办法把潘渡娜的怀孕期缩短了一半,这是我们初次的尝试,如果成功了,也许我们下一次可以缩短为四分之一。"

"祝你们成功。"我挂断了电话。

我在屋子里走着,垂地的窗帘尚未拉开,我如同掉在黑陷阱里的困兽。

电话铃又响了。

"我们就来接你,潘渡娜开始痛了。"

"不可能的,不可能的,我们不会有孩子。"

"不要固执,我们就来,如果一切顺利,今天中午我们要向全世界发布消息。"

走出公寓,太阳很刺目地照着,我忽然想起结婚那天,雪地上逼人的白芒。忽然有什么东西打在我的头上,我抬头一看,居然是一阵冰雹,像拇指那么大的,以及像拳头那么大的,天气忽然凝冻起来,我发着抖,在六月。

一辆黑色的车子停在我的面前,我跨了进去。

潘渡娜躺在床上,我走进去的时候,她正开心地吃着桃子饼。

"发生了一点意外,"医生向我一摊手,"不知为什么,我们大家都错了。"

离床不远的地方,有一组人在那里用忽大忽小的声音辩论着。

我默默地垂手。

"每一种迹象,每一种检验又都证实她怀孕了,"医生说,"但从早晨起,她的肚子逐渐消扁,并且每一项检验又都证实她肚子里并没有孩子。"

潘渡娜不说话,只是小声地向医生要了另外一种苹果饼。

"这不是很好吗?"我说,"我并不想要这个孩子,不过我抱歉让你们失望了。"

"我们可以再等第二次机会。"

"我可不可以请你们换一个厂家,我不打算负责替你们制造孩子了。"

"那不是我们的事,你和潘渡娜商量吧!你们的婚姻是有法律的拘束力的。"

"法律只保护人和人的婚姻。"

"潘渡娜完全等于人。"

"她不是。"

"她是。"

他们把我和潘渡娜放在一个车子里,打算把我们送回去。

"可不可让我下来,"车子经过公园的时候,潘渡娜说,"我需要走一走。"

我们一起走下来,此刻又复是炎热的六月,直射的阳光好像忘记刚才下冰雹的那回事了。

潘渡娜跳跃着奔向草坪,我这才发现她跑路的动作多么像一个小女孩。她一面跑,一面回头看我,脸上带着怯怯的笑。

忽然,她躺了下来,她穿的是一件镶了许多花边的粉红色孕妇衣,当她躺在绿茵茵的草地上,远看过去便恍然如一朵极大的印度莲花。

"我疲倦了,"她说,"我觉得我做了一个梦,很长很可怕的梦。"

我想告诉她,我也曾有噩梦,但我没有说,我们梦并不相同。

"给我那个东西,"她指着垃圾箱里一个发亮的玻璃瓶,"我喜欢那个东西。"

我取过来,递在她的手里,她把它贴在颊边摩擦着,她的眼睛里流出可怜的依恋之情。

"我厌倦了。"她又说了一次,声音细小而遥远。

"我觉得我的存在是不真实的,"她叹了一口气,"大仁,我究竟少了些什么东西?"

我俯下身去,她已闭上双目,我拉过她的手,那里已没有脉动。她的眉际仍停留着那个问号:"大仁,我究竟少了些什么东西?"

六月的热风吹着,吹她一身细嫩的白花边,在我的眼前还幻出漫天纷飞的雪片。

我感到寒冷。

尾　　声

十二月,我接到刘的圣诞卡,他已经搬了家。

那时候,我刚好得到一个短期的休假,遂决定去乡间看看他。

应门的是一个老妇人,我放了大半个心,如果是从前那位护士就麻烦了。

屋子里没有暖气设备,客厅中毕毕剥剥地烧着松枝,小小的爆裂声要多么古典就有多么古典。

"他已经知道了吗?"我问老妇人。

那老妇人也许有重听的毛病,没有理我便径自走了。

我无聊地望了一阵火光,才猛然发现刘就在客厅里,在离火较远而光线也较黯淡的一个角落,他垂头睡在一张很深很大的黑色沙发里,他的中国式的长袍是蓝黑色的,一时很难分辨。

"刘克用,"我走上前去摇他的肩膀,"刘,你不能醒醒吗?"

他慢慢地揉着眼睛醒过来,看见是我的时候竟一点惊讶的表情都没有。

"哎,"他打着哈欠说,"我早就想着你该来的。"

"潘渡娜死了。"我说。

"我知道。"

我们互相注视了一会儿,现在我明白什么是"恍如隔世"了。

"你还当上帝吗?"

"不当了。"他苦笑了一下。

"是因为潘渡娜的死吗?"

"也可以这么说。"

他站起身来,缩着脖子搓手,完全一副老人的样子,慢慢地他走到窗口,又慢慢地,他走向炉边。当他点燃他的烟斗的时候,我知道他有一段长话要说了。

"大仁,我或许该写本忏悔录,不过后来想想也就罢了。大仁,上次你来以后,我的病况就更重了,因为他们告诉我,潘渡娜怀了孕。大仁,他们多么幼稚,他们竟以为我听到那样的消息便会痊愈。大仁,那一刹间多么可怕,我竟完全崩溃。大仁,当你发现你掌握生命的主权,当你发现在你之上再没有更高的力量,大仁,那是可怕的。

生命是什么？大仁，生命不是有点像阿波罗神的日车吗？辉煌而伟大，但没有人可以代为执缰。大仁，没有人，连他的儿子也不行。

"有那么长一段时间，我渴望着'潘渡娜一号'能够成功，但事实上，我并不懂得我正在做些什么，在渴望着什么。大仁，那是很奇怪的，我小的时候住在乡下，我们的隔壁是一个雕刻像的，每次他总是骗别人，说他雕的神像特别灵验，他半夜起来的时候常看见那些关公，那些送子娘娘都在转着眼珠子呢！但有一天，也许是他工作过分疲劳，他看见张飞的眼睛眨了几下，他就立刻赤脚而逃，昏倒在院子里，并且迷迷糊糊地嚷着：'他，他，他的眼珠子在动。'

"大仁，这些年来，所有研究生化的人都梦想在试管里造生命，大仁，当我们这样嚷着的时候，我们并不觉得什么，我们很快乐，但，大仁，当我们一步步接近造'人造人'的时候，我们就惶恐了，只是我们不晓得，我们看来很兴奋。

"大仁啊，当潘渡娜造成的时候，我是说，当她只是一个受精卵的时候，我已经就尝到那些苦果了，我在街上乱撞，我离开我豪华舒服的住宅，想随便找一处地方住下，我找到你，但我毕竟舍不得摆脱这一切，我的半生都消耗在试管里，我要知道潘渡娜是否可以成功，我每天注视着她的发展，大仁，我就同时受快乐与痛苦的冲击。

"大仁，我七岁那年曾把一些钱币埋在后院里，我渴望它长出一棵摇钱树来，我每天去巴望。有一天，它真的发芽了，我忽然惊恐起来，我拔起那棵树，发现那只是一株龙眼树，而掘开土，我很高兴地知道我的钱还在那里，那时候，我便又失望又高兴，大仁，我终于没有得到摇钱树，但我高兴，高兴这个世界有秩序，有法规。大仁，我们老是喜欢魔术，喜欢破坏秩序的东西。但事实上，我们更渴望一些万年不变的平易的生活原则。

"可惜，大仁，我们竟不知道。

"对潘渡娜，我也是如此，当我为她的成长而快乐发狂的时候，大仁，我就同时惊慌，同时悲哀。

"不久,她已成为一个女婴,我多么盼望她畸形,多么盼望她死去。但是,没有,她健康而美丽。大仁,没有人知道,当她越来越成熟的时候,我痛苦到怎样的地步。

"当你们结婚时,大仁,我又怀着一些希望,我多么愿意她是一个不能有性生活的女人。那天晚上我本来要回去,但在我里面的另一个我却要我留下,要我知道她在这方面是否等于一个女人。当你们悄无声息地睡去的时候,我知道一切都安全了,潘渡娜可以放在世人中而不被认出。大仁,那夜,我驱车走过二十一世纪的新雪地,径自驶向精神病院,我为我自己挂了号,我写了自己的病名,我躺上自己的病床。

"之后,我被他们搬到乡下,他们仔细地照顾我,以便有一天再起来领导他们造'人造人'。大仁,那时候幸亏我没有痊愈,如果痊愈了,我们就要立刻动手生产潘渡娜第二号,那么当我看到她成长时,我将再神经错乱一次。

"而那时候,他们告诉我潘渡娜怀了孕,我就忽然更嚣张了,但,大仁,当上帝是极苦的,我是说,不是上帝而当上帝是极苦的。你摔破皮的时候向谁叫'天哪!',你忧伤的时候向谁说'主啊!',你快乐的时候向谁唱'哈利路亚'?

"多年来对于上帝我一直有'彼可取而代之'的轻心,但,大仁,取代是容易的,取代了以后又怎样呢?

"后来,潘渡娜就死了。大仁,可笑他们还不敢告诉我,这是我唯一得救的机会。我唯一可以重拾人的生活的路,但他们竟瞒着我。

"但我终于看出来了,我看出有些不对的地方,我自己到实验室去,我看到浸在大玻璃缸中的潘渡娜,大仁,人是出于土而归于土的,但潘渡娜呢,她出于试管而归于试管。

"我一生的成果在此,她,潘渡娜,我曾希望她是一宗礼物,我曾希望她是一个渡者,但她什么都不是,隔着玻璃,隔着药水,我们彼此相视,她已经不复昔日的容颜了,她的身体被液体的折光律弄得变了形——但不知她是否也在看我,她有没有发现我也在变形。

"大仁,那天我出奇的冷静,我默默地在那里站了一个上午,然后我擦我的眼泪,然后我走出来。

"大仁,我不明白她为什么会死,他们说她没有死因,他们说她忽然之间一切都停止了,停止思想,停止循环,停止呼吸……他们又说她临死时讲过一句话,她说:'究竟我少了什么?'

"他们因此便仔细地解剖她,他们把她每一部分都作了详尽的研讨,但终于他们作了结论:她完全等于人,她直到死时,身体每一部分都健康正常,她虽然并没有怀过孩子,但如果假以时日,应该没有什么困难。——其实不怀孩子也没有什么,人类的女子不也常常不孕吗?

"那么,她为什么死了呢?大仁,她为什么在健康状况最好的时候,无疾而终呢?幸亏她在法律上还没有取得人的地位,否则我们如何签发她的死亡证书呢?

"大仁,你这和她生活过的,她究竟少了什么,比之你我,她少了什么?

"我一清醒便立刻召集了一个全体的检讨会,所有的部门都没有错误,九千多科学家中的科学家密切地合作,造出了分量上那么正确的潘渡娜。但,潘渡娜死了,这个使我们奉上我们一生心血时间的女人。大仁,她死了,我们好像一群办家家酒的小孩子,在我们自己的游戏里拜堂、煮饭、请客、哄娃娃睡觉,俨然是一群大人,但母亲一嚷,我们便清醒过来,回家洗手、吃饭,又恢复为一个小孩子。

"那天,我们面面相觑,不知我们失败在何处。最后我们承认,也许她自己说得很对——她厌倦了,其实我们也厌倦,但我们的担子很神圣,我是说,在冥冥之中,我们对生命,对神奇之物的敬畏,使我们不敢断然拒绝活下去的义务。

"潘渡娜属于她自己,她有权利遗弃自己,而我们,我们似乎属于一种更高的辖制,我们被雨水和阳光呵护,我们被青山和绿水怡悦,我们无权遗弃自己。

"大仁,有一天我将死,你们会给我怎样的墓志铭呢? 其实,墓志铭都差不多,因为人的故事都差不多,但我只渴望一句话——这里躺着一个人——我庆幸,我这一生最大的快乐和荣幸就是发现自己只是一个人。"

冬天的炉火把屋子涂成温暖的橘红色,松脂的香息扑人衣襟。而窗外,雪片落着,那样轻柔地,像是存心要覆盖某些伤痛的回忆。

"你们到底有没有找出来,她所少的东西?"

"没有,我们只能说没有。"

"我们可不可以猜测——也许你不承认——那是灵魂。"

"我不知道,我只能说我不知道。"

"庆祝你的失败。"我站起来拿酒,"也庆祝我的鳏居。"

"真的,我们好运气。"

陈年的威士忌,二十世纪的。我们高兴地举杯。

"喂!"我说,"你已经洗手不干了吗?"

"不干了,退休金够我吃好几辈子的。"

"他们由谁领导呢?"

"不知道,随他们去吧!"

"你不再关心人类了? 你的同情呢? 你不是说人类太软弱吗? 你不是说旧有的制造办法太落伍了吗? 你……"

"大仁,"他转过身喝住我,"你忘了,那是我什么时候说的话了。"

停一下他说:

"让一切照本来的样子下去,让男人和女人受苦,让受精的卵子在子宫里生长,让小小的婴儿把母亲的青春吮尽,让青年人老,让老年人死。大仁,这一切并不可怕,它们美丽、神圣而庄严,大仁,真的,它们美丽、神圣而又庄严。"

他说着便激动地哭了,我也哭了起来。

风从积雪的林间穿过,像一个极巨大的人的极轻柔的低语,火光跳跃,松香不断,白色的热气袅升自粗陶的茶盅。

最后的麒麟

——夫春秋,始于鲁隐公,而止于获麟

那一年,鲁地的春天特别凄迷,濛然的飞絮不断地笞打在人们的春衣上,整个城都陷在一种幻灭性的美里。

那一年的春天有特别多的花,特别多的雨,特别多的无奈,在鲁地。

那天清晨,仲尼站在多风的廊间,他已经是一个老人了,他萧然的白发在风中瑟瑟地响着,那些风使他感到沉重。

他是一个颀长的人,现在仍是,只是对着那样的早春,坚强如仲尼的人也不免感觉软弱。

上午的稀释的阳光在廊前徘徊,廊中无阳光,廊中只有淡淡的阴影。仲尼换了一个姿势站立,虽然已经七十一岁了,他仍然有一张容易被人看出表情的脸。他有些焦急,管山林的还没有来,他所说的"不祥之物"是什么?他的手心沁着汗,汗里沁着忧惧。

他已经站立很久了,他是一个寂寞惯了的人,但那天早晨他仍然尖锐地感觉到一种新的寂寞。

他穿着一袭长袍,右边的袖子略比左袖短些,而且也显然破敝些。他正在写一部书,眼睛里犹存着一个写作者特殊的狂热与疲倦。他的神情凄苦,满脸风霜,但从他站立的姿势可以看得出来,他仍然保全着十五岁少年的强烈自尊。

风在吹,自千山的岩穴,苦寒的冬日已过去,远远近近的啼鸟把春天叫得一片凌乱。这是特别长的一个冬日,那些落雪的日子里,他不断地写着,一个字一个字地煎熬自己,也许这是最后的一冬了,他

老是梦见自己坐在两楹之间,生死之间。而现在,冬日已尽,春天忽焉而至。

趁着风,小孩子们在远处喧闹的声音清晰得如在前庭,小孩,他的心里突然涨起多棱多刺的痛苦。他想起鲤,他那先他而去的孩子,那些年当他汲汲惶惶,席不暇暖的时候,鲤是一个模糊的影像。那些年他们多么陌生,鲤是胆怯而又张皇的,他永远不能忘记有一次,鲤那么躲避地从他面前经过,他却故意叫住他,问他有没有读《诗》的时候,他那副失措的苦脸。

鲤也许可以很快活的,如果他生在一个老农的家中,如果他不是一个理想主义者的儿子,如果他是他父亲的全部。而鲤是无辜的,多年的贫穷使他在体力上无法承受那些压力,他终于死了;留下父亲仲尼,留下儿子子思,留下不属于他的辉煌。

而现在,在这样凄迷的早春,在孩子的欢笑声中,他想起鲤。其实不幸的何止是鲤,不幸的也是他自己,不幸的是仲尼,不幸的是斥乎齐,逐乎宋卫,困于陈蔡之间的仲尼,是被拒绝的仲尼。是弟子三千而犹然寂寞的仲尼。

是的,寂寞,颜渊死了,鲤死了,而自己活着,为一部书而活,为最后的理想而活,为那个世代的见证而活。鲁地的春天艳绝凄绝,颜渊已死,鲤已死。

管山林的人还没有来,来的只有驰荡的春风,只有逝去的七十个春天的回忆。

那一年,那是很久以前了,仲尼和四个弟子闲话,曾皙鼓着瑟,鼓一脉似乎有心又似乎无心的高山流水,忽然,他推开瑟,推开满座的音乐:

"我不这么想,我不属于千乘之国,"他说,露出淡得看不见的笑意,"我只想,也许有某一天,某一个暮春三月中最绚丽的日子,我会穿着新裁的春服,邀上五六个年轻人,六、七个小孩子,浴于乍暖的沂水,并且站在祈雨台上迎向扑人的清风,我们就那样一路歌咏着回家。"

仲尼站起来,他感到一种被击中要害的疼痛和慌乱。

"点(曾皙名)!"悲哀迅速地哽住了他,"点,我也愿意!"

点的梦很平凡,点的梦很质朴,点的梦很难。点啊,年年春天,沂水清而暖,年年春天沂雨台上的春风成阵,点啊,我们却在哪里?在道路中?在尘沙下?在斥乎齐,逐乎宋卫而困于陈蔡之间的命运里?

点啊,你的瑟呢?你的音乐呢?你的梦呢?

管山林的为何还不来?快近中午了,他难道忘记了吗?

他往前走了几步,庭院中的小草刚刚酿出一些绿意,初蓝的天澄明如一块浸在水中的玉,道路伸向远方,远方什么也没有,近处也什么都没有,只有自己的影子,跟他站在同一个地方,他望着自己的影子,忽然想起那一年在郑国,走失了弟子,一个人独自站在城的东门口,被几个乡下人看到了,他们跑去告诉子贡:

"那里有一个人,站在东门口,额头突出,像尧,脖子像皋陶,肩膀像子产,下半身比禹短三寸——而且,汲汲危危,像条丧家狗。"

子贡立刻赶去,他知道准是仲尼。

仲尼听到乡下人口中的自己,笑了,多么惟肖惟妙的画像,一条丧家狗。

道在何处?真理在何处?春秋大义在何处?去鲁十四年,舟车劳顿,被各国国君列为宦官和女子之外的一种娱乐,被嫉妒,被倾轧,算起来又何止是一条丧家的狗呢?

而此刻,他低头看自己的影子,看那沉沉的阴影,看那凝重的悲哀。

七十一岁,仍然是未尝被沽价的美玉,仍然是未尝被食用的瓢瓜,仍然不遇,仍然寂寞。

怎么还不来,怎么还不来,那管山林的人。

这些年,日子是不太平静了,该没有什么危险吧?战争开始流行了,屠杀开始高明了,人心开始崩溃了,该没有什么危险吧?那管山林的人。

吴和越,宋和曹,是什么仇恨让他们想彼此毁灭?所有的国家什么时候结盟,就什么时候互相暗算。所有的谋臣什么时候奔走,就什么时候制造战乱。人人都想弭兵,人人又同时想霸天下,天下是愈来愈混乱了。连齐桓、晋文的作风也不复可求了。

而鲁国是弱小的,这些年来,鲁国是杨木,是在四方的风中簌然发抖的,是附于楚则晋怒,附于晋则楚来伐的可怜植物。天下无道是很久了,很久了。

很久,很久,从远方的沙尘里,出现了那人的影子,那人骑着马,在春日不尽的清尘中又加上马蹄溅起的滚滚黄尘。

"夫子。"他翻身下马,以一种真正的恭谨望着仲尼。

那是一种怎样的眼光,他不止是在看一位乡长,不止是在仰瞻鲁国的旧司寇,不止是在钦慕诲人不倦的教师,他是在看一位先知,一个可以被信托的人。

"带来了吗?"仲尼垂下头,避开那双让人心悸的眼。

"是的,就在这里,在这束白茅草里面。"

"是谁猎到的?"

"叔孙钼商,那天他们都来了,各人都猎了不少,"他把东西放在地上,一面去解草索,"但这只怪物是那个叫叔孙钼商的射中的。"

"他们叫它什么?"

"没有,他们只说是个不祥之物,"他一面解,一面望着仲尼,"他们不认识,我想你一定认识,夫子,我就这样来了。"

他已经把绳索全部解开,退到一边。

忽然,真相变得如此明显!

阳光直射,阳光如箭,阳光像要剜出人的双目。

阳光下那动物柔长的毛闪着悲哀的金光,阳光下,它的眼睛闭着,留下一曲极美的线条。阳光下那伤口淤着血,一种难看的黑褐色。

"它是什么?"山林管理员好奇地问。

仲尼缓缓地抬起头,远处有山,远处有云,远远有迷惘的春风,这世界竟忍心这样美!

"它是什么? 夫子,"山林管理员垂手而立,"我从来没有见过这样的东西!"

它是什么? 它是什么已经无关紧要了! 它是什么都一样了,所有死去的东西都一样,都只是一个尸体!

"它,它是鹿吗?"

哈,鹿,仲尼悲哀地笑了。

阳光更烈,阳光如炬,阳光如爆响的炉火。空气中似乎腾起那种劈啪的嗓音。

安静着的只有那只不为人识的动物,只有它那美丽而开散如一束玉米穗子的长尾,只有它那油亮坚硬如野马的蹄甲,只有它那只温柔如蓓蕾的肉角。

"也许不是鹿,它比鹿大。"

仲尼蹲下身去,他的深陷的眼睛在正午疯狂的阳光下像一双无底的洞穴,洞穴中深藏着那只安静疲倦的动物:

背上是五彩的长毛,多么耀眼的五彩。多么令人眩昏的五彩。而腹上却是一片纯洁的黄。它真的很漂亮,正如古籍里描述的。如果它没有死,如果没有那样可怕的伤口,如果它此刻仍在原野,如果它正在浅水处跳跃,那么,阳光下,我们将不会看到任何生物,我们只能看到一带闪烁的虹霓,在水上,在水中。

而现在,它躺着,它死了,所有的意义被折断,它只静待命名,然后掩埋。

"夫子,它真的不祥吗?"

仲尼跳起来,他的又深又大又长的眼睛里透露着憎嫌,他的阔嘴闭成可怕的一线。他的白发在四面无限的春景中苍凉地白着,使他看来疲倦而松怠,像一面用旧的旗。

"夫子!"

七十一岁的仲尼,终于明白什么叫做"老"了。

那些年在道路上,那些年在烈日下,他不知道什么是疲倦。那些年在众人的嘲笑中,在隐逸之士的唾弃中,他不知道什么是怀疑。那些年他贫困,那些年他被拒,但他不知道什么是途穷。

而刹那之间,他眼中的灯火熄了,他心中的鼓声断了。

正午的阳光西斜,黑暗遂一寸一寸地进行。

"夫子!夫子!"

"去吧!"他说,声音涣散空洞而平静,"去告诉他们,死去的是麒麟,他们杀死的是只麒麟。"

忽然,他转过身去,放声恸哭了。

"是麒麟,是麒麟,天啊,怎么办呢?"他重复地号叫着,一如老人,"是麒麟,是麒麟……"

"夫子,不要,不要这样,这只是一只麒麟,山林还在,麒麟不会死光的。"

"不,再没有了,再没有了,历史上再不会有麒麟了,我们已把最后一只杀了,听着,是我们自己的愚昧把最后一只麒麟杀了!再没有了。"

"可是夫子,麒麟活着的时候,我活着。而现在,麒麟死了,我仍然活着,麒麟并不重要!"

"但什么是活着,四海之内,吃老米饭的人都活着,但什么是活着?我活了七十一年,我是在等待中活着,我等待那样一天,我等待天下有道。老弟,我是这样活的。

"我们活,不是靠日间的食物,我们活,是靠夜间的梦幻。我们等待着河图,我们等待着洛书,我们等待着澄明的日子,我们等待着麒麟,我们等待那个'不履生草,不食生物,待圣人出王道行则出现'的麒麟。

"而今呢,河不出图,洛不出书,凤鸟不至,麒麟已死!最后的麒麟已被杀死!被一个卑微而愚蠢的人射死,我敢说,如果上帝可以做肉脯,他们是连上帝也要射杀的。"

山林管理员默然俯身,重新用白茅草包扎刚命了名的麒麟。

"我会告诉他们是麒麟,"他用一种歉意的目光望着仲尼,"他们会好好礼葬它的。"

"礼葬?是的,他们还会纪念整个事件呢!他们会把杀死它的地方命名叫获麟堆呢!葬礼是什么,只不过是一种最无情的死亡宣告!一种最残忍的死亡证明!"

山林管理员匆忙地向仲尼行礼,然后举起那沉重的尸体。

"我去了,夫子。"他说,他多筋的脖子上迅速地爬上汗和泪。

仲尼俯首答礼,他再看不见那五彩的麒麟了,渐去渐远的只是一堆茅草包里的猎物,冷硬而僵直。

太阳西斜,太阳走向死。

仲尼返身,小屋中尚有他散乱的竹简,他的梦,他七十一年长长的等待。

"十有四年,春,西狩获麟。"

他匆促地写下最后一句,感到前所未有的疲乏。七十一年来累积的疲乏。

"吾道穷矣。"他说,他哭了,他又想起颜渊。

颜渊,颜渊死的时候他只是悲恸,他只说"天丧予",而现在,他说"吾道穷矣"。他明白了什么是绝望。绝望比悲恸可怕,比死可怕。

"十有四年,春,西狩获麟。"

他又读了一遍,嘴角泛起凄凉的笑意,渐渐地,笑纹下垂,泪水重新涌出。泪水滴在竹简上,成为整个《春秋经》结束的句点。

"麒麟,最后的麒麟,历史结束了,麒麟。"

那一夜,仲尼仍然做梦,他已梦不见周公,梦不见沂水畔的春天,他梦见坐在两楹间的自己。

麒麟已死,春天已经封笔,仲尼已老,在春色凄迷的鲁地,在鲁哀公十四年。

人　环

　　阳羡许彦于绥安山遇一书生,年十七八,卧路侧,云脚痛,求寄鹅笼中。彦以为戏言,书生便入笼,笼亦不更广,书生亦不更小。宛然与双鹅并坐,鹅亦不惊。彦笼而去,都不觉重,前行息树下,书生乃出笼谓彦曰:"欲为君薄设。"彦曰:"善。"乃口中吐出一铜奁子,奁子中具诸肴馔……酒数行,谓彦曰:"向将一妇人自随,今欲暂邀之。"彦曰:"善。"又于口中吐一女子,年可十五六,衣服绮丽,容貌殊绝,共坐宴。俄而书生醉卧,此女谓彦曰:"虽与书生结妻,而实怀怨,向亦窃得一男子同行,书生既眠,暂唤之,君幸勿言。"彦曰:"善。"女子于口中吐出一男子,年可二十三四,亦颖悟可爱,乃与彦叙寒温。书生卧欲觉,女子吐一锦行幛遮书生,书生乃留女子同卧。男子谓彦曰:"此女虽有情,心亦不尽,向复窃得一女人同行,今欲暂见之,愿君勿泄。"彦曰:"善。"男子又于口中吐一妇人,年可二十许,共酌戏谈甚久,闻书生动声,男子曰:"二人眠已觉。"因取所吐女人还纳口中,须臾,书生处女乃出,谓彦曰:"书生欲起。"乃吞向男子,独对彦坐。然后书生起谓彦曰:"暂眠遂久,君独坐,当悒悒耶?日又晚,当与君别。"遂吞其女子,诸器皿悉纳口中,留大铜盘可二尺广,与彦别曰:"无以藉君,与君相忆也。"……

　　　　　　　　　　　　——梁·吴均《续齐谐记》

巳时才刚过,总得捱一阵子才到中午,也许因为是暮春,许彦感到空气里蒸腾着近午时分才有的那段躁郁。他放下担子,不安地脱下小袄,挂在柳树上。

太阳穿过堆烟似的千丝万绪,顷刻间变成了一片悒悒的绿色。

鹅笼里有两只鹅,刚才挑着的时候倒还安静,现在放下,反而聒噪了起来,笼子本来就不大,许彦觉得自己简直是挑着一对同命相依的患难夫妻。但没想到,刚放下来,一对鹅便挣扎着想出去,母的那只连脖子都伸出来了,脖子被竹眼卡住,弄得进不去,出不来,只顾呷呷地叫。

许彦坐在一截树根上,扭过头去不理它。大地是青湿的,太阳是红炕的,许彦觉得自己是天地间的一团面饼——没有翻过的饼。一边已烤得崩干欲裂,另一边还是可厌的黏糊。

"出门往东走,"早上临走的时候老夫人交代了又交代,"过了重溪就往南,约莫晌午,也就该到了,可别贪玩,误了时辰。王家门口有棵大槐树,到那儿一打听就知道的。"

许彦应着,脸上无端地烫热起来。其实少爷也是从小侍候惯的,少爷提亲王家大姑娘也来来往往地说了有三个月了。但真的要纳礼,许彦还是感到意外。想到这会儿把鹅担过去,不知怎的就会想到过不久就要把新娘子抬过来,这么一想,每一步路都染上一层绮艳,倒仿佛一早上都走在一间门窗深扃的桃色新房里,忍不住地耳热心跳。

"彦儿,"老夫人想得倒也周到,"你也别嫌我偏心,这两年年成不好,好歹等小少爷先成了亲我再给你讨房媳妇。我是没把你当下人待的。"

许彦低着头,觉得自己连头皮都红遍了。

许彦跟少爷同年,比少爷大两个月,过了年两个人都二十三了。

太阳升得更高,直劈劈地从柳树上往下压,一片柳树,像一片碧色的烟罗帐。

"也不嫌烦人,"许彦蓦地踢了鹅笼一脚,一面生气地把那只母鹅的脖子往里塞,母鹅也许叫累了,一时竟也安静下来。

许彦挑起鹅笼就走,不知为什么,歇了半天也只觉愈歇愈热。走了两步,刚绕过几棵柳树,蓦地看到少爷正穿着家常衣服坐在地上,许彦吃了一惊。

"少爷,"许彦叫了一声,匆匆放下鹅笼,那两只鹅突然一起大声叫了起来。

"我不是少爷,"坐在地上的那一位被惊动了,缓缓地回过头来,"我害脚痛,只好坐在这里。"

许彦愣住了,水青的衫袖,托着一张白皙的脸——可是他说他不是少爷。

"认错人了,"许彦深揖了一揖,重新去挑他的鹅笼。

"认错了也是缘分,"那书生坐直了身子,"我脚痛,你就让我在鹅笼里坐一坐吧!"

"什么?"许彦忍不住地望了鹅笼一眼,两只鹅,已经挤得满满的了——即使笼子里没有,也不够坐一个年轻的男人,即使够坐,那细薄的竹篾篓也承不起他的重量——这人莫非有什么毛病。

"我的脚痛,走不动,"那人眼巴巴地望着许彦,"真是走不动,我只坐一会儿就行了。"

许彦不知所措地站了一会儿,忽然含混地应了一声好,一面飞快地担起鹅笼拔脚就跑,跑了几十步,转过桥,才停下来。

"多谢盛意。"

许彦猛回头,不意那少年书生竟是坐在鹅笼里向他说话的——天,他什么时候钻进来的?怎么一点重量都没有,而且最奇的是笼子并没有撑大,书生也没有缩小,连那一对鹅也没有惊吓的表示。

这件事整个是不可思议的!

"大概不是鬼,"许彦按下自己惊呼的冲动,打量着他,"没有人在午时会碰上鬼的。"

"我的脚偶然扭了,"那书生唠叨地重复着,"午饭就由我表示一点敬意吧!"

"这村野地方哪来的酒店?他只不过说说好听罢了。"许彦低头看了一眼自己腰上系的烙饼,懊丧地想,"我连饼也得贴上了——可是他应该是术士,术士不吃饭应该是可以的。"

许彦感到异样的饥饿,刚才在柳树下就该把饼吃掉的,当时只顾想着吃早了下午会饿——这下好了,半路上蹦出这么一个人来分你的口粮。也罢,如果运气不太坏,到了王家纳完礼,也许还能分到一点茶食。

总是饿,仿佛这就是生活的内容,白天饿的是肚子,夜晚饿的却是比肚子更严重的欲。白天的饿是一串麻烦的循环,夜晚的饿却从来没有饱过——也许有一天,譬如说,老夫人所说明年里娶媳妇的那一天,就饱了。不过,当然,那种事大概也跟吃饭一样,饿了饱,饱了又饿,如此而已。

他放下担子,到溪沟里去喝几口水,回头一看,书生已经不在笼子里了,他正诧异着,忽然听到书生客客气气的声音。

"你先坐下。"

许彦一惊,这才看清楚,书生已经不知什么时候站到他身边来了,顺着书生的手,他看到摆设整齐的三块石头,刚才好像没有,不过也记不那么真切了——反正整个事情都是不可思议的。

"你先坐下。"书生坚持道。

许彦和书生相对坐下,许彦的手按在放烙饼的袋子上,犹豫着不知该不该拿出来。

"今天,我做东,"书生说,"意思意思,不要见笑。"

"好的。"

书生望着许彦,诡异地一笑,忽然,他的微笑扩大,嘴巴张开,飞出一道小小的金光,金光渐旋,及至落到地上,才看出来是一个铜奁,里面整整齐齐地摆着酒和肉。许彦不服气地按捺着自己的惊讶,勉强镇定着。

"请用，"书生不动声色地举起酒，仿佛根本没想到那一番惊奇的法术，也许他只得意地想等着看别人的惊奇。

许彦沉住气不叫，他缓缓地举起酒，并且闻到了很真实的酒香，不觉宽了一下心——酒香至少还是他所熟悉的。

"担着鹅笼赶路，"书生礼貌地探询，"兄长想必有事吧？"

"是啊，给我家小少爷纳彩。"

"恭喜了。"

"订的是王家小姐，人品很不错。"

书生又诡异地笑了。

"你自己呢？"

"我？轮不到我。"

"我叫我女人出来给你看看。"

许彦忍不住地四面张望，却只见书生又是一张嘴，一个衣服绮丽的女孩子就走了出来。女孩的衣服差不多整个是金色和红色的组合，映着正午的阳光，看起来几乎连眼睛也是金闪闪的。许彦拘谨地低下头去。

女孩自自然然地站到一边，拿起酒壶，愉快地斟起酒来。

"她叫贞娘，也跟了我几年了。"

许彦低着头夹菜，他不太敢喝酒了，每次他刚喝一口，贞娘就给他加添一点。他忍受不了贞娘靠过来的刹那。奇怪的是那女孩的衣服虽是那样夸张的灼艳，但给人的感觉仍是端庄宁静的。

"你也坐下来吃吧！"书生说。

贞娘顺从地坐在第三块石头上，位子刚好是许彦的对面。许彦注意到她咀嚼时红唇在那样美好地颤抖着，但她最撩人的还是斟酒时脸蛋浸在酒盅里的那种微微洸漾的感觉。

"你早晚也该找个女人，"书生渐渐有了几分醉意，而且似乎也不脚痛了，倒显出一副神采飞扬的样子。

"要是你会这些法术,你又为什么一定要坐在我的笼子里,"许彦有几分生气地望着他,"会法术的人也会扭着脚吗?会法术的人就算扭了脚也该会自己想办法——你也许只是故意找借口,你只是在无聊的路途上找个人来卖弄卖弄就是了。"

"你要是跟我修炼,"书生的眼睛忽然黑压压地逼过来。"这些都不是难事。"

许彦伸手去摸烙饼,饼还在,那种谷物的触手粗楞的感觉也在。许彦转头去看贞娘,贞娘忽地背过身去整理一块玉佩。

"再说吧!"许彦虚弱地应着,一只鹅受惊似的大叫了起来。

"也好,"书生愉快地拍了两下手掌,"贞娘,来,我醉了,要歇一下,东西你收拾收拾。"

贞娘应声走了过来,顺手折了一大把柳条给书生当枕头,书生几乎是头一着枕便醉呼呼地睡着了。

"我讨厌他,"贞娘走过来,满脸的卑顺像面具一样地卸落了。"他是一个自私的人,我跟他结发几年了——可是我还是恨他。"

许彦大吃一惊,偷眼望了望睡着的书生。

"你不用怕他,"贞娘一面说,一面把玉簪拔下,一头青丝"扑"的一声落下来,冲到腰上才停,"他那点本事,我也行。"

不知为什么,贞娘拔簪的动作太快,太夸张,让他想到拔剑,他几乎感到脖子一凉。

贞娘放肆地笑了。

"喏,你瞧,"贞娘的一身金红在笑声中忽然颤作金蛇万条,"我还有个心腹人呢!"

说着,她一清喉咙,当真吐出一个男人来。

那男人和书生不一样,年纪看来比书生大了六七岁,不如书生细致白净,却也不算粗野,一双剑眉长得浓浓的,似乎没有它就不足以镇压那张飞扬跋扈的脸,微黑的肤色中透出漂亮的棕红。

"原来你也会吐人。"许彦极力自持着,不露出惊惶的神色。

"当然会,谁能跟他这种人过日子而不生二心!"

"他也总还是拿你当心上人看待的。"

"不是,"贞娘低声地分辩了一句,眼睛也红了,"他没心,他会法术,我受了咒,没法子,他想吞我就吞我,我可落着什么好。"

"贞娘,你也别多想了,有我在,日子也还不坏,"那男子温柔地靠过来,因为长得粗犷,说起温柔的话来别有一种令人在错愕中动心的力量。

"我要是有你们这种本事就好了,"谈了几句话,许彦的胆子慢慢大了起来,"你们从哪里学会这些法术的?我要是会,不是老婆粮食一下都有了?"

"也难说,"贞娘提起酒壶,也不用酒盅,大拉拉地喝了几口酒,"那书生吞了我,我把他那一套偷学了,我又吞了李生——也难保李生肚子里没有女人。"

"姐姐,你这就冤枉人了。"李生一把抢了酒壶,不要命地灌了一阵,连脖子也挣红了,"你是会法术的,我几曾会过!而且,有姐姐这样的女人,我又还要谁来着。"

"难说,"贞娘斜甩了他一眼,"算了,谁跟你计较这些。"

李生显然还要争辩,让贞娘用一个利落的手势回绝了,忽然,贞娘咳的一声又吐出了许多瓜果。

"这些桃子、杏子、樱桃、枣子都不稀罕,"贞娘说,"倒是那大瓜难得,西域来的西瓜,又甜又红,跟蜜酒似的。"

许彦和李生不觉多吃了几片,许彦不时偷看那书生,万一他猛然醒来怎么办?

贞娘在撕一枚黄杏的薄皮,撕好了,一把塞在李生的口里,李生只呵呵地笑着。

书生仍躺在青烟似的草地上,一头青丝陷在柳丝团成的枕头上,看来简直有几分不真实。

那两只鹅悄悄地从洞眼里伸出头来吃草,太阳烘着,不顶热,但不知为什么,所有的颜色都浅淡了下去,仿佛再开不久就要融化了,白鹅会融掉,贞娘的一身金红会融掉,李生会融掉,书生会融掉,许彦觉得自己也会化掉,化入一片青色的春野。

淡淡的春野里,本来一个人也没有的,但为什么无端地冒出这一串人套人的"人环",而显然地,似乎不知在哪一刹那,人环也会神秘地消失。

"贞娘。"书生动了一下,含混地叫了一声。

贞娘的脸立刻惨白了,她迅速地站起来,吐了一道锦绣屏风,匆匆地对李生说:

"我先进去,你收拾一下——他叫我。"

李生漫应了一句,动手把剩下的瓜果收拾了一下。

锦屏里面传来书生和贞娘咿唔不清的低语,许彦坐不住,走过去抚弄一只鹅。

"别管他们,"李生收拾好了,满脸透着红孜孜的酒意,"你看,我自有主意。"

许彦几乎还来不及回头,只见李生一伸脖子,又吐出一个女孩子来了。许彦看不清楚她的眉目,只直觉地觉得她是软的。她差不多是用一个柔软的翻滚动作把自己"流"到草地上去的。她全身穿着鹅黄的软缎,不胜柔弱地依傍着青草,像一滩打翻的蜜。

"我有我自己的人。"李生骄傲地搀起那女子,"她叫蜜姬,贞娘很多情——只是我不喜欢她。"

"又是不喜欢!"许彦惆怅地瞅着眼前这漂亮的一对。

蜜姬身材比较娇小,看李生的时候只得仰着头,一副痴憨的样子。许彦这才看清楚她皮肤白得近乎透明,小尖脸,一双惹人怜爱的小红唇,有点让人猜不出年龄。

蜜姬似乎不爱说话,李生说话的时候她就看李生,李生不说话的时候她就低着头看脚尖。

蜜姬简直什么都是尖的,尖脚、尖手指、尖鼻子、尖下巴、尖嘴唇,那些尖似乎正在成熟,也许有一天那些尖都会变圆——蜜姬的动人处正在于这种瞬息可能产生的熟化过程。

锦帐之内又传出暧昧的呷唔的声音,蜜姬的小脸垂得更低。

"蜜姬,"李生递给她一把枣干,"别管他,给我们唱支曲子吧!"

"唱什么?"蜜姬顺从地望着他。

"唱什么都好。"

"唱《孤儿行》好吧?"

"什么?"李生眉毛一紧,"怎么想起来的,谁是孤儿呀!换个别的吧!"

"唱《有所思》吧!"

"唔,好。"

李生说着,当即吐出一个琵琶,蜜姬熟练地抱起,调了一下弦,整个脸忽然悲戚起来。

"有所思——乃在大海南。"

"咦,就是那首后来什么'闻君有他心,拉杂摧烧之,摧烧之,当风扬其灰'的那首?"

"是啊!"

"这首不好,再换一首。"

"《陇头歌辞》怎么样?"

"不好,不好,你今天怎么了?"

"唱《西北有高楼》好不好?"

"算了,就唱这个吧!"

"西北有高楼,上与浮云齐。"蜜姬的脸扬起,简直跟歌中的楼一样孤寒高绝。许彦差不多完全相信她腹中不可能有藏人的秘密。她是寂寞的,像一座不知名的高楼,由于太高而不能不寂寞。

"交疏结绮窗,阿阁三重阶。

"上有弦歌声,音响一何悲……"

听着,听着,许彦感到蜜姬在哭,他猛然抬起头来,蜜姬没有哭,只是眼角有一点湿意。

李生也惊觉了,他站起来,走向蜜姬,弦崩然一声断了,蜜姬的歌声一下子遭锯截似的停在半空中。

"西北有高楼……"

忽然,李生僵硬地推开蜜姬——大家同时都听到贞娘的咳嗽声,一种警告的咳嗽声,李生凑近屏风窥视着。

"他们要醒了!"

"蜜姬姐姐!"许彦大着胆偷问了一句,"你会不会吐人,你们一路套下去究竟套了几个人?"

蜜姬摇了摇头,眼角更湿了。许彦忽然发觉她的脸异常淡漠,没有欲,没有爱,没有信任,甚至没有恨。她分明被套在这三个人的最里层,但显然地,她又包容着这三个人,用一种透视的眼光看着环着她的一层一层的男男女女。

等李生刚一转身回来,蜜姬立刻会意地抱起琵琶往李生嘴中跳进去,她跳得极利落,一种无怨无嗔的平静。

忽然,贞娘匆匆闪出屏风,把李生和剩下的瓜果一起吞了下去,并且把锦屏风也吞下去了——她吞得非常快,几乎是一种职业性的熟练,许彦睁着眼,站在一旁。

贞娘正收拾着杯盏,书生慢慢地走了过来。

"进来吧,时候不早了。"

贞娘稍整衣带,顺手把头发一挽,用一种毅然的神情把玉簪往头上一插,然后纵身一跳。

"我睡了一觉,暮春天气真好睡。"书生说,"真过意不去,你一个人坐着一定很无聊吧?"

"一点都不无聊。"

"还有,学法术的事怎么样?"

"我不打算学。"许彦垂下了眼睛。

"不学也好。"

书生不再说什么,径自把杯盏往口里吞,最后,剩下两个直径二尺大的铜盘,他放在手里把玩一会,忽然说:

"这个送给你,做个纪念。"

许彦道了谢,接下了,铜盘又大又亮,许彦在两张盘里看见自己交错的脸。

放下盘子,许彦正想赞美几句,忽然发现连书生也不见了,整个一串"人环"竟倏然而灭,绿漫漫的一片涨到天边的春草里,只有两只关在笼子里的白鹅显得异样的真实。

许彦怏怏地挑起鹅笼,他终于想起他出来是干什么的了——他得去王家,给少爷纳采。

到底只是春天的日头,才过正午,许彦已经一点也不觉得躁热了。

和氏璧

子贡问于孔子曰:"敢问君子贵玉而贱碈者何也?为玉之寡而碈之多与?"孔子曰:"非为碈之多故贱之也,玉之寡故贵之也。夫昔者,君子比德于玉焉。温润而泽,仁也。缜密以栗,知也。廉而不刿,义也。垂之如队,礼也。叩之,其声清越以长,其终诎然,乐也。瑕不掩瑜,瑜不掩瑕,忠也。孚尹旁达,信也。气如白虹,天也。精神见于山川,地也。圭璋特达,德也。天下莫不贵者,道也。诗云:'言念君子,温其如玉。'故君子贵之也。"

——《礼记》聘义篇

人 物 表

卞和 他原是一个普通的玉人,生在公元前七百四十年左右,那时候"春秋"时代尚未开始,中国的历史正停歇在一个窒闷而昏昧的时期——其实,这一切都和卞和无关,他只是一个冶玉工人,也许经验稍稍比别人老道,也许眼光稍稍比别人精确,但无论如何,他原来是可以安安分分地做一个玉人的——如果他没有发现和氏璧;他一生的悲剧便在于他发现了和氏璧。

卞和妻(玉娥) 一个柔顺的妻子,她的痛苦在于她一方面要保护那选择了悲剧命运的丈夫,一方面又要保护那并未同意选择悲剧命运的女儿,她知道这世上有一些东西比生命更可贵,但身为一个女人,她也深深爱生命的本身。她的幸福便被这些悲酸剥蚀了。

楚厉王、楚武王、楚文王 在《韩非子》一书中,这是卞和一生所经历的三个王——也许由于特别强的意志力,他竟能活得那么长。事实上历史中根本没有楚厉王,据考据应该是楚武王、楚文王、楚成王,如果论名字,便是熊通、熊赀、熊恽,不过我们还是沿用《韩非子》的称呼,在扮演上其实一个人也就够了。第一次可用面具,最后一次可用真面目,其实厉王和武王并不一定比文王暴虐,而文王也未必比厉王、武王仁厚,尧舜桀纣的选择往往是在一念之间。

呙氏 这是一个虚构的人物,身份是卞和的师弟,"呙"即古"和"字,"和氏玉"有时也叫"呙氏玉"。他所代表的是卞和的另一面,亦即人类要求平平静静过日子的欲望,他甚至可以毫无原则的去造假玉。事实上他的行为卞和原来都有可能参与的,但和氏璧整个改变了卞和,这两个人逐渐陌生了。

卞和女(琼儿) 她是一个在卞和的悲剧里受伤的人,而由于她的受伤,卞和的悲剧掘得更深了。

呙氏子(呙瑜) 本来,他是可以顺理成章地娶琼儿的,第一幕的闹房原来是可以伸延到他们身上去的。但"和氏璧"所带来的潦倒和贫穷使琼儿早凋了。在精神上,他已成为卞和的儿子,在事实上,他已成为卞和的徒弟——令人惊讶的是,他从小就接受做假玉的训练,但不知为什么,他不能自抑地渴望知道这世界上有没有真玉,他是第二代的悲剧英雄。

宫中玉匠

族里中人若干、朝臣若干 他们稍微有点像古希腊的合唱队,他们的言语有的时候可以成为半朗诵性的,而近乎音乐的情韵,他们的特色是可以改变身份。他们只是"人",不自觉地活着,只要改变一个场合,他们也就可以改变一个身份。事实上,如果导演同意,朝臣也可以是族里中人。希腊演员可以换一副面具就是另一个人,电影中可用技巧使一个人分饰两个角色,但在这里,连面具都不用了,有些人天生就可以随便扮演什么角色的。

卜者两人 一是西村的王卜者,一是东村的汪卜者。

> 我的悲剧在于我发现了一块玉
> 一块旷古未有的美玉
> 但是,如果让一切从头来起
> 我仍会做同样的选择——

第 一 场

幕启时舞台上是一片诡异的粉红色,和整个故事的悲剧性相较,简直有些令人吃惊。

台上端坐着一对新人,虽然是盛妆,但仍然看得出来,只是寒俭之家的排场。忽然,从舞台的四面八方,从甬道,从音乐池,乃至于从新人所坐的床底下,跳出大大小小的孩子或成人。其中丙有点傻气,戊有点悲观,其他的人倒也没有什么特色,他们异口同声的喊着。

众 声:来看新娘子啊,来闹新房啊!

甲:卞和大哥娶媳妇啦,好漂亮的媳妇啊!

乙:干吗坐得这么规矩呀,跟上学堂似的!(推卞和的头使碰到一起)

丙:新娘子别害臊呀,新娘子低着头是看谁的脚呀?

丁:哈哈——当然是看卞和大哥的脚啦!

(他们在欢乐中狂肆地笑着,卞和带着幸福的笑容让着他们,人在幸福中是很容易忍耐的——他们彼此都没有发现这句话在未来卞和的生命历程中有多么不幸的暗示。)

甲：哎,卞和哥,你怎么也缩着头不说话啊,娶了那么漂亮的新娘子,也该告诉我们喝合卺酒是什么滋味啊!

乙：算了,算了,结婚,结婚,不昏头也不叫结婚,卞和哥头都昏啦!

丙：嘘,别吵,别吵,大家听新郎官说话啊!(短暂的静穆。)

丁：啊,我们上当啦,我们不开口,他们也不开口了!去拿酒来,谁敢不说话,罚三大杯——嘿!(转头自嘲)反正新房三日无大小。

戊：啊——唉——何必呢?闹新房又有什么意思——我看我们还是早点散了吧!各人回各人家去吧!(大家瞪他,推他。)

卞　和：诸位大哥(自己也觉过意不去),谢谢你们的好意,要罚,罚我好了——总不能罚女人酒吧?

丙：哟,哟,你们看卞和大哥多护着新娘子啊,小心以后会怕老婆啊。

甲：酒来了,酒来了,要喝的都请。(大家一面喝酒,甲一面做神秘眼色)(忽然间,爆竹大作,新娘吓了一跳,众人大笑。)

乙：卞和大哥真是好事成双,去年刚出了师,今年又娶了媳妇,明年——嗯,一定要添娃娃,哈——(众笑)

(不知为什么,古老的婚俗里有一种迟缓的土味的幸福感,而那些笑闹,似乎总离不了性的暗示,他们的快乐也就在此。)

丙：哟,哟,你看,卞和嫂是个粉人儿,卞和哥是个玉人儿,将来一定会生出一个粉妆玉琢的小娃娃的!

丁：一个,谁说一个小娃娃,我说是十个。

(众拍手笑)

戊：我看我们该走了吧。

众　人：胡说,每次闹新房说要走的总是你,你是怎么回事?

戊：这倒怪了——难不成我不说走,你们就不走了吗?闹到天亮吗?

329

甲:就是闹到天亮,卞和大哥也不见得找棒子来赶我们呀!你急个什么?

乙:我得看过他们拉手。

丙:我得听卞和大哥叫一声玉娥妹妹,听卞和嫂叫一声卞和哥哥!

丁:我得看过他们——(两只食指一点,表示亲吻,大家又笑,不过已经有点烦了。)

戊:算了,算了,诸位老哥请看在我的分上——我们还是走了吧!
(众人中有一个打了哈欠,其他的人正在犹豫,舞台上因而有短暂的歇息)——

——以上一段在实际演出时已用一场现代舞代替,可参考。

——(忽然,有一声长长的凤鸣划空而至,那声音清越而高拔,差不多无法形容。它是单纯的,却是华丽的,它是柔和的,却又是刚劲的,它是人人可懂的,却又是人人不懂的。也许它美丽得有些过分,超出了日常生活可以接受的范围,大家忽然间都静穆了、战栗了,敏感的人甚至觉得有些不祥)——

卞和妻:(惊恐地站起,她的惊恐和刚才听到爆竹时的惊恐又大不相同,刚才只是单纯的一惊,现在却仿佛遭到一种内在的压力,像梦魇似的整个把她侵吞了)这是什么声音?

——(忽然,那声音又重复了一次,让人惊讶的是一声单纯的鸟鸣里似乎包容着极丰富的语言,那声音似乎急切地要表示一些什么,一些不为人知的什么)——

——(这是新娘今晚所说的第一句话,但不知为什么,众人都没有发现,对于受惊的新娘,众人似乎正在竭力想法子安慰她。大家都开始感到整个屋子的气氛全不对了,因而刻意制造一些吉祥的气息,不过,不免显得有些做作)——

卞　和:这没有什么——只不过是一声鸟叫。

甲:我说卞和大哥,说你忙昏了头,你真是昏了头,这两天,我们荆山地方飞来了两只凤凰你竟然不知道啊!说什么鸟叫,这是凤凰叫啊!

乙:好啦,好啦,好话也不会说,这叫"鸾凤和鸣",哈哈,千年难得一见的啊,鸾凤和鸣!

丙:哟,哟,你可知道鸾凤和鸣啦,人家卞大哥早就懂得鸾凤和鸣啦!

丁:咦,这倒怪了,咱们怎么自己人吵起来啦!我们别忘了我们是要来见识见识卞大哥怎么鸾凤和鸣的呀!

甲:新娘子好福气啊,你看卞大哥卞大嫂一说要成亲,连凤凰都飞来道喜啦。

戊:我们还是走了吧!

——(凤鸣又作,大家有些不安,那声音里有些什么难以理解的昭示,无疑的,那声音是美的,大家在瞿然色变之际都能了解这一点,但那种美太高,令人几乎生出一种绝望。)

——(凤鸣停止,大家都想回去了,他们已经很尽责地使新房有段短暂的热闹和欢乐。他们不敢把握再待下去将怎样和那清越拔俗的凤鸣奋斗。所以,简直有点像推卸责任似的,人人都站起来了。)

众 声:我们还是饶了卞和大哥、卞和大嫂吧!

卞 和:急什么,再坐一会吧!

乙:不坐了,不坐了——让你们鸾凤和鸣去吧!

——(众喧哗下,有的叫着"明天见!"有的叫着"别忘了明年要请吃红蛋啊!"有的叮咛着"那粉妆玉琢的娃娃别忘了认我作干爹啊!")

——(卞和和卞和妻,相对地站在黑暗里,红烛的光很微弱)

卞 和:客人都走了!

卞和妻:(她原来该说一句稍微温存一点的话,但不知为什么,她却似乎还没有从那样的梦魇中醒过来）我从来没有见过凤凰,我从来没有听过凤鸣——我没有想到它的声音是这样的,我觉得不吉祥。

卞　　和：不要乱想了,吉祥和不吉祥跟我们有什么关系。我们只不过守着祖宗的一点家产,靠着学到的一点手艺过日子罢了。我们不可能大富大贵,可是我们也不会抄家灭门——我们只管过我们的家常日子就是了。

卞和妻：是啊,（柔情地）我只想守着你过一生一世,没灾没病的,生个一男半女,一家人和和乐乐地过日子。

卞　　和：（激动地）玉娥！

卞和妻：（她的脸在红烛前低垂下去）

卞　　和：你放心,会的,我们楚国是一片蛮夷之地,我们荆山又是一片人迹罕至之处,我们没有什么功名富贵,所以我们也没有杀身之祸。我们会平平安安地过一辈子的。

卞和妻：（微叹了一口气,轻微得几乎不被察觉）哦！但愿如此！

——（凤鸣又作,幕落）——

第二场

幕启,一群人散坐在地上,一个长者坐在较高的地方,其他年轻的乡民像剪影似的坐在四周。所有的年轻人都还是第一幕的衣着,但在这一幕里,他们的声音不太一样了,他们都用缓慢的调子说些内心里头的话。

远远的有金铁交鸣的声音清清脆脆的传来,有一种暧昧的、远古的、催眠的意味。

在短短的第一幕和第二幕之间,有一种奇异的不协调中的协调。

长　　者：你们都看到那一对凤凰了吗？

众　　声：是的,我们都看到了。

长　　者：它停留在我们这里已经多久了?

　　　甲：已经一百零八天了。

长　　者：你们都听到凤凰的鸣声了吗?

众　　声：是的,我们都听到了。

　　　乙：它的声音使我们不安。

长　　者：我听说,你们中间曾有人试着要驱逐它。

　　　丙：是我,我试过,我爬到高高的山崖上,我对它挥舞,我用石头扔它,可是它昂着头,一动也不动。

长　　者：天下有那么多名山大川,它为什么一定要栖停在我们楚国的荆山呢? 我们不是应该觉得高兴吗?

　　　丁：不,我一点也不喜欢——我甚至不喜欢做楚国人,我喜欢生在周天子的京城洛阳,我喜欢看到人肩挤着人肩,车轴碰着车轴——但是在楚国,只有那些莽撞的山,只有那些蛮横的水,只有那一片绿得发贱的大地,我对这一切感到厌倦。

　　　戊：而尤其是我们的荆山,这三面绝险不能攀登的荆山,这唯有东南一条小径可以通人的荆山。所有的燕子飞到这里都要哭泣,因为这样狭窄的山道连小燕子的翅膀都感觉困难。所有的名花开到山脚底下都要流泪,因为它们的红色无法伸展上这样高拔的山岩。

长　　者：年轻人,请停止你的怨言吧! 上天待我们是够仁厚的了。如果小燕子的翅膀飞不上这高拔的山地,它已为我们差遣来了自天而降的凤凰。如果牡丹和芍药没办法开入我们的庭园,请记得每一条山路上都有兰蕙的芬芳。

　　　甲：可是,这有什么用,楚国的山川有什么意义,荆山的凤凰台有什么意义,上天把我们丢在这绿色的漩涡里,我们是永远跳不出去了,我们快要灭顶了,我们注定呼吸这片绿,吞吐这片绿,将来也埋葬在这片绿里。

长　者：孩子们,故乡的土地对你们而言,竟是这么无意义吗?

乙：很多时候都是的。

丙：荆山最合适于贬谪朝廷中的大臣,住在这里,就是一种处罚。

长　者：但是,你们怎么解释这一双凤凰呢? 难道它们也是被天庭所贬谪而来的吗?

丁：是的,也许正是的。

戊：我们怀疑这是一件不吉祥的事。

长　者：孩子们,让我们来问问卜者,看他们怎么说,好吗?

甲：好的,但是我们该问住在西村用龟壳占卜的王先生呢? 还是问住在东村用蓍草占卜的汪先生呢?

乙：问西村的王先生吧!

丙：问东村的汪先生吧!

丁：问问他们两个人吧!

戊：我去请他们。(下)

长　者：孩子们,让我们等待吧! 其实,是凶是吉我们并不一定需要知道,占卜的人所能告诉我们的,决不会比我们本来就知道的为多。

甲：(远望)它们那样美丽,有时候,让人怀疑这是一件吉祥的事,难道它那一身斑斓的羽毛是为着报凶而来的吗? 看那些羽毛,我不知道那是磨碎的彩虹,泼翻的美酒,还是交叠燃烧的火焰。

乙：(站起)是啊,它们还有那样动听的声音,比初生婴儿的啼哭还要动人的,比深山之中的风水相应更要动人的,比一切的花在春天早晨"崩"的一声弹开的声音还要动人的——难道那样的声音是为报凶而来的吗?

丙：它们栖立在高高的山岩上,那样英挺而昂然的,像是要做苍天和大地之间唯一的系联——这样的一双凤凰难道是为报凶而来的吗?

丁：但愿不是。可是，请老实说吧！它们站在那里，那种过分的美丽不是令我们不安吗？或在清晨，或在月夜，当它们鸣叫的时候，为什么我们感到战栗呢？为什么这一份的美好加起来令我们惴惴不安呢？为什么我们老觉得有什么事情就要发生了呢？

戊：(带卜者上)西村的王先生已经来了。

长　者：西村的占卜者啊，请告诉我们，我们的荆山会发生什么事情吗？这一双凤凰究竟是凶是吉？

王卜者：我的占卜用的龟壳已经裂了，我的双眼也昏花了，我已经许久没有占卜了，什么叫凶，什么又叫吉呢？生命只是一些琐碎的历程，我已经许久不占卜了。

长　者：如果不用占卜，只用你那敏锐过人的一点灵窍来判断，你觉得这是一件凶事还是一件吉事呢？

王卜者：我想——这是一件吉事，因为，我从来没有听说凤凰是一种凶鸟。

(以下有短暂的沉默)

戊：东村的汪先生也到了。(带卜者上)

长　者：聪明的卜者，请告诉我们一点我们所不知道的事，我活过很长的时间，他们只活过很短的时间，但对于神秘的生命，不可测的未来，我们同样感到迷茫。只因为这两只凤凰，已经使我们慌乱了，你如果知道什么我们不知道的，就请告诉我们吧！

汪卜者：我的蓍草已经朽断了，我已经许久不作占卜了。楚国是一片蛮夷之地，荆山是一个小小的山村，我们发生不出什么可以称之为凶或者可以称之为吉的事件。

长　者：如果你的蓍草朽烂了，那么请你用你卜者神秘的智慧告诉我们吧，你觉得这是一件凶事还是吉事呢？

汪卜者：这是一件凶事——如果是吉事，你们不会如此恐惧的。难道你们惊跳的眼睛不曾告诉你们吗?你们如此惊惶的一件事怎么会是一件吉事呢?

王卜者:是喜事!

汪卜者:是凶事!

(他们反复争辩起来)

长　者:(忽地站起)孩子们,我们再也不必问凶问吉了,没有人能告诉我们比自己所知道的更多的东西。

——(远远的,卞和走来,他静穆地走着,一直走到长者面前,他似乎有些疲乏忧伤,但仍然昂铮铮地站着,眉宇间浮出一丝隐隐的忧愁。他在长者面前垂首致敬。)

长　者:卞和,你从哪里来?

卞　和:山上,我整天都在那一双凤凰的脚下工作。

长　者:你在雕琢玉吗?

卞　和:不是,我只是一个挖掘玉发现玉的人。

长　者:荆山——这荆棘遍地的荆山会有玉吗?

卞　和:是的。

长　者:你觉得那一双凤凰怎么样?

卞　和:啊,(一时之间仿佛被人击中要害似的)它们使我惊惶,老实说,它们使我不知所措,(神情恍惚)在它清亮的鸣声里,在它灿烂羽毛上,有一种神秘的召唤。啊,不要问我这件事,我但愿我从来没有听过它的声音,我但愿我从来没有接触它的美丽。

汪卜者:你看,我不是说是凶事吗?

王卜者:不然,这一定是一件吉事。

众　声:但是,什么是凶,什么又是吉呢?

卞　和:我没有卜者的智慧,我不能预知未来,我只是一个平凡的人,我只愿守着不太丰富也不太寒俭的收入,无灾无病的过一辈子——但这一双凤凰把一种神秘的召唤带来了。

众　声:神秘的召唤?

卞　和：它似乎固执地停留在那里,想要挖深我们的生命,想要拓宽我们的生命,想要一寸一寸地提升我们的生命——但这一切都要付出极大的代价,因为辉煌的生命绝不会是廉价的。啊,真不幸,我但愿我不曾听到那神秘的召唤。

甲：那究竟是一种怎样的召唤呢?

乙：召唤你去干什么呢?

卞　和：我不知道,我只知道那是一个伟大神秘的召唤——我只知道那召唤会剥夺我。

丙：那么,你是说,这是一件凶事?

卞　和：我不知道,所有伟大的事应该都是吉事,但它的历程却是凶的。大禹治水,是一件吉事,但对他自己而言呢? 对他三过家门而不入的生活而言呢——啊,但愿我没有听到那伟大神秘的召唤——卜者啊,以你们超人的智慧告诉我,这是怎么一回事!

王卜者：用君之心,行君之事。

汪卜者：龟策诚然不能知道什么!

卞　和：啊,苍天啊,
荆山之外尚有广阔浩莽的楚国
楚国之外还有周天子广大无比的中国
中国之外尚有瀛海九州,
苍天啊,但愿你不曾找到我,
我只是一个小小的玉矿中的工人,
我只是一个不为人知的卞和。

众　声：苍天,但愿你能找到一个别人——

卞　和：代替我,因为
我还要保留一个平凡人的幸福的生活

——凤鸣又作,幕徐落——

第 三 场

　　卞和与呙氏在玉矿前沉默地,一言不发地掘地,每一锄下去都有一声好听的金石声迸散开来,此起彼落地像一曲音乐。
　　许久许久,呙氏有了显然的不耐。

呙　氏:师兄——师兄,这玉矿开了有多少年了?
卞　和:不知道,这是我祖父传下来的。
呙　氏:师兄,我们这样挖下去又挖得出什么来呢? 可挖的大概早挖光了。
卞　和:不,这矿很好,现在正是好的时候,你看,这一片林木多润泽,这一带兰芷多么芬芳,你看,这些从地下涌出来的泉水多么清冽,而且,你看到那些缭绕上腾的绿烟吗? 这一切都证明这是一个好的玉矿。
呙　氏:师兄,其实,嘿,我说我们太傻了,其实现在别人已经有办法做玉了——他们不挖玉,他们做玉。
卞　和:做玉? 不可能的,他们永远做不出玉来,玉是天地间一点灵气之所钟,哪里是用石头加染料就可以做出来的。
呙　氏:可是,识货的人少啊,所以买假玉的人比买真玉的人可要多得多呢——赚钱哪,师兄,可真赚钱啊!
卞　和:兄弟! 假玉当然是有的。但是,我们只能选择真的!
呙　氏:(垂头丧气)可是真玉难求啊,像我们这样整天挖个不停,又挖得出几块玉来?
卞　和:(偶然挖出粗粝的石头,小心地谛视,呙氏抢过来,不经心地掷开)
呙　氏:你看,就像这种石头,我们一天会挖几箩筐,但是,有玉吗? 有多大的玉——真是白费力气。
卞　和:(捡起被掷的玉,以极大的兴趣再检视它,少顷,整个人为之

震惊了)

呙　氏:(浑然不觉地,还在独自说着,这时的灯光追随着卞和往高处行,显得呙氏的话好像一些无意义的嗡嗡声)师兄,其实做人何必那么死板呢?我不是说我们不该挖玉,但是人生几十年,苦待自己又落得什么好处呢?譬如说,刮风下雨的时候,躲在家里做玉不是很好吗?冬天苦寒夏天苦热的时候,我们都可以做玉啊,等到春天风和日丽的时候,我们再上山挖玉——这样不是很好吗?

卞　和:(神色肃然,舞台有短暂的静穆)啊,上苍,上苍,这是一块怎样的璞玉,啊,为什么我要得到这块玉——这件事简直不能相信!

呙　氏:师兄,您——

卞　和:(无言地把璞玉展示给呙氏看)你刚才丢掉的是一块美玉——一块旷古未有的美玉。

呙　氏:哈!哈!哈!哈!我看,师兄,你是想玉想疯了心了——这样一块石头,也会是美玉吗,如果这块石头也是美玉,整个荆山简直没有一块石头不是玉了。

卞　和:兄弟,我们在一起这么多年了,我一直相信你比我聪明,所以我一直惊奇这么聪明的人怎么始终不会相玉。兄弟,我现在明白了,你不是不聪明,而是太聪明了,你的聪明挤掉了你的一颗心,你再也不能相玉了。你的心里既然不相信玉,你怎么能相玉呢!

呙　氏:这么粗糙的外壳,里头怎么会有玉呢?

卞　和:兄弟,你不能感觉它的沉重吗?

呙　氏:沉重?哈,哪一块石头不沉重。

卞　和:兄弟,你看这一条纹,沿着这里切下去,你会找到稀世的美玉。

呙　氏:你疯了,你切下去,只能切出一块石头——整个荆山是一块大石头,石头里面还是石头,石头里面还是石头,石头里面还是石头——只有石头,你凭什么说这里面有玉?

卞　和:我说有玉,是因为那块玉本来就在那里。我可以凭我的眼,我可以凭我的手,我可以凭我的心,我可以凭我诚实无伪的灵魂,但最重要的是,那块玉本来就在那里。啊,我的言语不能形容——但我知道这里头有一块美玉。太美好的东西也许大过我们的言语,大过我们的想象——但请相信,它是存在的。

呙　氏:(避重就轻)天色不早了,今天早点休息吧!师兄你也不要固执了,等明天,我要找一本做玉的秘方来,我们两个合作,收入要比现在好多了。

卞　和:你要休息,你请便吧!

呙　氏:再会了,师兄。(下)

卞　和:兄弟(呙氏留步)——要怎么样,你才相信它是一块璧玉呢?

呙　氏:师兄,(垂首)请恕兄弟,我不能相信,我不愿去相信。信心、爱心和希望都是一件多么容易令人受伤的事。不爱人的人永远不会心碎,不信仰的人永远不会受骗,根本不怀有希望的人谁能令他绝望。师兄!我不爱什么!我不信什么!我不企望什么!师兄,请饶恕我——我只要做一点假玉,赚一点小钱。

卞　和:兄弟!这是值得的吗?——为了怕受伤,我们就必须拒绝一切吗?

呙　氏:不是我,师兄,这是一个习惯于拒绝的世界。(走过去,拿起玉,作欲掷状)即使这是一块真玉,师兄,我也劝你把它丢入脚下的万丈深渊吧!让它永世永劫躺在那里吧,师兄,为一种真实,为一种信仰,要付的代价太大——不是你我这种小民出得起的——丢掉它吧!

卞　和:(猛然跃起,夺下玉)还我玉!你不知道你在做什么!(他几乎是在吼叫,叫完了自己也愕然了,一时之间几乎不能适应如何跟师弟调整未来的关系——未来的一真一假的关系,他们喘息着彼此对视,他们仍是师兄师弟,但他们却必须从此背离,两个人都黯然忧伤起来)——兄弟,"拒绝",也许可以保护我们不受伤害。但是,"拒绝"使我们的生命瘫痪,使我们陷入局部的死亡。

呙 氏:(不语,忽然,一咬牙)我去了,师兄。
卞 和:师弟!要怎么样你才相信这里有一块美玉呢?
呙 氏:不,我不相信什么!(下)
卞 和:师弟!师弟!

——(西天在静穆中烧红了,卞和孤立如一块岩石)(以下亦可用O.S效果亦可用咏唱法)

苍天啊,这是多么神圣的一刻
因为你已经赐下天下人间稀世的珍宝
极大的恩德我们无法说感谢
极大的幸福我们也不能仅仅报以笑容
现在我明白了为什么溪谷中生出绿烟
现在我知道了为什么凤凰来仪
在你伟大神圣的日出之前
晨曦曾预先铺好多么长多么华美的一张红毯

但是,苍天啊,上帝啊,请你饶恕我
我不知道你为什么单单验中了我
让我来发现这块美玉
千载之上已有人懂得冶玉
千载之下懂得冶玉的人会更多
从西域到东海,你可以把这块璞石
安排在任何一座山里

然而——你偏偏推给了我

太大的石头没有人能搬来做房子的基础
太大的木料没有人能切开做一双木屐
自古材大难为用,寂寞的圣贤只好寂寞以老
太美好的玉石让人不知如何相信
太神圣的事物反而会招来怀疑
啊,如果我找到的是一块小小的玉
我可以把它卖给别人作手镯
如果我找到的是一块更小的玉
我可以把它卖给别人作耳坠
但现在,我得到的是一块旷古未有的美玉
——它是神圣的,它已经无法成为一件标价的商品
我不能卖它——因为它不属于我
谁也不能买它——因为它的价值不能计算

而且太完美的事物总是使人不能想象
没有人敢接受超出我们想象力的理想
苍天啊,上帝,连师弟都不肯相信的
叫我怎样去告诉天下人,这是旷古以来
最无瑕无疵的一块美玉
苍天啊! 苍天啊!
为什么不让别人来发现这块美玉呢?
我不愿意承受这块玉
为什么我得承受这块玉呢?
——我只愿意做一个平凡的
为自己和妻子谋个温饱的人
——我感谢你赐给世人这块玉

但是不平的是,为什么要让它经过我的手
我知道我将注定要为它受苦——直到别人
认识它
苍天啊　苍天啊
所有的花蕾得到过什么好处呢
它们在花开花谢中献出了芬芳
所有的豆子得到了什么好处呢
它们在成长和压榨后献出了油
上苍啊,天神啊
当别人认识这块玉的时候
我也许只剩下一把骸骨(力竭疲软)

——(凤鸣,凤鸟振翅声,凤鸣渐远)——
——(群众杂上)——

众　声:凤凰飞走了!凤凰飞走了!
　　甲:咦,卞和大哥,你在这里,你看到凤凰飞走了吗?
卞　和:是的,凤凰飞走了!(一种虚脱的疲倦)
　　乙:(众和)(松了一口气)它们走了,它们终于走了——但是,它
　　　　们到底是怎么走的?
卞　和:(挣扎而起,举起璞玉)因为这个,原来半年以来,它们守护在
　　　　这个地方,就是等待这块玉出土,这块玉一出土,它们就飞
　　　　远了!
　　丙:什么?(趋前)你说这是一块玉?我看倒跟我家茅厕里的石
　　　　头没有什么两样啊!
　　丁:这样的石头,倒贴我我还嫌它没处放呢!
　　甲:(另抱了一块更大的石头)嘻,嘻,你们看,我这也是一块美
　　　　玉啊!
　　乙:(不屑的一指)那块石头如果也是玉的话,我家的犁耙也都是

金子的啦!

戊:好了,好了,大家还是少说两句早点回家吧!卞和大哥,你也走了吧!凤凰飞了,大家也就安心啦,玉不玉的事,何必多管闲事呢?(观众也许注意到了,戊的哲学是"早点回家吧!""各回各家吧!"在他看来,这世界上其实根本没有一件事发生。)

——(众杂沓下)——

卞 和:(渐暗的夜空下,他的身形显得凄凉无助,但也因此而显出一份惊人的强韧)

我的悲剧是在于我发现了一块玉

我的痛苦在于我怀有一块玉

这并不是我本来的选择

而今而后我知道我将注定

生活在讥讽和嘲笑里

但是,上苍啊,我在这里

我已接受了——我接受你所颁布给我的命运

——幕下——

第 四 场

卞和妻坐在灯前,正在缝一件小小的衣服,由于衣服极小,使她整个的动作有一种神话似的神秘和童话式的甜蜜,她的微笑,她的隆起的腹部,她的轻柔的动作,都呼应着这一点。

卞 和:(很惊讶地走入,几乎不能相信自己家中正进行着这些神秘的行为)你在干什么?那么早就起来了。

卞和妻:我正在缝一件衣服。

卞 和:什么衣服?

卞和妻：小娃娃的衣服。

卞　和：(走近，拿起衣服和针线，惊讶那衣服的小，他试着用手去比婴儿的长度，比了几次都自觉不对，半晌，没头没脑地问了一句)什么时候？

卞和妻：什么"什么时候"？(半晌，她会意了，也没头没脑地应了一句)唔，还有三个月。

卞　和：动得厉害吗？

卞和妻：(带着奇异的微笑)厉害！我真不知道他究竟要干什么，我怀疑他也拿着小锄头小锤子在采玉呢！

卞　和：(犹豫了半天，终于下了很大的决心)我要出一趟远门！很远很远的远门。

卞和妻：(忽地站起)什么？母亲老了，又赶着孩子正要出世，你到哪里去？

卞　和：我要去见楚国的国君。

卞和妻：什么——我知道，你从昨天晚上回来就有些事情，你不告诉我，可是我知道，你一定有了什么事。

卞　和：是的，一件极幸运也极不幸的事，我发现了一块玉——旷古以来所没有过的美玉。不知为什么，我感到我的一生都将因此而成为一出悲剧。可是，我不能推卸，上天要经由我的手传下这块宝贵的玉。

卞和妻：玉在哪里？

卞　和：(默默地递上)

卞和妻：这里面真的有玉吗？

卞　和：(半晌)师弟也是这么问的。

卞和妻：连师弟也不相信吗？

卞　和：别人不会相信，但我的责任在使人相信。

卞和妻：这块玉跟我们有什么关系呢？谁规定我们必须看顾这块玉的？我们不是有我们美好的生活吗？谁敢说我们这样活着

不可以呢？去把这块玉丢掉吧！忘掉这块玉吧！或者，整个地摆脱玉的行业吧！我们可以种田，我们可以做苦力——总之，离开这块玉，我害怕！

卞　和：我不能——

卞和妻：对于未来，你没有预感吗？你忘了那些凤凰日夜的叫声吗？你不害怕吗？

卞　和：我害怕，我预感到不幸，但是我不能丢弃这块玉。

卞和妻：（激动、愠怒而近乎尖叫）如果你见到楚王，如果楚王不相信，你知道后果会如何？

卞　和：我知道——那是欺君之罪。

卞和妻：不，你不知道，你这一去，我们整个家就碎了——你不能不去吗？谁也不知道这件事——你不能不去吗？

卞　和：我说过，我不能不去。

卞和妻：那么，把璞石凿开，让国君无可怀疑。

卞　和：不能，我只是一个相玉的人，我不应该经手凿玉——尤其是这样宝贵的玉。我只能把它献给国君，献给社稷，如果他能认识这块玉，这块玉才算真正地被接受了。

卞和妻：你也能凿玉的——你为什么不能凿玉，大不了弄出一条瑕疵，那又有什么关系。

卞　和：不是这样的，我必须把整个的玉，连着璞石，一起呈献，这世界上所有美好的东西都必须经过个人自己的认知。

卞和妻：你看，我们的米缸就要空了，我们的柴也将烧完了，楚宫还在很遥远的地方——玉算什么呢？难道生活不是一切吗？还有什么比生活更真实更辛酸的东西，玉究竟是什么呢？

卞　和：玉比一切都可贵。玉是一切美好事物的具体形象，玉帮助我们忽然之间了解我们自己内在一切对美德的饥渴的需要。世间所有的珠宝都各自炫耀着它们璀璨的光辉，只有玉，是与佩带者合而为一的。用它的清洁，用它的温润，用它的沉重,用它的致密,随时随地提醒着佩带者,唤起他内在的善良。

卞和妻:(愤然)人类是邪恶的,他们并不善良——我们只好各人保护自己,人类并不善良。(在她的愤怒里有一种霸气的母性,她想保护卞和)

卞　和:是的,人类是邪恶的,但他们仍然是善良的,他们仍然是按着天神的形象而造的——人类在极大的邪恶中仍然渴望着善良,"渴望善良"的欲望就是一种善良。

卞和妻:那么,把玉留给我们自己吧!

卞　和:不,这样的稀世珍宝,这样的宗庙神器,并不是上苍赐给我卞和的,它必须是天下人所共有的。——而今而后(扳着妻子的肩膀)请你看着我,请你饶恕我,请看这一张你所熟悉的、平静的、幸福的、年轻的脸,因为以后再也不会有了。

卞和妻:不,不要——

卞　和:我曾答应你要和你共度一辈子柴米夫妇的生活,但现在不行了。请饶恕我,现在不行了,我已听到那神圣的召唤,我必须为这块旷古未有的美玉而活了,而今而后,我活着(欲泣)只有一件事,让人们相信世界上有一块玉。在污秽的,充满腐烂气味的世界上,仍然有一块冰清如水的玉,一块清清洁洁的玉,一块完美没有瑕疵的玉。

卞和妻:(良久,哽咽,和卞和一样,她终于也接受了自己的命运)
那么——去吧,但愿有人能认识你的玉。

卞　和:我到后面去辞别母亲,你给我收拾一个小包吧。(入)

卞和妻:(抱起它,凝视它,依偎它,忽然又放下它)我们做了什么坏事,为什么要让我们发现这块玉呢?为什么要让我们成为一个有玉的人呢?(忽然,尖叫起来)啊——不要现在,不要现在,我受不了了——(以下可加入一段现代舞,玉娥挣扎纠结,有如服了牵机毒药,舞台上如果可能可在后面围上可映

像的金属片,以映照玉娥的痛苦形象)

产　婆:玉娥!玉娥!(兴冲冲地跑上)嗯,我一听就猜个八九不离十,有我在,别急,这周围十里地谁不知道我收生是出了名的!

卞和妻:把我撕裂吧!把我磨碎吧!一块玉的产生是多么可怕!

产　婆:别怕!别怕!越痛才越好,越痛才越好。

卞和妻:卞和哥——你在哪里。(疼得昏死过去,忽然抱住门框)你不要走!你不要走!(惊醒过来,但又转而去抱另一根柱子)你留下来吧!你留下来看我们自己的玉吧!

产　婆:你叫啊!怕什么丑,想当年,我在东村生孩子,西村的都听见了啦!

卞和妻:他在哪里?他为什么不在我身边——哦——为什么要让我们成为一个有玉的人——哦,他在哪里——

产　婆:他在哪里?我收生可是不许男人在屋子里碍手碍脚的——谁有孩子就谁生,谁疼就谁哭,谁牵肠扯肚就谁叫,别人管得了你什么事。

卞和妻:(翻滚,喘息,汗流满面,痛苦挣扎)大娘,如果我死了,给孩子起名叫琼儿,跟他父亲说,好好地上楚宫里去,我先走了。

产　婆:(向里面)卞大娘,烧水!唉!你别愁,没有那么容易死!人活着,该受的苦不受完,是死不了的。卞大娘,水烧得怎么样了啊——你看,孩子是得自己生的,血是得自己流的,痛是得自己喊的,别人呀,帮得了什么忙,大不了替你烧一壶开水。
——(以下是一段惊心动魄的生产历程,红绸的飞舞,带结的牵扯缠绕等,促人惊讶生命的初步是如此一部受难曲,每一次的生,似乎都是由死里面劈出来的。终于一切静止,我们听到美丽的音乐,孩子诞生了。)

卞　和:(入)玉娥!(俯在床前,几乎是跪着,当然不是跪向他的妻子而是跪向生命巨大可敬畏的奥秘)听说,你要给她起名叫琼儿。(温柔地抱起孩子)她是我们的玉,玉娥,你看,她的眼睛是一块青玉,她的眼珠是一块黑玉,白玉是她的小手,红玉是她的小嘴。

卞和妻:(接过孩子)我愿意为她而死——(停了一会)我也愿意为她而活。

卞　和:玉娥,我今年二十三岁——如果此去没有人认识这块玉,我可以再等二十三年。

卞和妻:再等二十三年?那时候你就四十六岁了。

卞　和:四十六岁,如果到时候还没有人认识这块玉的话,我要再等四十六年,那时候,我将九十二岁。如果我死了,仍然没有人认识这块玉的话,让我们的孩子等下去,千秋万世,总有一天,总有一个人,会接受这稀世的珍宝。

卞和妻:(无言地抽泣起来)

卞　和:玉娥,让我们的名字和我们这容易衰残的肉体都腐朽了吧!让这神圣的美玉在人们的心上传递下去。好让人们在这残缺的世界里认识什么是"完整"。让人们在这污染的世界里认识什么是"清洁",让人们在这丑陋的世界里认识什么是"美丽",好让人们熄灭他们仇恨的、不信任的眼睛,让他们终于软化下来,惊讶而叹息说:"是的,我愿意相信,相信上苍曾经在人间赐下如此完整的神迹。"

第 五 场

在楚宫中。楚国国君坐在上方,这里不是正殿,只需稍具规模即可。

楚　君:你叫什么名字,什么地方人?

卞　和:小人卞和,楚国荆山人。

楚　君:荆山,(问左右)荆山在何处?

左　　右：荆山是边远之地一个微不足道的小山,榛莽丛生,荆棘满地,举目荒凉。荆山三面绝险,唯唯东南一隅通人径。

楚　　君：荆山出过人才吗?

左　　右：微臣从来不曾听说过,荆山向来无文物之盛,荆山不会出任何人才的。

楚　　君：那卞和,你家世代以什么为业?

卞　　和：小人世代以冶玉为业。

楚　　君：听说你带来一块稀世的美玉,现今玉在何处?

卞　　和：玉在此。(卞和上前呈玉)(左右朝臣转致)

楚　　君：哼,整天都是献玉的人,整天都是献玉的人,十个献玉九个假,抱来的玉倒是一个比一个大了。

卞　　和：小人千里迢迢而来,并非为献假玉。

楚　　君：(视玉,颦眉,不语)宣玉人。

左　　右：是。(下宣玉人)(玉人上)

楚　　君：试为寡人相玉。

玉　　人：是。(恭谨地捧住玉,忙碌地检视着,动作之间有一种做作的不必要的紧张)启禀主上,这块石头肌理粗糙,质朴无文,不似有玉。

楚　　君：卞和,你听到了吗?

卞　　和：肌理粗糙,质朴无文,并非就是无玉,真正的美玉常常隐藏在最简陋的外表之内。

玉　　人：世间的美玉,有的盈分,有的盈寸,像这样算起来其大盈尺的玉——小人以为不可能。

卞　　和：失望惯了的人已不敢怀有希望,生惯了病的人不知有健康。上苍真正的恩赐,为什么你们反而视为虚妄?

玉　　人：近来做假玉的人日渐猖狂,这里是宫中,岂能不提防。

楚　　君：哼,我早就怀疑这是一套虚伪的把戏。

玉　　人：主上的圣鉴甚是高明。

楚　君：来人哪！（两人应声上）把这卞和带走，此人胆敢欺君，可刖去他的左足，以示警戒。

　　　　——（忽然，整个剧场的灯都熄了，全剧场陷入一片昏暗，卞和刖足的呼痛声以 O.S 效果播出。渐渐地，有沉重的倒地声，暗示卞和倒了下去）（但几乎在同时，楚宫中你奔我走地大乱了起来）

楚　君：这是什么？为什么遍地都黑暗了？

左　右：这是日食。

　　　　——（由于剧场整个黑了，日食的效果可以很肖似的做出来，一时之间剧场四周打起嘈杂的铜锣的声音，观众如在十面埋伏中，混乱、模糊而又恐怖。人类在面临巨大灾变时的原始惊悸都暴露无遗。舞台上的君臣在黑暗中遁走，灯光复明时只剩下卞和，以及他血迹斑斑的脚。）

卞　和：昨天，我来的时候，有两只完好的脚。而今天，我要回去的时候，却只剩下一只脚了。苍凉的大地啊！我所深爱的楚国的山川啊！而今而后，我只能用一只脚掌来踏住你了。但是，苍天啊，我愿指所有的日月星辰为誓，只要我一息尚存，我仍要说，我发现了旷古未有的一块美玉。

第六场

幕启时的情形非常类似第二幕，他们的声音平板苍老，像在叙述一段不相干的远古史。

长　者：已经许多年过去，飞去的凤凰再不曾飞回。

甲：我们终于知道了，凤凰带给我们的是灾祸，我们这里有了第一个受刑的人。

乙：那人是卞和大哥，他的左脚被刖了。

　　——（山上传来丁丁的伐石之声）

丙：但是他仍在最高的山上工作,他敲打石头的声音对我们而言,是一种悲哀的歌。

丁：他的师弟也已经离开他了,他的师弟真是一个聪明的人,他现在自己拥有一个大玉场,他的玉卖到遥远的异国。

戊：可笑的卞和仍坚持着说他有一块玉——我忍不住为他的右脚而忧愁——唉,他为什么不回家种田?

甲：他的老母亲因悲伤而去世了。

乙：他的妻子因哭泣而苍老了。

——(山上传来的伐石之声似乎也因而凄凉起来)——

丙：但他拒绝跟呙氏合作。

丁：呙氏懂得怎样用红色的茜草来煮石头,他懂得怎样仿造古老的旧玉——可是卞和宁可选择挨饿。

戊：甚至他的妻子,甚至小小的美丽的琼儿也都跟着挨饿。

长者：不幸的卞和,他什么事也没有做错,他的悲剧在于他发现了一块旷古未有的美玉。

甲：不幸的卞和,为什么你不能忘记你的那块玉。

乙：你和我们是不一样的人,对你的苦酒,我们无法分尝。

长者：有一件事,我们不知该怎样向他隐瞒,楚国的国君楚厉王去世了,现在又是新的国君——如果他听到这音讯,我担心他的右脚也要不保。

丙：可是他一定会知道,他比谁都敏锐。

丁：可怜的卞和,他所坚持的到底是什么呢?

众声：上苍啊,天神啊,请告诉我们什么是真,什么是假吧!

——(伐石声持续不断)——

——(整个第六幕有如合唱队的悲歌,用过场的方式演出亦可)——

第 七 场

　　这是全剧唯一诗情画意的地方,呙氏的儿子呙瑜与卞和的女儿琼儿看来差不多是传说中的金童玉女,这一段在一种古典的、甜蜜的、温柔的、轻愁的气氛下进行。他们一起上场,跳着轻柔的舞步——不是芭蕾式的,仅仅是乡下孩子的欢愉。

呙　瑜:(捧着一把青梅,兴冲冲的几乎有几分笨拙的)

　　　　琼儿妹妹!琼儿妹妹——你看,我给你带了什么来了!

琼　儿:啊!青梅!

　　　　(两个人没接好,忽然滚了一地,两人爬在地上捡)

呙　瑜:你猜这些梅子从哪里来的?

琼　儿:你参买的——你参很喜欢买东西。

呙　瑜:错啦,你猜不着呢!

琼　儿:猜不着?(站起)

呙　瑜:你可别告诉别人。

琼　儿:好,我一定不告诉别人,你跟我说,到底哪儿来的?

呙　瑜:偷来的!

琼　儿:偷来的?

呙　瑜:哈哈——你想不到吧!(英雄式的)

琼　儿:偷的?没给人逮着吗?(充满了英雄崇拜)

呙　瑜:才逮着呢!我拼命跑,看园的长工追着喊打,结果他跌了一跤,哈哈……不过我也跌了一跤,你看皮都刮破了。

琼　儿:啊!(爱怜地)疼不疼?

呙　瑜:哼!才不疼呢!

琼　儿:(故意碰一下伤口)

呙　瑜:哎哟!

琼　儿:你还说不疼呢!

呙　瑜：不疼不疼！你接好我全部给你。

琼　儿：(取出罗帕包好,感激地望着呙瑜)都给我啊！

——忽然从幕内,传出卞和呼叫琼儿的声音——

琼　儿：我得走了,爹叫我。

呙　瑜：再说会儿话,好不好？

琼　儿：不成！

呙　瑜：你看今天天气多好,云是白的,草是绿的,花是红的,喏,这里还有一只蝴蝶,你一进去又半天不出来。

琼　儿：我娘叫我好生看顾着他,我从小就没有看过他老人家的左腿——因为连眼前的这条右腿说不准哪天也就——

呙　瑜：唔——我可以把我的两条腿给他。

琼　儿：别瞎说了——如果你少了一条腿偷起了梅子来就逃不了啦！

呙　瑜：没关系,你看,(说着提高左腿跳着……)(内唤琼儿)这不是一样吗？琼儿,琼儿。(追逐出场)

　　忽然,呙氏也叫起呙瑜的名字,一场孩子的欢乐便告结束。呙瑜顺从地来到玉场,在呙氏的玉场中,他和他的儿子呙瑜正忙碌地工作着,瑜儿虽是一个半大不小的少年,但也刚刚学上些手艺。

呙　瑜：爸爸,这块红玉的光泽怎么不太好？

呙　氏：红玉应该先用虹光草的草汁腌一段时候,然后才用新鲜的竹枝燃火烧烤,红色就能进到里面去,你腌的时间不够,看起来还是像石头。

呙　瑜：黑玉呢？爸爸,黑玉怎么做？

呙　氏：把石头放在乌木屑里煨久了就成了。

呙　瑜：爸爸,翠玉怎么做？

呙　氏：(爱怜地)孩子,慢慢来,先学做红玉就行了。

呙　瑜：爸爸,玉,都是做出来的吗？

呙　氏：你说什么？

呙　瑜：世界上有没有真玉？

呙　氏：(吃了一惊)真玉？(他惊惶得有如听到老情人的名字)

呙　瑜：到底有没有真的玉？

呙　氏：(痛苦徘徊，但迟疑良久，忽然决定面对现实)是的，世界上也有真玉。

呙　瑜：真玉就不用做了，是不是？(快乐得想拍手)

呙　氏：真玉不用做。(这么简单的几个字，已经差不多说得他汗水涔涔而下)

呙　瑜：什么地方才有真玉？

呙　氏：其实，真玉完全是一件不必要的事——告诉我，告诉我，是谁跟你说真玉的？

呙　瑜：没有人告诉我，我自己知道的。

呙　氏：(以下熄灯，只留一灯给呙氏)为什么隔了这么多年，奇怪的命运还是追踪来了，为什么我老是失败，为什么他还是知道了人间有真玉？！

呙　瑜：琼儿的爸爸是不是在挖真玉？

呙　氏：(几乎用一种恐惧的眼神，看着那个倔强的孩子，下了很大的决心，终于进口而出)是的。

呙　瑜：爸爸，(浑然不觉地，快乐地叫了起来)我可不可以拜卞老伯为师，跟他学怎样看真的玉——我喜欢真的玉。(这句话本来并不高深，但出自一个小男孩的口中，自有一种直逼人心的质朴感，不免令人一惊)

呙　氏：不，不要！(忧伤，仍然对卞和怀着手足之情)你卞老伯是一个不幸的人，唔，你看我们的生意多好！(也许由于在孩子身上看见自己的少年，纯洁而认真的少年，他总容让着)

呙　瑜：爸爸，可是他懂得真的玉啊！我喜欢真的玉啊！

呙　氏：住嘴！你懂什么？你看你卞老伯得到什么好处，一只腿都给人剁了，一家人拖拖拉拉地过穷日子，真玉有什么用！

咼　瑜：爸爸！（哀求地）

——（忽然，琼儿夺门而入，哭得有些抽搐）

琼　儿：咼大叔，咼大叔，（刚才忍住的泪，又复流出）我的爸爸走了，他又到楚宫里去了。妈妈急得病倒了——哦，咼大叔，为什么爸爸一定要去呢？妈妈担心他的右脚。

咼　氏：(撑不住地，他感到一震) 唔，他又去了，他又去了，啊，师兄，你活着，对我们是一种处罚，是一种控告，你的沉默是对我们的咆哮，你的忧伤是对我们的处罚，啊，师兄，我愿意倾我所有来跟你互换。但是，师兄啊，我们回不去了——（转过身来）琼儿，你的爸爸是一个伟大的玉人，我们所有的人加起来都不抵他那受了伤的半截腿。

咼　瑜：爸爸，卞老伯想必走得不太远，我去追他还来得及——爸爸，请求你，请准许孩子去拜他为师吧！爸爸，楚国的京都千里迢迢，让孩儿一路扶着他去吧！

咼　氏：(他惊讶地望着自己的骨肉将弃他而去，并不十分难过，他才发现自己爱卞和有多深) 去吧！孩子，多带点口粮，(他悲哀地望着自己经营的玉场，不知是一种凄然的胜利还是一种惨然的失败，他徘徊流连，东摸摸，西看看，忽然说) 也多带根拐杖——不过拐杖也许也没有用了，卞老伯的右脚也要难保了。

咼　瑜：再会了，爸爸，恕孩子不孝，你跟琼儿妹妹好生看顾卞大妈，（忽然之间，成长了不少，男孩子气十足地）我走了！

——（咼瑜下，熄灯，咼氏与琼儿亦相继而下。卞和与咼瑜暗上）——

（O.S 的声音播出一种骨肉俱碎的刀斧声，卞和呼痛的声音，"啊，我的右脚，我的右……"声音戛然而断）——

——（漆黑的剧场里，忽然流星雨急速地扑下）——

——（良久，阵雨似的星光里，卞和仰脸而起）——

卞　和：这是什么？（和多年前相比，他的声容都有极大的改变，他老了）这是什么？

呙　瑜：卞老伯，群星都陨落了。

卞　和：我的玉还在吗？

呙　瑜：还在。

卞　和：我还活着吗？

呙　瑜：是的，你还活着——只是你连右脚也没有了。

卞　和：唔，是的，我记起来了，我连右脚也没有了——但我还有一双手，可以捧着这神圣的美玉，我还有两只没有老去的眼睛，可以凝视这不会被认识的璞玉。

呙　瑜：你还有我，老伯。

卞　和：你是谁？

呙　瑜：我是呙瑜，我常跟琼儿玩。

卞　和：哦——原来是故人之子，听说你们发了财。

呙　瑜：但是我听到爸爸偷偷地叹气说，他情愿是你。

卞　和：你的父亲是一个聪明的人。

呙　瑜：但是，我只想学真的玉。

卞　和：真的玉？——我为真的玉两条腿都没有了！

呙　瑜：我知道，如果有一天他们还要腿——我还可以让他们砍两次。

卞　和：你为什么要来跟随我？

呙　瑜：我爱玉，老伯，我爱真的玉。（俯伏深拜）

卞　和：你要跟我学什么？我并不是一个懂得雕琢玉器赚大钱的人。

呙　瑜：弟子想学如何认识玉的大智慧。

卞　和：你有勇气吗？

呙　瑜：（不解）勇气？

卞　和：因为爱心、信仰和希望都是使人容易受伤的东西，敢于爱的人就是在从事最大的冒险。

吴　瑜：是的，师父，爱人的人可能会心碎，有信仰的人可能会受骗，怀有希望的人可能会绝望。但是，如果害怕受伤，只有接受死亡。师父——请收留我——我爱真的玉。（俯伏深拜）

第八场

幕启时，甲至戊又出现在舞台上，唯一不同的是，长老不在了，所有当年曾在新房里闹房时生龙活虎的年轻人，都已垂垂老矣，他们分站在不同的角落，如同一些古代尘封的塑像。

甲：许多年过去了。

乙：许多许多人先我们而走了。

丙：生命好像一场闹新房。

丁：热闹、喧嚣、青春、欲望和模糊的快乐。

戊：但时候一到——我们都得回家——但时候一到我们都得回家。

甲：可是，我们并不是最不幸的人。

乙：因为最不幸的人是卞和。

丙：第一次，他去献玉的时候，他失去了左脚——而同时，忧愁夺去了他的母亲。

丁：第二次，他去献玉的时候，他失去了右脚——而同时，贫穷和疾病吞吃了他的女孩儿。

戊：那美丽的、小小的琼儿，是卞和唯一的欢乐。

甲：一年一年，春花依然残忍地开放。

乙：一年一年，春水依然残忍地泛起绿波。

丙：我们不知道卞和怎样了。

丁：只听到在荆山最高的地方传来一声声砍石头的声音。

——（伐石声传来）——

戊：不，不是一声，而是两声——因为那里面还夹着另一个年轻的锤子——那是他的徒弟吕瑜。

甲：有一个锤声越来越微弱。

乙：有一个锤声越来越强大。

——（效果亦呼应）——

丙：但终于有一天，不知为什么，他的徒弟也离开他而去了。——（效果亦呼应）——

丁：我们不知道那徒弟到哪里去了。

戊：我们从来没有再听过他的名字。

甲：听说他去了楚国的宫廷。

乙：听说他改了名换了姓。

丙：也许是因为受不了琼儿的死，也许他是受不了师父对玉的坚持。

丁：而今只剩下卞和的锤声——他的锤声像多年前的凤凰，使我们不安。

戊：我们是一些平凡的人，我们只要求平凡的东西，我们不知道卞和的坚持到底有什么意义。

甲：有时候，我们不能不相信那块玉是真的——他忍着老，忍着病，忍着死，要等着把那一块玉给天下人认识。

乙：但即使是真的，又何必那么认真——卞和的行为使我们惊奇！

丙：没有什么哲学可以使我放弃冬天早晨热乎乎的一碗稀饭。

丁：没有什么哲学可以使我放弃夏天夜晚清沁沁的一张凉席。

戊：而卞和却倾其一生，把自己给了那块玉。

甲：卞和使我们思索。

乙：卞和使我们惊奇。

丙：卞和使我们不安。

丁：卞和使我们迷惑。

戊：但是，无论如何，卞和使我们想到，也许世界上，或者我们心中,真有那么一块美玉。

——(所有的人鱼贯而下,舞台有短暂的沉默,接着,卞和妻扶着衰老的卞和出来,把他安顿坐好)——

——(卞和正如村民所形容的,是在"忍死"的阶段,他的白发萧飒,身如枯枝,但可惊异的是,眉目之间尚未有服输的迹象,一眼看上去便知道,他仍在坚持着)——

——(在舞台的另一方位,琼儿出现了,穿着轻俏的衣服,似乎在采花,又似乎在浣纱,像是一个与时间无关的花神,月魄,或者水精灵)——

卞　和:琼儿这孩子,又出去摘兰花了吗?

——(卞和妻惊慌起来)——

卞　和:唔,我老了,现在不是春天了,琼儿这孩子是去摘桂花了。

卞和妻:(突然忍不住地啜泣了)

卞　和:不要哭了,女孩子大了,总是要嫁人的,你去找找,在我们床头的大柜子里,有我特意给琼儿留下的一副翠玉耳坠子,你给她镶好了,以后,跟瑜儿成亲的时候,也算有点陪送。

卞和妻:(哭声越大)琼儿,她已经走了。瑜儿,听说也到楚国的宫中去了——

卞　和:(惊惧地回顾,似乎在忽然之间发现了一切的改变,琼儿消失了)唔,是的,我忘了,琼儿已经生病死了,瑜儿听说已经到楚宫去了——瑜儿为什么要到楚宫中去呢? 瑜儿……

卞和妻:苍天啊,苍天,你何其不平,为什么好人必须遭遇不幸,为什么我们要生为楚国之人。

卞　和:不,不要埋怨苍天,苍天如果认为我应该显达,它可以将我生在周天子的京畿洛阳。苍天如果认为我应该富裕,它可以将我生在有铜有盐的齐国。但它生我在荆蛮的楚国,在楚国一个榛莽丛生的荆山,我就爱了荆山,以及在荆山深处旷古未有的美玉。

曾经,每一天,我爬上荆山,让我的脚掌在大地上留下膜拜的痕迹。曾经,每一刻,我挖掘荆山,让我的双手在岩石上留下敬礼的姿势。任你摊开瀛海与九州的地图,我的泪水仍固执地滴在我所选择的这一点上,我的血,我的森森白骨仍为它而燃烧,这浩浩的楚国,这楚国的荆山。

——(在暗淡的灯光中,村民和呙氏一个一个走入,他们无言地跪下,一言不发)——

卞和妻:什么事?

——(村民相觑,不发一言)——

卞和妻:请告诉我们外面发生了什么事?

甲:楚武王去世了,楚国又有了新的国君。

卞　和:(扶墙,忽然站起)什么?

乙:我们只是来告诉你,我们请求你不要再去了。

丙:你已经没有脚可以被砍了,我们只希望你善养天年。

呙　氏:他们不会相信你的,你为什么要再顶一次欺君的罪名?

卞　和:是的,他们不相信我,他们也不相信世界上有真正美好的璧玉——但是我相信他们,我还能相信人间有信任,他们可以刖去我的脚,但是他们不能斫断我对他们的信任。

戊:可是,无论如何,让故事停留在这里吧,我们不忍看你受到更多的伤害。这一次,这一次说不定会罪及妻子——

——(灯黑,鱼贯而出)——

——(灯光复明)——

卞　和:你呢?你也要劝阻我吗?

卞和妻:不,有些人是不会被劝阻的。我只愿意说,如果你要去,你就去吧!

卞　和:(垂首)我连累了你们。

卞和妻:这世界上再没有什么可让我挂心的了,能为你忧伤,为你受罪,也不负我们夫妻一场——我去把你的东西收拾一下。

——(卞和妻下)——

卞　和：(妻子走后,他独自愣在舞台上,一生的辛酸渐渐回到眼底,忽然他爆发起来,挥拳长啸,几乎冲跌下舞台)我恨!我恨!!我恨!!!(又忽然冷静下来)——但是恨谁呢?我恨苍天吗?不,我不恨苍天;我恨荆山吗?我不恨荆山。我不恨我的玉,我不恨楚王,我不恨我的命运……(仍旧发狂地大叫)我不知道我恨什么!(又过了良久,他冷静下来)上苍啊!天神啊!我第一次走上往楚宫中的路是两只脚走去的,我第二次走上往楚宫中的路是一只脚拐着去的,而今,我只能用我的手掌,一步一匍匐地去了。但是滔滔天下,什么是真,什么是假,失去信心的人只能做自己生命的浪子。而你却呼召我走一条难走的路。你要我做独自清醒着的人,你要我做独自不眠的人,我竟逐渐忘记了我也有为自己而活的权利。但是,前路漫漫,世上还有一条路比这条路更长吗?苍天啊,苍天,我要走多长的路,才能使人相信,在这世界上,在我们心里,有一块没有瑕疵的美玉——苍天啊,还有多长的路?

——(他抱着璞玉而哭了,三日三夜,泣尽而继之以血)——(此处可有日升月沉,昼夜交替的动人灯光,卞和抱璞而哭的形象几乎因此而具有一种恒久的、穿越时间的力量)——太阳升起,照见我的眼泪,月亮升起,照见我的泪眼,我的号啕来自我的爱,我的泪水来自我的忧急。这是一个有人吹笛却没有人跳舞的时代,这是一个有人举哀却没有人哭泣的时代。这是一个没有人有勇气相信,世界上还会有一块美玉存在的时代。

我的泪水已经流尽——我只能流下苦胆的汁液。我的胆汁已经流尽——我只能流下沉重的血。啊,愿我的头化为水,愿我的两眼化为愤怒的泉源,好让我昼夜为我的国我的民而哭号。——(不知过了多久,有两位朝中的官员走上,他们也可以是多年前的左右朝臣）——

官　甲：请问先生就是卞和吗？

卞　和：（垂首不动）是的。

官　乙：如今朝中新君始立，传闻有人在荆山之下抱璞而哭，就是你吗？

卞　和：是的。

官　甲：（很有兴趣地打量他）你的两腿是怎样残废的？

卞　和：当年厉王即位时，我抱璞献玉，无人相信，以为是欺君，因而刖去左足。（似乎在叙述一件身外之事，只有凛然正气，而无伤悲）

官　乙：那么，你的右腿呢？

卞　和：武王即位时，我又抱璞献玉，无人相信，以为又是欺君，因而刖去右足。

官　甲：你就是为你失去的两腿而哭的吗？

官　乙：天下被刖足的人很多呀，你也不必太过悲恸。

卞　和：不，我不是为失去的双腿而哭泣，我为这至今尚未被认识的美玉而哭，我为这失去了信心的时代而哭——我再没有多余的眼泪来为自己而流了。

官　甲：你还愿意再去一次楚宫吗？你愿意带着你的玉再去一次吗？

官　乙：（善意的提醒）可是，你已经再没有腿可以刖了。

卞　和：我知道，我已经没有足可以刖了！但是，让我去！我要用我剩下的半截生命，见证这块玉的真实。

官甲乙：（轻声地惊呼了一声）卞和！（一同扶架起他，灯忽熄。）

第九场

这里，他们又来到楚宫。

楚　君：你就是三次来献玉的卞和吗？

卞　　和：是的——但小人真正献玉的次数比三次多。每一个夜晚，每一个清晨，我期望着能向天下之人献出它。

楚　　君：既然两次都被判为假玉，这次恐怕也难以成真。

卞　　和：不然，小人刖去两足，而仍然胆敢前来，小人是以头颅为凭的。

楚　　君：左右。

左　　右：臣在。

楚　　君：为寡人唤玉人理玉。

左　　右：是。（入内传呼玉人理玉）（玉人上）

楚　　君：请即为寡人理玉。

玉　　人：是。（上前，自卞和手中接璞石，灯光固定在瑜儿身上，他现在已是一个壮年人，但他对师父的爱，却浓厚得可以在一眼中发现）——

玉　　人：啊，师父，你终于来了。原谅我当年不告而别，原谅我多年的隐姓埋名。我等的就是今天。啊，师父，多少次我梦见我在为你剖玉，醒来的时候被剖的却是我惨伤的心。啊，师父，这一刻终于来到，让我们向世人证明人间尚有真玉，在无人认识的璞石之中，以及在人们的深心之内。（举起凿子）

楚　　君：且慢，玉人请详为寡人相玉，此玉既经厉王武王先后判为伪玉，寡人唯恐有诈，白白的辱没了斧头。

玉　　人：（悲激地）小人愿以双足为凭，不，小人愿以头颅为凭，刀斧下处，真玉必现。

　　　　　——（举起斧凿，凿开石头，一块莹白灿烂的玉便告诞生）

　　　　　——（一言不发，穿过惊愕的人丛走向楚王）——

　　　　　启禀主上，此玉乃旷古未有之美玉，请先行谢天，再奉之于宗庙，以为国宝。

　　　　　——（楚国君臣在简单的仪式中谢了天）——

楚　　君：卞和。

卞　和：小人在。（忽然之间，他苍老得不能辨认）

楚　君：如此至宝，你要寡人以何物为赐？

卞　和：这样的璧玉是上天生成的，小人怎敢要求赏赐——能使天下之人得识真玉，小人余愿已足。

楚　君：你两次献玉，刖去双足，寡人至少也应给你一些补偿。

卞　和：启禀主上，小人所失去的并不只是两条腿——小人所失去的无可补偿。

小人所遭遇的是老母的血泪，幼女的死亡。苍白的岁月，火辣的嘲笑，不能被容于天地间的孤绝，以及被误解的凄凉。美好的璧玉被视为石头，忠贞的爱被看做虚谎——但是，我不要求来自任何人的补偿。

当初，我在荆山之上掘得这块璞玉的时候，这一切的痛苦都在我的预知之中。我一生的悲剧在于我怀有一块玉，一块不可信的、旷古未有的美玉。因此，我一生只能去做一件事，去把上苍从开天辟地以来所赐下的"神迹"，原原本本的带来给世人看。我曾经恐惧这样的命运，但是，我要说，如果我仍年轻，如果我有权利回到当初的荆山，掘得这样的宝玉，我会再一次承受这样的命运，我会再一次用我柔弱的肩膀挑起这一生的苦难，我会甘心地站出来，在这惯于"否定"的时代里，为真理作"致命式的肯定"。

楚　君：寡人既得此国宝将欲昭告天下，奉于宗庙之上。（下）

玉　人：（前跪，小声）师父。

卞　和：（惊讶而又谅解地）不要说——我什么都了解——你能有今天——上天待我已够仁厚。

玉　人：师父，弟子只是一个喜爱真玉的人。（泫然，几十年过去了，他仍然只想起孩提时期跟师父说过的话）

——（一时之间，楚国的宫室仿佛矮了下去，卞和与瑜儿仿佛升高了）——

卞　和：哦,让我们的名字和我们这容易衰残的肉体都腐朽了吧!让这神圣的美玉在人们心上传递下去。好让人们在这残缺的世界里认识什么是"完整",在这污染的世界里认识什么是"清洁",让人们在这丑陋的世界里认识什么是"美丽",好让人们熄灭他们仇恨的、不信任的眼睛,让他们终于惊讶而叹息说:"是的,我愿意相信,相信上苍曾在人间赐下如此完整的神迹。"

——幕下——

一块玉的故事

今年春天,过完了三十三岁的生日之后,我忽然感到,我从来不曾如此深切地体会生命和生命的受难,我能够感觉在我的三十三岁与基督的三十三岁(他在这一年钉上十字架)之间有某种神圣的系连,当我的手中握着小女儿信赖的小手,我想到他的手中拥有的是一只钉透骨肉的长钉。当我在享受一个中产阶级的美好晚餐的时候,我想到同样健旺的食欲,他却只能饥饿地站在一棵一无所有的无花果树下。

思想他,使我不可遏止地想到全人类,在我忙碌的、被羡慕的生活里,我无法不去思想作为一个"活着的殉道者"的意义和沉重。

有很长的一段日子我不想写作,或坐在苍白的冬林里,或慑服于山奔海立的气势,或在清晨四时去看批发市场,站在满地的鱼血水中,我思想着奇异的人生。写作是庄严的,但生命更庄严。我是一个教员、我是一个妻子、我是一个母亲、我又被人称为散文作家和剧作家,但我从来没有这样珍视我的另一个身份,我猛然地发现,我是苍天和大地间的一个"人"。以前没有人能代替我,以后也没有,我只能匆匆地活一次,我只有这一度机会,我渴望经历我自己的每一分每一秒。基督只活过三十三岁半,就那样成功地展示了一个人之为人的高贵和尊严,我因而确知,在某一个坎坷荒凉的山路上也必然有我自己的十字架。

几乎是第一次,我发现做一个人是多么欢愉的事,在健康快乐的时候我可以享受我的生命,在痛苦悲哀中我可以忍受我的生命,两者都同样地神圣肃穆而令人激动。尽管生命有那么多残缺，但做"人"真是一件大得足以震动诸天的事，仅仅作为一个好孩子或好父母，一个好学生或好老师是不够的，我们活着，最大的成就，最原始也是最终极的成就在于去做一个"人"。我开始了解，对于做"人"这件事，我是整个地上了瘾。

我愿意我死的时候，有人在我的墓石上刻下一行"她是一个人"。"人"——就是孔子所说他唯一愿意与之同住的一种东西，也是耶稣基督在浩莽的宇宙里唯一愿意为之舍命的那种东西。

于是，我想到要写《和氏璧》。如果作品的优劣是和创作期间受苦的程度成正比的话，《和氏璧》无疑的是我所有作品中最好的一部。跟我所有的创作品一样，《和氏璧》也是一坛老酒，酒质的芬芳香醇虽不敢预期，但我知道我必须把它放在心中贮上几年，让故事被酿造，让其中一个一个的人物都走出来跟我说话，并且成为我的朋友，我深知我如果不曾与剧中人一同哭过，我就不能写他们。

我所以急于写《和氏璧》主要因为我觉得人活着，就应该是那样的。这世界有太多"负数"，所以仅仅成为一个于人无害的"零"是不够的，我们必须把自己掏成一个"正数"，生命是可贵的，甚至是可敬畏的，但还有一些比生命，比我们一己的百年之身更可贵更可敬畏的，那便是一些支持生命使生命可以活下去的东西。

农人可以种植，日光、土壤和水分可以提供必要的发芽条件，但真正使植物发芽的却是一种不可言说的神秘力量。人可以活着，可以繁衍，但使人类绵延不绝的却不仅是简单的生殖行为而已。

如果勉强用有限的词汇来解释，我们所需要的是一种更完美的动力，来运转整个人类。那便是对"无限"的渴望，对生命本身战栗的惊喜，对于美善的承认和向往，对理想的热度，对陌生人群的关注，简单地说，就是信、望、爱。我在《和氏璧》里讨论信心。

我把卞和残忍地投掷在一个怀疑的时代，一个否定的时代，一个由于忧惧，人人疑畏而不敢去冒险相信什么的时代。但每一重"不信任"是一层茧,重重的不信任遂使人窒息了。

其实,我要写的并不止是公元前七世纪卞和的故事,我所写的是一九七四年你我的故事。

我差不多把主角卞和写成一个传教士的典型,他原来只是一个普通的玉匠,可是一旦发现了一块稀世的宝玉,他立刻撑起了一代悲剧英雄的角色。他第一次去献玉的时候,是用健康的双足踏着楚国的大地而去的。第二次献玉的时候,是一只脚拐步而行的。但第三次,他已经没有脚了,他只能一步一匍匐的去呈献他所怀有的美玉。

世界上的确是有一些非坚持不可的东西,"玉"在《和氏璧》里是一切完美事物的象征。卞和一生的努力便在于使这种美善被接受。可是,大家不敢相信,对我们这些习惯受骗的人而言,"拒绝"也是很自然的习惯性的反应。

"肯定"必须和"否定"争战,"信心"必须和"怀疑"争战,"奉献"必须和"拒绝"争战,谁能坚持,谁就是胜利者。

其实,十八岁的时候,谁不会谈理想,年轻的日子,谁不曾怀有热情,但以一生之久坚持一项真理,以双腿作代价,以一生的幸福作赌注,并且长期的被误解、处寒微,谁能以堪呢? 但卞和不能放弃他的玉,正如传道者不能放弃道一样。"坚持的本身"就是对于所"坚持的内容"的一项解释。这种角色也许最后会被剥夺得只剩一副枯骨,(并且是沾了泥泞的枯骨),但是他们绝不可能失败。

所有的坚持力量无疑地来自爱,但更富韧性的坚持力量却来自"信仰",来自受天之托的"使命感",来自一位值得为之"坚持"下去的对象(例如说,永存不变的上帝)。

《和氏璧》并不只是一出舞台剧,也不只是一块玉的故事,而是每一个人一旦开始思索"人之所以为人"以及"人之既已为人"之后必然面对的问题。

谁来传下一块玉? 在这沙砾的世纪。

《西厢记》改写

作者董解元,金章宗时人,其他资料不详,事实上"解元"并不是他的名字,当时读书应举的人,普遍都称为"解元",换言之,我们对这位极有才华的作者唯一确知的是他的"姓"。本剧的名称很多或称《董西厢》或称《诸宫调西厢》、《弦索西厢》、《挡弹西厢》。

《西厢》也可能是中国小说戏剧史上被翻写得最多的一个故事,如王实甫的《西厢》,亦甚成功。

他,张君瑞,二十岁不到,父母就去世了。父亲生前是礼部尚书,家住在长安。父亲去世后家徒四壁,自己又不善理财,五六年间,真的穷了下来。

到了二十岁,没有家累,他爱上了浪迹天涯的生活,走南闯北,到处浪荡。大唐贞元十七年,二月,他来到黄河畔的一座大城蒲州,一个人独自在客栈里住下,是无限繁华中的一点小孤寂,一个无父无母无妻无子的二十三岁男子,店小二看着不免惊奇:

"客官啊,您也出去走走啊,这二月中,河水都解了冻,正是花朝好日子哩,这出城十里有个普救寺,嘿!不是我小的吹牛,我看天宫也赛它不过哩!"

不该听那番话的,这一游,却游出麻烦来了。

普救寺果然辉煌,七层宝塔,百尺钟楼,屋顶是一片琉璃瓦,大殿里烟雾缭绕。无所事事的张生又继续往前走,这座寺庙不仅建筑物华丽,整个环境里也多花木之胜。张生走着走着,穿过重重的柳,跨过淌着落花的小溪,绕过精致的粉墙。忽然,匆促间,他看到一个炫目的身影一闪而逝。

那是一个年轻女子的身影。

仅仅一照面,那影子却像一枚烙印一样在猝不及防间打在他的眼膜上,那一弯翠眉,那一剪秋水,那一顾盼间的蕙质兰心,那一行止之间的端丽动人……

突然,一只手搭在他肩膀上,很粗大有力的手掌。

回头一看,是个高大粗壮的和尚,这人强壮过分,简直不像出家人。就在这一刹那,女子消失在门后。

"到此为止!你不能再往前走了。"

"我不过随便逛逛,为什么别人能走的我偏不能?"

"不能就是不能,崔相国的宅眷借住在里面,闲杂人等,不可过去。"

"崔相国?"

"崔相国去世了,一时还不便安葬,一家人停柩守灵。家里只有个老太太、年轻的闺女莺莺和一个十岁左右的小弟弟,最近就要做一场水陆大会的功德呢!"

还好,张生放下一颗心,她毕竟是人,而不是神仙。直肠愣脑的法聪甚至无意间说出她的名字:莺莺。莺莺,多好听的名字,他立刻在心底秘密的偷叫了一千遍。

中午,他和法本长老一起用斋。席间张生谈起想要借住僧房一间温习诗书的话,法本长老立刻答应了。

咫尺天涯。

真是闷如丝,愁如织,夜如年。

听说老夫人治家甚严,张君瑞只有远远的受折磨,而不敢接近。怪谁呢?怨谁呢?都怪春天吧。

而这一天,做法事的这一天终于到了,老夫人出现了,梳了个白髻,一身素服,表情严峻,一看便知道是个精明能干的老太太。

莺莺也在场,穿着孝服的她,在哀恸中竟也别有令人心动的地方。张君瑞很直觉地感到众和尚隐隐都不安起来,这样绝色的美人令有道行的人也要把持不住。

不该住到普救寺来的,这样愈陷愈深,愈深愈陷,不是聪明人的行径,但在恋爱中的人又有谁是聪明的呢?何况,春天的风总是使人糊涂。

不知道是不是天随人意,平静的寺庙里竟生出一件天大的事来。崔相国的法事刚办到尾声,钟鼓一时都安静下来,忽然一个小和尚面色如土浑身乱颤地跑进来。

"不得了啦……不得了啦……好多兵啊……我们给人家围住啦,围了好多层啦……"

"什么?是谁如此大胆?"还是法本比较抓得住要点。

"叫……叫……孙飞虎。"

"哦,孙飞虎,这人如今做了叛军,他来做什么?"

"他,他……要我们打开寺门,供他吃住……"

"呸,偏不开,"法聪瞪着一双铜铃眼,大吼起来,"接纳叛军,将来如何对朝廷天下交代?他孙飞虎又不是天兵神将,我法聪偏不怕他!"

"不要吵了,"法本说,"从长计议,他们虽然围着普救寺,量他们一时也不敢下手。"

"要说念经礼拜我不耐烦,"法聪拍着胸膛,"要比胆子,咱可不输他孙飞虎!上有国法,下有寺规,哪容他孙飞虎来撒野?来,大伙看我已经解下这把戒刀!有敢跟我来的都站到堂右边来!"

奇怪的是,那些平日看来恭良谦顺的和尚,给法聪一吼,竟然有三百人站出来。听说孙飞虎手下有五千人,三百人不到对方的十分之一,但法聪还是抖擞着精神走了。

法聪并不孟浪,他先登楼叫话,陈说利害,孙飞虎仍然坚持要住进寺里去。

"你们且退三百步,我自来跟你们面谈。"

孙飞虎果真退了。

没想到一出寺门,法聪带着这支敢死队硬冲而来。

"你个和尚,不慈悲为怀,居然拖刀带棒来杀人?"

"嘿,嘿,彼此,彼此,你吃着国家俸禄居然敢造反!"

法聪嘴不饶人,手也不饶人,两下立刻恶斗了起来。这一斗彼此都发觉对方很难缠。

"我们只不过要借个食宿!"孙飞虎无意恋战。

"不行啊,崔相国的家眷住在寺里,外人不可随便出入的!"法聪自作聪明的解释,"人家是弱女稚子,你们是乱军贼党,我们怎么可以开门?"

"啊!"孙飞虎一听大乐,"我早听说有名的美人崔莺莺在此,果然不错,哈哈,这可好了。我现在指名要莺莺,把莺莺弄到手,我带着这俏皮货去见河桥将军丁文雅,那个色鬼一定大乐。这样一来,我俩联军,连朝廷都可以不必怕了!"

法聪没想到事情急转直下弄成这种形势。

"我原来是要来住的,现在不用麻烦啦!你们只要把莺莺送出来就好了,不给我莺莺,我就一把火烧了这普救寺,哈哈,看谁救得了你们!"

火还没有烧,整个寺都沸沸扬扬起来。那些经卷,那些金碧辉煌的建筑,那千百条人命……更令人忧急的是殿上的菩萨,以及崔相国的灵柩,都要烧成灰了。

"娘,"莺莺哭了起来,"事到如今,就让我去受辱吧!这样,父亲的灵柩才可以保住,娘和弟弟以及满寺的人才有活命。"

"娘怎么舍得你?"老夫人除了哭什么主意也没有,但两人哭得肝裂肠断,大家听了也不忍。

"唉,小小一件事情,看,你们居然搞成这样子!"说话的是张君瑞。

"小事!"法聪气得脸色通红,"你个书生懂什么?"

"我有个朋友,叫杜确,人称为白马将军,是我的生死交。我只要写几行字给他,他立刻会带兵来解围。法聪,你敢去送信吗?"

"孬种才不敢送!"法聪最经不得人激将。

"不过,我话要说在前面,"张君瑞抓住机会,"我与夫人非亲非故,此番事成,希望夫人不要以外人待我。"

"什么话?"夫人说,"只要你不嫌弃我们,我们就是一家人了。"

彼此的话都说得很模糊。

恋爱中的男子,总是希望对方有难,来证明自己的爱心,这种机会竟让张君瑞等到手了。看来住在普救寺是对的。白马将军果然不负友情,一场恶战,孙飞虎给斩了,普救寺终于获救。

张君瑞也自觉获救了,不是生命安全,而是一颗快要焦干渴死的感情从此可以安定下来了。

奇怪的是夫人一点表示都没有,他只好托法本师父去问。

"好吧,明天请张先生来便饭,我自己跟他解释。"

席上只有老夫人和一个小男孩,莺莺没有出现。张君瑞心里猜疑,嘴上却又不好说。

"小姐说她身体不好,今天不出来了。"丫环红娘来传话。

"哼,"夫人生了气,"什么叫身体不好?要是在乱军里死了,身体又如何?人家救命之恩都不肯谢一下,太没规矩了!"

张君瑞什么也不好说,过了一会,莺莺出来了。家常衣服,一点装扮也没有,委屈的坐着。她的倔强骄傲也自有一份动人。

她显然不愿意以"受恩者"的身份出现在"大恩人"面前,她是高傲的,她不能忍受把自己当做"报恩"的物件。她看来并不讨厌神气英爽的张君瑞,可是,她低垂着一剪长睫,不肯透露半分眼波和心事,只遵母亲的吩咐叫了一声哥哥。

"莺莺几岁了?"

"十七了。"夫人说。

"上次晚生驰书求救以退贼人的时候……"

"我今日请张先生来,也是为此。莺莺本来是说了人家的,对象是我哥哥的儿子郑恒,是她父亲生前许下的。当时已经要结婚了,可是崔相国忽然撒手,事情就停下来了。要不是有这重困难,让莺莺配先生我是很乐意的啊!"

"原来莺莺是定了亲的,"张君瑞的眼泪愤然流了下来,"可是,当时你们为什么不告诉我,让我死了心呢?而且,郑恒也是有财有势的公子,孙飞虎来抢亲的时候他却躲到哪里去了呢?"

他的眼光横扫全桌,忽然,他遇见莺莺抬起的眼睛。

奇怪,刚才他穿着最好的衣服,保持最好的风度,她却低着头,懒得看自己一眼。而此刻,他声音嘶哑,泪流满面,眼睛里全是受伤的创痛,一双手捏得格格作响,虽没饮几盅酒,却因为自觉上当而几乎瘫倒,他是如此狼狈……而就在此刻,她反而抬起头来关怀地看着他,她那样无避无畏的当着老夫人的面用温柔流丽的目光爱抚着他。

他不能再说什么,只暗自惊奇,一双眼,怎么能说那么多话。够了,不管有多少委屈,都不要再争了,有那动人的一盼,够了。

"张先生醉了,"老夫人的声调既不关怀也不冷漠,"红娘,好生服侍张先生回房休息。"

夜雨敲窗,张君瑞独坐房里,这普救寺是不能住了,走吧,走吧,回长安去吧!流浪得太久了,该回去了。

一身天涯,哪有什么值钱的东西好收拾,不过是几本旧书,一把剑,一张琴而已。

"哎呀,原来你有这么好一张琴,"红娘看了,惊叫起来,"有希望了,我告诉你,莺莺最爱音乐了,你既然能弹琴,她一定忍不住想听。"

人生到底是怎么一回事?真有这种事情?一张琴,可以挽救自己的不幸吗?不管怎么样,总该试试,好多次请红娘帮忙,她都严词拒绝,坚称绝不可能,而现在她居然主动地说这方法一定有效。

"就是在今天晚上,好吗,我把弦调好!"

晚上,月如水,看来老天也在助成人间好事。古鼎中焚着香,胆瓶里梨花杏花的幽香流溢着,张生把琴横在膝上,轻轻的抚弄着:有多少说不尽的爱情,有多少狂暴的悔恨,生命中道不尽的焦灼、欲望和痛苦,一个漂泊灵魂的凄凉,一场没有希望的恋情……都沿着琴弦缓缓流下。

隔着墙,莺莺站在花下听,泪水急促的滚下,像一湾跟琴声相和的流泉。多悲伤的琴,多悲伤的歌。

"有美人兮,见之不忘……张弦代语兮,聊写微茫……"

忽然,他推门而出,只见月下莺莺消瘦的背影正匆匆离去,他知道莺莺已经听了他弹琴,他同时感到一份满足和一份空虚。

"莺莺回去以后怎样?"张生急着问红娘。

"她只是流泪,只是叹息。"

"把这首诗替我传给她,好吗?"

"你如果想写些情词挑动小姐就错了,上次听琴是可以的,因为她以为你不知道。可是你托我带诗给她,这事做得太明目张胆,她就会摆小姐身份,大骂我一顿。"

"试试看吧!"

诗被放在妆台上,不出所料,红娘果然挨了骂。

"我也不便当面骂他,你把这封信送去。"

张生打开信,原来是一首五言小诗:

"待月西厢下,迎风户半开,拂墙花影动,疑是玉人来。"

奇怪,听红娘说,她非常生气,可是看信,又像是订下了约会。

当天晚上,张生站在花丛中,苦苦等候,她真的来了,一脸怒容:

"你这是什么意思?我们受了你的救命之恩,不错,但你这样托不懂事的丫环来寄这种诗,又算什么?我们都成年了,难道你不能为我的名誉着想吗?"

"我是不对,很冒犯你,"张生也感到自尊心受打击,"但是,你寄给我的诗也……也……"

"不错,我寄给你的诗也不守礼防。可是,这是我唯一的办法了,我如果把你的诗交给母亲,怕事情闹得更僵。我如果叫红娘来说,又怕她传话不清楚。回封这样的信我知道你一定会来。来了,我就可以把话说清楚。我自己这样做也很惭愧,不过,反正这是最后一次了,以后,我们还是做个循规蹈矩的人吧!"

哈,哈,好个"循规蹈矩",为谁而"循规蹈矩"? 为郑恒那小子吗? 他颠踬着步履走回去,只觉全身冰凉,太累了,太累了,爱情是一场太精致太复杂太反复无常的游戏,太累了,太累了,让我躺下吧! 不用再起来了,不该到蒲州来的,不该住进普救寺的,不该日日夜夜想着那一张脸的,不该痴心如狂的,错了,错了,彻头彻尾的错了……

夫人来送药,高贵的老夫人啊,何必多此一举呢? 延长生命无非是延长痛苦,失去了莺莺,这个世界还有什么值得活下去的理由?

他想到悬梁自尽,他在平静中把带子搭上梁木,结好套头,并且跳了进去。忽然,红娘折回来,大叫一声,扑上去,把他抱了下来。——不幸的人竟连死的权利也没有吗?

"你为什么这样想不开啊,其实莺莺对你也很有意啊,可是,她总是一个小姐嘛,她这两天一想到你的病也都忍不住哭哩! ……"

"请她今晚来,好吗?"他像小孩子一样任性地哭了起来,"我要看见她,我一定要看看她,她今晚不来,我们只有地下相见了!"

莺莺终于来了。

她是羞涩的,他知道她经过怎样的挣扎,才走进这房子。他知道她背弃老夫人偷跑出来无异撕裂一个熟悉的自己,他知道她此刻正努力丢掉崔相国家中知书达礼的小姐尊严,仅仅以一个女人的身份前来,一个爱人的也被爱的女人。

他把这受苦的颤动的肉体紧抱在自己怀里,他搜索她的唇,她的馥馥的香气……

露水滴落在牡丹微绽的蓓蕾里,天渐渐亮了。

是真的吗?或者是梦,张生翻过身来,莺莺已不在,只有一颗颗莹莹然的泪,滚落在席面上。

半年了,莺莺变了,变得佻达明艳,老夫人终于动了疑。

好在红娘很聪明,把利害关系一说,夫人也同意这是一场只宜遮盖而不宜张扬的麻烦。

张生又听红娘的话,临时向法聪借了钱,送给老夫人作聘金。虽然夫人一再拒绝,张生却唯恐礼数不到,事情将来会生变化。夫人仍保持她一贯的精明,收了聘,她立刻要张生进京赶考。

青山四合,抱紧了一座蒲州城,是秋天了,满川红叶,全是离人眼中的血泪凝成的吧?

第二年春天,张生在京中考取了第三名探花郎。

才子佳人,理所当然的结了婚——不过,根据爱情的原则,好事总是多磨的。所以,有一个说法是张生经过长期的绷紧,此刻一松,忽然病倒,这一病病了半年,音信全无,郑恒乘机来骗人,说张生已经另娶了。老夫人拗不过自家侄儿的面子,竟又答应把莺莺给他。幸好张生及时回来,两人半夜私奔,赶到新升了太守的老朋友杜确将军那里去,才在故人的祝福下完了婚。

不管过程如何,总之他们是如愿以偿的结了婚。

在唐代原始的小说故事里,两个人后来分了手,各自男婚女嫁了。可是,在金代、元代面对观众的舞台上,有谁忍心拆散一段璧人的姻缘呢?如果你不喜欢这庸俗的团圆情节,那么,请原谅他们的庸俗吧!——毕竟这是一个温暖的庸俗的世界啊!

王宝钏

作者佚名,此类包括《戏妻》情节的戏尚有《秋胡戏妻》等,《王宝钏》尝为熊式一于一九三四年改写为英文剧。

王宝钏正低着头,绣一只灵动欲飞的龙。金黄沉紫和火红的绣线一针一针上下穿梭,眼见得一条龙就要绣好了。忽然,她推开线,脸红起来,她想起昨夜的梦了。梦中一颗大红星,猛然的坠在她怀里,而此刻,那条绣花绷子上的龙,也是如此带着火的耀动,直扑下来。

和丫头一起,她走到花园里去,宰相府的名花异草开得整齐规矩而饱满。

"哇,失火了。"丫头大叫起来。

宝钏镇定地走过去,没有火,只见一个褴褛的流浪人,坐在花园门口打盹。这人显然是穷人,但他睡熟的脸部安详平静,他的周身有一种说不出的、逼人的光辉。

忽然,王宝钏又想起梦里那颗光灿灿的大星。不知为什么,这人使她想到光,逼人的光。

"你叫什么名字,哪里人?"

"我住长安,父母早死,我一个人到处流浪,我的名字叫薛平贵。"

"你父母死以前,没跟你定亲吗?"

"穷成这样,小姐,"那人无奈的苦笑,"怎么敢去说亲?"

王宝钏睁着一双清亮的、纯洁得近乎无知的眼睛打量着这个陌生人。奇怪,成天出入相府的人倒也不少,但这个男人却与众不同,大姐金钏嫁给苏龙,二姐银钏嫁给魏虎,跟苏龙、魏虎比,就仿佛这人是铁打,那些人是纸扎的。

"二月二日,父亲要给我结彩楼抛绣球,不知什么人有因缘,你也可以来试试。"

"来的都是王孙公子吧!"

"婚姻的事,靠缘。"

"我会来的。"

王宝钏站在高高的彩楼上,手里拿着个旋转不定的球,那薛平贵还没有来,她焦急的四下张望,都是些什么人呢?似乎有王孙公子,也有商人农人,一只小小的彩球轻易地一掷,一个女人的命运就这样决定了?

忽然,她看到那耀眼的,火一样的男人,她急速地把球向他掷去,但群众忽然像山崩一样压下来,人人都去抢那只球,他捡到了吗?她看不清楚,什么时候开始她如此在乎这个人的?她不服气地想。

然后,她看到了,天从人愿,球,带着她的祝福与关怀,好端端的捧在那人的手里。她站在高高的彩楼上,他站在尘埃里,但她明白,从今而后,他们将一生一世在一起了。

"相府的千金小姐,去配路边的叫花子薛平贵,笑话,"父亲很生气,"退掉,退掉,我随便替你找个王孙公子。"

"父亲,人要讲信用,不要说打着了叫花子,就是打着了一块石头,我也会抱它三年五年的!"

"你在跟我赌气吗?"

"没有!"

"那么为什么不听话另外嫁人?"

"这种事别说爹爹,圣旨也改不了!"

"你也想想,大姐金钏、二姐银钏都不及你漂亮可爱,她们都嫁得那么好,你反而嫁给一个叫花子吗?"

"人总有倒霉的时候,我们怎么能知道未来呢?一朝得志,说不定,他也不在爹爹之下。"

"大胆,"父亲咆哮起来,"退!退!退!非退不可!"

"不!绝对绝对不退!"

"不退你身上两件漂亮衣服还我!"

"可以,但是爹爹还记得这两件宝衣哪里来的吗?"

"圣上赐的。"

"圣上为什么赐爹爹?"

"因为君臣之谊。"

"圣上倒有君臣之谊——爹爹却没有父女之义吗?"

"只要你肯退亲,别说这两件宝衣,就是满箱金银也随你拿啊。爱拿多少,拿多少。"

"可是,我不要了,这'日月龙凤袄''山河地理裙'都还给你吧,还给'嫌贫爱富的人'。"

看到女儿赌气撅嘴发狠的模样,父亲的心又软了,脱了宫装之后,她只穿一件朴实的素色衣裙,反而益发楚楚怜人。

"你倒会说话,我嫌贫爱富没错,可是,我是为了谁?"

"不知道!"

"就是为你这个小鬼头呀!"

"我的事是我的命——不须麻烦爹爹。爹爹,你手摸胸膛想一想,如今膝前还有谁,就我一个了,你就不能多疼我一点吗?"

"不错,就你一个了,你还不能多孝顺我一点吗?"

"孝顺?如果母亲死了,我会来披麻戴孝。"

"如果我死了呢?"

"我不会哭一声的!"

"王宝钏,你听着,你太倔强了,你会后悔的,我现在也死了心了。我算没有这个女儿,我跟你'三击掌',就此断了父女情算了。"

"我走了,"王宝钏转身,避免直接冲突,"我去拜别母亲。"

"不准!"他在盛怒中吩咐丫环把守后堂,"谁敢进去,打断他狗腿。"

她不争执了,她走到父亲面前,跟父亲击了三下手掌,从此恩断义绝。

"告诉母亲一声,"她嘱咐丫环,"我现在就搬到寒窑去了!"

临走,她偷看了父亲一眼,心里猛然一惊,不知在神色眉目的哪一部分,或是在盛怒的表情中,父亲看来跟她真是相像。

而且,父亲也在远远的偷眼看她。

寒窑里只有极微弱的光线。相府里珠围翠绕的生活至此是完全没有了。

是错觉吗?她忽然觉得小别数日的丈夫回来了,前几天听说楚江河下妖怪作乱,他赶着去了。婚后他一直在挣扎找个出路,图点出息,他不要辜负王宝钏。此刻她看见金红色的头盔,闪耀生光的铠甲,以及高大的红鬃毛的骏马,是他吗?

"三姐,我回来了。"

"我快要不敢认你了,怎么回事?"

"我降了妖怪,其实也不是什么妖怪,就是这匹烈马。奇怪,一看到我,它倒很乖,皇上看见高兴了,封了我做将军。"

"啊!那太好了!"王宝钏像小女孩一样的高兴起来,"谢天谢地。"

"可是,你别急着谢天谢地,我,又要走了。"

"为什么?"

"你父亲私仇公报,他说西凉国下了战表,我们要去迎战,你大姐夫二姐夫做正副元帅,我却做危险的'马前先行',军队现在就要开拔了。"

"什么?"王宝钏不能接受,"我不相信,现在就走?西凉国?"

"不要哭,我给你留了十担干柴,八斗老米,我也不知什么时候回来——你守得住就守,守不住就忘了我,另图出路吧!"

"守得住我自会守,"王宝钏气愤起来,"守不住我也会守!"

远处有三声清晰的大军出发的炮声,平贵纵身上马去了。

魏虎带消息来,说平贵战死在西凉国。

寒窑中风雨凄凄,王宝钏病了。母亲赶来看她。

"三个孩子里,你最聪明最漂亮,"母亲老泪纵横,"或许是我们太宠你了,你的脾气弄得这么倔,看你大姐二姐,日子过得多称心如意。"

"那是她们的命,可是,穷人也是人,穷人也是人嫁的。"

"你的病怎么样了。"

"也没什么,只是听到平贵死了——我是不相信的——爹爹却派人逼我改嫁,我一气就病了,现在看到母亲,已好了一半了。"

"跟我回去吧!这寒窑实在住不得人啊!"

"我已经跟父亲三击掌了,我饿死也不回去住的!"

"你不回去,我就搬来!"

"不,母亲,你受不了这种日子的,你老人家还是回相府去吧!"

"你可以住十七年,我怎么不能?"

母亲的脸很决绝,她急起来,不知怎么办才好。

"我跟你回去。"她迅速地站起来。

母亲高兴地笑了,眼中闪过一阵诡谲的表情,王宝钏也是。母亲一脚跨出寒窑,王宝钏急急的缩了回来,关上窑门。

"喂,喂,宝钏开门,你这是干什么?"

"母亲,我骗你的,你回去吧,谢谢你带来的米粮。"宝钏隔着门哭了,"但是寒窑不是你住的地方,相府也不再是我住的地方。"

一扇厚木门,里面滴满了泪水,外面也滴满了泪水。

薛平贵站在武家坡上,前尘旧梦,一刹时都来到眼前。自从在三响炮声中跨马而去,他已建立了不小的功勋,但魏虎为了夺功,便把他灌醉了,绑在红鬃烈马上,直放西凉国而去。没想到西凉国老王没有杀他,反而命令他和代战公主成婚。老王死后,公主力保他做西凉王,匆匆十八年这样过去了。

直到那天早晨,他打下了一只大雁,雁足上竟然绑着王宝钏撕下罗裙咬破指尖写的血书。

"早来尚能相见,"她在信上写着,"稍迟一步,难保此世还能团圆。"

身为公主的丈夫,其实也只是一种"高尚的入赘",行动哪有什么自由?看到妻子的信,他激动起来。一场酒,灌醉了代战公主,他便直奔长安而来。

武家坡荒凉依旧,一个鸠衣百结的妇人蹲在地上挖菜。她那样专注,目不斜视,仿佛天地间只有那一棵野菜,她那固执的神气是他熟悉的,难道她是一别十八年的王宝钏吗?

她又换了一个角度去挖另一棵菜,他确定了,是她。十八年过去,他忽然莫名其妙的想要恶作剧一番。

"喂,有件事麻烦大嫂。"

"军爷迷路了吗?"

"阳关大道,哪会走迷,我是来找人的——鼎鼎大名的,王丞相之女,薛平贵之妻,王宝钏。"

"你,你跟王宝钏有亲还是有故?"她竟对面不能认识这人。

"非亲非故,只是她丈夫托我带封家书!"

"啊,我就是,原来他真的还活着,家书在哪里?"

"啊呀!掉啦,"他胡乱摸了一阵,"我想起来了,我放在箭带里,刚才打雁,一抽箭,搞掉了。"

"那雁吃了你的心肝才好!"王宝钏跺脚骂道,"我就是王宝钏,你这种为人谋而不忠,与朋友交而不信的坏蛋!"

"呀!呀!大嫂别生气,"他口气开始轻浮起来,"信虽掉了,上面的话我倒记得。他说'八月十五日月光明,薛大哥在月下修书文,三餐茶饭小军造,衣裳破了自有人缝'。"

"他还好吗?"

"他不好哩,"薛平贵苦着脸,"他丢了一匹马,要赔十两银子,他没有,因为他花天酒地存不了钱,只好跟我借,后来弄到连本带利欠我二十两啦!"

"你为什么不跟他要?"

"要也要不出来啊!后来他想了个办法,说在长安城南武家坡,他还有妻子叫王宝钏,就抵给我好了——所以现在你是我的人啦!"

"欠钱还钱,我到我父亲的相府里去要钱还你就是了!"

"我不要钱,只要人。"薛平贵暗自想笑,却忍住了,"你别逞强,我把你一把抱上马,跑回西凉国去,你还有什么办法?"

"啊,那边有人来了。"王宝钏大叫了一声。

薛平贵一回头,漠漠荒郊,哪里有人影?她趁机迅速地抓了一把沙,对准来人的眼睛一丢,立刻脱逃回洞,牢牢地关上门。

"开门,开门,我跟你闹着玩的,我是你丈夫啊!"薛平贵揉着眼睛,流着泪在门外大叫,这把沙子真厉害。

王宝钏不理。

"十八年了,三姐,我看了你的罗裙血书才回来的。"从门缝里,他递进血书。

门开了。

"真是你吗?"王宝钏惊疑地看着他,"我的薛郎是没有胡子的。"

"你没听过吗?'少年子弟江湖老,红粉佳人两鬓斑',三姐,你也到水盆里去照照自己的容颜吧!"

"真的,真的十八年了,我也老了!"

生命里能有几个十八年呢?曾经失去的岁月,只能用未来的恩爱作补偿了。

当然,就薛平贵这方面而言其结尾是更愉快的。他出了当年的一口气,又封了宝钏和代战公主两位同做皇后,那是旧时代里一切男人的美梦。

而王宝钏,终于跟父亲和解了,并且在父亲有难时以自己力量救了他。她一直要证明自己的判断比父亲高明,她一直相信自己可以丢掉"相府小姐"的身份而活得下去。她,成功了。

晓风素描

我不喜欢写小传,因为,我并不在那里面。再怎么写,也只能写出一部分的我。

一

出生在浙江金华一个叫白龙桥的地方,这地方我一岁离开后就没有再去过,但对它颇有好感。它有两件事令我着迷:其一是李清照住过此地,其二是它产一种美味的坚果,叫香榧子。

出生的年份是一九四一年,日子是三月二十九日。对这个生日,我也颇感自豪,因为这一天在台湾正逢节日,所以年年放假,令人有普天同庆的错觉。成年以后偶然发现这一天刚好是英国女作家弗吉妮亚·吴尔芙的忌日,事实上她是一九四一年三月二十八日自杀的,但如果把时差算在内,已是我们东方的三月二十九日了。

有幸在时间上和弗吉妮亚·吴尔芙错肩而过的我,有幸在李清照晚年小居的地方出生的我,能对自己期许多一点吗?

二

父亲叫张家闲,几代以来住在徐州东南乡二陈集,但在这以前,他们是从安徽小张庄搬去的,小张庄十几年前一度被联合国选为模范村。

母亲叫谢庆欧,安徽灵璧县人(但她自小住在双蒲镇上),据说那里面的钟馗像最灵。她是谢玄这一支传下的族人,这几年母亲一直想回乡找家谱。家谱用三个大樟木箱装着,在日本人占领的时期,因藏在壁中,得避一劫,不料后来却遭焚毁。一九九七年母亲和我赴山东胶南想打听一个叫喜鹊窝的地方,那里有个解家村(谢解同源,解姓是因避祸而改姓的),她听她父亲说,几百年前,他们是从喜鹊窝搬过去的。

我们在胶南什么也找不着,姓解的人倒碰上几个。仲秋时节,有位解姓女子,家有一株柿子树,柿叶和柿子竞红。她强拉我们坐下,我第一次知道原来好柿子不是"吃"的,而是"喝"的,连喝了两个柿子,不能忘记那艳红香馥的流霞。

家谱,是找不到了,胶南之行意外地拎着一包带壳的落花生回来,是解姓女子送的。吃完了花生我把花生壳送去照相馆,用拷贝的方法制成了两个书签,就姑且用它记忆那光荣的姓氏吧!

三

我出身于中文系,受"国故派"的国学教育,看起来眼见着就会跟写作绝缘了。当年,在我之前,写作几乎是外文系的专利,不料在我之后,情况完全改观,中文系成了写作的主力。我大概算是个"玩阴的"改革分子,当年教授不许我们写白话文,我就乖乖写文言文,就做旧诗,就填词,就度曲。谁怕谁啊,多读点旧文学怕什么,艺多不压身。那些玩意儿日后都成了我的新资源,都为我所用。

四

在台湾,有三个重要的文学大奖,吴三连文学奖、中山文艺奖、台湾文艺奖,前两项是官方的,后一项是民间的,我分别于一九六七、一九八〇和一九九七年获得。我的丈夫笑我有"得奖的习惯"。

但我真正难忘的却是"幼狮文艺"所颁给我的一份散文首奖。

台湾刚解严的时候,有位美国电视记者来访问作家的反应,不知怎么找上我,他问我解严了,是否写作上比较自由了?我说没有,我写作一向自由,如果有麻烦,那是编者的麻烦,我自己从来不麻烦。

唯一出事的是有次有个剧本遭禁演,剧本叫《自烹》,写的是易牙烹子献齐桓公的故事(此戏二十世纪八十年代曾在上海演出),也不知那些天才审核员是怎样想的,他们大概认为这种昏君佞臣的戏少碰为妙,出了事他们准丢官。其实身为编剧,我对讽刺时政毫无兴趣,我想写的只是人性。

据说我的另外一出戏《和氏璧》在北京演出时,座中也有人泣下,因为卞和两度献璧、两度刖足,刚好也让观众产生共鸣。其实,天知道,我写戏的时候哪里会想到这许多,我写的是春秋时代的酒杯啊!

五

我写杂文,是我自己和别人都始料未及的事。躲在笔名背后喜怒笑骂真是十分快乐。有时听友人猜测报上新冒出来的这位可叵是何许人也,不免十分得意。

龙应台的《野火集》在二十世纪八十年代的台湾的确有燎原功能,不过在《野火集》之前,我以桑科和可叵为笔名,用插科打诨的方式进行我对威权的挑战,算是一种闷烧吧!

六

我的小说写得不多,一九九六年写的一篇《一千二百三十点》是我比较喜欢的(也入选了当年的年度小说选),但我选了另一篇《潘渡娜》。"潘文"是旧作,是华文作品中第一篇发表的科幻小说。这件事也很意外,我当时并没有注意到原来还没有华人写过这种东西。

七

我的职业是教书,我不打算以写作为职,想象中如果为了疗饥而去煮字真是凄惨。

我教两个学校,阳明大学和东吴大学。前者是个医科大学,后者是我的母校。我在阳明栖属于"通识教育中心",在东吴属于中文系。

我的另一项职业是家庭主妇,生儿育女占掉我生命中最精华的岁月。如今他们一个在美国西岸加州理工学院读化学,一个在美国东岸纽约大学攻文学,我则是每周末从长途电话中坐听"美国西岸与东岸汇报"的骄傲母亲。

我的丈夫叫林治平,湖南人,是我东吴大学的同学。他后来考入政大外交研究所,他的同学因职务关系分布在全球,但他还是选择了在中原大学教书,并且义务性地办了一份杂志。杂志至今持续了二十五年,也难为他了。

八

最近很流行一个名词叫"生涯规划",我并不觉得有什么太大的道理,无非是每隔几年换个名词唬人罢了!人生的事,其实只能走着瞧,像以下几件事,就完全不在我规划掌控中:

1. 我生在二十世纪中叶
2. 我生为女子
3. 我生为黄肤黑发的中国人
4. 我因命运安排在台湾长大

至于未来,我想也一样充满变数,我对命运采取不抵抗主义,反正,它也不曾对我太坏,我不知道,我将来会写什么,一切随缘吧!如果万一我知道我要写什么呢?知道了也不告诉你,哪有酿酒之人在酒未酿好之前就频频掀盖子以示人的道理?

我唯一知道的是,我会跨步而行,或直奔,或趑趄,或彳亍,或一步一踬,或小伫观望,但至终,我还是会一步一个脚印地往前走去。

创作要目

1966 年　文星出版社出版第一本散文集《地毯的那一端》。
1968 年　仙人掌出版社出版小说《哭墙》。
1971 年　晨钟出版社出版散文集《愁乡石》。
1975 年　宇宙光出版社出版文集《安全感》《黑纱》。
1976 年　道声出版社出版《晓风散文集》《晓风小说集》《晓风戏剧集》;时报出版社出版文集《桑科有话要说》。
1979 年　九歌出版社出版文集《步下红毯之后》。
1981 年　1 月,尔雅出版社出版文集《有情人》;大地出版社出版文集《你还没有爱过》。
1982 年　尔雅出版社出版戏剧集《再生缘》。
1984 年　尔雅出版社出版文集《我在》。
1989 年　文经出版社出版《晓风吹起》。
1990 年　九歌出版社出版散文集《玉想》。
1992 年　作家出版社出版《晓风吹起》。
1993 年　11 月,陕西人民出版社出版文集《从你美丽的流域》。
1994 年　9 月,九歌出版社出版文集《我知道你是谁》。
1996 年　10 月,湖南文艺出版社出版系列散文集。
1997 年　8 月,百花文艺出版社出版散文集《常常,我想起那座山》。
2000 年　2 月,宁夏人民出版社出版《张晓风散文精品文集》;3 月,三联书店出版《张晓风自选集》;9 月,九歌出版社出版散文随笔《送你一个字》。

2003 年	5 月,九歌出版社出版散文集《星星都到齐了》;6 月,大地出版社出版散文集《你还没有爱过》。
2004 年	6 月,九歌出版社出版《张晓风精选集》;9 月,当代世界出版社出版《张晓风经典作品》,重庆出版社出版戏剧集《再生缘》。
2006 年	12 月,九歌出版社出版《晓风戏剧集》。
2008 年	10 月,花城出版社出版《张晓风的国学讲坛》。
2010 年	3 月,北京燕山出版社出版《张晓风精选集》。
2011 年	9 月,译林出版社出版《色识》。
2014 年	11 月,九歌出版社出版系列散文《乡音千里》《行道树》《我有一个梦》。
2015 年	2 月,九歌出版社出版旅游散文《放尔千山万水身》。

图书在版编目(CIP)数据

张晓风精选集／张晓风著. －北京:北京燕山出版社,2009.12(2016.4 重印)

ISBN 978-7-5402-2190-4

Ⅰ. 张… Ⅱ. 张… Ⅲ. ①散文-作品集-中国-当代 ②小说-作品集-中国-当代 ③戏剧文学-剧本-作品集-中国-当代 Ⅳ. I217.2

中国版本图书馆 CIP 数据核字(2009)第 223532 号

张晓风精选集

张晓风 著
编 选 者／徐 学
责任编辑／张娟平
装帧设计／小 贾
北京燕山出版社出版发行
北京市西城区陶然亭路 53 号 邮编 100054
全国新华书店经销
北京中科印刷有限公司印刷
开本 850×1168 1/32 印张 13 字数 320,000
2015 年 11 月第 3 版 2016 年 4 月第 7 次印刷
定价:35.00 元

版权所有 盗版必究